De tovenaar op het witte paard

Shanna Swendson

De tovenaar
op het witte paard

Vertaald door Lidwien Biekmann

ARENA

Eerste druk oktober 2005
Tweede druk juli 2006

Oorspronkelijke titel: *Enchanted, Inc.*
© Oorspronkelijke uitgave: 2005 by Shanna Swendson
© Nederlandse uitgave: Arena Amsterdam, 2005
© Vertaling uit het Engels: Lidwien Biekmann
Omslagontwerp: Roald Triebels
Foto voorzijde omslag: Photonica / Hollandse Hoogte
Typografie en zetwerk: Mat-Zet
ISBN 90 6974 741 3
NUR 302

1

Ik had al vaak gehoord dat New York een rare stad was, maar pas toen ik er zelf ging wonen, ontdekte ik dat dat zeker niet overdreven was. Voordat ik vanuit Texas hierheen verhuisde, hadden mijn ouders geprobeerd me daarvan te weerhouden door me allerlei broodje-aapverhalen te vertellen over de vreemde en gruwelijke dingen die in de grote, enge stad gebeurden. Zelfs mijn studievriendinnen die al een tijdje in New York woonden, disten verhalen op over de vreemde en afschuwelijke dingen die ze hier meemaakten en waar de inboorlingen niet warm of koud van werden. Ze zeiden dat een marsmannetje rustig over Broadway kon lopen zonder dat het opviel. Ik dacht altijd dat dat allemaal zwaar overdreven was.

Maar nu, nadat ik een jaar had weten te overleven in deze stad, zag ik elke dag nog steeds dingen die me schokten en verbijsterden, maar waar een ander nog niet eens zijn wenkbrauwen over optrok. Halfnaakte straatartiesten, mensen die tapdansten op de stoep, of complete filmproducties inclusief beroemdheden; het was voor de autochtonen allemaal niets bijzonders, terwijl mijn mond steeds weer openviel van verbazing. Ik voelde me dan een echte provinciaal, hoe goed ik ook mijn best deed om modern en wereldwijs over te komen.

Neem nu vanochtend. Het meisje dat voor me op het trottoir liep, had van die elfenvleugeltjes aan die je wel eens met Halloween ziet. Maar Halloween was pas over een maand en hoewel ik geen geld had voor haute couture, had ik genoeg modebladen gelezen om te weten dat elfenvleugeltjes echt niet als een of ander modestatement beschouwd konden worden. Waarschijnlijk was het een trendsettende neo-bohémienne van de universiteit van

New York, dacht ik, of misschien deed ze een opleiding kostuum-ontwerp. Die vleugels had ze trouwens behoorlijk knap in elkaar gezet, want je kon de bandjes niet zien, waardoor het net echte vleugels leken. Ze flapperden zelfs een beetje, maar dat kwam waarschijnlijk door de wind.

Ik maakte mijn ogen met enige moeite los van het feetje, keek op mijn horloge en kreunde. Met geen mogelijkheid kon ik lopend nog op tijd op mijn werk komen, en op maandagochtend zat mijn baas me meestal op te wachten, dus ik durfde nog geen minuut te laat te komen. Ik moest maar met de metro, ook al kostte me dat twee dollar. Ik zou het wel goedmaken door terug naar huis te lopen, nam ik mezelf voor.

Bij het station Union Square, zag ik tot mijn verbazing dat het feetje ook de trap naar beneden nam in plaats van rechtdoor naar de universiteit te lopen. Mensen die in het centrum werken, dossen zich meestal niet zo vreemd uit als ze naar hun werk gaan. Terwijl ik achter haar aan liep, bedacht ik dat ze waarschijnlijk schoenen met van die doorzichtige Lucite-plateauzolen droeg, want het leek alsof ze een paar centimeter boven de grond zweefde. Ze liep in ieder geval heel gracieus en gemakkelijk voor iemand met zulke hoge hakken.

Zoals altijd was er niemand op het perron die ook maar op of om keek. Ik woonde hier nu een jaar en ik had nog nooit met iemand zo'n dat-kan-alleen-in-New-Yorkblik uitgewisseld. Hoe kon het toch dat iedereen zo blasé deed? Er moesten toch ook mensen zijn die hier minder lang woonden dan ik? En dan heb ik het nog niet eens over de toeristen, die toch geacht worden hun ogen uit te kijken naar alles wat ze op straat zien.

Maar toen zag ik ineens een man naar het feetje kijken. Hij leek echter absoluut niet geschokt of verbaasd; hij glimlachte alleen naar haar alsof hij haar kende. Dat was vreemd, want hij leek me nu niet het type dat in het weekend met een cape om Midden-aarde gaat spelen in Central Park. Hij zag er eerder uit als iemand die op Wall Street werkt, met dat donkere maatpak en dat koffertje; de ideale Mr. Right die elke carrièrevrouw in New York aan de haak hoopt te slaan. Ik schatte dat hij een paar jaar ouder was dan ik, en hij was behoorlijk knap, ook al was hij misschien ietsje kleiner dan gemiddeld.

Mr. Right (die natuurlijk allang door iemand anders aan de haak was geslagen) wierp een blik op zijn horloge en keek daarna de donkere tunnel in, alsof hij ongeduldig wachtte op de volgende trein. Toen prevelde hij iets, heel zacht, waarschijnlijk iets als: Waar blijft die trein nou? of: Straks kom ik nog te laat!, en maakte een vreemde draaibeweging met zijn pols. Meteen daarna klonk het gerommel van een naderende trein en daar denderde het gevaarte het metrostation binnen. Als ik niet beter wist, had ik gedacht dat hij hem te voorschijn getoverd had. Niet dat ik daar bezwaar tegen zou hebben, want ik had zelf ook haast.

De mensen schuifelden van het perron de trein in. Door de intercom klonk de stem van de conducteur: 'Dames en heren, graag uw aandacht voor het volgende. U bevindt zich in de N-trein naar Brooklyn. Bij uitzondering zal deze trein alleen nog stoppen op station City Hall. Reizigers met een bestemming vóór station City Hall wordt aangeraden deze trein te verlaten en een R-trein of de volgende N-trein te nemen. Dank u.'

Er ging een luidruchtig gekreun en gemopper op en veel passagiers stapten uit. Ik ging op een vrijgekomen stoel zitten en keek op mijn horloge. Als het zo doorging, kwam ik zelfs nog te vroeg op mijn werk. Geen slecht begin van de week.

Mr. Right, die evenals de fee niet was uitgestapt, lachte even naar de man die naast me zat. Ik keek opzij en vroeg me af hoe ik op een andere plaats kon komen zonder overduidelijk te laten blijken dat ik niet naast die vent wilde zitten.

Hij leek me het type man dat zijn leven lang druk is met zich verweren tegen aanklachten van seksuele intimidatie; zo'n vent die zichzelf onweerstaanbaar vindt en zich niet kan voorstellen dat zijn toenaderingspogingen ongewenst zijn. Helaas zijn zulke types nooit zo aantrekkelijk als ze zelf denken. Dit exemplaar was trouwens niet uitgesproken lelijk. Met een beetje moeite en de juiste mentaliteit zou hij nog niet eens zo verkeerd zijn. Helaas leek iedere moeite hem te veel; zijn haar was vettig en zat heel slordig en zijn huid zou mijn moeder, die schoonheidsspecialiste is, een hartverzakking bezorgen. Maar het feit dat hij deed alsof elke vrouw in de trein aan zijn voeten lag, maakte hem echt afstotelijk.

Het gekke was dat alle vrouwen van achter hun krant of tijdschrift inderdaad naar hem zaten te gluren alsof hij Pierce Brosnan was, en hij grijnsde terug alsof hij zulke smachtende blikken wel gewend was. Misschien konden ze aan hem zien dat hij bijzonder getalenteerd was, op een of ander gebied. Of misschien was hij wel een beroemde popster die ik niet kende, zo doorgewinterd was ik nog niet. Hij had wel zo'n soepele, zelfingenomen manier van doen die je verwacht van een beroemdheid die eraan gewend is dat de vrouwen aan zijn voeten liggen zonder dat hij daar iets voor hoeft te doen.

Maar ik keek liever naar Mr. Right, die ook wel bewonderende blikken kreeg, maar daar een beetje verlegen van leek te worden, alsof hij niet gewend was aan al die aandacht. Waardoor hij voor mij alleen maar aantrekkelijker werd.

'Ga je naar je werk?' vroeg Gladjakker aan mij. Dat was niet een van de vijf afgezaagdste openingszinnen die ik kende, maar zo vaak kreeg ik zulke zinnen nu ook weer niet te horen.

'Nee, ik vind het gewoon leuk om 's ochtends vroeg als sardientjes in een blik naar Manhattan te sjezen,' zei ik.

Hij strekte zijn arm over de rugleuning van de bank, alsof hij die om mij heen wilde slaan. Nu kom ik uit een streek waar je nog drive-inbioscopen hebt, dus ik herkende die beweging maar al te goed en schoof zo subtiel mogelijk een stukje op. 'Jij komt zeker niet uit New York,' zei hij, betoverend als een akelige trol. 'Je hebt zo'n leuk accent.'

Hij kon het niet weten, maar hij gaf me hiermee bepaald geen compliment. Hoe effectief mijn zuidelijk accent ook was als ik iets moest vragen of mijn zin probeerde te krijgen: op mijn werk had ik er alleen maar last van, want daar dacht iedereen dat mijn lijzige Texaanse tongval betekende dat ik dom en laagopgeleid was. Ik had mijn best gedaan om het kwijt te raken, maar het kwam op onverwachte momenten naar boven, vooral als ik sarcastisch probeerde te doen. Misschien dacht ik wel dat dat accent de akelige dingen die ik wilde zeggen een beetje konden verzachten. Dat was kennelijk weer goed gelukt, al was het nu juist niet de bedoeling.

Had ik maar een boek meegenomen om mijn gezicht achter te verstoppen, maar toen ik vanmorgen vertrok, was ik van plan geweest om te gaan lopen, en had dus niets te lezen meegenomen. In mijn o-zo-professioneel uitziende koffertje zat niet meer dan mijn zakje brood en mijn nette schoenen voor op kantoor. Ik wierp Gladjakker dus maar een stuurse blik toe en richtte mijn aandacht weer op Mr. Right. Misschien had hij wel een riddercomplex en voelde hij zich genoodzaakt mij van mijn metrostalker te bevrijden.

Tot het me opviel dat Gladjakker ook naar Mr. Right keek en ineens een bloedserieus gezicht trok. Mr. Right, ook met een ernstige blik, knikte heel even. De fee zat naar mij te kijken. Nu begon ik toch ernstig aan een complot te denken. Waren die lui van plan mij te beroven of op te lichten? Misschien stond er wel met koeienletters op mijn voorhoofd geschreven: Boerentrien Uit De Provincie! Belazer Mij Maar!

Op dat moment ging de deur tussen twee coupé's open en kwam er een enorme kip binnen. Of, om preciezer te zijn: een verveeld kijkende man in een idioot kippenpak. Ik vond het treurig dat hij eerder verveeld leek dan beschaamd. In gedachten noteerde ik zijn baantje op mijn lijstje met 'banen die nog erger waren dan de mijne'. Hij schudde met een klein, plastic doosje in zijn linkerhand, waar tokgeluidjes uitkwamen. Ik kreeg ineens een beetje heimwee, want ik had op mijn bureau in Texas ook zo'n doosje staan. Hier zou ik het niet op mijn bureau durven zetten, want dat zou alleen maar een bevestiging zijn van mijn boerentrienenimago. Bij het tokgeluid keek iedereen licht geamuseerd op, maar ging vervolgens meteen weer verder met lezen of het angstvallig vermijden van oogcontact. De kippenman probeerde foldertjes uit te delen; ik was de techniek van het folderweigeren, waar de meeste New Yorkers zich in hebben bekwaamd, nog niet meester, dus ik nam er een van hem aan. Het ging over de opening van een nieuw kiprestaurant, wat me opnieuw een vlaag van heimwee bezorgde omdat het me deed denken aan de zondagse diners met mijn familie. Ik stopte het foldertje in mijn koffer.

Dit incident maakte mij niet veel duidelijker over de mentaliteit van de New Yorkers. Elfenvleugels in de metro waren de moeite van het opmerken niet waard, maar een vent in een kippenpak kreeg wel de nodige aandacht. Terwijl er aan beide outfits vleugels zaten. Waarom was het een dan saai en het andere redelijk amusant? Ik zag dat Mr. Right ook een foldertje had aangepakt. Hij glimlachte naar de kippenman, waardoor ik hem nog leuker begon te vinden. Althans: dat zou zo geweest zijn als hij niet onder één hoedje speelde met die andere twee, die me nog steeds heel vreemd aan zaten te kijken. Ik vergat de kippenman, want ik wist ineens weer waarom ik me niet op mijn gemak voelde.

De trein kwam met piepende remmen tot stilstand. 'City Hall,' zei de conducteur door de luidsprekers. Zou ik uitstappen om van die lui af te zijn? Als ik vanaf dit station naar mijn werk moest lopen, kwam ik alsnog te laat, maar liever dat dan dood of beroofd.

Voordat ik op kon staan, zag ik dat de drie rare snuiters zich bij de deur hadden verzameld. Ik zuchtte opgelucht. Ze stapten hier allemaal uit, waarmee was bewezen dat mijn angst dat ze mij moesten hebben totale paranoia was. Er spookten gewoon nog te veel enge verhalen van mijn ouders door mijn hoofd over New York, en die kwamen op de meest ongelegen momenten naar boven, ook al was ik sinds ik hier woonde nog nooit beroofd en had ik zelfs nog nooit een beroving gezien.

Ik had trouwens genoeg andere dingen aan mijn hoofd en helemaal geen tijd om allerlei complottheorieën te bedenken. De gebeurtenissen van deze ochtend waren nu ook weer niet zo bijzonder. Ik maakte altijd al van die rare dingen mee, en helemaal sinds ik in New York woonde. Ik zag heel vaak dingen die je niet verwacht, zoals mensen met elfenvleugels of puntige oren, mensen die zomaar te voorschijn kwamen en weer verdwenen, en dingen die zich op rare plaatsen bevonden. Misschien was dat het gevolg van mijn op hol geslagen fantasie in combinatie met de griezelverhalen van mijn familie over New York, maar ik maakte me er toch zorgen over. Als ik over een half jaar nog steeds vreemde dingen zag die niemand anders scheen te zien, moest ik daar misschien maar eens met iemand over gaan praten.

Intussen moest ik zorgen dat ik op mijn werk kwam en het daar weer een dag uithield. Doordat de trein iets te vroeg was en bovendien een sneltrein bleek te zijn, kwam ik gelukkig op tijd. En ik had nog meer geluk, want de lift op station Whitehall deed het voor de verandering eens wel. Ik stapte uit, tussen de moderne monotone glazen wolkenkrabbers, liep de lobby van mijn kantoor binnen, trok mijn nette schoenen aan, deed mijn pasje op, en liep langs de portier naar de liften.

Zeven minuten te vroeg kwam ik op onze verdieping aan, liep door onze lobby, en stond vijf minuten te vroeg bij mijn hokje in de kantoortuin, maar mijn baas, Mimi, lag al op de loer. Ik vroeg me af met welke Mimi ik vandaag te maken had: de beste vriendin of het duivelse monster dat me met haar harige klauwen zou proberen te verscheuren. Mimi was even stabiel als Dr. Jekyll.

Oké, ik overdrijf een beetje: ze heeft geen harige knokkels, zelfs niet op haar slechte dagen.

'Morgen Katie!' riep ze, toen ik in de buurt van mijn hokje kwam. 'Leuk weekend gehad?' Dit leek op de aardige Mimi. Maar er was geen peil op te trekken hoe lang ze zo zou blijven, dus ik bleef op een veilige afstand en zocht alvast naar iets zwaars waarmee ik me kon verdedigen.

'Fantastisch. Jij ook?'

Ze zuchtte gelukzalig. 'Super. Werner en ik zijn naar zijn huis in de Hamptons geweest.' Werner was haar vriendje, stinkend rijk en stokoud. Ze boog zich naar me toe en voegde er fluisterend aan toe: 'Volgens mij gaat hij me binnenkort ten huwelijk vragen.'

'Wow, echt waar?' vroeg ik quasi-enthousiast, terwijl ik langs haar heen naar mijn bureau liep.

'Wie weet. Ik zie je straks op de vergadering.'

Ik ging zitten en zette mijn computer aan. Ik had gehoopt op een Mimi-vrije ochtend voor ik me moest onderwerpen aan de wekelijkse martelpraktijk die maandagochtendvergadering werd genoemd, maar ik had mijn dagelijkse portie geluk blijkbaar al verbruikt, al leek ze vandaag gelukkig redelijk goedgehumeurd. Ik kon alleen maar vurig hopen dat de Goede Mimi er over een kwartiertje nog zou zijn, als de vergadering begon. Anders zou ik nog gaan wensen dat die drie rare snuiters in de metro me hadden ontvoerd. Dat kon nooit erger zijn dan waar Mimi op haar slechtst toe in staat was.

Hoewel Mimi mijn baas was, was ze niet veel ouder dan ik. Terwijl ik me had beziggehouden met het veevoer- en zaadhandelbedrijf van mijn ouders, had zij haar MBA gehaald aan de een of andere sjieke topuniversiteit. Al heel snel na mijn aankomst in New York begreep ik dat een graad en aanverwante referenties veel meer waard waren dan praktijkervaring, vooral het soort praktijkervaring dat ik had. Een bacheloropleiding aan een openbare universiteit in Texas en een paar jaar praktijkervaring in een klein bedrijf waren bepaald geen aanbeveling in de zakenwereld van New York.

In feite zou ik mijn baan als assistent-marketingdirector (ofwel Mimi's slaaf) nooit hebben gekregen als een van mijn huisgenoten niet voor mij op zoek was gegaan in haar eigen netwerk. Ik zag deze baan als een tijdelijke manier om het hoofd boven water te houden tot ik iets anders vond, maar nu, na een jaar, zat ik er nog steeds. Ik had het angstige gevoel dat ik eerst mijn eigen arm af moest bijten voordat ik uit deze val kon komen.

Mijn computer was eindelijk opgestart en ik keek naar mijn e-mail. Het bovenste bericht was maar een paar minuten geleden verzonden en had als onderwerp: 'Uitstekende kans voor Kathleen Chandler'. Uitstekende kansen deden zich niet vaak voor en al helemaal niet in de vorm van een e-mail. Ik vermoedde dat het hier, ondanks de persoonlijke onderwerpregel (die waarschijnlijk uit mijn mailadres was gevist), ging om het vergroten van een lichaamsdeel dat ik niet eens bezat. Ik verwijderde het bericht en ging op zoek naar het mailtje dat elke maandagochtend in mijn inbox zat: Mimi's agenda voor de personeelsvergadering.

Ik verbeterde de spelfouten, printte de agenda en las die nog eens vluchtig door terwijl ik ermee naar het kopieerapparaat liep. Er zaten zo te zien geen landmijnen in, alleen de gebruikelijke voortgangsrapporten. Misschien zou ik het toch nog overleven. Ik maakte kopieën, liep terug naar mijn bureau en zag dat ik weer een nieuwe e-mail had gekregen. Geen verbeterde versie van Mimi's agenda, maar een spambericht met een 'fantastisch kans'; deze keer stond er ook nog 'niet verwijderen!' in de onderwerpregel. Met een pervers gevoel van tevredenheid wiste ik het bericht, waarschijnlijk de enige rebelse daad die ik die dag ongestraft kon uitvoeren.

Ik was wel zo verstandig om niet te laat op Mimi's vergadering te komen, dus ik stopte de agenda's in mijn schrijfmap, pakte mijn pen, mijn koffiebeker en mijn lunchzakje, en ging naar de keuken. Ik legde mijn boterhammen in de gemeenschappelijke koelkast, schonk een beker koffie in en zei tegen mezelf dat als ik de vergadering zou overleven, de rest van de dag een eitje zou zijn.

Ik was niet de enige die keek alsof ik op weg was naar mijn eigen executie. April, de reclamemanager, zat met een asgrauw gezicht in de vergaderruimte. Leah, manager public relations, leek heel sereen, maar ik wist dat ze kalmerende middelen voorgeschreven kreeg. Janice, de evenementenmanager, had last van haar tic. De enige die er niet gestrest of gedrogeerd uitzag was Joël van de Verkoop, maar hij viel niet rechtstreeks onder Mimi. Het was de laatste maandag van de maand, dus we vergaderden alleen met het management en niet met al het personeel; anders zou de kamer nog voller zitten met nerveuze mensen. Ik was veruit de laagste van de totempaal, maar wel Mimi's geheugen in eigen persoon. Blijkbaar kun je met een dure MBA-opleiding geen aantekeningen meer maken tijdens een vergadering, of onthouden welke belangrijke dingen er zijn besproken.

Ik gaf iedereen aan tafel een kopie van de agenda. Niemand sprak terwijl we zaten te wachten, dat was veel te riskant. Je kon nooit weten wanneer Mimi haar entree maakte en iets zou opvangen wat haar razend maakte. Niemand wilde Moordzuchtige Mimi wakker maken. Nee, we bestudeerden de agenda, op zoek naar mogelijke twistpunten.

Mimi kwam als altijd zelf tien minuten te laat. Ik wist genoeg van nonverbale communicatie om te begrijpen dat zij ons daarmee de weinig subtiele boodschap stuurde dat haar tijd belangrijker was dan de onze. Ze deed de dubbele deuren van de vergaderzaal allebei open en bleef even staan, alsof ze te gast was in een talkshow en even wachtte tot het studiopubliek klaar was met applaudisseren voor ze zou plaatsnemen op Oprah's bank.

'Goedemorgen, Mimi,' zei ik, ook al hadden we elkaar nog niet eens zo lang geleden al begroet. Maar anders zou ze de hele dag in die deuropening blijven wachten tot iemand haar aanwezigheid erkende, en als haar persoonlijke assistente was het mijn taak om ervoor te zorgen dat zij zich bijzonder voelde. De anderen mompelden ook een begroeting. Eindelijk deed Mimi de deuren achter zich dicht en zeilde naar haar gebruikelijke plaats aan het hoofd van de tafel. Ik gaf haar een exemplaar van de agenda, die ze bestudeerde alsof zij hem niet zelf had opgesteld, waarna ze opkeek en zich tot de groep richtte.

'We houden het kort, want we hebben een drukke week voor de boeg waarin veel moet worden gedaan,' zei ze plompverloren. Haar toon was heel anders dan tijdens haar eerdere vriendelijke praatje met mij, en ik werd nerveus. 'Het eerste punt op de agenda. Afdelingsrapporten. April?'

April werd zo mogelijk nog bleker dan ze al was. Zelfs haar lippen waren wit. 'We hebben deze week een vergadering met het bureau over hun ideeën voor de volgende campagne, en over de *media buy* die zij hebben voorgesteld.'

'Staat die vergadering wel in mijn agenda?'

'Ja zeker,' zei ik, in een poging April te hulp te komen, 'daar heb ik je vorige week naar gevraagd, weet je nog?' Ik had het nog niet gezegd, of ik realiseerde me dat dit helemaal fout was. Iedereen verstijfde, iedereen herkende de blunder: Mimi kon absoluut niet tegen kritiek, zelfs niet als het zoiets simpels was als erop gewezen worden dat ze iets was vergeten.

Ik werd nog zenuwachtiger toen ze niet meteen veranderde in Moordzuchtige Mimi. In plaats daarvan knikte ze alleen maar en zei: 'Oké. Misschien kun je me de volgende keer even een herinnering sturen. Leah?'

Leah zei monotoon: 'Aan het eind van de dag krijgen we van het bureau het overzicht van de cijfers van vorige week. En morgen komt het eerste ontwerp voor het nieuwe product.'

Mimi knikte. 'Dat wil ik zo snel mogelijk zien.' Ik maakte een aantekening over Leah's rapport en wat daarmee moest gebeuren, terwijl Mimi zich tot Janice wendde, die zichtbaar ineenkromp. 'Nog nieuws van het evenementenfront?' vroeg Mimi. Janice stond al lange tijd op haar hitlist; vandaar de tic van Janice en vandaar dat Mimi Janice nooit bij haar naam noemde. Niemand van ons, ook Janice zelf niet, wist wat ze nu eigenlijk verkeerd had gedaan.

'We wachten nog op kostenberekeningen voor de mogelijke locaties van de productlancering. We hebben geen budget voor een locatie die groot genoeg, maar toch leuk is.'

Mimi wendde zich tot de anderen. 'Heeft iemand een idee voor die lancering? Het evenementenmanagement kan blijkbaar wel wat hulp gebruiken.'

Ik had wel een idee, maar ik wilde Janice niet in de problemen brengen. Van de andere kant was het hier ieder voor zich: ik twijfelde er niet aan dat iedereen hier volkomen bereidwillig was om mij voor de wolven te gooien als ze zich Mimi daarmee van het lijf konden houden.

'Misschien weet ik wel iets,' zei ik. Alle hoofden werden mijn kant op gedraaid, en ik kreeg ineens spijt dat ik het woord had genomen. Feitelijk maakte ik niet eens deel uit van deze vergadering, behalve dan als notulist.

Gelukkig leek Mimi niet al te erg ontstemd door deze overtreding van het protocol. 'Ja, Katie?' Waarschijnlijk genoot ze van het feit dat Janice voor schut stond, daarom werd ze niet kwaad op mij.

Ik haalde diep adem en lette zo goed mogelijk op mijn accent. Eén lijzige uitglijder en mijn idee zou direct als een kleiduif worden afgeschoten. 'Ik heb gemerkt dat als je iets duurs organiseert zonder passend budget, het uiteindelijk alleen maar heel goedkoop lijkt. Stel dat je bijvoorbeeld goedkope garnalenpasteitjes serveert, dan vraag je toch om voedselvergiftiging? Misschien kunnen we beter het budget als uitgangspunt nemen en in plaats van een sjieke cocktailparty bijvoorbeeld een picknick of een barbecue organiseren. Gegrilde worstjes, bier, een paar nostalgische spelletjes zoals zaklopen of koekhappen. Volwassenen vinden het vaak een kick om kinderspelletjes te doen, en op die manier heeft iedereen een hoop plezier terwijl het niet veel geld kost.' We hadden in de winkel een paar keer zulke dagen georganiseerd, maar ik liet het wel uit mijn hoofd om hier over de winkel te beginnen, want dat leek me niet gunstig voor mijn imago en mijn geloofwaardigheid.

Iedereen staarde me zwijgend aan. Mimi zei op haar ijzigste toon: 'Misschien dat zoiets een succes zou zijn in Grover's Corners, of waar je ook vandaan mag komen, maar hier in New York zijn we toch echt een heel ander niveau gewend.' Ik had wel in de gaten dat dit niet het moment was om haar te wijzen op het feit dat het toneelstuk dat zij bedoelde in New Hampshire speelde, niet in Texas, of dat mijn idee in New York juist meer succes zou hebben dan in Texas. Waarom zouden mensen van de oostkust anders zo belachelijk veel geld betalen voor een vakantie op zo'n *dude ranch*? Het leek mij een welkome afwisseling om eens niet zo jachtig en ingewikkeld te hoeven doen.

Ik zocht medestanders, maar iedereen zat te hinniken van het lachen of hilarisch met de ogen te rollen. Ik had mezelf dus opnieuw gebrandmerkt als boerentrien, die niks begreep van het New Yorkse zakenleven. Ik deed een schietgebedje voor een brandoefening, maar de vergadering ging gewoon door alsof ik niets had gezegd.

Joël had het definitieve rapport. 'Het salesteam heeft vorige week de laatste voorbereidingen voor de lancering getroffen. De *collateral* is gedrukt en ligt klaar om te worden verstuurd. We moeten alleen nog even het persbericht bekijken.'

Mimi keek hem met een messcherpe blik aan. 'Waarom was ik niet bij die laatste bijeenkomst? En waarom vonden jullie het niet nodig om mijn fiat te vragen voor die collateral?'

Joël keek haar met een kalme blik aan. 'De laatste keer dat je op een van onze vergaderingen was, noemde je dat tijdverspilling. We hoefden jou er niet meer voor uit te nodigen. En wat de collateral betreft: die valt toch niet meer onder jouw verantwoordelijkheid?'

Iedereen zocht dekking. Het zou me niets hebben verbaasd als Mimi's ogen rood waren geworden, haar huid groen, en als er kleine hoorntjes uit haar hoofd zouden schieten. De collateral was een teer punt. In de meeste bedrijven viel die onder de verantwoordelijkheid van de marketing director, maar sinds Mimi een folder had goedgekeurd waarin de naam van het bedrijf en de naam van het product verkeerd waren gespeld, was die verantwoordelijkheid overgeheveld naar de Afdeling Verkoop. Die nederlaag was ze nooit te boven gekomen.

'Ik heb ook helemaal geen tijd voor die salesvergaderingetjes,' zei ze verkrampt, waarna ze de vergadering abrupt beëindigde. Ze was de deur al uit voordat wij waren bijgekomen van de schrik en zelf op de vlucht konden slaan.

'Goeie actie,' zei Janice zachtjes tegen Joël toen we de vergaderzaal uit marcheerden. 'Volgens mij kon je het niet laten om haar even te pesten.'

'Ik vind het altijd zo grappig als ze van die grote ogen opzet,' zei hij met een grijns.

'Ik zal een paar goede smoezen verzinnen om haar vandaag naar Verkoop te sturen,' zei ik, maar iedereen keek me met een mengeling van minachting en medelijden aan, wat mij het gevoel gaf dat ik zelfs op mijn tenen nog niet bij de knieën van een sprinkhaan zou kunnen. Ik had niet verwacht dat ze in Mimi's bijzijn mijn kant zouden kiezen, maar ik had wel gehoopt dat ze zouden laten merken dat mijn idee best waardevol was. Vergeet het maar.

Ik zag als een berg op tegen de rest van de dag. Mimi was al geïrriteerd omdat ik had gezegd dat ze de vergadering had goedgekeurd terwijl ze op het punt stond April daarover aan de tand te voelen; ik had het in mijn hoofd gehaald om met een suggestie op de proppen te komen, en als klap op de vuurpijl had Joël haar woede opgewekt met die opmerking over de collateral. Dus zat ik de rest van de dag met Moordzuchtige Mimi opgescheept. Toen ik weer bij mijn werkplek kwam, zag ik dat ze de deur van haar kantoor gesloten had. Met een beetje geluk stortte ze het volgende half uur aan de telefoon snikkend haar hart uit bij Werner, en vertelde ze hem uitgebreid hoe vreselijk haar dag tot nu toe was verlopen en hoe afschuwelijk en gemeen haar personeel deed.

Ik legde mijn schrijfblok naast de computer, liet me in mijn bureaustoel zakken, en probeerde me te herinneren waarom ik genoegen had genomen met deze baan. In het begin had die nog helemaal niet zo slecht geleken. Mimi had me als een verloren zus binnengehaald en me het idee gegeven dat ze me niet alleen als een mentor de weg zou wijzen in het zakenleven, maar ook nog mijn beste vriendin en soulmate zou worden. Tot ik de vreselijke fout beging om haar belabberde spelling en grammatica te corrigeren en voor die correcties haar goedkeuring te vragen. Dat was mijn eerste kennismaking met Moordzuchtige Mimi. Sindsdien wist ik dat ze op goede dagen uiterst vriendelijk kon zijn, maar volledig over de rooie kon gaan als duidelijk werd dat ze minder perfect was dan ik. Ik kreeg al snel in de gaten dat ik de memo's gewoon moest corrigeren voor ik ze rondstuurde, maar niet moest laten merken dat ik haar gepruts verbeterde.

Waarom had ik deze baan aangenomen? O ja, zeshonderd dollar per maand voor mijn deel van de huur van een tweekamerflat waar we met z'n drieën woonden. En voor de inkomstenbelasting, mijn deel van de gas- en lichtrekening, eten, openbaar vervoer, en al die andere uitgaven. Ik kon nauwelijks rondkomen van mijn salaris, maar zonder inkomsten zouden mijn huisgenoten me al snel de deur uit zetten, ook al waren we al sinds de middelbare school bevriend. Dan zou ik weer terug moeten naar Texas en mijn ouders het bewijs leveren dat ik het in de grote stad dus toch niet kon volhouden.

Er waren dagen, en vandaag was er zo een, waarop ik mezelf er weer van moest overtuigen waarom het ook alweer zo erg zou zijn om terug te gaan. Het was niet dat ik thuis zo ongelukkig was geweest, maar ik voelde altijd een verlangen naar méér. Wat dat méér was, wist ik ook niet precies. Nog niet, in ieder geval. Ik hoopte dat er ergens iets geweldigs op me stond te wachten met mijn naam erop, iets wat ik nooit zou hebben gevonden als ik in dat kleine stadje was gebleven. Als ik terugging naar Texas zonder persoonlijk of zakelijk succes, zou ik een mislukkeling lijken. Erger: dan zou ik me een mislukkeling voelen.

Mimi was de prijs die ik daarvoor moest betalen, en die prijs vond ik niet te hoog. Maar het kon geen kwaad om op zoek te gaan naar een andere baan, nu ik wat ervaring buiten de zaad- en veevoerhandel op mijn cv kon zetten. Het zou gemakkelijker zijn om mijn verleden in een volgend baantje geheim te houden, want dan zou ik niet meer rechtstreeks uit Texas afkomstig zijn. En dat zou een stuk schelen.

Het icoontje van de mail knipperde op mijn computer. Ik klikte het programma aan en zag een bericht met als titel: 'Uitnodiging sollicitatie'. Weer spam waarschijnlijk, reclame voor thuiswerk waarbij je brieven in enveloppen moest stoppen of zoiets stoms, maar omdat de dag tot nu toe behoorlijk beroerd was verlopen, opende ik het bericht toch.

'Beste Kathleen Chandler,' stond er. 'We hebben veel positiefs gehoord over uw werkervaring en goede arbeidsmoraal, en dat geeft ons het idee dat u uitstekend binnen ons bedrijf zou passen. Dit is een eenmalige kans die u beslist niet moet laten lopen. Ik kan u verzekeren dat u nooit meer zo'n aantrekkelijk aanbod zult krijgen, niet in New York, en niet ergens anders. Laat u alstublieft per e-mail weten wanneer wij een sollicitatiegesprek met u zouden kunnen voeren.'

Het briefje was getekend met: 'Rodney A. Gwaltney, directeur personeelszaken, bbi bv.' En er stond een telefoonnummer in Manhattan onder die naam.

Ik staarde lang naar de mail. Dit zag er heel, heel erg verleidelijk uit, en misschien kon het geen kwaad er meer over te weten te komen, maar als ik iets had geleerd in het zakenleven op het platteland, dan was het wel dat als iets te mooi klonk om waar te zijn, het dat meestal ook was. Ik kon me trouwens niet voorstellen dat iemand buiten dit bedrijf mij kende of iets wist over mijn ervaring en arbeidsmoraal.

Met een zucht van teleurstelling wiste ik de e-mail, voor Mimi het aanbod van een andere baan op mijn computerscherm zou zien. Maar ik nam mezelf voor om die avond de laptop van mijn huisgenote Marcia te lenen en op zoek te gaan naar vacatures, om dit gekkenhuis zo snel mogelijk te kunnen verlaten.

2

Ook als ik niet elke gelegenheid moest aangrijpen om geld te besparen, zou ik die dag te voet naar huis zijn gegaan. Op slechte dagen is de lange wandeling over Broadway een mooie gelegenheid om stoom af te blazen, en alles wat onderweg te zien, te horen en te ruiken is, biedt voldoende afleiding om een flinke afstand te scheppen tussen werk en thuis. Als ik na mijn werk meteen de metro in was gedoken en er thuis weer uit te voorschijn zou komen, zou ik nog steeds in dezelfde stemming zijn als op mijn werk, en dat wil ik mijn huisgenoten liever niet aandoen. Onderdanigheid staat me bepaald niet goed, en ik wilde ook niet dat ze wisten hoe erg het eigenlijk was. En ik wilde al helemaal niet dat ze me naar huis stuurden omdat ze dachten dat ik nooit een echte New Yorkse zou kunnen worden.

Ik vervloekte Mimi nog steeds toen ik in de lobby mijn andere schoenen aantrok. Daarna liep ik naar buiten, stak Broadway over en begon aan de lange wandeling. Na de vergadering was de dag alleen maar slechter verlopen, en ik was meer dan eens in de verleiding gekomen om die uitnodiging uit de prullenbak van mijn mailbox te vissen, al wist ik bijna zeker dat het oplichterij betrof: zelfs achttiende-eeuwse slavenarbeid was gezonder dan werken onder La Diva Mimi.

Ik was al een stuk bedaard toen ik Houston Street overstak. Ik zag in de verte de torenspits van Grace Church en wist dat ik bijna thuis was. Ik stak één straat eerder door naar 4th Avenue, omdat ik niet langs de kerk wilde lopen; er zat soms een stenen waterspuwer op die me de stuipen op het lijf joeg. Het was niet die waterspuwer zelf die ik eng vond, maar het was dat 'soms' waar ik de zenuwen van kreeg. Waterspuwers zijn beeldhouwwerkjes, ze horen deel uit te maken van een gebouw. Als er een zit, hoort die daar altijd te zitten, en niet af en toe.

Deze kerk had eigenlijk helemaal geen waterspuwers, alleen gebeeldhouwde gezichten, maar zo af en toe zat er een klassieke gargouille met klauwen en vleugels boven een deurpost of op een dakrand, en ik had altijd het gevoel dat hij naar mij keek. Omdat dit niet een van die rare New Yorkse dingen was waar iedereen het altijd over had, besloot ik er maar met een grote boog omheen te lopen.

Een paar straten verder, op 4th Avenue, zag ik een kostuum-verhuurwinkel, naast een winkel in goochelartikelen. Ik schoot in de lach: dat was dus de verklaring voor dat meisje met die vleugels. Waarschijnlijk werkte ze hier, en maakte ze reclame door af en toe verkleed rond te lopen. Het verklaarde nog niet hoe ze die twee mannen in de metro kende, maar Mr. Right was op hetzelfde station ingestapt als zij, misschien woonden ze in dezelfde wijk. Misschien waren ze wel buren.

En die goochelwinkel had misschien wel iets te maken met die gargouille. Misschien was dat ding een toneelattribuut, of een magische illusie, en zetten ze het af en toe voor de grap op die kerk en haalden het weer weg voordat de autoriteiten het in de gaten kregen.

Ik voelde me al een stuk minder vreemd toen ik thuiskwam en de voordeur van het slot deed. En toen ik de trap op liep naar ons appartement, had ik het werk en de vreemde gebeurtenissen van die dag helemaal achter me gelaten. Ik had net de ramen opengezet om de kamer wat te laten luchten, toen mijn huisgenote Gemma thuiskwam. Zij maakte langere dagen dan ik, maar ze was niet zo gek om lopend naar huis te gaan. Niet op de schoenen die ze meestal droeg.

Ze schopte haar hoge hakken bij de voordeur uit en strekte haar kuitspieren. 'Doe je dat aan?' vroeg ze.

'Hoezo?'

'Heb je mijn e-mail niet gekregen?'

'Nee, sorry. Steeds als ik inlogde, stak Mimi haar hoofd om de hoek om weer iets te vragen.' Ik las op mijn werk persoonlijke mailtjes alleen via Webmail, want ik wist dat ik Mimi op m'n dak zou krijgen als ik persoonlijke e-mail via mijn zakelijke mailadres liet komen. En je kon beter het zekere voor het onzekere nemen in plaats van haar van een goed excuus te voorzien weer flink van leer te trekken.

'Het wordt tijd dat je een andere baan gaat zoeken.'

'Weet ik,' verzuchtte ik. Gemma liep naar de keuken en pakte een fles water uit de koelkast. Ik overwoog even om haar te vertellen over die e-mail met dat aanbod, maar ik wist zeker dat ze me uit zou lachen. 'Gaan we dan iets doen of zo? En wat moet ik aan?'

Ze kwam de woonkamer weer binnen, kroop op het andere uiteinde van de bank en trok haar benen op. 'Uit eten, wij drieën en Connie.' Connie was onze andere schoolvriendin die hier tegelijk met Gemma en Marcia was komen wonen. Toen zij was getrouwd en verhuisd, hadden de andere twee mij gevraagd om naar New York te komen.

'Is er dan iets bijzonders?'

'Ik heb goed nieuws.' Gemma keek heel mysterieus en ik kende haar goed genoeg om te weten dat ik niets meer uit haar zou krijgen tot het moment waarop ze het zelf wilde vertellen. Ik kreeg een knoop in mijn maag. Ik vroeg me af of nu zou gaan gebeuren waar ik al zo bang voor was. Ze had geen vaste verkering, dus het was niet erg waarschijnlijk dat ze ging trouwen en verhuizen, maar misschien had ze promotie gekregen en ging ze naar een loft in Manhattan, of een andere veel fraaiere woonruimte dan dit sjofele appartementje.

'Maar is het echt nodig dat ik me ga verkleden?' vroeg ik. Ik vond het al moeilijk om één outfit per dag te kiezen.

'Het kan geen kwaad om van elk uitje iets bijzonders te maken, je weet maar nooit wie je tegenkomt.' Gemma had zichzelf uitgeroepen tot regisseur van ons sociale leven, wij moesten van haar met volle teugen van ons leven in New York genieten, anders, vond ze, hadden we evengoed een baan in Dallas of Houston kunnen zoeken.

Ze had wel gelijk: je wist maar nooit wie je tegen kon komen. Een filmster misschien, of een popmuzikant. Of Mr. Right uit de metro, al was die wat vreemd. Misschien woonde hij hier wel in de buurt. Ik stond op en liep terug naar de slaapkamer. 'Wat zal ik aantrekken?'

Gemma sprong op. Dit was haar specialiteit, ze werkte tenslotte in de modewereld.

Tegen de tijd dat Marcia thuiskwam, zagen we er piekfijn uit, klaar voor de strijd. Met de van Gemma geleende trui voelde ik me zelfs bijna een filmster, al was ik een grijze muis tussen alle anderen. Ik vond mezelf niet onaantrekkelijk, maar ik was ontzettend gewoon; niet klein genoeg om fijn en tenger te zijn zoals Connie, en niet lang genoeg om op te vallen zoals Gemma. Mijn haar hield het midden tussen blond en bruin, het was niet kort en niet lang, en mijn ogen waren niet echt groen, maar ook niet blauw. Het voordeel was natuurlijk dat áls ik ooit een bank zou beroven, het erg moeilijk zou worden voor getuigen om een accuraat signalement te geven dat niet van toepassing was op de halve stad.

Terwijl Marcia zich verkleedde, arriveerde Connie. Ze bruiste van enthousiasme, wat mij het sterke vermoeden gaf dat ze op de hoogte was van wat Gemma in haar schild voerde. Daar werd ik iets rustiger van. Waarschijnlijk had ze voor ons allemaal een blind date geregeld. Niet mijn idee van een leuke avond uit, maar beter dan een paar honderd dollar per maand meer te moeten ophoesten omdat Gemma ging verhuizen.

We namen plaats aan een tafeltje op de stoep voor een klein café in St. Mark's Place in East Village. Gemma bestelde het eerste rondje. 'Deze is van mij.' Blijkbaar was er dus echt iets bijzonders aan de hand.

Toen we na een paar slokken allemaal ontspannen waren, keken Gemma en Connie elkaar veelbetekenend aan. 'Ik heb fantastisch nieuws!' zei Gemma.

'Wat dan?' vroeg Marcia achterdochtig.

'We hebben dit weekend allemaal een date.'

'O ja?' vroeg ik. We hadden bijna elk weekend een date, niet omdat we zo populair waren, maar omdat Gemma erg van koppelen hield, ze regelde altijd blind dates voor ons en vond het ook heerlijk als ze zelf zo'n aanbod kreeg.

'Het zijn vrienden van Jim,' legde Connie uit. Jim was haar financiële wonderman. 'Dan gaan Jim en ik ook mee, dus dan kennen alle mannen elkaar, en is het net alsof we elkaar allemaal al kennen. Leuk hè?'

Het deed mij een beetje denken aan afspraakjes op de middelbare school, maar ik hield mijn mond. Het zou in ieder geval leuk zijn om tegen iemand aan te kunnen kletsen, ook al werd het verder niets.

Voordat Marcia de kans kreeg om te reageren, verscheen de ober met een blad vol drankjes. 'We hebben niets besteld, hoor,' protesteerde Gemma.

'Nee, dit wordt jullie aangeboden door die meneer daar,' zei de ober terwijl hij de drankjes neerzette. We draaiden ons allemaal om en zagen een man in zijn eentje aan een tafeltje zitten. Ik viel bijna van mijn stoel, want dat was Gladjakker, uit de metro.

Ik draaide me weer om naar mijn vriendinnen, die hem kwijlend aanstaarden, zelfs de getrouwde Connie. 'Poeh,' zei Gemma zacht. Ze sloeg haar lange benen over elkaar zodat haar minirokje nog wat verder naar boven kroop. Marcia leunde over het tafeltje zodat haar decolleté goed in beeld kwam, en Connie begon glimlachend met haar haar te spelen. Ik keek nog eens goed naar de man, maar hij was nog net zo'n engerd als in de metro. Er was zeker iets wat mij totaal ontging.

Ik boog me naar de anderen toe en fluisterde: 'Is dat iemand die ik zou moeten kennen?'

'Waarom vraag je dat?' vroeg Marcia, zonder haar ogen van Gladjakker af te halen.

'Omdat jullie allemaal naar hem kijken alsof het Johnny Depp is.'

'Mmm, daar lijkt hij inderdaad wel op,' zei Gemma. 'Het zal hem toch niet echt zijn, wat denken jullie?'

'Volgens mij woont Johnny Depp in Parijs,' zei Connie.

Ik keek nog eens naar de man aan het tafeltje om me ervan te verzekeren dat ik niet gek was, maar ik wist zeker dat ik me niet vergiste. 'Zijn jullie allemaal gek geworden?' vroeg ik. 'Hij lijkt absoluut niet op Johnny Depp; zelfs niet als Johnny Depp zich als engerd zou verkleden.'

'Volgens mij moet jij nodig naar de opticien,' zei Gemma.

Ik snapte werkelijk niet waarom deze man zo'n enorme aantrekkingskracht scheen uit te oefenen; de vrouwen in de metro vonden hem onweerstaanbaar en nu lagen mijn vriendinnen ook al aan zijn voeten. En het beviel me al helemaal niet dat hij zomaar kwam opdagen op een plek waar ik ging eten. New York mocht dan geografisch gezien niet erg groot zijn, maar er waren duizenden restaurants, en de kans dat je iemand twee keer tegenkwam, was ontzettend klein. O, hemel, was dit misschien mijn eerste stalker? Als ik dan toch door een van die mannen uit de metro werd gevolgd, waarom dan niet door die ene leuke?

Ik boog me wat naar voren en fluisterde: 'Volgens mij word ik gevolgd door die vent. Vanmorgen in de metro zat hij ook al naast me.'

'Geluksvogel,' spinde Marcia. 'Als jij hem niet wilt, mag ik hem dan hebben?' Ze knipoogde naar hem en likte langs haar lippen.

'O, kijk nou, hij komt naar ons toe!' piepte Connie. Ze begonnen zich allemaal in een zo gunstig mogelijke houding te manoeuvreren.

'Goedenavond, dames,' zei Gladjakker met dezelfde slijmerige stem als die ochtend in de metro. 'Smaakt het drankje?'

Mijn tafelgenoten lieten alle New Yorkse pretenties varen en begonnen puberaal te giechelen. Ik sloeg mijn armen over elkaar en trok een wenkbrauw op.

Gladjakker keek me met een intense blik aan en zei, terwijl hij zijn ogen op mij gericht bleef houden: 'Ik ben Rodney Gwaltney.'

Ik was te verbijsterd om te reageren. Gelukkig, of misschien ook niet, liet Gemma zich niet zo snel uit het veld slaan. 'Ik ben

Gemma, en dit zijn mijn vriendinnen Marcia, Connie en Katie.'

'Prettig kennis te maken,' zei Rodney.

Ik kon nog steeds geen woord uitbrengen. Ik was ervan overtuigd dat dit geen toeval kon zijn. Maar waarmee was het begonnen, met het achtervolgen of met die e-mail? Of achtervolgde hij me al toen ik hem in de metro tegenkwam? Nu was ik er nog sterker van overtuigd dat het aanbod van die baan oplichterij was. Ik had in ieder geval nog nooit gehoord van een headhunter die zijn potentiële kandidaten achtervolgde. Waarschijnlijk had hij een bordeel met seksslavinnen, al kon dat niet veel voorstellen als hij zijn toevlucht zocht tot types zoals ik. Of had je ook mannen met ongezonde fantasieën over doodgewone meisjes?

Terwijl ik zat bij te komen van de schok, zaten mijn vriendinnen druk met hem te kletsen en te flirten, maar Gladjakker hield het kort. 'Het was me een waar genoegen, dames,' zei hij.

'Dat is helemaal wederzijds,' zei Marcia.

'En nog bedankt voor de drankjes, dat was erg lief,' voegde Gemma eraan toe.

Hij keek nog even de tafel rond, richtte zijn blik toen op mij en zei: 'Ik hoop tot gauw.' Daarna ging hij weg.

Meteen barstten de anderen weer in gegiechel uit. 'Volgens mij vindt hij jou wel leuk, Katie,' zei Gemma. 'Misschien moeten we jouw afspraakje voor dit weekend maar afzeggen, want ik denk dat jij dan wel iets anders te doen hebt.'

Ik was misselijk en te geschokt om een woord te kunnen uitbrengen. Connie merkte dat, want ze vroeg: 'Is er iets, Katie?'

'Ik vertelde toch dat ik hem vanmorgen in de metro heb gezien? Maar zijn naam ken ik ook, hij heeft me vandaag een e-mail gestuurd en me een baan aangeboden! Drie e-mails zelfs.'

'Wat voor baan dan?' vroeg Marcia.

'Dat weet ik niet, dat stond er niet in. Daarom vond ik het ook zo verdacht en heb ik die mailtjes meteen verwijderd. Ik dacht dat het gewoon spam was, zo'n "fantastische kans" om zogenaamd een fortuin te verdienen met thuiswerk, weet je wel? Hij schreef wel over mijn werkervaring en arbeidsmoraal, maar hoe kan hij daar nu iets over weten? Ik weet bijna zeker dat ik hem nog nooit eerder heb gezien. En dan kom ik hem nu ineens weer tegen...' Ik rilde.

De anderen keken nu een stuk serieuzer. 'Weet je voor welk bedrijf hij werkt?' vroeg Marcia.

'Ik geloof iets van BBI.'

Ze schudde haar hoofd. 'Nooit van gehoord.'

'Maar dat kan toch nooit een serieus aanbod zijn?'

'Dat weet ik niet, maar het lijkt me niet. Headhunters stappen meestal niet zomaar op mensen af. Ze doen soms vaag over welk bedrijf ze vertegenwoordigen, maar ze zeggen meestal wel hoe ze aan je naam zijn gekomen. Bovendien rekruteren ze meestal meer op eh... managementniveau.' Met andere woorden: ze waren niet uit op het wegkapen van een gelauwerde secretaresse. 'Ik vraag me af of het wel een headhuntersbedrijf is. Kan het zijn dat iemand binnen jouw bedrijf je heeft aanbevolen? Misschien iemand die zelf van baan gaat veranderen maar nog niet heeft opgezegd, en die de namen heeft doorgegeven van andere werknemers?'

Dat was zeker mogelijk. Er waren genoeg mensen op de marketingafdeling die misschien wilden deserteren, en ze zouden het vast niet nalaten om Mimi bij hun vertrek nog een flinke trap na te geven, bijvoorbeeld door haar assistente mee te nemen. Ik hoopte dat ik, ondanks de moeilijke omstandigheden en mijn gebrek aan ervaring in de grote stad, toch zo goed was in mijn werk dat mijn collega's bereid waren mij ergens anders aan te bevelen. Maar het bleef vreemd dat die man hier vanavond zomaar voor mijn neus had gestaan.

Alsof ze mijn gedachten had geraden, voegde Marcia hieraan toe: 'Het is wel gek dat je hem twee keer in de stad bent tegengekomen. Niet echt een gebruikelijke manier van werken voor headhunters. Meestal krijg je een uitnodiging, en bestoken ze jou en je vriendinnen niet met drankjes. Trouwens, als je inderdaad door een collega bent aanbevolen, hoe wist hij dan hoe je eruitziet, en waar hij je buiten je werk kon vinden? Kon hij er vanmorgen in de metro op de een of andere manier achter komen hoe je heet, of waar je werkt? Heeft hij je misschien gevolgd toen je uitstapte?'

Ik schudde mijn hoofd. 'Nee. Hij stapte een paar haltes eerder uit.'

'Je hebt ook geen naamkaartje op je tas, toch?'

'Nee, zo stom ben ik niet.'

'Hm. Vreemd.'

De stemming aan het tafeltje was een stuk ernstiger geworden, en ik vond het vervelend dat ik daar de oorzaak van was, dus ik zei: 'Trouwens, als jullie hem zo hot vinden, had je eigenlijk die andere man moeten zien die vanmorgen bij hem in de metro was.' Ze begonnen meteen naar details te vragen, en al snel waren we weer helemaal in de sfeer van een avondje stappen met vriendinnen.

Die nacht sliep ik slecht. Er spookten allerlei beelden door mijn hoofd van feeën en waterspuwers, en van Mimi en Rodney. Door mijn slapeloosheid was ik vroeg genoeg op om lopend naar mijn werk te gaan, waardoor ik de kans hoopte te verkleinen dat ik het trio van de vorige dag weer zou tegenkomen. Ik wist dat die kans minimaal was, maar na gisteren nam ik geen enkel risico.

Onderweg dronk ik koffie uit een reisbeker en at ik een bagel terwijl ik probeerde te bedenken wat ik moest doen. Eigenlijk kon ik niet veel beginnen. Ik ging natuurlijk niet reageren op dat duistere aanbod. Als er weer een e-mail van Rodney kwam, zou ik die meteen naar de prullenbak verwijzen. En als hij weer achter me aan zou komen, kon ik dat misschien laten verbieden, maar zolang hij niet mijn ondergoed stal en dreigbrieven stuurde, betwijfelde ik of de politie iets zou kunnen doen.

Nee, ik kon me beter concentreren op het overleven van Mimi. Vandaag was ik eerder op kantoor dan zij, dus kon ik even op adem komen voor ik met haar te maken kreeg. Ze had vast een drukke nacht met Werner achter de rug, want ze had me niet zoals anders vanuit haar huis allerlei e-mails gestuurd met opdrachten die ik 's ochtends meteen van haar moest uitvoeren. Zoals ik al had verwacht, was er ook een e-mail van mijn grote vriend Rodney Gwaltney. Ik kon het niet laten om het bericht te lezen.

Ditmaal was de mail gericht aan 'Katie' in plaats van 'Kathleen'. 'Het was me een groot genoegen je gisteravond weer te zien en kennis te maken met je charmante vriendinnen', stond er. 'Ik heb je waarschijnlijk aan het schrikken gemaakt, maar wees ervan overtuigd dat ik geen kwaad in de zin heb. Integendeel! Mijn aanbod is echt te mooi om af te wijzen. Je bent veel waardevoller dan je je realiseert. Neem alsjeblieft contact met me op zodra je daartoe in de gelegenheid bent.'

Ik kwam in de verleiding om terug te schrijven dat als zijn aanbod zo fantastisch en bijzonder was, hij misschien ook wel wilde vertellen waar het dan precies over ging. Mijn moeder heeft me niet dom gehouden, en zelfs in de kleine stad waar ik vandaan kom, heb ik geleerd dat je je niet in moest laten met mannen met vage bedoelingen. Het deed me opnieuw veel genoegen om het bericht te verwijderen.

Omdat Mimi er nog steeds niet was, maakte ik van de gelegenheid gebruik om mijn persoonlijke e-mail door te nemen. Daar was Gemma's uitnodiging om te gaan eten. En nog een bericht van Rodney. Ik zette zijn naam in het spamfilter en stuurde zijn bericht ongelezen naar de prullenbak, samen met alle mailtjes waarin stond dat ik moest afvallen, mijn borsten moest vergroten, thuis geld moest gaan verdienen, mijn penis moest verlengen, plantaardige Viagra zonder recept moest kopen, of een lagere hypotheek moest nemen. Als al die mailtjes ergens over zouden gaan, was iedereen een slanke, aantrekkelijke seksmachine. Dat leek niet het geval, en de kans was dus groot dat het met het waarheidsgehalte van die baan al net zo was.

Mimi was weer uiterst vriendelijk toen ze op kantoor kwam; als je haar niet kende, zou je zonder meer geloven dat ze de leukste baas ter wereld was. Misschien had die ouwe Werner wel wat van dat Viagra-spul gekocht. Ze bleef de hele ochtend zo, maar tegen lunchtijd kwam haar gevaarlijke kant weer naar boven.

Ik zat achter mijn bureau en probeerde een van haar memo's te herschrijven tot een begrijpelijke tekst, toen ze haar hoofd om de hoek van mijn kantoorhokje stak. 'Ga je mee lunchen?' vroeg ze.

'Nee, nu niet, dank je,' zei ik afwezig, met mijn ogen nog steeds op het computerscherm. 'Ik moet dit nog afmaken en ik heb brood bij me.'

'Het zou geen kwaad kunnen om eens wat socialer te zijn op kantoor. Als je elke dag achter je bureau eet, is dat niet bevorderlijk voor de werksfeer. Ik heb liever dat je met de rest van de personeel gaat lunchen.'

Ik moest bijna mijn tong afbijten om de opmerkingen binnen te houden die in me opkwamen, bijvoorbeeld dat de werksfeer vooral werd verpest door haar, en dat als ik met haar moest gaan lunchen in die dure tenten waar ze graag kwam, ze me eerst wel eens wat meer mocht gaan betalen. Ik was in ieder geval niet van plan om het kleine deel van het budget dat ik kon reserveren om uit te gaan aan haar te verspillen.

Maar gelukkig was dit alleen maar een aanval in het voorbijgaan, en leek ze geen reactie te verwachten. Voordat ik iets kon bedenken waardoor ik niet op staande voet ontslagen zou worden, was ze alweer weg. Ik voelde me nog lager dan de buik van een slang, zoals mijn oma vroeger altijd zei, en ging weer verder met de memo. Mijn enige daad van rebellie was dat ik een grammaticafout liet zitten. Zij zou dat vast niet merken omdat zij het stuk zelf had geschreven, maar iedereen die het wel zag, zou even denken dat ze eigenlijk niet competent was.

Toen ik klaar was, pakte ik mijn lunchzakje, trok mijn wandelschoenen aan, en liep naar Battery Park. Ik vond het altijd heel rustgevend om naar het water te kijken met het Vrijheidsbeeld op de achtergrond.

Er waren veel mensen die van de fantastische herfstdag genoten: een paar busladingen toeristen met fotocamera's, een paar klassen schoolkinderen die op de veerpont naar het Vrijheidsbeeld stonden te wachten, en veel zakenlui uit Manhattan die, net als ik, even van hun werk verlost waren.

Er kwam een jongen op skates voorbij die me nooit zou zijn opgevallen als hij geen elfenoren had gehad. Ik keek hem na terwijl hij naar de stoep reed, naar een meisje met feeënvleugels. Ik wist niet zeker of ze de fee van de vorige dag was, of misschien waren die vleugels toch een modetrend die mij was ontgaan. De elf en de fee begonnen elkaar vol overgave te kussen. Niemand anders in het park leek hen te zien.

Ik vroeg me af wat ik hier nu eigenlijk zo vreemd aan vond. Het was natuurlijk geen echte elf op skates die een fee kuste, want elfen en feeën bestonden niet. Het waren gewoon twee verklede mensen, dat zou mij toch niet zo van streek hoeven te maken. Ik herinnerde me nog wel dat medeleerlingen soms wekenlang in hun toneeloutfit naar school kwamen als ze midden in een belangrijke productie zaten, en dat was toch ver van het maffe New York geweest.

Ik keek opzij en zag een man in een zilverkleurig robotpak en met een metaalkleurig gespoten huid een mimevoorstelling geven voor een groepje toeristen. Dat vond ik ook niet raar, dus waarom had ik dan zoveel last van die andere dingen? Waarschijnlijk omdat ik toch minder grootstedelijk was dan ik wel wilde.

Zuchtend schudde ik de kruimeltjes uit mijn broodzakje, vouwde het op, stopte het terug in mijn papieren lunchzakje, dat ik netjes opvouwde en in mijn tas stopte. Ik gooide het appelklokhuis in de prullenbak en liep met een bezwaard gemoed terug naar kantoor. Als ik in de lunchpauze naar buiten ging, vond ik het altijd weer vreselijk moeilijk om terug te gaan. Dat was een van de redenen waarom ik liever achter mijn bureau at.

Mimi had blijkbaar niemand gevonden die mee wilde lunchen, want ze was alweer op kantoor toen ik terugkwam. 'Waar zat jij?' gilde ze, zo hard dat iedereen op de verdieping het kon horen. De honden in Battery Park City begonnen te janken en hielden hun pootjes voor hun oren.

'Ik was buiten,' zei ik, zo rustig mogelijk. Ook kwaad worden op Mimi was alleen maar een manier om de zaak te laten escaleren.

'Maar je ging toch niet lunchen?' wierp ze me voor de voeten.

'Ik zei dat ik brood had meegenomen. En dat heb ik buiten opgegeten.'

Een paar mensen keken voorzichtig over de rand van hun kantoorhokjes, als prairiehondjes uit hun holen. 'Je moet het tegen me zeggen als je weggaat!'

'Maar jij was zelf gaan lunchen!' Ik fronste mijn wenkbrauwen quasi-meevoelend en probeerde mijn stem niet te laten trillen. 'Moet ik eerst toestemming vragen voor ik in mijn lunchpauze mag lunchen? Van die regel was ik eerlijk gezegd niet op de hoogte.'

Daar had ze natuurlijk niet van terug, zeker niet met zoveel getuigen. Ze kon het mij natuurlijk niet kwalijk nemen dat ik het gewaagd had te gaan lunchen terwijl zij zelf ook met lunchpauze was. Helaas wist ze dat ze machteloos stond, en dat vond ze nog het allerergste. 'Ik had dat ontwerp van het persbericht van pr nodig voor de directievergadering,' snauwde ze. 'Ik heb je vanuit de directiekamer geprobeerd te bellen, maar je was niet op je plaats.'

'Dat ontwerp heb ik vanmorgen al in je postvakje gelegd, meteen toen ik het van Leah had gekregen.'

Nu werd ze pas echt kwaad. De meeste bazen zouden blij zijn met competente werknemers, maar dat gold niet voor Mimi. Bij competente werknemers stak ze zelf maar magertjes af, en ze kon ze bovendien niet als smoes gebruiken. Waarschijnlijk was ze gewoon vergeten dat ontwerp-persbericht mee te nemen naar de directievergadering, en had ze vervolgens geprobeerd mij daar de schuld van te geven door te zeggen dat ik het haar niet had gegeven. Ze keek me met haar woedende, uitpuilende Mimi-ogen aan, draaide zich om en liep briesend terug naar haar kantoor, griste het persbericht uit het bakje en beende naar de lift. Haar lichaamstaal brulde het uit: Jou krijg ik nog wel, dame!

Ik vluchtte naar mijn hokje, liet me op mijn bureaustoel vallen en trok mijn kantoorschoenen weer aan. Ik was ontzettend kwaad, en mijn machteloze woede kwam in de vorm van een huilbui naar buiten. Maar het laatste wat ik wilde was de indruk wekken dat ze mij aan het huilen had gemaakt, dus ik knipperde woedend mijn tranen weg.

Met trillende handen drukte ik op een toets van het toetsenbord om mijn computer weer tot leven te wekken. Het icoontje van de mail knipperde fel, en boven aan de lijst stond weer een e-mail van Rodney Gwaltney. Ik opende het. Weer dat gezwets over de geweldige kans die hij me wilde bieden.

Hoewel ik zeker wist dat het oplichterij was, had ik op dat moment zo genoeg van mijn baan, dat ik ter plekke besloot dat ik iets anders moest zoeken, of moest opgeven en teruggaan naar huis. Misschien was een aardige meid uit Texas zoals ik echt niet geschikt voor het leven in de grote stad. Maar ik gaf mezelf nog één kans en voordat ik wist wat ik deed, klikte ik op de antwoordknop en typte: 'Wanneer wil je afspreken? Ik heb het vrij druk, dus het zou een keer in de lunchpauze of na mijn werk moeten.' Wat hij me ook wilde bieden: het kon bijna niet slechter zijn dan dit. En voor ik van gedachten kon veranderen, klikte ik op de verzendknop.

3

Daar kreeg ik vervolgens meteen spijt van. Wat had ik me nu weer op de hals gehaald? Ik wist dat de firewall alleen om de paar minuten opening om e-mail door te laten, dus er was een kans dat mijn mailtje nog tegengehouden kon worden. Maar als ik de IT-afdeling belde, zouden ze daar meteen weten dat ik op zoek was naar een nieuwe baan. Niet dat ik bang was dat ze dat zouden doorvertellen; die computerjongens zouden het maar al te goed begrijpen, want ze werden zelf bijna dagelijks door Mimi lastiggevallen met allerlei problemen op computergebied. Maar hoe langer ik aarzelde, hoe kleiner de kans was dat ik het mailtje nog kon terughalen.

Toch kon ik me er niet toe zetten te bellen. Wat kon er eigenlijk voor vreselijks gebeuren? Als ik met Rodney had gesproken en zijn aanbod alsnog zou afwijzen, liet hij me vast wel met rust. En er was natuurlijk altijd een kleine kans dat het toch een serieus aanbod was, dat het niet ging om een bordeel of zoiets, al wist ik ook wel dat de mooie kansen niet voor het oprapen lagen.

Ik dwong mezelf om me op mijn werk te concentreren en niet steeds aan de baan te denken, maar steeds als er een nieuw mailtje kwam, klikte ik het snel open. Ze kwamen bijna allemaal van mensen die iets over Mimi's agenda wilden weten, of die vroegen of ze al had gekeken naar iets waar ze een week geleden om had gevraagd en dat volgens haar zo'n vliegende haast had.

Misschien was die Rodney toch niet zo serieus. Misschien was het een flauw spelletje dat hij speelde met jonge vrouwen die hij in de metro zag. Hij wist ze op de een of andere manier kwijlend aan zijn voeten te krijgen, maar vond het blijkbaar ook leuk om te doen alsof hij macht over hen kon uitoefenen. Wat nog steeds niet verklaarde hoe hij wist wie ik was en hoe hij aan mijn mailadres kwam. Nee, het was dom geweest om te reageren.

En toen klonk de 'pling' van het mailprogramma weer en verscheen Rodneys antwoord op mijn scherm. Het duurde even voor ik de mail kon openen, want mijn handen trilden zo erg dat ik de muis niet goed kon sturen. 'Ik ben blij dat je hebt besloten om ons de kans te geven hier meer over te vertellen, Katie,' stond er. 'Vandaag om kwart over vijf, in het café op Broadway vlak bij Rector. Je zult er geen spijt van krijgen.'

Ik schreef de gegevens op, antwoordde dat ik op de afgesproken tijd op de afgesproken plaats zou zijn, en wiste de mail. En uit pure achtervolgingswaanzin wiste ik mijn eerste reactie en mijn bevestiging uit de lijst van verzonden e-mails en vervolgens uit de prullenbak. Ik wist wel dat Mimi zo'n computeranalfabeet was dat ze dat allemaal vast niet zou kunnen vinden op mijn computer, maar ik nam het zekere voor het onzekere. En ik wilde dat een eventuele volgende baan helemaal zeker zou zijn voor ik hier wegging, vrijwillig of gedwongen.

Na haar uitbarsting 's middags, was Mimi de rest van de dag vreemd genoeg stil. Ik werd daar alleen maar zenuwachtig van, want dit was waarschijnlijk de stilte voor de storm. Ze zat natuurlijk te verzinnen hoe ze mij slecht kon afschilderen zonder zichzelf belachelijk te maken. Ik deed de rest van de dag schietgebedjes in de hoop dat ze me niet om vijf voor vijf nog een enorme klus zou toeschuiven met de opmerking: 'O, voordat je weggaat...'

Om half vijf ging ik onopvallend naar het toilet om mijn haar en mijn make-up bij te werken. Ik was niet echt gekleed op een sollicitatiegesprek, maar dit leek ook geen formeel gesprek te worden. Ik hoefde Rodney in elk geval niet te smeken om mij aan te nemen. Het was eerder andersom: hij was degene die zich netjes moest aankleden.

Toen ik iemand met Mimi had doorverbonden, printte ik mijn cv en spurtte naar de printerkamer om er op tijd bij te zijn. Ik had het cv net in mijn tas gestopt toen Mimi ophing, maar ze kwam tot mijn opluchting nog steeds niet naar mijn bureau.

Precies om vijf uur zette ik de computer uit en pakte mijn handtas en mijn koffertje. Ik trok mijn wandelschoenen niet aan, maar dat viel niet op omdat ik dat toch altijd pas beneden in de lobby deed. Ik probeerde er op kantoor zo zakelijk mogelijk uit te zien sinds ik die eerste dag meteen door Mimi aan het werk was gezet en de hele ochtend in mijn verkeerde schoenen had moeten rondlopen.

Mijn hart begon sneller te kloppen toen ik het café naderde. Waarom was ik hier in godsnaam aan begonnen? O ja, ik had een uitzichtloze baan en werkte voor een compleet gestoorde psychopaat. Als vuilnisman had je betere werkomstandigheden.

Rodney zat aan een tafeltje bij het raam, vlak bij de deur. Mr. Right was er ook, ik had me dus niet verbeeld dat ze elkaar kenden. Toen ik binnenkwam, stonden ze allebei op. Rodney begroette me hartelijk. 'Katie!' zei hij, zonder een spoor van zijn eerdere slijmerige manier van doen. 'Goed om je te zien. Mag ik je voorstellen aan Owen Palmer, een van mijn collega's.'

Owen, die net zo leuk was als ik me herinnerde, bloosde een beetje toen hij me een hand gaf. Hij keek me niet rechtstreeks aan, maar sloeg zijn ogen verlegen neer. De meeste knappe mannen zijn zich van hun schoonheid maar al te zeer bewust, maar Owens verlegenheid was uiterst innemend. Als hij ook bij het bedrijf werkte, begon de baan die ze me wilden aanbieden er steeds interessanter uit te zien.

'Ga zitten,' zei Rodney. 'Kan ik je iets te drinken aanbieden?'

'Een cappuccino graag,' zei ik. Meestal liet ik de duurdere koffiesoorten voor wat ze waren, maar als hij betaalde, kon ik het er best eens van nemen.

Rodney liep naar de bar, zodat ik alleen achterbleef met Owen. Ik moest het gesprek op gang brengen, want hij leek zijn toekomst te lezen uit de nootmuskaat op het schuim van zijn cappuccino. 'Jij woont zeker ook in de buurt van Union Square?' vroeg ik. 'Ik zag je gisteren in de metro.'

Hij bloosde weer en keek me met een verlegen glimlach bijna aan. 'Ja, inderdaad,' zei hij. De eerste woorden die ik hem hoorde zeggen. Hij had een prettige stem.

'Wel een uitgestrekte buurt, hè? Ik woon daar nu bijna een jaar, maar ik heb het gevoel dat ik het nog maar nauwelijks ken.' Ik begon te lachen. 'Goh, nu lijk ik wel een toerist. Een echte New Yorker zou volgens mij nooit zo uitbundig doen.'

Hij glimlachte, en bloosde nog steeds een beetje. Hoewel hij donker, bijna zwart haar had, was zijn huid heel licht, dus je kon heel goed zien dat hij bloosde. Arme kerel. Ik vroeg me af hoe hij het in het harde zakenleven redde. Misschien was hij een kei in het schrijven van teksten, en kon hij memo's schrijven als de beste.

Rodney kwam weer terug en zette een klein zwembad cappuccino voor me neer. Ik nam mezelf voor niet alles op te drinken, anders zou ik de rest van de week niet meer kunnen slapen.

Hij ging zitten, wachtte tot ik een slokje had genomen, en zei: 'Ik kan me voorstellen dat je met allerlei vragen zit.'

'Ja, ik heb tig vragen. Er stond niet zoveel informatie in die e-mails; bijvoorbeeld niets over jullie bedrijf.'

'Dat komt omdat het heel lastig is ons bedrijf te omschrijven zonder meteen paniek te zaaien.' De eerste volzin die ik Owen hoorde uitspreken. Blijkbaar was hij minder verlegen als het over zijn werk ging. Misschien wist hij gewoon niet goed wat hij tegen vrouwen moest zeggen.

Het duurde even voor het tot me doordrong dat het tamelijk griezelig klonk wat hij had gezegd. Het ging dus toch om een bordeel, zie je wel. Ik schraapte mijn keel en vroeg: 'Eh, maar om wat voor bedrijfstak gaat het dan?'

Ze keken elkaar aan. Owen antwoordde, nog steeds op zakelijke toon: 'We doen aan research en development op het gebied van producten ten behoeve van een specifieke populatie, voeren supervisie en oefenen controle uit op die producten in de markt.'

Daar werd ik niet veel wijzer van, maar het klonk niet als een verscheping naar een eiland in de Stille Zuidzee als seksslavin voor een stamhoofd. Of zou dat de populatie zijn waar hij het over had? Een seksslavin kon ook best als een product worden beschouwd. Maar dan zouden ze niet zulke ingewikkelde woorden gebruiken. 'Heeft het iets met software te maken?' vroeg ik, in de hoop de plank niet volledig mis te slaan.

Owen glimlachte en begon weer te blozen. 'Ja, zoiets, al is onze bedrijfstak vele tientallen jaren ouder dan de computerindustrie.'

'O,' zei ik. Ik begreep er nog steeds niets van, maar eigenlijk kon het me niet meer schelen, zolang het maar niet immoreel, illegaal of gevaarlijk was. Wat wist ik eigenlijk van het bedrijf waarvoor ik nu werkte? 'En wat zou mijn taak dan zijn?'

Rodney leunde wat naar voren, keek me aan en zei: 'Jouw functie zou liggen op het gebied van, laten we zeggen, de administratieve kant van de zaak. Je hoeft je niet met de producten bezig te houden, maar met de bedrijfsvoering als zodanig. Je krijgt een adviserende taak ten behoeve van ons management.'

Ik kon me niet voorstellen waarover ik iemand moest adviseren, behalve dan over welke meststof voor welke plant geschikt was, wanneer je rekeningen moest betalen om nog een zo groot mogelijke rente op te strijken en toch binnen de betalingstermijn te blijven, of waar je in een memo komma's moest zetten. Misschien was het gewoon een sjieke omschrijving van de functie die ik nu ook vervulde. 'Met andere woorden: ik zou een persoonlijke administratieve assistente zijn, zoals nu.'

Owen keek naar de tafel en begon zijn papieren servetje te versnipperen. 'Zoiets, maar niet helemaal,' zei hij.

'De positie is uniek binnen ons bedrijf,' zei Rodney soepel nadat hij de knappe blondine die de zaak binnenkwam een charmante glimlach had toegeworpen. Ze keek bewonderend naar hem. Hij keek even alsof hij van plan was haar telefoonnummer te vragen, maar richtte zich toen weer op mij. 'Het is heel lastig om de functie precies te omschrijven, hoewel die voor een deel ook bestaat uit de gebruikelijke administratieve bezigheden. Maar eigenlijk moet ik vooral benadrukken dat dit werk is waarvoor je in de wieg gelegd moet zijn. Ik denk dat je nooit meer een baan zult vinden waarvoor je zo geschikt bent als deze.'

'Maar hoe weet je eigenlijk wat mijn capaciteiten zijn?' Op dat moment herinnerde ik me dat ik mijn cv had meegenomen. Het gesprek verliep heel anders dan alle andere sollicitatiegesprekken die ik had gevoerd. 'Ik heb mijn cv bij me,' zei ik, terwijl ik mijn tas pakte. 'Sorry, ik heb maar één exemplaar.'

Rodney nam het van me aan, wierp er een afwezige blik op, en gaf het aan Owen, die de gegevens wat nauwkeuriger bestudeerde. 'Je hebt zeker een indrukwekkende achtergrond,' zei Rodney, 'maar dat is niet de reden dat we je in dienst willen nemen. We hebben je al zorgvuldig gescreend en we zijn tot de conclusie gekomen dat je over de juiste eigenschappen voor deze functie beschikt.'

'O, daarom hebben jullie me gestalkt.' Vanuit mijn ooghoeken zag ik Owen grijnzen, een volkomen ongekunstelde grijns waarmee hij scheen te willen zeggen: Daar heeft ze je mooi betrapt! Met dat blozen en die verlegen glimlachjes was hij al aanbiddelijk, maar nu werd hij onweerstaanbaar. Ik had wel wc's willen schoonmaken om in hetzelfde gebouw te mogen werken als hij, maar voorlopig probeerde ik mijn libido onder controle te houden. Zulke dingen moest je erbuiten laten als je op zoek was naar een baan, al lieten mannen die een secretaresse wilden aannemen zulke gevoelens altijd wel meespelen.

'Getest,' corrigeerde Rodney mij.

'Maar waarom ik?' vroeg ik na een tijdje. 'Ik ben zo... zo gewoon. Er moeten toch honderden, zelfs duizenden mensen in deze stad te vinden zijn met precies dezelfde kwalificaties? Misschien hebben ze niet allemaal in een zaad- en veevoerhandel gewerkt, maar je begrijpt wel wat ik bedoel.'

'Het zou je nog verbazen hoe zeldzaam dat is, iemand die echt gewoon is,' zei Owen zacht. Dat klonk als een uitspraak van Yogi Berra, maar toen Owen het zei, klonk het heel diepzinnig en mysterieus. Ik keek hem niet-begrijpend aan, en hij ging verder. 'Jij hebt een unieke kijk op dingen die wij heel waardevol vinden.'

'Aha,' zei ik opgelucht. 'Jullie zoeken een soort realiteitsgraadmeter.'

Owens gezicht klaarde op. Ik begon een tikje verliefd op hem te worden. 'Ja! Precies!'

Nu begon ik alles een stuk beter te begrijpen: sommige bedrijven waren op zoek naar echte, alledaagse, provinciaalse eerlijkheid en boerenverstand, in plaats van iemand te veroordelen omdat die geboren was ten westen van de Hudson. Ik snapte nog niet goed hoe ze uitgerekend bij mij waren terechtgekomen, maar grote concerns hadden daar vast hun methodes voor.

'Denk je dat je geïnteresseerd bent?' vroeg Rodney. 'Het zou nog wel even ingewikkeld kunnen worden; onze directie wil natuurlijk ook even een gesprek met je voeren, en we vertellen je dan uiteraard ook meer over ons bedrijf. Als tegenprestatie verlangen we discretie, want we opereren buiten de openbaarheid en we willen niet dat je met anderen over ons bedrijf praat.'

Er zat nog steeds een vreemd luchtje aan de hele zaak, maar ik was inmiddels geïntrigeerd door deze mensen; ik zou kunnen gaan werken voor iemand die me respecteerde, die er de moeite voor had genomen mij te kiezen uit al die mensen in New York. Mijn voorzichtigheid zei me dat ze me misschien alleen maar zaten te paaien, maar mijn nieuwsgierigheid won het ruimschoots. 'Natuurlijk,' zei ik, in de hoop dat mijn stem niet zo nerveus klonk als ik me voelde.

Rodney lachte, met een echte, gemeende lach, geen berekenende waarmee hij me voor zich wilde winnen. Even zag hij er bijna knap uit, wat bewees dat ik gelijk had: als hij een beetje zijn best deed en zich niet zo slijmerig gedroeg, maakte dat een groot verschil. 'Fantastisch! Als je me even wilt excuseren, dan tref ik de voorbereidingen voor de volgende stap.'

Hij stond op en ging naar buiten. Ik was opnieuw alleen met Owen, en nu de situatie niet meer zakelijk maar sociaal was, klapte hij weer helemaal dicht. We dronken zwijgend onze cappuccino's op en wierpen elkaar steelse blikken toe. Ik moest Gemma eens vragen hoe je een verlegen man op zijn gemak kon stellen en aan het praten kreeg.

Rodney kwam weer binnen. Ik depte mijn lippen met een servet en hoopte dat ik geen schuimsnor had. 'Zou je donderdag misschien een uurtje vrij kunnen maken? Dat is eigenlijk de enige dag waarop ik de mensen die jou willen ontmoeten bij elkaar kan krijgen.'

Ik wist niet precies of ik van Mimi af wilde of dat ik deze baan echt wilde hebben, maar ik voelde wel dat ik er alles voor over had om deze kans met beide handen aan te grijpen. 'Ik kan me misschien ziek melden,' zei ik, maar dat was een minder slimme opmerking, want het paste niet bij mijn imago van goudeerlijke provinciaal. 'Dat heb ik nog nooit gedaan, hoor,' zei ik er snel bij. 'En als je mijn baas kende, zou je wel begrijpen dat ik recht heb op een dag of twee geestelijk herstel.' Oeps, nu had ik alweer een sollicitatiezonde begaan: klagen over mijn huidige baas. Maar dat leek hen niets te kunnen schelen.

'Geweldig. Dan is dat afgesproken. We verwachten je donderdagochtend om tien uur.' Hij gaf me een visitekaartje waarop in gotische letters de naam van het bedrijf stond, BBI BV. Daaronder stonden zijn naam en de gebruikelijke gegevens. 'Dat adres is een beetje moeilijk te vinden, dus ik zal even een plattegrondje voor je tekenen.' Hij pakte het visitekaartje weer van me af, draaide het om, en tekende een paar straten en herkenningspunten. 'Je kunt bij de balie naar me vragen,' zei hij, terwijl hij het kaartje weer teruggaf.

Ik stopte het in mijn portemonnee en daarna stonden we alledrie op om te vertrekken. Rodney gaf me als eerste een hand. 'Ik ben blij dat je uiteindelijk toch hebt besloten om met ons te komen praten,' zei hij.

'Ja, ik dacht: ik moet het maar doen, anders word ik knettergek van jullie.'

'Daar heb je gelijk in,' zei Rodney, zonder te lachen. 'Je hebt werkelijk geen idee hoe zwaar mijn bazen me onder druk hebben gezet om jou aan boord te halen.'

Owen liep om het tafeltje heen en gaf me ook een hand. 'Ik verheug me erop dat je ons team komt versterken,' zei hij zacht. Hij keek me voor het eerst echt aan, en begon meteen weer hevig te blozen, van zijn kraag tot zijn haarwortels. Hij had prachtige, donkerblauwe ogen, maar dat hielp natuurlijk niet veel als niemand ze mocht zien. Hij vormde met Rodney een fraai stel: Rodney gedroeg zich alsof hij op Owen leek, en Owen gedroeg zich alsof hij op Rodney leek. Misschien waren ze allebei de uitkomst van een mislukt wetenschappelijk experiment.

'Dan zie ik jullie donderdag,' zei ik, zó opgewonden over alles dat ik vergat om niet Texaans te klinken. Ik liep het café uit en begon aan mijn wandeling over Broadway naar huis. Pas een eind verderop, uit het zicht van het café, verwisselde ik mijn nette schoenen voor mijn wandelschoenen.

Ook nu was ik blij met de wandeling van bijna een uur, want ik moest bedenken hoe ik mijn huisgenoten kon uitleggen waarom ik toch was ingegaan op het aanbod van Rodney. Ik besloot niets te zeggen tot alles in kannen en kruiken was. Restte me een smoes op de vraag waarom ik zo laat thuiskwam, maar dat was in een stad als New York niet zo'n probleem.

Zelfs Marcia, de workaholic, was er al toen ik de voordeur achter me sloot. Zij en Gemma aten op de bank Chinees uit kartonnen bakjes. 'Wat ben je laat,' merkte Marcia op. 'Was Mimi weer lastig?'

'Verschrikkelijk,' zei ik. Ik schopte mijn schoenen uit en zette mijn tas en koffertje op de grond. 'Op de terugweg ben ik als troost wat langs de etalages geslenterd.'

'En niks gekocht?' vroeg Gemma met opgetrokken wenkbrauwen. 'Knap hoor, zoveel zelfbeheersing.' Ik zei maar niet dat het gemakkelijker was om je in te houden als je geen cent te makken had. Ze klopte op de lege plaats naast zich. 'Kom, eet maar lekker mee. We hebben enorm veel kung pao.'

De volgende die ik voor de gek moest houden, was Mimi, maar dat was minder moeilijk. Ik deed 's ochtends geen make-up op, zodat ik er bleek en een beetje ziek uitzag. Terwijl ik door Manhattan liep op weg naar kantoor, keek ik uit naar het gebouw waar BBI gevestigd moest zijn. Rodney had gezegd dat het in een zijstraat tegenover City Hall Park was. Ik struikelde bijna over mijn eigen voeten toen ik het zag. Het leek wel een middeleeuws kasteel, zoals het daar tussen de Victoriaanse gebouwen uittorende. Waarom was mij dat gebouw nooit eerder opgevallen? Namen de etalages van Woolworth me altijd zo in beslag?

De rest van de dag deed ik alsof ik iets onder de leden had. Ik probeerde zo lusteloos mogelijk te kijken, hoestte af en toe flink, en werd in de loop van de dag heser en heser. Aan het eind van de middag had bijna elke collega al tegen me gezegd dat ik de volgende dag beter thuis kon blijven. Zelfs Mimi had zoiets in die richting geopperd, maar met een andere reden: zij was natuurlijk bang dat ik haar ergens mee zou kunnen besmetten.

Dat betekende dus dat niemand het verdacht zou vinden als ik me de volgende dag ziek zou melden. Toen ik die avond naar huis liep, vroeg ik me af of ik mezelf nu soms ook al had wijsgemaakt dat ik ziek was. Ik had hoofdpijn, mijn benen voelden zwaar, en steeds als ik onder de luchtroosters van de metro een trein voorbij hoorde zoeven, benijdde ik de passagiers die niet naar huis hoefden te lopen. Wat zou het fijn zijn om niet elk dubbeltje te moeten omdraaien, om gewoon de metro te kunnen nemen als ik daar zin in had. Ik hield mezelf voor dat zij dicht op elkaar gepakt zaten, terwijl ik van de frisse lucht en de lichaamsbeweging genoot, maar dat hielp niet veel. Ik hoefde heus niet elke dag met de metro, maar ik wilde niet steeds in mijn hoofd een kasregister moeten bijhouden om te weten waar elke cent bleef. Rodney en Owen hadden het niet over een salaris gehad, maar als ze zo hun best voor me deden, zaten er vast wel betere arbeidsvoorwaarden in. Een paar honderd dollar per maand meer zou net het verschil maken tussen rondkomen en echt leven.

Ik hoefde geen smoes te verzinnen om te voorkomen dat mijn huisgenoten achterdochtig werden. Ik vertelde ze die avond gewoon dat ik de volgende dag niet zou gaan werken om eens een beetje bij te komen, en dat juichten ze alleen maar toe. Ze zeiden dat dat ook wel eens tijd werd. Gemma vond dat ik er moe uitzag en dat ik door een dagje thuis te blijven misschien kon voorkomen dat ik ziek werd. Zo had ik meteen een excuus om op tijd naar bed te gaan.

Terwijl Gemma en Marcia in de woonkamer televisie keken, probeerde ik de plattegrond die Rodney achter op zijn visitekaartje had getekend, te vergelijken met mijn reisgidsen van New York. Je zou toch verwachten dat een gebouw dat zo opvallend was wel een vermelding waard was, maar ik kon er helemaal niets over vinden. De straat stond niet eens op de plattegrond. Ik wist dat er in dat gedeelte van de stad allerlei kleine, kronkelige zijstraatjes waren, vooral omdat ik daar vaak verdwaald was, maar ik had gedacht dat die allemaal wel op de stadsplattegrond zouden staan. Nu werd de hele situatie nóg interessanter.

Ik belde de volgende ochtend voor werktijd naar kantoor en sprak met een hese stem een bericht in op het antwoordapparaat. Daarna kroop ik weer in bed tot Gemma en Marcia naar hun werk gingen. Zodra ze waren vertrokken, printte ik een paar exemplaren van mijn cv op Marcia's computer, trok mijn nette kleren aan, stak mijn haar op en deed het toen weer los. Ze wilden me hebben omdat ik zo'n alledaags meisje was, dus het had geen zin om me voor te doen als een flitsend stadstype.

Deze keer nam ik wel de metro. Ik wilde geen extra schoenen meenemen en al helemaal niet moe en zweterig op het sollicitatiegesprek verschijnen. Ik stapte uit bij City Hall en liep door het park. Bij de vijver bleef ik even staan en gooide er uit bijgeloof een muntje in. Daarna stak ik volgens de instructies die ik van Rodney had gekregen Park Row over en liep een smalle zijstraat in die hier inderdaad was, ook al stond hij niet op de kaart. Daar was het middeleeuws aandoende gebouw weer. Het had een ingang die eerder bij een kathedraal dan bij een kantoorgebouw leek te horen. Toch stond op het naambordje naast de enorme houten deuren hetzelfde logo als op het visitekaartje van Rodney, dus ik wist dat ik hier goed zat.

Op de brede rand boven de dubbele voordeur zat een gargouille; ik had kunnen zweren dat het ding naar me knipoogde terwijl ik moed verzamelde om aan te bellen. Maar voordat ik dat kon doen, zwaaide de deur al open.

Binnen was het vrij duister; het meeste licht viel door de hoge glas-in-loodramen naar binnen. Toen mijn ogen eenmaal aan het donker gewend waren, zag ik dat er in het midden van de hal een bewaker achter een bureau zat. In plaats van zo'n polyester huuruniform dat de bewakers van kantoorgebouwen meestal droegen, had hij iets aan dat vooral op een koninklijk livrei leek, met op de mouwen het geborduurde logo van het bedrijf.

Ik liep naar het bureau, dat op een klein plateau stond, en zei: 'Ik ben Kathleen Chandler. Ik heb om tien uur een afspraak met Rodney Gwaltney van Personeelszaken.'

Hij keek in een enorm boek dat geopend voor hem lag en zei: 'O ja, mevrouw Chandler. We verwachtten u al.' Hij legde zijn hand op een kristallen bol die op zijn bureau stond en zei zacht: 'Rod, je afspraak is er.' Dat was nog eens een bijzondere intercom! De kristallen bol had een tinnen voet, een soort draak: ik had zoiets wel eens op een antiekveiling gezien. Het kristal gloeide even op; de bewaker keek weer naar mij, glimlachte, en zei: 'Hij komt zo bij u.'

Het duurde niet lang voor Rodney de statige, gedraaide trap achter in de hal af kwam. 'Katie, wat fijn dat je er bent,' zei hij. 'Kom maar mee, alsjeblieft.' Hij ging me voor. 'Helaas hebben we geen lift in dit gebouw, maar ik hoop dat je het niet erg vindt om de trap te nemen.'

'Mijn appartement heeft ook geen lift, dus ik ben eraan gewend,' zei ik, terwijl ik achter hem aan liep.

Ik was natuurlijk benieuwd geweest, maar nu brandde ik van nieuwsgierigheid. Wat voor bedrijf zou er in een gebouw als dit gevestigd kunnen zijn? Vast geen high-tech onderneming. Ik herinnerde me dat Owen had gezegd dat de bedrijfstak al vele tientallen jaren oud was. Misschien iets financieels? Een soort bank? *Curiouser and curiouser,* mompelde ik.

'Sorry, wat zei je?' vroeg Rodney.

'O, niets. Ik voel me een beetje als Alice in Wonderland.'

Boven aan de trap was een dubbele deur die bijna even imposant was als de voordeur. 'Nou, Alice, welkom in Wonderland,' zei Rodney, terwijl de deuren openzwaaiden.

Zelfs Alice zou haar ogen niet hebben kunnen geloven als ze had gezien wat ik in die kamer zag.

4

Ik kwam terecht in een Broadwaydecor van *Camelot*. Dit was geen gewone vergaderzaal, het was een grote hal, met enorm hoge gotische glas-in-loodramen, vlaggen aan de houten gebinten, en een grote ronde houten tafel in het midden.

Rond die tafel zat allerlei types die ik in New York wel vaker had gezien, maar die anderen nooit schenen op te merken. Er waren een paar meisjes met elfenvleugels, meerdere aanwezigen hadden puntige elfenoren, en een paar kleine dwergen die leken op de figuren die ik wel eens in de parken van de stad had gezien, en die ik als bizarre, pretparkachtige robotdecoraties had beschouwd. De dwergen zaten op dikke kussens zodat ze boven de tafel uit konden kijken, maar de feeën zweefden centimeters boven hun stoel.

Het bedrijf vierde zeker Halloween, al was dat een maand te vroeg, of was ik in een ingewikkelde verkleedpartij terechtgekomen? Het was mogelijk om een paar vleugels aan te doen of plastic puntoren op je eigen oren te plakken, maar het was natuurlijk volstrekt onmogelijk om jezelf te laten krimpen tot de grootte van een dwerg. En ik zag heel goed dat dit echte, levende wezens waren, geen robotpoppen.

Tussen deze rare wezens zaten een paar gewone mensen. Ik zag Owen, in een donkerblauw pak met krijtstreep dat hem heel goed stond. Hij glimlachte naar me, sloeg zijn ogen neer en begon hevig te blozen.

Rodney schraapte zijn keel en maakte een zwierig gebaar in mijn richting. 'Dames, heren en andere aanwezigen, mag ik u voorstellen aan Kathleen Chandler. Katie, voor haar vrienden.'

Ik voelde een stuk of twintig paar ogen op me gericht. Iedereen in de zaal keek me aan. Ik werd een beetje verlegen, lachte zo vriendelijk mogelijk en zwaaide onhandig. Rodney liep naar de tafel en schoof een stoel voor me naar achteren. Ik ging zitten, en hij nam plaats op de stoel naast me.

Hij vouwde zijn handen, legde ze op het tafelblad, en keek naar de aanwezigen. Ik vond hem ineens veel meer een keurige manager dan een sjofele versierder. 'Zoals jullie weten,' begon hij, 'hebben we onze recruteringsactiviteiten de laatste weken nogal opgeschroefd. Helaas zijn er maar weinig immunen te vinden, ze houden het in deze stad niet lang uit. De nieuwe antipsychotische medicijnen van de laatste tijd zijn daar debet aan, omdat ze de immuniteit afbreken en mensen weer vatbaarder maken, waardoor de reserves nog meer afnemen.'

'Ja, we zijn bezig om daar iets aan te doen,' bracht Owen naar voren. Hij stond kennelijk in de zakelijke module, want hij sprak heel zelfverzekerd en duidelijk, en de kleur van zijn huid veranderde niet.

'Intussen,' ging Rodney verder, 'hebben we een probleem. We zitten meer dan ooit te springen om immunen, terwijl er steeds minder zijn. Daarom is mevrouw Chandler zo'n zeldzame aanwinst. Ze is niet alleen totaal immuun, al onze testen wijzen dat uit, maar ze heeft haar geestelijke gezondheid, haar gezonde verstand, uitstekend weten te behouden.'

Dat van dat gezonde verstand was een beetje voorbarig; ik had het gevoel dat ik dat onderweg ergens was kwijtgeraakt. Waarschijnlijk zag ik er even verward uit als ik me voelde, want een oudere man aan de andere kant van de tafel merkte op: 'Ik krijg de indruk dat ze nog niet is ingelicht.'

Rodney was meteen een en al aandacht voor wat deze man zei, en uit zijn reactie maakte ik op dat het om de bobo van het stel ging, een gedistingeerde man met zilvergrijs haar en een keurig geknipte zilvergrijze baard en snor. Ik vond het moeilijk zijn leeftijd te schatten, maar ik zag wel dat hij heel oud was. 'Nee, meneer,' zei Rodney eerbiedig. Elk spoor van zijn eerdere branie was nu verdwenen. 'Ik dacht dat we daarmee beter konden wachten tot...'

De oude man onderbrak hem. 'Tot ze haar veelgeprezen gezonde verstand kwijtraakt waar je zo trots op was?' vroeg hij, op strenge maar niet onvriendelijke toon. Hij wendde zich tot mij. 'Lieve kind, ik denk dat we jou wel een verklaring schuldig zijn.' Zijn stem was diep en vol, en een tikje hees alsof hij lange tijd niet had gesproken. Ik meende een licht accent te bespeuren, maar dat kon ik niet thuisbrengen. Maar wat accenten betreft kom ik sowieso niet veel verder dan de Texaanse variëteiten.

'Geloof jij in magie?' vroeg hij. Geen gebruikelijke vraag tijdens een sollicitatiegesprek, dus ik had geen antwoord klaar. 'Elfen en feeën bijvoorbeeld? Behoren die voor jou tot de realiteit of bestaan ze alleen in sprookjes?'

Eindelijk kreeg ik mijn hersens weer aan de praat. 'Een paar minuten geleden zou ik hebben gezegd dat ik er niet in geloof, maar nu bekruipt me het gevoel dat ik het wel eens mis zou kunnen hebben. Wat de magie betreft, weet ik het niet.'

De oude man keek met een glimlach naar Rodney. 'Dat van dat gezonde verstand klopt wel,' zei hij. Toen keek hij weer naar mij. 'Magie bestaat. Helaas is het zo dat juist de eigenschappen die jou voor ons zo waardevol maken, ons belemmeren om dat te bewijzen. Want jij bent namelijk een van de zeldzame mensen die geen spoortje magie in zich heeft.'

Dat vond ik niet zo positief klinken. Iedereen wil zo nu en dan toch graag wat magie en tovenarij? Daarom vliegen de Harry Potterboeken over de toonbank, daarom lopen kleine meisjes rond met elfenvleugeltjes en toverstokjes, daarom klappen mensen in de handen om Tinker Bell te genezen, hoe stom ze zich ook voelen als ze dat doen. Ik voelde me eerlijk gezegd enorm teleurgesteld: magie bleek dus echt te bestaan, maar was voor mij niet weggelegd. Nou, ik moest eerst nog maar eens bedenken of ik eigenlijk wel geloofde wat ze me hier vertelden.

Mijn ongenoegen was kennelijk van mijn gezicht af te lezen, want Owen, die aan de rechterkant van de grote baas zat, boog zich wat naar me toe. 'Dat is juist heel waardevol voor ons,' zei hij zacht, alsof hij en ik de enige aanwezigen waren. Zijn woorden klonken zelfverzekerd, alsof hij een zakelijk onderwerp besprak, maar zijn manier van doen was weer verlegen. 'De meeste mensen hebben net genoeg magie in zich om ook ontvankelijk te zijn voor de magie van anderen. Ze kunnen beïnvloed worden door bezweringen, ze laten zich voor de gek houden door illusies. Dat geldt ook voor degenen onder ons die zelf over magische krachten beschikken: zij zijn er ook ontvankelijk voor.' Ik begreep niet precies wat hij bedoelde met de woorden 'wij' en 'zij'. Betekende dat nu dat Owen zelf ook een tovenaar was?

'Maar jij,' ging hij verder, 'behoort tot een zeldzame soort; je beschikt zelf niet over toverkracht, en je bent er ook niet ontvankelijk voor. Jij ziet de wereld zoals hij echt is. Jij kijkt dwars door de illusies heen waarmee wij het magische van de rest van de wereld proberen af te schermen. Zie jij wel eens bepaalde dingen die je niet kunt verklaren?'

Nou en of ik die zag! Misschien had ik helemaal onderstebovven moeten zijn van deze vreemde onthullingen, maar eigenlijk waren ze alleen maar een opluchting voor me. Dit betekende dus dat ik helemaal niet gek was! Ik had geen zenuwinzinking! 'Ja, maar ik dacht dat dat kwam omdat New York zo'n vreemde stad is,' wist ik na een tijdje uit te brengen. 'In Texas heb ik zulke dingen nooit gezien, maar dat komt zeker omdat tovenarij niet bestaat?'

Er ging een gelach op rond de tafel. 'Nee, dat klopt,' zei een man die een eind verderop zat. 'Op een paar geïsoleerde plekken na is de bezetting daar veel te recent voor een volledige, goed ontwikkelde magische structuur, behalve dan onder de oorspronkelijke bewoners.'

Op de een of andere rare manier begreep ik wat hij bedoelde. Ik begreep eigenlijk meer dan ik voor mogelijk hield. 'Het verklaart veel,' zei ik, 'maar nog niet waarom jullie mij nodig hebben.'

Alle hoofden draaiden naar de grote baas. 'Ons bedrijf heet Betovering, Bezwering en Illusie BV,' zei hij. 'En dat betekent geen kaarttrucs, neptoverstokjes of dat soort goochelarij. Wij creëren de bezweringen waarmee magische lui door het dagelijks leven komen.'

Dit was minder helder. Ik schudde mijn hoofd. 'Maar hebben jullie dan geen toverboeken, die van de ene op de andere generatie worden doorgegeven? Of heb ik soms te veel films gezien?'

Owen nam het van zijn baas over. Ik vroeg me af wat zijn functie hier eigenlijk was. 'Het is zeker waar dat er bepaalde tijdloze bezweringen zijn, maar wij hebben ook behoefte aan formules die gelijke tred houden met de moderne tijd. Wij zouden bijvoorbeeld niets hebben aan de formules van onze voorvaderen wanneer wij een metro te voorschijn willen toveren.'

'Zie je wel, ik dacht al dat jij dat deed,' zei ik. 'Of liever gezegd: ik dacht niet dat jij die trein te voorschijn toverde, maar wel dat het léék alsof je dat deed.'

Owen grijnsde even. 'Ik probeerde het ook niet eens te verbergen, maar dat maakt voor jou toch geen verschil. Per slot van rekening staat iedereen op het metroperron te wensen dat er snel een trein komt; ik kan dat gewoon wat beter dan de meeste mensen.'

Ik voelde me een beetje duizelig. Misschien was dit allemaal een vreemde droom, zo'n droom die soms voorafgaat aan een belangrijke gebeurtenis; zo'n droom waarin die gebeurtenis op de meest bizarre manier verloopt. Ja, dat moest het zijn. Ik kon elk ogenblik wakker worden uit deze droom over het raarste sollicitatiegesprek ter wereld. Ik kneep onder de tafel in mijn dijbeen, maar ook daarna zat ik nog steeds aan die ronde tafel in die grote zaal.

'Een groot deel van onze werkzaamheden richt zich op het verbergen van wie wij zijn en wat we doen,' zei Rodney, die kennelijk niet in de gaten had dat ik me inmiddels op de rand van een totale instorting bevond. 'Daarom zie jij ook zoveel dingen die anderen niet zien. Een van onze regels is namelijk dat niet-ingewijden niet mogen zien wat wij doen, al werkt dat bij mensen zoals jij dus niet. De meeste mensen die een elf, een fee of andere magische wezens tegenkomen, zien doodgewone mensen, want ze zien wat wij willen dat ze zien. En dat bereiken we met onze magische trucs.'

Ik knikte alsof ik het begreep. En in zekere zin begreep ik het ook, maar iets in mij weigerde die zonderlinge verklaringen te geloven. Ik had bewijs nodig, maar als ik daarnaar zou vragen, kwamen ze natuurlijk met een uitstekende uitvlucht. Ze konden gewoon zeggen dat ik niet kon zien wat zij deden. Toen viel mijn blik op de feeën die boven hun stoel zweefden, en de dwergen op hun dikke kussens. Ik wist niet meer wat ik wel en niet moest geloven.

'Door jouw immuniteit voor illusies konden we je vinden,' zei Rodney. 'Owen zag je een paar weken geleden staren naar iets wat je niet zou moeten zien, en dat heeft hij aan mij doorgegeven.' Ik probeerde me te herinneren wat ik een paar weken geleden voor bijzonders gezien kon hebben, maar dat leek inmiddels wel anderhalve eeuw geleden. Het drong tot me door dat het dus Owen was geweest die mij had gespot, en mijn wangen begonnen te gloeien door een blos die Owen niet had kunnen overtreffen. Ik hield mezelf meteen voor dat het natuurlijk die immuniteit voor tovenarij was die Owen was opgevallen, niet mijn fantastische benen of mijn glanzende, veerkrachtige haar. Intussen nam Rodney weer het woord.

'We zijn je dus gaan observeren, en je reageerde inderdaad op dingen die eigenlijk voor jou verborgen hadden moeten zijn, al wisten we het niet helemaal zeker omdat je reacties niet volkomen eenduidig waren. We merkten op dat je vaak op maandagochtend met de metro gaat, en daar hebben we een test voor je georganiseerd. Owen zorgde ervoor dat de trein waar ik al in zat op tijd kwam, en daarna konden we observeren hoe je op mij reageerde.'

Ik voelde me al een beetje duizelig en misselijk, maar dat werd nog erger. Ik vond het een vreselijk idee dat die engerds me meer dan een week in de gaten hadden gehouden. 'Hoe had ik dan moeten reageren?' vroeg ik.

Rodney lachte een beetje schaapachtig. 'Wat zie je als je naar mij kijkt?' vroeg hij. Alle aanwezige vrouwen leunden verwachtingsvol naar voren, maar ik kon geen diplomatieke manier vinden om dit onder woorden te brengen. Rodney voelde mijn ongemak blijkbaar, want hij zei: 'Maak je geen zorgen, ik beloof je dat ik me niet beledigd zal voelen.'

'Nou, eh, je hebt een vrij grote neus, en misschien zou je eens iets aan je huid moeten doen,' zei ik met gekromde tenen. De andere vrouwen keken naar Rodney en vervolgens naar elkaar, met verbaasd opgetrokken wenkbrauwen. 'Maar dat was niet waardoor je mij die ochtend zo tegenstond,' zei ik er haastig achteraan. 'Dat kwam meer door je persoonlijkheid, ik vond je een beetje verlopen, terwijl je deed alsof je fantastisch en onweerstaanbaar was. Heel onaantrekkelijk.'

'Tja, dat hoorde natuurlijk allemaal bij de test,' zei Rodney, terwijl een van de feeën aan de overkant van de tafel geschokt naar me keek en een vrouw in een zakelijk mantelpakje verontwaardigd snoof.

'Maar wat moest dat dan bewijzen, behalve mijn smaak wat mannen betreft?'

'Dat jij iets anders ziet dan anderen. Het gezicht dat ik de wereld toon, is totaal anders dan wat jij ziet als je naar mij kijkt. Nu gebruikte ik ook wel een behoorlijk intensieve aantrekkingskracht, zowel in de metro als bij je vriendinnen. Jouw reactie op mijn voorkomen zou uiteraard te maken kunnen hebben met je persoonlijke smaak, maar als jij op de een of andere manier ontvankelijk bent voor toverkracht, dan zou je je zonder meer tot mij aangetrokken hebben gevoeld, wat je persoonlijke smaak ook is.'

Ik herinnerde me dat mijn huisgenoten hem hadden vergeleken met Johnny Depp, en ik vroeg me af of dat nu die illusie was of het effect van zijn betovering. Toen realiseerde ik me dat ik dit allemaal wel erg serieus opvatte. Ze moesten eerst maar eens met bewijzen komen dat tovenarij echt bestond. Het enige wat ik tot nu toe had gezien was dat een paar tamelijk ongewone mensen zich in New York onopgemerkt over straat konden begeven. 'Dat is allemaal heel interessant,' zei ik, 'maar niet zo overtuigend als jij misschien denkt. Ik bedoel, er zijn wel meer mannen die zichzelf fantastisch vinden, terwijl ik er niet zo van onder de indruk ben. Neem George Clooney. Iedereen zwijmelt bij die man, maar ik vind er niet veel aan.'

'Wil je misschien iets drinken?' vroeg Owen op een toon alsof hij had besloten maar eens even over iets anders te beginnen. Met een lichtflits en een zachte plof stond er plotseling een klein, zilveren dienblad met een kan water voor mijn neus. Ik keek op naar Owen, die met zijn vingers knipte, waarna er een rode roos op het blaadje verscheen, naast de kan water. 'Of heb je misschien meer trek in koffie?' De kan veranderde in een beker dampende koffie. 'Melk en suiker?' vroeg hij met een ondeugende grijns die bijna net zo leuk was als de lach waar ik twee dagen eerder als een blok voor was gevallen.

Ik probeerde de truc te doorgronden. Ik wist zeker dat er een logische verklaring moest zijn. Misschien zat er een mechanisme in de tafel dat hij met een knop kon bedienen. Dat zou verklaren hoe dat blad daar ineens had kunnen verschijnen, al snapte ik niet waar dan die beker koffie ineens vandaan kwam. Ik probeerde mijn handen niet te laten trillen toen ik de beker naar mijn mond bracht, maar de koffie was veel te heet.

'Is het nog te warm?' vroeg Owen. Hij gebaarde met zijn hand en ik voelde een golf koude lucht die de koffie op de juiste temperatuur bracht. Ik liet de beker bijna uit mijn handen vallen, maar de koffie rook te heerlijk om hem te verspillen door zo'n overdreven dramatische actie.

'Je kunt waarschijnlijk geen valiumtabletje laten verschijnen?' vroeg ik, terwijl ik mijn stem onder controle probeerde te houden.

'Kan ik daaruit concluderen dat je ons gelooft?' vroeg de bobo.

Ik dacht na. En hoe langer ik nadacht, hoe meer verklaringen ik zou vinden; dat zouden echter wel ontzettend ingewikkelde verklaringen moeten zijn, die geschikter waren voor agent Scully. Ik zat regelmatig tegen de televisie te schreeuwen en me op te winden over het feit dat ogenschijnlijk slimme mensen zich zo dom konden gedragen en levensgrote bewijzen zomaar over het hoofd konden zien, maar nu had ik het gevoel dat ik zelf iets over het hoofd zag.

Er was eigenlijk maar één simpele verklaring voor dit alles; de meisjes met de vleugels, die onaantrekkelijke man die plotseling iedere vrouw aan zijn voeten had liggen; het uit het niets opdoemen van die drankjes: ik was het slachtoffer van een realityshow. Waarschijnlijk barstte het hier van de verborgen camera's. Toen schoot me weer te binnen dat ik al vanaf de eerste dag in New York zulke vreemde dingen zag. Zo lang zaten ze me toch nog niet op de hielen?

Er was dus toch een grote kans dat dit allemaal echt was en dat ik het me niet verbeeldde. 'Ja, ik geloof wel dat ik het geloof,' zei ik. 'Maar wat willen jullie dan van mij?'

'Het is eigenlijk precies zoals Owen het zei,' antwoordde Rodney. 'We hebben een realiteitsgraadmeter nodig. We zoeken iemand die ons precies kan vertellen wat echt is en wat niet. Stel je voor dat iemand een clausule opneemt in een contract, en die vervolgens zo verbergt dat niemand hem nog kan zien. Behalve jij. Als we wat wij zien dan vergelijken met wat jij ziet, komen we een stuk dichter bij de waarheid.'

'Dus eigenlijk zeggen jullie dat het mijn grote kracht is dat ik juist zo gewoon en onmagisch ben?'

'Daar komt het wel op neer,' zei Rodney met een grijns. 'Wat vind je ervan?'

'Ik weet niet wat ik moet vinden.' Ik vond het moeilijk om na te denken in het gezelschap van die vreemde snuiters, en met die rode roos vlak voor mijn neus. En een beslissing nemen was al helemaal niet mogelijk. 'Mag ik er even over nadenken?'

'Neem alle tijd die je nodig hebt,' zei de baas vriendelijk. 'Het is allemaal wel wat veel informatie in zo'n korte tijd, dat begrijp ik volkomen.'

'Misschien kan ik maandag contact met jullie opnemen, dan kan ik er in het weekend even rustig over nadenken.'

'Mijn gegevens staan op het visitekaartje dat ik je heb gegeven,' zei Rodney. 'We zullen nog een bijeenkomst organiseren om verder op de details in te gaan, maar voordat we het gaan hebben over salaris en arbeidsvoorwaarden, willen we eerst een duidelijke intentieverklaring van je hebben. Als we het niet eens kunnen worden, staat het je natuurlijk alsnog vrij om nee te zeggen, maar we willen liever dat je bij ons komt werken omdat het je interessant lijkt dan omdat we bereid zijn zoveel geld aan je te spenderen.'

Dat van dat geld spenderen klonk aanlokkelijk, maar ik wilde eerst rustig nadenken. Ik wist zelfs nog niet helemaal zeker of ik wel goed wakker was. Het sollicitatiegesprek dat ik nog zou moeten voeren als ik uit deze droom was ontwaakt, zou waarschijnlijk heel anders verlopen en hoofdzakelijk bestaan uit het invullen van eindeloze formulieren die alles wat op mijn cv stond zou reduceren tot nutteloze onbenulligheden.

Ik bedankte de aanwezigen voor hun tijd, waarna Rodney me weer naar beneden bracht. 'Het spijt me als dit allemaal wat overweldigend voor je was. We wilden je er niet mee overvallen, maar het is heel moeilijk om zoiets voorzichtig te brengen.'

'Ja, dat kan ik me voorstellen,' zei ik. En dat kon ik inderdaad. Hoe moest je iemand voorzichtig vertellen dat tovenarij bestaat? En vragen of je daar je brood mee wilt verdienen?

Bij de voordeur gaf Rodney me een hand. 'Heel hartelijk bedankt dat je bent gekomen om te luisteren naar onze bedoelingen. Ik hoop dat je hebt begrepen dat we je echt nodig hebben. Ik denk dat je het bij ons enorm naar je zin zou krijgen.'

De deuren zwaaiden open en ik stapte de drukte van Manhattan in, met een gevoel alsof ik in een tijdmachine had gezeten en een paar eeuwen later weer was uitgestapt. 'Hé, schatje, ging zeker wel goed, hè?' hoorde ik een stem zeggen.

Ik verwachtte een zwerver achter me tegen de muur, maar ik zag helemaal niemand. Toen werd er schel gefloten en de stem zei: 'Hé, hierboven!' Boven de deur zat de gargouille, en als ik me niet sterk vergiste, had hij diezelfde stenen kop als de gargouille die ik soms op Grace Church zag, en die me zo van streek had gemaakt.

'Laat me raden, jij bent ook echt, maar de meeste mensen kunnen jou niet zien,' zei ik.

'In één keer goed!' zei hij. Nu zag ik zijn rare, misvormde mond bewegen, en wist ik zeker dat hij echt met me praatte. 'Sam is de naam, ik zit in de beveiliging. Dit gebouw doe ik overdag, maar ik zit ook wel op andere plaatsen in de stad.'

'O, nou, prettig kennis te maken, Sam,' zei ik. Ik voelde me zoals Alice in Wonderland zich gevoeld moet hebben toen ze haar gesprekken voerde met een wit konijn en een spel kaarten.

'Ik had allang voordat die mooie knul jou in de smiezen kreeg kunnen vertellen dat er iets bijzonders met jou is. Wist je trouwens dat ze je hebben gevonden doordat je mij stond aan te gapen? Owen wilde me net gedag zeggen toen jij eraan kwam en drie keer naar me keek voordat je eindelijk doorliep. Maar wat is het geworden, pop? Doe je met ons mee?'

'Dat weet ik nog niet. Ik moet er nog over nadenken.' Plotseling drong het tot me door dat ik een gesprek voerde met een waterspuwer. 'Eh, Sam, als ik hier met jou sta te praten, zien andere mensen dat dan?'

'Maak je geen zorgen, schat, zolang je met mij praat, ben je veilig binnen mijn onzichtbaarheidsveld. Tenzij er iemand langskomt die precies zo is als jij.'

'Goed om te weten,' zei ik met een hoofdknik. 'Nou, leuk je gesproken te hebben. Ik zie je vast nog wel eens, ook als ik de baan niet neem.'

'O, die neem je wel, dat zie ik nu al.'

Ik vroeg me af of hij gelijk zou krijgen. En ik vroeg me ook af of iemand die gesprekken voerde met een stenen kop wel in staat was om goede beslissingen te nemen.

Ik wist dat het er een stuk gemakkelijker op zou worden als ik eindelijk eens wakker werd. Straks kwam ik nog te laat op mijn sollicitatiegesprek. Meestal werd ik de nacht voordat ik iets belangrijks moest doen om het half uur wakker en keek dan paniekerig op mijn wekker om te zien of ik me nog niet had verslapen, maar daar had ik nu geen last van.

En dat kon alleen maar betekenen dat dit allemaal echt was. Voor de verandering wilde ik dat ik lopend naar huis kon. Ik had tijd nodig om na te denken. En eerlijk gezegd wilde ik New York ook wel eens bekijken vanuit dit nieuwe gezichtspunt. Ik wilde alle rare dingen die mij al zo lang dwarszaten eens aan een nader onderzoek onderwerpen met de kennis waarover ik nu beschikte. Over die gargouille op Grace Church hoefde ik me dus niet meer druk te maken, maar er waren vast heel veel andere dingen waarvoor ik een verklaring had gezocht, maar die ik nu pas echt kon begrijpen.

Ik kon natuurlijk niet op mijn nette schoenen helemaal naar huis lopen, dat zou me of mijn schoenen of mijn voeten kosten. Ik nam bus M103 op Park Row. Dat kostte ongeveer evenveel als de metro, maar in de bus kon ik mijn gedachten beter verzetten, net als tijdens het lopen. Ik stapte op 14th Street uit en liep naar huis. Bij de voordeur keek ik op mijn horloge, en zag tot mijn verbazing dat het pas twaalf uur was. Ik had het gevoel dat ik de hele dag in die vergaderzaal had doorgebracht, maar het gesprek had dus minder dan een uur geduurd.

Het voelde vreemd om overdag alleen thuis te zijn, en bovendien was ik erg rusteloos. Ik trok een spijkerbroek, tennisschoenen en een sweater aan, ging naar buiten en liep in de richting van Union Square. De markt in het centrum van de stad bezorgde me vaak een gevoel van heimwee, maar was tegelijk ook een geruststellend stukje thuis. Ik praatte er wel eens met de boeren die hier hun spullen kwamen verkopen, en ze vonden het leuk om te merken dat ik wist waarover ik het had. Die markt, zoveel was zeker, was echt; de enige tovenarij die daarbij kwam kijken was het wonder dat een zaadje in de aarde kon uitgroeien tot een plant, tot een vrucht. Maar ik was hier nog nooit op een doordeweekse dag geweest, en het viel me op dat er minder kramen stonden dan anders, en er waren allemaal andere marktkooplui. Ik kocht wat voor het avondeten, een paar appels voor een taart, en een klein bosje bloemen om het appartement mee op te fleuren.

Ik had die dag erg veel last van heimwee. Bij elke belangrijke beslissing had ik tot nu toe altijd mijn familie om raad gevraagd, maar deze keer moest ik het helemaal alleen doen. Mijn ouders waren er toch al op tegen geweest dat ik naar New York ging; ze hadden eerst geprobeerd me een schuldgevoel aan te praten en daarna met allerlei afschrikwekkende verhalen geprobeerd me thuis te houden. Maar al deed ik soms precies het tegenovergestelde van wat ze wilden: ik had altijd hun advies gevraagd.

Van de andere kant: ze hadden waarschijnlijk nog nooit een gesprek met een gargouille gevoerd, dus veel zinvols konden ze me op dit gebied ook niet vertellen.

Ik ging naar huis, deed de ramen open, zette een muziekje op en ging aan de keukentafel appels schillen, terwijl ik nadacht over wat er die week allemaal was gebeurd. Ik vond het gemakkelijker om na te denken over zaken als tovenarij en magie terwijl ik met iets alledaags bezig was.

Mijn ouders woonden zo ver weg dat ze niets zouden merken als ik alleen maar zei dat ik van baan veranderd was, maar hoe moest dat met mijn kamergenoten? Die wilden natuurlijk het naadje van de kous weten. Ze hadden me geholpen met het vinden van mijn huidige baan en ze zochten ook mee naar iets beters. Ik had ze al verteld over die e-mails van Rodney. Ze zouden denken dat ik compleet gek was geworden. En me naar huis sturen om mij eens goed te laten nakijken.

Of niet? Mijn vriendinnen waren heel ruimdenkend, ze zouden het misschien best willen geloven. Kon ik maar een manier bedenken om ze toch bij mijn beslissing te betrekken, want dat zou het voor mij een stuk minder zwaar maken. Maar Rodney had me gewaarschuwd dat het allemaal strikt geheim moest blijven.

De appeltaart was bijna klaar toen Gemma thuiskwam. 'Je gaat me toch niet vertellen dat je de hele dag hebt staan bakken?' vroeg ze.

'Niet de hele dag. Ik zag heerlijke appels op de markt, ik kon ze niet laten liggen.'

'Op donderdag is er toch geen markt?'

Er liep een rilling over mijn rug. Het was me toch al opgevallen dat het allemaal andere marktkooplui waren? Zou die markt soms ook zo'n magische truc zijn geweest? Maar ik was er juist heen gegaan om even iets heel gewoons te doen. Blijkbaar kon ik er dus niet aan ontkomen. 'Nee, ik bedoel gewoon bij zo'n stalletje langs de weg,' zei ik. Ik hoopte dat mijn stem niet zo beverig klonk als ik me voelde.

Gemma merkte niets raars aan me. 'Het ruikt in elk geval heerlijk,' zei ze, terwijl ze de oven opendeed en de geur opsnoof.

'Als Marcia thuiskomt, is hij wel klaar denk ik.'

Gemma zette theewater op en ging aan de keukentafel zitten. 'Wat heb je nog meer gedaan vandaag?'

Ik vond het niet leuk om tegen haar te liegen, maar het was niet aan mij om het geheim te verraden. Ik besloot ook niet te vertellen dat ik met een andere baan bezig was. 'Ik heb gewoon lekker kalm aan gedaan, een beetje gewandeld. Onthaasten, weet je wel?'

Een paar minuten later kwam Marcia thuis. 'Mmm, wat ruikt hier zo heerlijk?'

'Katie heeft een taart gebakken,' zei Gemma.

Even later zaten we aan tafel te kletsen over het leven in het algemeen en de appeltaart in het bijzonder. De jarenlange vriendschap met deze twee meiden voelde als een warme deken. Misschien kon ik toch iets loslaten over wat ik allemaal had meegemaakt. Misschien maakte dat de beslissing iets gemakkelijker.

Diep in mijn hart had ik het besluit al genomen: ik wilde hiermee doorgaan, ik wilde alles over die mensen en hun magische krachten te weten komen. Ik wilde iets betekenen voor die tovenaar die met een handgebaar de ongelooflijkste dingen kon doen. Ik wilde weg bij Mimi, bij die rare, hersenloze baas van me.

Maar ik realiseerde me ook dat ik me misschien te veel liet meeslepen en dat ik eerst weer met beide benen op de grond moest komen te staan. Nog één dag naar kantoor, zei ik tegen mezelf. Daarna een doodgewoon weekend. Misschien kon ik wat research doen om te kijken of de dingen die ik had gehoord echt waar waren. Daarna pas zou ik een besluit nemen.

Of me laten opsluiten in het gekkenhuis.

5

Teruggaan naar mijn werk de volgende ochtend was een van de moeilijkste dingen die ik ooit had gedaan. Het was verbijsterend hoe anders ik me op mijn vrije dag had gevoeld: veel lichter en onbezorgder, ondanks de zware beslissing die boven mijn hoofd hing. Maar toen ik de volgende dag over Broadway naar mijn werk sjokte, voelde ik me weer even bedrukt als anders.

Een kleine verzachtende omstandigheid was dat Mimi nog niet op haar plek zat toen ik arriveerde. Mijn collega's informeerden belangstellend naar mijn gezondheid; pas toen herinnerde ik me dat ik de vorige dag zogenaamd ziek was geweest. Gelukkig kon ik daardoor, voordat Mimi arriveerde, een vermoeid gezicht opzetten en in haar bijzijn zo nu en dan bescheiden kuchen. Mimi was meestal erg wantrouwig als iemand zich ziek had gemeld, of als iemand plotseling hele nette, sollicitatiewaardige kleding droeg. Het scheen niet tot haar door te dringen dat als ze haar krengerige gedrag zou veranderen, ze zich geen zorgen meer hoefde te maken over weglopend personeel.

Toen ze binnenkwam, was ze zich alweer ergens over aan het beklagen. Ik probeerde een ijverige indruk te wekken en hoopte dat ze langs me heen zou lopen, maar dat bleek ijdele hoop. 'O, ben je weer terug?' vroeg ze poeslief, terwijl ze voor de ingang van mijn kantoorhokje bleef staan. 'Voel je je weer beter?' Aan haar toon kon ik horen dat ze dacht dat ik niet echt ziek was geweest. Het feit dat dat inderdaad zo was, maakte niet dat ik dat minder vervelend vond.

Ik glimlachte flauwtjes. 'Ja, dank je.' Ik kuchte en keek weer naar mijn beeldscherm.

Maar dit was alleen nog maar haar openingszet. Ze riep me om de vijf minuten bij zich en overlaadde me met zoveel werk dat iemand die echt ziek was geweest daar vast en zeker onder zou zijn bezweken. Ik hield het ook bijna niet meer vol. 'Je hebt heel veel in te halen,' kwetterde ze, terwijl ze me een stapel uitdraaien gaf die ik moest sorteren en nieten. Ik vroeg maar niet waarom ze die papieren niet door de printer had laten sorteren, want ik wist precies wat haar antwoord zou zijn: dat ik er de vorige dag dan maar zelf had moeten zijn, dan had ik het zelf kunnen printen, als ik het allemaal zo goed wist.

Een groot deel van de middag zat ik in de vergaderzaal papieren voor de directievergadering te sorteren en te nieten. Ik was er bijna mee klaar toen Mimi binnenkwam. 'Wat ben jij aan het doen?' vroeg ze.

Het kostte me erg veel moeite om mijn geduld te bewaren. 'Ik zet die rapporten in elkaar, zoals je had gevraagd.'

Toen veranderde ze in Moordzuchtige Mimi, compleet met fonkelende ogen. Ik vroeg me af of ze eigenlijk echt een monster was, maar dan had ik haar monsterlijke vorm moeten kunnen zien. Ze was alleen maar een monsterlijk mens, meer niet. 'O, nee, ben je nog met die oude versie bezig? Ik heb een uur geleden een paar zéér belangrijke wijzigingen aangebracht en een nieuwe uitdraai gemaakt. Waarom heb je die niet gekopieerd en geniet?'

Het had geen zin om te zeggen dat het handig zou zijn geweest als ze mij dat even had verteld, omdat ik dan niet mijn tijd had hoeven verknoeien aan een zinloos karwei. Logisch redeneren had bij Mimi geen enkele zin. Het was de bedoeling dat ik haar gedachten kon lezen en zelf de nieuwe versie ging ophalen, al wist ik van het bestaan daarvan niets af. Ik kwam in de verleiding om te zeggen dat ik geen gedachten kon lezen of andere magische trucs beheerste, zodat het misschien beter was als ze via de normale kanalen met mij communiceerde.

Waarom zou ik dat ook eigenlijk allemaal voor me moeten houden? Zou het niet heerlijk zijn om eens één keer mijn hart te luchten? Ik kon zó een andere baan krijgen, en zolang ze mij een redelijk salaris betaalden, kon het nooit veel slechter zijn dan dit. Ik keek haar dus onverschrokken aan en deed eindelijk mijn mond open.

'Mimi, ik heb er meer dan genoeg van dat jij mijn werkzaamheden zo slecht organiseert. Waarom heb je me dat nieuwe rapport niet gegeven? Hoe kan ik nu weten dat jij het opnieuw hebt uitgedraaid als je mij dat niet vertelt? Ik kan toch geen gedachten lezen? Ik beschik niet over magische krachten, dat heb ik zelfs officieel laten controleren. Het is ook nooit goed bij jou, en ik heb er meer dan genoeg van om me voortdurend door jou als voetveeg te laten gebruiken. Ik neem ontslag. Niet dat stomme rapport zelf maar in elkaar.'

Ik legde de nietmachine op de vergadertafel, draaide me om en liep weg. Mimi zei geen woord. Ze was of geschrokken dat haar volgzame assistente eindelijk tegen haar in opstand kwam, of er was een bloedvat in haar hoofd geknapt zodat ze een beroerte kreeg.

Waarschijnlijk was het eerste het geval, want ik hoorde dat ze achter me aan kwam, zelfs nog voordat ik bij mijn bureau was. 'Je kunt niet zomaar ontslag nemen,' zei ze.

'Let maar op,' antwoordde ik. 'Geef me een paar minuten om mijn ontslagbrief te schrijven. Ik zou officieel twee weken opzegtermijn in acht moeten nemen, maar je zult het wel met me eens zijn dat het beter is dat ik dat niet doe. Als je me nu al zo brutaal vindt, kun je je wel voorstellen hoe verschrikkelijk brutaal ik zou worden als je mij toch niet meer kunt ontslaan omdat ik al ontslag genomen heb!'

'Dat rapport, die nieuwe versie, ligt straks gekopieerd, gesorteerd en geniet op mijn bureau, anders lig je eruit!'

'Ik geloof niet dat je goed hebt opgelet: ik heb al ontslag genomen.'

Ze liep naar haar kantoor. Mijn prairiehonden van collega's staken nieuwsgierig en geschokt hun hoofd boven de rand van de kantoorhokjes uit. Ik ging zitten, pakte het visitekaartje van Rodney en belde hem op. Terwijl ik wachtte tot ik hem aan de lijn kreeg, typte ik een ontslagbriefje van twee regels. Het was lang geleden dat ik me zó goed had gevoeld.

Toen Rod opnam, zei ik alleen maar: 'Met Katie. Laten we terzake komen.'

'Dus je doet het? Ik dacht dat je een weekend bedenktijd wilde?'

'Daar had ik minder lang voor nodig dan ik dacht.'

Hij was flexibel genoeg om zich meteen aan de situatie aan te passen. 'Prima, geweldig. Dan zullen we het even hebben over wat we je willen bieden. Het is een voorstel, we kunnen er dus nog over onderhandelen.' Hij noemde een bedrag waar ik duizelig van werd. Het was niet astronomisch, maar wel zo hoog dat ik niet meer zo hoefde op te letten waar mijn geld bleef. Als ik dat ging verdienen, zou ik eindelijk mijn vriendinnen eens kunnen trakteren, ze hadden al zo vaak voor mij betaald. 'Medische kosten en de tandarts worden vergoed. We hebben wel een paar genezers in huis, maar ik weet niet of jij daar ontvankelijk voor bent. We bieden je een uitgebreide pensioenvoorziening en een levensverzekering. Tien snipperdagen per jaar, en bovendien spaar je elke maand een vakantiedag, die je kunt opnemen als je een half jaar in dienst bent. Is er nog iets waar je over wilt onderhandelen?'

Het klonk allemaal fantastisch, en veel beter dan wat ik gewend was, maar ik wilde niet de indruk wekken dat ik zo wanhopig was dat ik alles meteen accepteerde. Ik kreeg ineens een ingeving. 'Ik wil graag een onbeperkt abonnement op de metro. En als ik tot 's avonds laat moet overwerken, wil ik mijn taxikosten vergoed krijgen.'

'Dat klinkt acceptabel. In noodgevallen kunnen we je trouwens wel iets beters leveren dan een taxi.' Daarmee bedoelde hij vast de pompoenkoets van Assepoester. 'Dus je accepteert de andere voorwaarden?'

'Ja. Ik doe het.'

'Ik ben heel blij dat je bij ons komt. Wanneer wil je beginnen?'

'Wat dacht je van maandag?'

'Zo snel al?'

'Ja, ik heb eh... Ik heb vandaag ontslag genomen.' Ik nam aan dat ik hem dat nu rustig kon vertellen.

Rodney begon te lachen. 'Was het zo erg?'

'Je hebt geen idee.'

'Waarom neem je maandag niet nog even vrij om jezelf op te laden en begin je gewoon op dinsdag?'

Dat klonk niet verkeerd. 'Prima, dan wordt het dinsdag.'

'Tot dinsdag. En nogmaals welkom.'

Pas toen ik had opgehangen, bedacht ik me dat ik nog iets anders had moeten vragen: of ze Mimi misschien in een kikker konden veranderen, dat moest een koud kunstje voor ze zijn. Maar ach, het interesseerde me ook niet meer wat er met Mimi gebeurde, nu ik niets meer met haar te maken had. Ik printte mijn ontslagbrief, zette mijn handtekening eronder en legde hem op Mimi's bureau.

Ze keek naar de brief en toen naar mij. 'Dus je meent het serieus?'

'Bloedserieus.'

'Wat ga je nu dan doen?' Ze klonk bijna bezorgd, maar ik vermoedde dat ze zich meer zorgen maakte om het feit dat ze geen assistente meer had dan om mij.

'Ik heb al een andere baan, met duizend dollar per maand meer, plus betere arbeidsvoorwaarden. Mijn bureau is redelijk georganiseerd, dus ik denk dat je alles wel kunt terugvinden. Er zijn geen lopende zaken meer, behalve dan dat rapport dat je me niet had gegeven.' Ik deed mijn naamkaartje af en legde het op haar bureau, samen met mijn sleutel. 'Nou, dan wens ik je hier nog veel plezier!'

Toen ik terugliep naar mijn hokje om mijn spullen te pakken, begonnen een paar mensen ergens in de grote kantoortuin te applaudisseren, maar dat stierf al snel weer weg. Mijn collega's konden het zich niet veroorloven om het monster tegen zich in het harnas te jagen.

Ik had niet veel persoonlijke spullen op kantoor; ik stopte mijn koffiebeker en mijn Dilbert-kalender in mijn koffertje en pakte mijn handtas. Toen ik het gebouw verliet, had ik even het idee dat ik voelde wat feeën moeten voelen; mijn voeten raakten nauwelijks de grond. Ik merkte nu pas hoezeer die baan me al die tijd had bedrukt.

Ironisch genoeg wilde ik, juist nu ik meer ging verdienen en een volledige vergoeding van het openbaar vervoer in de wacht had gesleept, graag lopend naar huis. Het leek me dat je je in de metro minder gewichtloos voelt, en ik wilde nog iets langer van mijn zweverigheid genieten. Het enige waar ik me zorgen over hoefde te maken was wat ik aan Gemma en Marcia ging vertellen.

Het zou hen vast niet verbazen of verontrusten dat ik mijn baan had opgezegd. Ze hadden me het afgelopen jaar zelfs een paar keer aangeboden om een tijdje mijn deel van de huur voor hun rekening te nemen als mijn geestelijke gezondheid voorschreef dat ik met onmiddellijke ingang ontslag nam en nog geen nieuwe baan had. Maar ik had dat niet willen accepteren, ze lieten me de eerste maand dat ik in New York was ook al gratis wonen. Hoe moest ik nu uitleggen dat ik was ingegaan op het aanbod van de man over wie ik zo had geklaagd? En omdat Rodney in staat bleek overal onverwachts op te duiken, kon ik dat maar beter niet verzwijgen.

Toen ik bij Houston Street was, had ik een plan. Ik ging mijn huisgenoten vertellen dat hij me na dat vreemde gesprek in het café opnieuw had gebeld, zijn excuses had aangeboden, en met een beter voorstel voor de draad was gekomen. Nu hoefde ik alleen nog maar te bedenken wat voor soort bedrijf het was en wat mijn functie zou worden. Ik vroeg me af of ze daar bij BBI BV een standaardverhaal voor hadden. Ik zou kunnen zeggen dat het een administratieve functie was, maar met meer verantwoordelijkheden. Hoe had Owen tijdens die eerste ontmoeting het bedrijf ook alweer omschreven? Dat leek alweer zo lang geleden. Wat was er sindsdien veel gebeurd!

Deze keer sloeg ik niet eerder af om Grace Church te vermijden. Nu ik wist dat het helemaal niet gek was dat die waterspuwer er soms wel en soms niet zat, vond ik hem lang niet zo griezelig meer. Ik was eigenlijk wel benieuwd of hij er zou zijn, of het allemaal echt waar was. Ik had het toch niet gedroomd? Ik had toch niet voor niets mijn baan opgezegd?

De waterspuwer zat op het dak van de kapel. Toen ik vlakbij was, zwaaide hij naar me met een vleugel. 'Hallo schat, welkom bij de club!'

Ik liep een stukje de begraafplaats naast de kerk op en keek omhoog. 'Hoi Sam, bedankt. Ik verheug me er heel erg op. Geloof ik.'

'O, maak je geen zorgen, het gaat vast heel goed. Het zijn prima mensen hoor, en ze hebben je inderdaad nodig, dus ze zullen vast goed voor je zorgen. Je hebt trouwens wel een mooi moment gekozen om erbij te komen, want er staan allerlei interessante dingen te gebeuren.'

'Interessante dingen?' vroeg ik. Mijn zenuwen staken meteen weer de kop op.

'Ja, en nu de grote baas weer terug is, wordt het vast nog leuker dan anders.'

Ik vroeg me af of hij de oude man bedoelde die bij het sollicitatiegesprek was geweest, maar ik had geen zin om dat aan een waterspuwer te vragen, ik wachtte maar rustig af. 'Het was leuk je weer te spreken, Sam,' zei ik, terwijl ik terugliep naar de straat. 'Ik zie je dinsdag.'

'Of eerder.'

Uit het feit dat ik het helemaal niet vreemd meer vond om een gesprek te voeren met een beeld, bleek hoe ingrijpend mijn leven deze week was veranderd. Ik vond het een stuk minder raar dan toen ik deze straat nog angstvallig ontweek vanwege het griezelige, onverklaarbare komen en gaan van de waterspuwer.

Mijn huisgenoten waren al thuis, en dat was heel ongebruikelijk, zelfs voor een vrijdag. Ik moest ze het nieuws meteen maar vertellen, anders zouden ze denken dat ik het een tijd verborgen wilde houden. 'Jullie geloven nooit wat ik vanmiddag heb gedaan,' zei ik.

'Ontslag genomen,' zei Gemma, zonder op te kijken van haar tijdschrift. Er zaten proppen watten tussen haar tenen, blijkbaar had ze haar nagels gelakt.

Ik zette mijn koffertje en tas neer en ging naast haar op de bank zitten, een beetje ontmoedigd omdat ze mij de wind uit de zeilen had genomen. 'Hoe weet jij dat?'

'Omdat het antwoordapparaat vol berichten stond toen we thuiskwamen,' zei Marcia vanuit de slaapkamer. Ze stak een hoofd vol krulspelden om de hoek van de deur. 'Je collega's zijn heel bezorgd, en Mimi dacht dat je het misschien toch niet echt meende. Ze vroeg of je in het weekend wilde terugkomen om iets af te maken.' Ze verdween weer in de slaapkamer.

'Ik heb haar nota bene een ontslagbrief gegeven,' zei ik met een zucht. 'Hoe moet ik haar dan duidelijk maken dat ik het meen?'

'Dus je hebt echt op staande voet ontslag genomen?' vroeg Gemma.

'Met driftbui en al.'

'Dus ze heeft je eindelijk over de rooie gekregen?'

'Dat kun je wel zeggen, maar ik had ook een aanbod voor een andere baan achter de hand. Ik was van plan om me keurig aan de opzegtermijn te houden, maar Moordzuchtige Mimi heeft me ertoe gebracht om dat niet te doen.'

Marcia kwam de kamer binnen. 'Wat voor baan?'

Ik begon te vertellen wat ik had bedacht over Rodney, die me had teruggebeld met zijn excuses. 'Het was dus toch een serieus aanbod, en die baan lijkt me eigenlijk heel interessant.'

'Daarom heb je je gisteren ziek gemeld!' zei Marcia. Ze klonk alsof ze Sherlock Holmes was die net een moord had opgelost. 'Je was naar het sollicitatiegesprek! Waarom heb je ons dat niet verteld?'

Gelukkig had ik hier ook een antwoord op verzonnen. 'Het was een beslissing die ik zelf moest nemen.' En terwijl ik dat zei, drong het tot me door dat ik wat dat betreft de waarheid sprak. 'Ik ga vaak te veel af op wat jullie vinden en nu wilde ik het helemaal zelf beslissen.'

'Nou, gefeliciteerd,' zei Gemma. 'Je moet trouwens opschieten, anders kom je nooit op tijd.'

'Waarvoor?'

'Voor onze blind date natuurlijk!'

De moed zonk me in de schoenen. Het was nu te laat om af te zeggen, maar ik was zo bekaf dat ik alleen maar op de bank wilde zitten met een bak ijs en een oude film. Van de andere kant: als ik mijn baas de waarheid kon vertellen en zo glorieus ontslag kon nemen, was een blind date een peulenschil. 'Maar ik weet niet wat ik aan moet!'

Dit was de magische formule. Nou ja, niet echt natuurlijk, maar het werkte even goed als Owens toverkrachten. Gemma stond in een mum van tijd naast de bank. 'Ik heb al iets voor je uitgezocht.'

We hadden met Connie en Jim afgesproken in een gezellig Italiaans restaurant in de Village. Jim bracht drie erg ongemakkelijk kijkende mannen mee. Ik vroeg me af of hij ze had moeten omkopen. Hij had al vaak bewezen dat hij zo ongeveer alles overhad voor Connie, dus ik zag hem hier ook wel voor aan.

Op de stoep van het restaurant stelde Jim ons aan elkaar voor. De date van Marcia, Ethan Wainwright, was lang en slank, had bruin krullend haar en droeg een bril die zijn ogen verborg. Hij gaf niet alleen de indruk dat hij er liever niet bij wilde zijn, hij maakte ook nog eens een erg afwezige indruk. De date van Gemma, Will Ericson, was eigenlijk een mannelijke versie van Gemma: gesoigneerd en elegant. Jim had blijkbaar erg zijn best gedaan om die combinatie te creëren. De jongen die hij voor mij had opgescharreld heette Pat, zijn achternaam was ik direct weer kwijt. Dat kwam niet alleen door mijn eigen afwezigheid, maar ook doordat hij een nogal onopvallend persoon was. Hij leek er ook helemaal geen zin in te hebben en nam niet eens de moeite om te doen alsóf hij belangstelling voor me had. Waarschijnlijk had Jim hem omgekocht met kaartjes voor een wedstrijd van de Yankees. Was ik dan zó moeilijk aan de man te brengen dat hij alleen met zo'n kleurloos figuur op de proppen kon komen?

In het restaurant was een lange tafel voor ons gedekt. Ik zat op de hoek, met Pat tegenover me en Ethan aan mijn linkerhand. Ik was bang dat het een erg lange avond zou worden.

Toen Jim een fles wijn had besteld, toverde ik een glimlach op mijn gezicht en probeerde een gesprek te beginnen met Pat. 'Vertel eens, Pat,' begon ik enthousiast. 'Wat doe jij voor de kost?'

'Ik zit in de financiële sector.' Zo, een hele zin! Dat had Owen niet eens voor elkaar gekregen tijdens onze eerste ontmoeting.

'O ja? Werk je samen met Jim?'

'Ja.'

Zulke antwoorden hielden het gesprek natuurlijk niet echt gaande, maar ik liet me niet uit het veld slaan. 'Kom jij oorspronkelijk uit New York?'

'Nee.'

'Ik kom bijna nooit mensen tegen die hier geboren zijn,' zei ik, en ik toverde weer een glimlach op mijn gezicht. 'Volgens mij verhuizen alle autochtonen en worden ze vervangen door nieuwkomers.'

Geen reactie. Goh, zou hij bang zijn dat hij een ziekte zou oplopen als hij mij ook eens iets vroeg? Ik had het gevoel dat ik hem aan een verhoor onderwierp. Ik keek naar Marcia en Ethan in de hoop deel te kunnen nemen aan hun gesprek. Misschien zou Pat dan alsnog uit zijn schulp kruipen. Ik zat de laatste tijd wel vaak met verlegen jongens opgescheept, hoewel er een enorm verschil bestond tussen iemand die echt heel verlegen was, zoals Owen, en iemand die duidelijk geen zin had in een gesprek met mij.

Marcia zat nu al met Ethan te bekvechten. Kennelijk waren ze nog niet eens bij het wat-doe-jij-eigenlijk?-gedeelte van het gesprek aanbeland toen hij al iets gezegd had wat zij in twijfel trok, waarna hij haar aan de tand begon te voelen over de feiten waarmee ze op de proppen kwam, zodat zich een bijzonder levendige discussie ontspon. Maar het was moeilijk te zeggen of dat een goed teken was. Marcia was niet vies van een pittige discussie, maar ze wilde wel altijd de slimste zijn. Misschien moest Gemma eens een keer een afspraak met een knappe dombo voor haar regelen. Die zou waarschijnlijk beter bij haar passen dan de slimmeriken die ze meestal uitzocht.

Naast Ethan en Marcia zaten Jim en Connie elkaar verliefd aan te staren, totaal onaangedaan door de chaos die ze hadden veroorzaakt. Aan het eind van de tafel zat Gemma zich te verlustigen aan Will. Dat was niet vreemd: ze was dol op alle mannen die een gepaste bewondering voor haar aan de dag legden.

Ik keek zuchtend weer naar Pat. 'Heb je ook hobby's?' vroeg ik.

Hij haalde zijn schouders op. 'Ik kijk graag sport.' Bingo. Jim had hem omgekocht met kaartjes voor een wedstrijd.

De discussie naast me was doodgebloed nu Marcia en Ethan de menukaart zaten te bestuderen. Ik besloot de lasagne te nemen, het gemakkelijkst te eten pastagerecht omdat je geen spaghetti om je vork hoefde te draaien en in één keer in je mond moest zien te krijgen, dat was tijdens een date natuurlijk vragen om moeilijkheden.

Terwijl ik mijn menu dichtklapte, wierp Marcia Ethan haar beste nepglimlach toe en vroeg: 'En, Ethan, wat doe jij eigenlijk?'

Hij keek fronsend op de menukaart en vervolgens naar haar. 'Ik ben jurist, gespecialiseerd in intellectueel eigendom.'

Haar nepglimlach bleef intact. 'Goh. Interessant.'

Hunkerend naar gespreksstof vroeg ik: 'Wat is dat eigenlijk precies?'

'Voornamelijk personeelsconflicten en patentovertredingen.'

'Personeel? Je wilt toch niet zeggen dat mensen ook onder intellectueel eigendom vallen?'

Hij schudde zijn hoofd en keek ineens wat minder afwezig. 'Nee, maar wat mensen in hun hoofd hebben, kan voor een deel natuurlijk wel als intellectueel eigendom worden beschouwd.' Hij pakte de zoutstrooier die voor hem stond. 'Stel dat dit jouw werknemer is. Zijn functie is het uitvinden van een product voor bedrijf A. Maar dan biedt bedrijf B hem een baan aan.' Hij schoof de zoutstrooier van de kandelaar naar de bloemenvaas. 'Daar ontwerpt hij een betere versie van dat product voor bedrijf B, gebaseerd op wat hij al voor bedrijf A had bedacht. Dat kan beschouwd worden als diefstal van intellectueel eigendom, want in feite heeft hij iets meegenomen van bedrijf A en dat aan een ander bedrijf gegeven.'

Ik knikte. Meestal vond ik het niet zo leuk om over werk te praten maar dit was best interessant. Nou ja, in ieder geval interessanter dan de chagrijnige, zwijgzame Pat. 'Meestal ligt het natuurlijk wel gecompliceerder,' ging Ethan verder. Hij had het nu vooral tegen mij, omdat Marcia met Jim en Connie zat te praten. 'Stel dat dat product van bedrijf B niet direct is gebaseerd op het product van bedrijf A, maar dat de werknemer bij het ontwerpen van product B gebruikmaakt van technieken die hij heeft geleerd tijdens het ontwerpen van product A? En dat hij daardoor product B heeft verbeterd ten opzichte van product A en het bovendien sneller op de markt kan brengen? Wat dan?'

'Geen idee,' zei ik. 'Je kunt je werknemers moeilijk hersenspoelen als ze bij je weggaan. Iedereen leert natuurlijk dingen die hij of zij in een volgende baan weer kan gebruiken.' Ik zag Mimi al met een stofzuiger mijn hoofd leegzuigen.

Er kwamen lichtjes in Ethans ogen en ik zag door zijn brillenglazen dat ze zilvergrijs van kleur waren. Hij was eigenlijk best knap, op een ouderwetse, rustige manier. 'Precies! Daarom kan het soms lastig worden. Waar trek je de grens tussen gebruikmaken van werk dat je in het vorige bedrijf hebt verricht, en gewoon de ervaring toepassen die je daar hebt opgedaan?'

'Maar vatten werkgevers dat soms niet veel te streng op?' vroeg Marcia. Ze was weer een en al oor nu ze merkte dat Ethan aandacht aan mij besteedde. Ik mengde me verder niet meer in de discussie, maar verheugde me om het feit dat ik niets waardevols mee kon nemen van mijn vorige werkgever. Ik had daar vooral geleerd hoe bepaalde dingen níét moeten. Hoewel het in New York niet veel indruk scheen te maken, was het regelen van de zakelijke kant van het zaad- en veevoerbedrijf nog steeds de waardevolste ervaring die ik in mijn werkzame bestaan had opgedaan. Ik vroeg me af of mijn ouders mij ook voor de rechter konden slepen wegens ontvreemding van intellectueel eigendom.

Ik had geen vragen meer voor Pat en hij blijkbaar niet voor mij, wat waarschijnlijk maar beter was ook, omdat ik nog steeds geen goed verhaal over mijn nieuwe baan had. Ik zou me misschien alleen maar in de nesten werken als we over mijn werk begonnen. Zijn ogen waren gericht op iets achter me. Ik keek over mijn schouder en zag een televisie die boven de bar aan de muur hing. Mooi. Dan werd hij in elk geval vermaakt en kon ik intussen rustig van mijn maaltijd genieten en nadenken over wat me die week allemaal was overkomen.

Toen de salades werden gebracht, hadden Ethan en Marcia het over de economie, en dat was beslist geen erotisch geladen gesprek. Het was duidelijk dat ze het niet goed konden vinden samen en dat ze niet meer bezig waren een goede indruk op elkaar te maken. Gemma en Will daarentegen, zouden rond het dessert zo ongeveer onder tafel liggen, als ze in dit tempo doorgingen. Ik at zwijgend mijn salade en probeerde te bedenken wat erger was: een date die zijn mond niet hield of een date die juist geen woord zei.

Er kwam een groepje vrouwen met vleugels binnen. Uit gewoonte keek ik om me heen of iemand anders het ook had gezien, maar niemand keek op of om. Alleen Ethan fronste zijn wenkbrauwen. Ik dacht even dat hij de elfenvleugels ook had gezien, maar hij zette zijn bril af en begon de glazen te poetsen. Geen magie dus, alleen een vuiltje op zijn bril.

Bij het dessert en de koffie had ik het gevoel dat we meededen aan het wereldrecord lang dineren. Ik kon de zwijgzaamheid van Pat nauwelijks meer verdragen en vluchtte naar de toiletten. Gewapend met verse lippenstift kwam ik terug bij onze tafel, waar ik Pat tegen Jim hoorde zeggen: 'Het is alsof ik met mijn zus uit ben.' Het was wel duidelijk over wie hij het had. Zo reageerden mannen altijd op mij. In een kleine stad kon ik dat nog wel begrijpen, want daar waren bijna alle jongens vrienden van mijn broers, maar hoe kon zoiets nou in New York, waar niemand mij of mijn familie kende?

Toen we het restaurant verlieten, was ik niet verbaasd dat Gemma en Will aankondigden dat ze nog even naar een jazzclub gingen die daar in de buurt was. Ze vroegen of wij mee wilden, maar het was overduidelijk dat ze dat liever niet hadden. Ik verwachtte Gemma die nacht niet meer thuis. De anderen zeiden onoprechte dingen tegen elkaar over hoe leuk het was geweest om elkaar te ontmoeten, en namen afscheid zonder adressen of telefoonnummers uit te wisselen. Als er na een blind date niet eens naar je telefoonnummer wordt gevraagd, dan mag je wel aannemen dat het geen succes was.

Jim en Connie hielden een taxi aan, en Marcia haakte haar arm door de mijne. 'Heb je zin om naar huis te lopen?' vroeg ze. 'Goed voor de lijn.'

Ik had niet bepaald geschikte wandelschoenen aan en ik had die dag bovendien al twee lange stukken gelopen, maar een wandeling door de Village is altijd een betoverende ervaring, en dat bedoel ik dan niet letterlijk. Hoewel... De raarste dingen had ik er juist 's avonds gezien, maar die had ik altijd afgedaan als typisch New Yorks. Het leek me heel interessant om nu eens te kunnen onderzoeken wat echt magisch was en wat niet.

We liepen over Bleecker Street naar onze kant van Manhattan. Marcia beklaagde zich de hele tijd over haar date. 'Vind je dat nou niet ongelooflijk? Hij zat de hele tijd alleen maar over zijn werk te praten!'

'Jullie hebben het toch wel over meer dingen gehad? Volgens mij zaten jullie ook te bekvechten.'

'Ja, ook over het werk. Hij zette vraagtekens bij alles wat ik zei.'

'Hij is advocaat, hij is eraan gewend om vraagtekens te plaatsen en alles op een andere manier uit te leggen.'

'Je zit hem gewoon te verdedigen, Katie!' zei Marcia lachend.

'Nee hoor, hij was alleen boeiender dan mijn date. Die kon niet eens praten.'

'Dat is waar.'

'En Ethan vond jou tenminste niet een vervelend jonger zusje.'

Ze keek me aan. 'Dus dat heb je gehoord?'

'Ja, ik kwam precies op het goede moment terug van de wc.'

'Hij heeft ook gezegd dat hij je leuk vond. Een schatje, noemde hij je zelfs.'

'Kleine zusjes zijn vaak schatjes, maar op die manier wil ik niet leuk gevonden worden.' Ik kon het niet laten om even te zuchten. Zou het me ooit lukken om het hart van een man sneller te laten kloppen, al was het maar één keer?

Marcia kneep in mijn arm. 'Maak je geen zorgen, jouw tijd komt nog wel. Je moet alleen de juiste man tegenkomen die jou kan waarderen zoals je bent.'

'Ik ben even oud als jij, Marce, weet je nog? Jij behandelt me nu ook al als jouw kleine zusje.'

'Sorry. Maar bekijk het eens van de goede kant: over een paar jaar ben je blij dat mensen je jonger inschatten. En zoals ik al zei: je moet gewoon de juiste man tegen het lijf lopen. Jij bent echt het type waar mannen naar op zoek gaan als ze toezijn aan trouwen en kinderen krijgen.'

'Dus niet als ze iemand zoeken voor een woeste liefdesnacht?'

'Is dat zo erg dan?'

'Ik weet het niet.' Als ik eerlijk was, moest ik toegeven dat ze gelijk had. Bij mij dachten mensen aan zelfgebakken appeltaart en tuinhekjes. Daarom was ik zeker niet zo populair in New York. Hier gingen mensen juist naartoe om te ontsnappen aan tuinhekjes.

'Nou, dat zijn in ieder geval weer twee namen minder op de lijst van potentiële Ware Jacobs,' onderbrak Marcia mijn gepeins.

'Hoeveel miljoen zijn er nu nog over?'

'Minder dan één, volgens mij, want we kunnen de homoseksuele en getrouwde of anderszins bezette mannen wel afschrijven.'

Ik kon nog een categorie wegstrepen: mannen die niet helemaal tot de menselijke soort behoorden. Hoorden mannen die dingen konden laten verschijnen en verdwijnen eigenlijk wel thuis op mijn lijst? Zij waren in elk geval niet op zoek naar vrouwen die appeltaarten bakten of tuinhekjes schilderden. Als mijn alledaagsheid al saai was voor gewone mannen, dan zouden de magische exemplaren daarvan vast en zeker in een diepe coma raken.

6

Het was veel eerder dinsdagochtend dan ik dacht. Ik trok mijn op één na netste kleren aan, stapte in de metro, en zag tot mijn opluchting Owen op station Union Square. Ik hoefde dus niet in mijn eentje het gebouw binnen te gaan. 'Hoi!' zei ik.

Zijn gezicht kreeg zoals altijd een mooie roze kleur. 'Goedemorgen Katie,' zei hij. Ik ben blij dat je bij ons komt werken.'

'Ik ook. Ik vind het heel spannend en eerlijk gezegd ben ik best een beetje nerveus.' Hij wist vast wel hoe dat voelde.

Hij lachte ondeugend. Ik werd een beetje slap in mijn knieën. 'Wil je er graag vroeg zijn?'

'Ja, waarom niet?'

Hij deed iets met zijn linkerhand en ja, daar kwam de trein al uit de tunnel. 'Na u,' zei hij met een galant gebaar toen de trein tot stilstand was gekomen en we precies voor een deur stonden. Alle zitplaatsen waren bezet, maar we vonden wel een lege paal waar we ons aan konden vasthouden. 'Zal ik er een sneltrein van maken?' fluisterde hij.

'Lijkt me niet nodig,' fluisterde ik terug. 'Dat is ook zo onhandig voor de andere passagiers.'

Hij werd knalrood. 'Ik had al een andere stoptrein laten komen, vlak na deze, zodat ze niet zo lang hoefden te wachten.'

'Wat aardig van je.' Ik vroeg me af wat hij zou doen als ik hem een kus op zijn wang zou geven, maar mijn reanimatietechniek was niet bijster goed.

Het was al erg genoeg dat ik steeds als de trein afremde tegen hem aan werd gedrukt. Hij was niet heel groot, maar wel stevig en sterk. 'Nu weet ik weer waarom ik meestal naar mijn werk loop,' zei ik na een zeer abrupte stop. 'Dat is een stuk minder heftig.'

Eindelijk waren we bij City Hall. We stapten uit en liepen door het park. Owen was niet heel lang, maar hij stapte stevig door en ik had moeite om hem bij te houden. Hij stak Park Row over terwijl het voetgangerslicht op rood stond, en ook nog op een plaats waar geen zebra was, maar er was toch geen verkeer. Ondanks zijn bedeesdheid kreeg ik de indruk dat hij heel machtig was en een weg voor zichzelf wist te banen langs alle kleine ongemakkelijkheden in het leven. Het contrast met mijn dagelijkse worstelingen was enorm.

Metro's oproepen en bekers koffie te voorschijn toveren waren trucs die me heel onschuldig voorkwamen en me deden denken aan de goocheltrucs van mijn ooms, vroeger tijdens familiebijeenkomsten. Maar dit was een bedrijf, en blijkbaar ook nog een groot bedrijf, het moest dus ook nog om belangrijkere zaken gaan. Ik vroeg me af hoe machtig Owen eigenlijk was. Misschien moest ik hem niet alleen maar zien als een leuke, verlegen jongen, misschien was hij best gevaarlijk. Zoiets als de vertegenwoordigers die in de winkel kwamen: de aardigste, leukste en vriendelijkste kerels waren juist degenen voor wie je het meest moest oppassen.

Alsof hij me wilde laten zien dat het waar was wat ik dacht, veranderde hij op het moment waarop we door de voordeur gingen in een heel andere man: zelfverzekerd, beter passend bij het beeld dat ik had gekregen van zijn kracht. 'Goedemorgen Hughes,' zei hij tegen de bewaker in de hal. 'Je weet dat mevrouw Chandler bij ons komt werken?'

'Ja, natuurlijk. Welkom, mevrouw Chandler.'

'Zeg maar Katie,' zei ik.

'Ik breng haar wel even naar Personeelszaken,' zei Owen.

'Prima. Een fijne dag gewenst, Katie.'

'Insgelijks,' zei ik over mijn schouder, terwijl Owen me voorging naar de trap.

'Rodney zal je het bedrijf laten zien,' zei hij, terwijl we door allerlei gangen liepen. Ik wilde dat ik wat broodkruimeltjes bij me had om op de grond te gooien zodat ik niet zou verdwalen. Iedereen die we tegenkwamen, begroette Owen met een zekere eerbied. Ik begon me nu echt af te vragen wie deze man was. Hij leek niet ouder dan een jaar of dertig, maar ze deden alsof hij een hoge piet was. Als hij zichzelf door een illusie jonger liet lijken, zou ik daar toch doorheen moeten kunnen zien. Misschien was hij geen echt mens maar een wezen dat veel langer leefde dan wij, waardoor hij ook veel langer jong bleef. Misschien was hij wel driehonderd!

We bleven voor een deur staan. 'Dit is het kantoor van Rodney,' zei hij. 'Ik laat je nu verder aan zijn goede zorgen over, maar ik zie je straks nog wel.'

'Bedankt voor het brengen.'

Hij werd weer een klein beetje rood en even leek het dat hij iets wilde gaan zeggen, maar hij draaide zich om en liep terug. Ik haalde diep adem, opende de deur en kwam in een receptieruimte. Achter een bureau zat de grootste vrouw die ik ooit had gezien. Op het bureau stond het nieuwste model iMac en daarnaast zo'n kristallen bol die ik ook op het bureau beneden in de hal had gezien. Verder stond er nog een gewone telefoon. De vrouw was niet dik, alleen heel erg groot. Ze zou niet misstaan in het American football-team van de Dallas Cowboys. Voordat ik kon vertellen wie ik was en wat ik kwam doen, ging ze staan en wierp me vanuit de hoogte een vriendelijke glimlach toe. 'Dag Katie, leuk dat je er bent!'

Ik had familieleden die me minder hartelijk begroetten en deze vrouw had ik nog nooit van mijn leven gezien. 'Hallo,' zei ik. 'Ik kom voor Rodney Gwaltney.'

'Ja, tuurlijk! Rod is er nog niet, maar hij kan elk ogenblik komen. Ga zitten, wil je koffie? Een bagel?' Eigenlijk had ik iets veel vreemders verwacht, maar het was heerlijk om eens vriendelijk te worden begroet. 'Ja, koffie lijkt me lekker,' zei ik. Ik ging zitten in een luxueus beklede stoel.

'Suiker en melk, hè?' vroeg ze.

'Graag.'

Toen er ineens een koffiebeker in mijn hand floepte, wist ik weer dat dit niet zomaar een bedrijf was. 'O!' riep ik geschrokken uit, maar gelukkig wist ik te voorkomen dat ik de koffie over me heen kreeg.

'Sorry,' zei de vrouw, 'ik had je even moeten waarschuwen.'

'Ik neem aan dat ik wel zal wennen aan dit soort dingen.'

'Ik ben trouwens Isabel, Rods secretaresse.'

'Prettig kennis te maken, Isabel.'

'We zijn zo blij dat je hier komt werken!' Ze keek naar de deur en daarna met een samenzweerderige blik weer naar mij. 'Dat was toch de jonge Owen Palmer die jou hierheen heeft gebracht?'

'Ja, inderdaad.'

Ze wuifde zichzelf wat koelte toe met een vel papier. 'Poeh, dat is zo'n beetje de meest begeerde vrijgezel hier. Een briljante jongen en nog superaantrekkelijk ook. Nee, die gaat het helemaal maken. Hij zou alleen wat minder verlegen moeten doen.' Dit leek wel verdacht veel op de roddelpraatjes die je in elk bedrijf kunt horen. Hoe anders alles bij BBI BV ook beloofde te zijn: tot nu toe zag ik ook veel overeenkomsten met het normale bedrijfsleven.

'Ja, hij lijkt me wel aardig,' zei ik, zo neutraal mogelijk. Het laatste wat ik wilde, was zelf het slachtoffer van allerlei geroddel worden. Als ik zou zeggen dat ik hem ook geweldig vond, zou iedereen dat binnen de kortste keren weten. 'Maar iedereen lijkt me hier trouwens heel aardig,' voegde ik eraan toe.

'Ja, het is best een leuk bedrijf, al zitten er hier en daar een paar lijken in de kast.' Ik kreeg het angstige voorgevoel dat ze dit letterlijk bedoelde. 'En welk bedrijf heeft er nu niet een paar monsters in dienst?' Dat bedoelde ze waarschijnlijk ook letterlijk, maar ik had voor Mimi gewerkt, dus ik was wel wat gewend.

Rodney kwam binnen in een opzichtig pak dat uit een dure modezaak leek te komen. Het paste helemaal niet bij zijn verder wat verlopen verschijning. Ik vroeg me af welke illusie hij zich nu weer had aangemeten, maar hoe die er ook uitzag: hij deed verder niets aan zijn werkelijke uiterlijk. Die illusies betroffen blijkbaar niet de kleding, anders zou hij niet de moeite hebben genomen dat pak aan te schaffen. Ik besloot dat dat maar goed was ook. Als magische mensen zich met een illusie konden kleden, kreeg ik meer naakt te zien dan me lief was. Waarschijnlijk had ik dan direct na mijn aankomst in New York rechtsomkeert gemaakt. Volgens de griezelverhalen van mijn moeder liepen er hier massa's naakte mensen over straat.

'Katie, je bent er al!' zei Rodney toen hij me zag.

'Ik wilde niet te laat komen op mijn eerste werkdag.'

'Kom maar mee naar mijn kamer, dan zetten we je aan het werk.'

Ik pakte mijn koffertje en liep achter hem aan. Rodney nam plaats achter zijn bureau en gebaarde naar alweer zo'n luxueus beklede stoel. Ze hadden hier in elk geval wel behoorlijk kantoormeubilair. Er verscheen een beker koffie op zijn bureau, die Rodney met beide handen vastpakte.

'We moeten eerst even wat papierwerk afhandelen; gegevens voor de administratie, belasting, verzekeringen, dat soort dingen. Daarna zal ik je een rondleiding geven, dan kun je zien hoe het hier nu allemaal in z'n werk gaat. Na de rondleiding kun je je in je nieuwe kantoor installeren.'

Ik knikte, terwijl ik nadacht over de onwaarschijnlijke combinatie van belastingformulieren en uitleg over magische praktijken. 'Dus jullie zijn gewoon bekend bij de belastingdienst?'

'Ja zeker. De belastingdienst heeft z'n eigen tovenaars en die laten ons geen trucjes uithalen.' Het was niet in mijn hoofd opgekomen dat ik geen belasting zou hoeven te betalen als ik hier ging werken, dus dit was geen teleurstellende mededeling, al vond ik belasting en toverkunst geen logische combinatie. Wat ik veel gekker vond, was dat de belastingdienst zelf blijkbaar ook tovenaars in dienst had.

Rodney liet me een paar formulieren invullen en gaf me een mapje met informatie over de ziektekostenverzekering. 'Bekijk dat later maar, dan kun je de ingevulde formulieren aan Isabel geven,' instrueerde hij me. 'O ja,' zei hij met een glimlach, terwijl hij een bureaula opentrok. 'En hier is je metrokaart.'

Ik stopte de kaart in mijn portemonnee. Vanaf nu kon ik zo vaak als ik wilde met de metro. Het was bijna even leuk als weer in een eigen auto te kunnen rijden. Dat was trouwens de verandering waaraan ik het meest had moeten wennen: dat ik niet meer, zoals in Texas, een eigen auto had.

Rodney ging weer zitten. 'Heb je nog vragen?' vroeg hij.

'Waarover?'

'Over wat dan ook.'

'Om eerlijk te zijn: ik weet nauwelijks waar ik moet beginnen.'

'Dan leid ik je eerst rond. Je kunt je spullen wel zolang hier laten liggen.'

Ik liep achter hem aan zijn kantoor uit, langs het bureau van zijn secretaresse naar de hal. Ondertussen vertelde hij me van alles. 'We doen verschillende dingen, van research en development tot het testen van nieuwe formules en kwaliteitscontroles.'

Ik kon hem nauwelijks bijbenen, al was dat letterlijk minder moeilijk dan figuurlijk. 'Hoe gaat de distributie van die formules in z'n werk?' vroeg ik. 'Met andere woorden: hoe verdienen jullie precies je geld?'

'Door ze in goochelwinkels te verkopen natuurlijk, en in andere detailzaken.'

Ik bleef staan. 'Goochelwinkels? Bedoel je die zaken waar je speelkaarten en hoge hoeden kunt kopen?'

Hij keek me met opgetrokken wenkbrauwen aan. 'Ben je daar wel eens binnen geweest?'

'Nee. Eerlijk gezegd was ik nooit zo geïnteresseerd in goochelen en magie.'

'Logisch. Jij ziet de realiteit in plaats van de illusie, dus voor jou is er geen lol aan. Toch zou het je verbazen wat je in zo'n winkel allemaal kunt vinden. De meeste attributen zijn voor het grote publiek, maar als je weet wat je moet hebben, kun je er elke formule kopen die je zoekt.'

'Maar ik zal wel weer niet veel aan zulke formules hebben,' mopperde ik.

'Nee, maar ze kunnen ook niet tégen je gebruikt worden. Onze illusies en bezweringen zijn trouwens absoluut onschuldig. Ze veroorzaken hooguit ongemak, verder kunnen ze geen kwaad. Wat dat betreft hebben we een hele strenge kwaliteitscontrole.'

'Dus mensen kunnen gewoon zo'n winkel binnengaan en een toverformule aanschaffen? Hoe betalen ze daar dan voor?'

'We baseren onze prijzen op de ontwikkelingskosten, de bruikbaarheid en het aantal mensen dat de formule zal gaan kopen. Een simpele formule die het dagelijks leven iets simpeler maakt, kost ongeveer twintig dollar. Een complexere, die voor een speciaal doel wordt gebruikt, kan wel in de honderden dollars lopen. Verder leveren we ook maatwerk, maar meestal aan bedrijven, niet aan particulieren.'

'Je kunt dus gewoon met dollars betalen?'

'Ja, natuurlijk. Wat dacht jij dan, met tovermunten?'

Eerlijk gezegd had ik zoiets inderdaad verwacht. En waarschijnlijk was dat van mijn gezicht af te lezen, want Rodney begon te lachen en zei: 'Je hebt te veel spannende boeken gelezen. We hebben wel onze eigen zaken, maar geen eigen economie. Kijk, dit is de verkoopafdeling.'

We kwamen bij een paar kantoorruimtes die rond een centrale hal lagen. In de kantoren zaten verkopers te telefoneren of in hun kristallen bol te praten. Ik zag twee verkopers die op gewone mensen leken, twee elfen en een dwerg die op zijn bureau zat en in zijn glazen bol sprak.

Rodney maakte een handgebaar dat blijkbaar een signaal in de bollen veroorzaakte, want alle verkopers keken op. Degenen die aan het telefoneren waren of anderszins communiceerden, rondden hun gesprek af. 'Ik wil jullie graag voorstellen aan Katie Chandler,' zei Rodney. 'Katie gaat op de Afdeling Controle en Verificatie werken. Als jullie een contract hebben of op pad moeten om een verkoper aan de tand te voelen, kunnen jullie een beroep op haar doen.' Iedereen lachte, zwaaide en ging weer aan het werk. Rodney draaide zich naar me toe en zei: 'Je zult het meest te maken krijgen met deze afdeling. Soms moet je met hen op pad om te helpen controleren of de verkopers, onze klanten, wel eerlijk zijn, en verder moet je de contracten controleren voordat ze worden getekend.'

'Maar ik weet niets van juridische dingen af,' zei ik gealarmeerd.

'Dat hoeft ook helemaal niet. Zij weten precies wat er wel en niet in de contracten hoort te staan. Jij leest ze hardop voor en dan weten zij wel of er iets in verborgen staat, en of er iets is uitgehaald en vervangen door een begoocheling.'

'Zijn magische mensen zó onbetrouwbaar?' vroeg ik, maar ik was al bang voor wat hij zou antwoorden.

'Dat zijn alle mensen toch, vind je niet? Ach, de meerderheid is wel eerlijk, maar er zijn er altijd wel een paar op zoek naar een maas in het net.'

We liepen over de verkoopafdeling naar een trap die naar een grote, wat duistere zaal leidde. Langs de muren stonden monitoren, zowel de normale als de glazen bollen. 'Dit is de controleafdeling,' zei Rodney voordat hij me voorstelde aan een paar mensen. 'Hier wordt gecontroleerd of onze bezweringen correct worden ingezet. Ongeautoriseerd gebruik kan ertoe leiden dat de rechten op een bepaalde bezwering worden ingetrokken. Het kan zijn dat je hier ook af en toe een dienst moet draaien. Het is een gespecialiseerde functie, maar soms moet iemand van een andere afdeling de gaten in de roosters opvullen.'

Na deze zaal kwam er weer een trap. 'Kun je een voorbeeld geven van ongeautoriseerd gebruik?' vroeg ik.

'Op nummer één staat: het met een bezwering toebrengen van schade. Onze bezweringen hebben speciale ingebouwde veiligheidsvoorzieningen, maar als je je best doet, kun je daar wel omheen. Verder is het niet de bedoeling dat meerdere mensen gebruikmaken van dezelfde formule, alleen degene die hem heeft aangeschaft mag er gebruik van maken, maar er zijn er altijd die dat via een slinkse omweg toch illegaal proberen.'

'En hoe zit het met die rechten?'

'Als die worden ingetrokken, mag je een bepaalde formule niet meer gebruiken tot je hem opnieuw hebt gekocht. Als je iemand kwaad hebt gedaan, mag je de formule zelfs nooit meer kopen. Dan kun je ook een verbod op onze andere producten krijgen.'

'Wordt er vaak misbruik van gemaakt?' Ik vond het geen prettige gedachte dat honderden magiërs alleen maar in toom werden gehouden door iets wat in kleine lettertjes op de achterkant van de verpakking stond en werd gecontroleerd door een klein aantal monitoren.

'Nee, dat valt wel mee. De boze tovenaar die zijn krankzinnige machtswellust probeert te botvieren, is een onderwerp dat je eigenlijk alleen maar in boeken en films tegenkomt. Zulke dingen gebeuren wel, maar over het algemeen is er geen reden om anderen kwaad te doen als je zelf een goed leven hebt. Mensen met echte psychische klachten worden al vrij vroeg in hun leven uitgeselecteerd, dus die kunnen niet meer aan formules komen, tenzij ze worden gerehabiliteerd.'

'Dat is een hele opluchting.'

De volgende deur ging niet zomaar open. Rodney legde zijn hand tegen een metalen plaat en zei zacht iets in een taal die me als Latijn in de oren klonk; toen klikte het slot en ging de deur open. 'Dit is R&D, het domein van Owen,' zei Rodney.

We kwamen in een ruimte die me deed denken aan een moderne film over Frankenstein en krankzinnige wetenschappers. We liepen door een gang langs de glazen wanden van laboratoriumachtige ruimtes, compleet met borrelende glazen potten, of van kamers die meer weg hadden van een bibliotheek. Ik zag een paar mensen in witte jassen aantekeningen maken op een klembord. Zo nu en dan hoorde ik gesis en geknal, en één keer zagen we een lichtflits.

'Dit is het hart van ons bedrijf,' zei Rodney.

De grote ruimte had niet misstaan in een universiteit of hogeschool, afgezien van de vreemde tekens op de witte schrijfborden aan de muren. Owen stond voor een van de borden; hij had een oud boek in zijn ene hand en schreef met zijn andere iets op het bord. Rodney wachtte tot hij klaar was en zei toen: 'Owen?'

Owen keek op, knipperde even met zijn ogen, en glimlachte.

'Aha, dus je krijgt een rondleiding?' vroeg hij aan me, terwijl de roze kleur over zijn gezicht naar zijn haargrens kroop.

'Ja. Heel fascinerend.'

'Owen is hoofd van onze theoretische magische afdeling,' zei Rodney.

'We proberen te bepalen wat wel en wat juist niet mogelijk is met magie,' legde Owen uit. 'Daarbij grijpen we vaak terug op zeer oude teksten, en proberen die oude formules te moderniseren nadat we hebben uitgeprobeerd of ze nog wel echt goed werken. Sommige oude tovenaars hebben alles wel wat erg enthousiast en overdreven opgeschreven.'

'We hebben ook een praktijkafdeling die de ontdekkingen van Owen afstemt op de massaproductie,' voegde Rodney hieraan toe.

Op dat moment kwam een jongen met stekelhaar de ruimte binnengehinkeld. Hij had een enorme scheur in zijn broek, van de zoom tot de knie. 'Nou, die hondenbezweringsformule werkt voor geen meter,' zei hij tegen Owen. 'Ik weet niet of het aan de formule of aan de vertaling ligt, maar...' Hij wees naar zijn gescheurde broek.

Owen huiverde en schreef iets op het bord. 'Sorry Jake, ik zal ernaar kijken. Ga maar even naar een genezer.'

Jake strompelde weg. 'Gevaarlijke business, hoor,' hoorde ik hem nog zeggen.

'Dat was ook helemaal geen geautoriseerde test,' zei Owen. 'Sommigen kunnen de verleiding gewoon niet weerstaan om iets alvast uit te proberen. Maar gelukkig zijn de meesten heel voorzichtig.' Hij grinnikte even. 'Als je in een penibele situatie zit, denk je vaak het eerst aan dingen waar je pas over gelezen hebt. Dat is het riskante van dit werk, je weet nooit of iets echt zal werken als je het nodig hebt.'

Rodney begon te lachen. 'Ja, weet je nog die keer dat jij...' Hij hield zijn mond toen Owen hem een waarschuwende blik toewierp. 'In ieder geval is het niet risicoloos wat ze hier doen, maar gelukkig heb jij daar met R&D niet zoveel mee te maken.'

'Je mag hier natuurlijk altijd even langskomen,' zei Owen. 'Bijvoorbeeld als je vragen hebt over toverkunst en magie; hier zitten de experts die daar misschien een antwoord op weten.'

'Ik zal een vragenlijstje maken, maar dan moet ik eerst genoeg aan de weet komen om te bepalen wat ik eigenlijk nog wil vragen,' zei ik.

'Kom mee, maken we eerst onze rondleiding af,' zei Rodney. Hij nam me bij mijn arm en trok me mee alsof hij een tikje jaloers was. Ik vond dat raar. Op de eerste plaats ben ik niet bepaald het type vrouw dat jaloersheid opwekt: er is nog nooit om mij gevochten. En bovendien had Owen niets gezegd of gedaan wat aanleiding kon geven tot jaloezie. Waarschijnlijk verbeeldde ik het me maar.

Even later kwam Owen achter ons aan. 'O ja, dat was ik bijna vergeten. Meneer Mervyn wil graag dat Katie na de rondleiding bij hem langskomt, hij heeft een lunchvergadering belegd met de gebruikelijke verdachten.'

Rodney kreunde. 'Fijn dat hij me dat zo mooi op tijd laat weten. Nou ja, gelukkig heb ik niets in mijn agenda staan.'

'Hij heeft vorige week alle agenda's leeggemaakt, zoals altijd.'

Ik vroeg me af wat deze conversatie te betekenen had. Terwijl we door de gang liepen, viel het me op dat elke vrouw die we tegenkwamen uitnodigend naar Rodney lachte. Kon ik maar zien wat zij zagen. Hij lachte wel terug, maar meer uit beleefdheid dan uit werkelijke belangstelling. Zijn wenkbrauwen waren nog steeds gefronst, blijkbaar door wat Owen tegen hem had gezegd.

Ik raapte al mijn moed bijeen en vroeg: 'Waar hadden jullie het eigenlijk over?'

Rodney schudde zijn hoofd. 'O, niks. Gewoon kantoorpolitiek. Onze grote baas heeft een paar vertrouwelingen waar hij blind op vaart, en ik zit een beetje aan de rand. Hij betrekt me wel vaak bij allerlei dingen, maar het is net alsof hij niet rechtstreeks met me communiceert. Het gaat altijd via iemand anders, meestal Owen.'

Dat verklaarde dus die jaloezie die ik had gevoeld. Die had

niets met mij te maken, maar met het werk. 'Dat gebeurt zo vaak,' zei ik, 'ook in gewone bedrijven. Personeel is belangrijk, anders kun je je bedrijf wel opdoeken, maar het is ook weer geen *direct profit centre*, en daarom zien de managers hun personeel nog wel eens over het hoofd.'

Zijn gezicht klaarde op. 'O ja?'

'Ja hoor. De mensen die het geld binnenbrengen zijn de mensen die de meeste aandacht krijgen. Met marketing gaat het net zo. Zonder marketing zou je niets verkopen, maar omdat de mensen van de marketingafdeling zelf geen geld in het laatje brengen, worden ze vaak over het hoofd gezien en zijn ze als eersten de klos als er moet worden bezuinigd.'

'Wat ik ook niet leuk vind, is dat Owen wordt klaargestoomd voor allerlei grote, geweldige dingen, terwijl ik nooit verder kom dan wat ik nu doe. Begrijp me niet verkeerd hoor, ik hou echt van mijn werk, maar ik weet zeker dat ik dit bedrijf nooit zal leiden, terwijl Owen hier op een dag de baas zal zijn. En een goede ook.'

'Dan heeft hij wel wat meer zelfvertrouwen nodig.'

Rodney schudde zijn hoofd. 'Nee, hij is zo veel beter af. Volgens mij hebben ze hem trouwens expres tot zo'n verlegen jongen opgevoed. Iemand met zoveel macht als hij, kan beter niet al te overmoedig zijn.'

De rillingen liepen over mijn rug toen Rodney dit zei, maar voordat ik om uitleg kon vragen, stonden we voor een andere deur. 'Dit is v&v, de afdeling Voorspellers en Verlies,' zei Rod toen de deur openging.

'Is dat net zoiets als Winst en Verlies?' vroeg ik.

'Nee, bij Voorspellers en Verlies zitten trendvoorspellers, en worden verloren spullen of mensen opgespoord.'

'Zoals Elvis!' zei ik voor de grap.

'Precies!' Dat klonk niet als een grap. Rodney ging me voor in een ruimte die me nog het meest deed denken aan een zigeunertent op een ouderwetse kermis. 'Hallo allemaal!' zei hij tegen een dromerig groepje mensen op fluwelen kussens. 'Dit is Katie, ze zit sinds vandaag bij Controle en Verificatie.'

Een elegant geklede vrouw die zo uit een modeblad voor de komende herfst leek te komen, keek naar me op. 'Ga vanavond maar met de bus naar huis,' zei ze.

Ik knipperde met mijn ogen. 'Hè? O, ja, natuurlijk, bedankt. Prettig kennis te maken, trouwens.' Ik kreeg het gevoel dat dat van die bus heel belangrijk was, maar had ze me ook niet iets over de roklengte van de komende tijd kunnen vertellen? Ik overwoog om mijn rokken korter te maken, maar ik wilde niet volgend jaar tot de ontdekking komen dat de mode juist langer werd. Gemma zou een moord doen voor zulke voorspellingen.

Rodney nam me weer mee de kamer uit. 'Denk erom dat je nooit iets vraagt over lotnummers of de uitslag van sportwedstrijden, maar als ze spontaan iets vertellen, is het vaak wel van belang om daar rekening mee te houden.'

'Goed, dan ga ik met de bus.'

Hij bleef midden in de gang staan en wreef peinzend in zijn handen. 'Eens kijken, je hebt al kennisgemaakt met Sam, van de Beveiliging; hij heeft het al dagen over je, dus volgens mij is hij nogal van je gecharmeerd. Wat zal ik je verder nog laten zien?'

Ik probeerde het idee uit mijn hoofd te zetten dat die stenen waterspuwer verliefd op me was, want dat vond ik een griezelige gedachte. Ik dacht aan wat Rodney zich hardop afvroeg. 'Mijn kantoor, misschien? En belangrijke details, zoals de kantine en de toiletten?'

'Dat doen we vanmiddag wel. Tenzij je nu naar het toilet moet?' Ik schudde mijn hoofd. 'Oké, dan ga ik je nu aan de grote baas voorstellen.'

'Meneer Mervyn?' vroeg ik. Owen had die naam laten vallen. 'Die oudere man die bij het sollicitatiegesprek was?'

'Ja, dat is 'm. En ik kan je alvast vertellen dat hij nogal van je onder de indruk was.' We kwamen bij een van de torens van het gebouw, bij een lange wenteltrap. Ik stond nog maar net op de onderste tree en verheugde me bepaald niet op de lange klim, toen Rodney op de zuil van de trap tikte en de treden begonnen te bewegen, als een roltrap.

'Magie?' vroeg ik.

Hij schudde zijn hoofd. 'Nee, machinaal. En pas nieuw. De grote baas houdt niet van traplopen en hij vond dit veel leuker dan een gewone lift, maar ik heb zo het vermoeden dat er bij het ontwerp wel wat magie aan te pas is gekomen.'

De wentelroltrap bracht ons in een luxueuze kantoorruimte met een receptie, waar een fee achter een enorm, mahoniehouten bureau zweefde. Naast het bureau waren twee hoge, gebeeldhouwde houten deuren en nog een kantoor. 'O, goed dat jullie er zijn,' zei de fee toen we binnenkwamen. 'Hij verwacht haar al.'

De deuren zwaaiden open en we stonden in het kantoor van de baas. Het leek veel op de directiekantoren van andere bedrijven – niet dat ik er veel van binnen had gezien, trouwens – met dure meubels, dikke tapijten, en fraaie kunstwerken aan de muren. Ik kreeg echter de indruk dat dit meubilair echt antiek was, geen replica's. Een van de wanden was helemaal van glas en gaf uitzicht op City Hall en het park; de ramen in de aangrenzende wand boden een prachtig uitzicht op Brooklyn Bridge.

Er was geen enkele reden waarom ik me nerveus zou moeten voelen over deze ontmoeting, maar toch was dat wel het geval. Mijn vader was ook directeur, maar dat was natuurlijk ook gewoon mijn vader. Ik had de directeur van het vorige bedrijf waar ik werkte nooit ontmoet. In de kranten stonden soms portretten van extreem rijke, machtige mannen die zo'n laag manusje-van-alles als ik niet zagen staan. Ik had ineens het gevoel dat ik een schoolmeisje was dat bij het schoolhoofd moest komen. Zou ik misschien mijn hoofd moeten buigen, of zo'n kniebuiging moeten maken? Uit wat ik over sommige topmanagers had gehoord, zou ik kunnen afleiden dat er misschien van me verlangd werd dat ik me op de grond zou werpen onder het uitroepen van: 'Ik ben onwaardig'.

De gedistingeerde heer die bij mijn sollicitatiegesprek aanwezig was geweest, liep om zijn bureau heen om me te begroeten. 'Lieve mevrouw Chandler,' zei hij, terwijl hij mijn beide handen vastpakte. Hij keek naar Rodney. 'Bedankt, Rodney. Ik zie je straks bij de lunch.' Rodney keek teleurgesteld, maar knikte en verliet het kantoor. De deuren vielen achter hem dicht. 'Ga zitten.' Meneer Mervyn maakte een uitnodigend gebaar naar de sofa die zodanig was gepositioneerd dat je er een prachtig uitzicht door beide ramen had.

'Ik ben heel blij dat je hebt besloten om voor ons te komen werken, al wist ik wel dat je dat zou gaan doen,' zei hij, op zo'n zelfverzekerde toon dat ik daaruit opmaakte dat hij het letterlijk had voorzien.

'Het aanbod kwam op een voor mij zeer gunstig tijdstip,' zei ik.

'En jij kwam op een tijdstip dat voor ons heel gunstig was. Het was dus goed voor alle partijen.' Meneer Mervyn lachte warm en hartelijk, waardoor ik hem meteen een stuk minder intimiderend vond. 'Ik wil wel graag mijn verontschuldigingen aanbieden voor de nogal abrupte wijze waarop we je hebben laten kennismaken met ons bedrijf, en ik hoop dat ik dat vanmorgen persoonlijk zal kunnen rechtzetten. Allereerst heb ik verzuimd om mezelf behoorlijk voor te stellen. Mijn naam, in modern Engels, is Ambrose Mervyn, en ik ben de CEO van Betovering, Bezwering en Illusies BV. Ik heb die functie zeer lang geleden al eens bekleed, heb me daarna teruggetrokken uit het bedrijf, maar ben sinds kort weer hier om het bedrijf door een moeilijke periode te helpen.'

'Het gaat niemand voor de wind de laatste tijd, dus magische mensen vast ook niet,' zei ik knikkend, terwijl ik me afvroeg waarom hij zei wat zijn naam in modern Engels was.

'Inderdaad.' Meneer Mervyn klonk alsof hij zich dat nog maar net realiseerde.

'Ik ben dus bezig met een hernieuwde kennismaking met het bedrijf, terwijl jij voor het eerst met ons te maken hebt. Er is veel veranderd in de loop der tijd.' Hij klonk een beetje afwezig en melancholiek, misschien had hij na zijn pensioen wel heerlijk in een vakantiehuis in Vermont gewoond en vond hij het jammer dat hij nu weer hier zat. 'Het bedrijf is enorm gegroeid en heeft de overstap naar de Nieuwe Wereld gemaakt, wat een flinke aanpassing van mij heeft gevergd.' De Nieuwe Wereld? Misschien kwam hij uit Engeland? Een prachtig optrekje ergens in de Cotswolds? Maar ik kreeg niet de indruk dat dit bedrijf hier nog maar net gevestigd was, integendeel: het zat hier zo te zien al zeker honderd jaar. Ik besloot er maar niet over na te denken, daar kreeg ik alleen maar hoofdpijn van.

'Mijn rol is nu ook een heel andere,' ging hij verder. 'In mijn tijd waren we helemaal niet zo zakelijk. Wij hielden ons veel meer bezig met wat ze nu *research en development* noemen.' Dat verklaarde natuurlijk waarom hij zo gesteld was op Owen. Hij begreep wat Owen deed, terwijl personeelszaken voor hem waarschijnlijk onbekend terrein was. Hoe oud zou hij eigenlijk zijn?

'Daarom weet ik niet hoeveel vragen ik zal kunnen beantwoorden, maar schroom niet om ze te stellen. Intussen zou ik ook graag wat meer over jou willen weten.'

'Vraag gerust.'

'Misschien kun je me gewoon het een en ander over jezelf vertellen?'

'Oké, nou, ik kom dus uit Texas, maar dat weet u al, want daar hebben we het tijdens het sollicitatiegesprek al over gehad.' Ik vroeg me even af of ik moest vertellen waar Texas lag, maar dat wist hij natuurlijk wel, al kwam hij oorspronkelijk niet uit Amerika. En anders kon hij het wel opzoeken. 'Ik kom uit een klein stadje in de provincie. Mijn ouders hebben daar een bedrijf, ze verkopen zaden, kunstmest, veevoer en dat soort dingen.' Meneer Mervyn glimlachte en keek alsof hij precies wist waar ik het over had.

'Ik hielp al in de winkel toen ik nog maar een piepklein meisje was, en omdat mijn ouders niet zo zakelijk zijn, hoeveel ze ook van het boerenbedrijf weten, ben ik de zaak uiteindelijk gaan leiden. Ik ben bedrijfskunde gaan studeren, om beter te weten wat ik deed, en ben daarna weer thuis gaan wonen om het bedrijf verder op poten te zetten. Mijn studievriendinnen verhuisden allemaal naar New York, maar ik wist dat mijn ouders me nodig hadden.'

'Je bent een trouwe dochter,' zei meneer Mervyn met een plechtig hoofdknikje.

'Tot op zekere hoogte. Vorig jaar is een van mijn vriendinnen getrouwd en toen kwam er een plekje vrij in het appartement dat ze met elkaar delen. Ik was op de bruiloft en toen hebben ze mij overgehaald hier echt te komen wonen. Mijn ouders vonden dat niet zo'n geweldig idee, maar de winkel liep op rolletjes, dus het kon best. Ik had het gevoel dat dit mijn laatste kans was om echt iets van mijn leven te maken en daarom ben ik weggegaan. En nu zit ik hier.'

'Dat moet een hele aanpassing van jou hebben gevergd.'

'Ja, enorm. Het is hier allemaal al zo anders, en daarbij zag ik ook steeds van die vreemde dingen. Eerlijk gezegd dacht ik dat dat heel gewoon was in New York, maar niemand anders scheen het te merken; ik voelde me echt een boerentrien.'

'Nee, het komt omdat jij een heel bijzondere kijk hebt op de wereld. Zorg dat je die nooit kwijtraakt, Katie. Maar vertel eens, hoe bevalt het je verder in New York?'

'Ik vind het hier geweldig. Ik heb wel eens last van heimwee, maar ik heb hier ook het gevoel dat ik echt leef. Er gebeurt zoveel, mijn leven lijkt veel voller. Alsof ik hier per dag meer beleef dan thuis in een jaar.'

'Vind je het niet te lawaaiig en beangstigend?'

Hij glimlachte naar me, op een manier die me deed denken aan Owen als die in een dappere bui was. Hij voegde er op vertrouwelijke toon aan toe: 'Ik vind het soms wel beangstigend. Ik kon ook heel moeilijk wennen, ondanks de bezweringen die Owen voor me had gemaakt.'

'Als je maar iemand hebt om je wegwijs te maken. En dat hebben mijn vriendinnen voor me gedaan.'

Meneer Mervyn knikte. 'Dat is een wijze raad, Katie Chandler.'

Ik weet niet of het erop leek dat ik een wit voetje probeerde te halen, maar ik haalde diep adem en zei: 'Als je wilt, zou ik je best een beetje wegwijs willen maken in de buurt. Misschien kunnen we een keer samen gaan lunchen en een blokje om lopen.'

Hij keek oprecht verheugd. 'Ja, dat zou ik heel graag willen. Maar vandaag hebben we al een lunchafspraak; je moet nodig kennismaken met de rest van de directie.'

Ik kreeg de indruk dat Rodney en Owen het hadden gemeend toen ze zeiden dat ik heel belangrijk was voor het bedrijf, dat was niet zomaar een smoesje geweest om me te paaien. In mijn vorige baan was ik alleen voorgesteld aan mijn directe collega's, meer niet. Hier werd ik voorgesteld aan iedereen, inclusief de hoogste baas, en er werd zelfs een welkomstlunch voor me georganiseerd. Misschien was dat nodig om goed te snappen hoe magie in elkaar zat en wat het bedrijf precies deed. Want als ik moest kunnen onderscheiden wat echt was en wat niet, moest ik natuurlijk wel weten hoe het bedrijf in elkaar zat en wat hier normaal was.

Meneer Mervyn ging staan en stak zijn hand uit om me overeind te helpen; daarna stak hij mijn arm onder de zijne en liep met me het kantoor uit. We namen de speciale wentelroltrap; ik complimenteerde hem ermee, wat hij heel leuk vond. Daarna liepen we nog een paar trappen af en gangen door tot we in de grote vergaderzaal kwamen waar het sollicitatiegesprek had plaatsgevonden. Ik moest maar zo'n GPS-ding kopen om de weg niet kwijt te raken.

De mensen die bij het sollicitatiegesprek aanwezig waren geweest, zaten ook nu weer om de tafel, die fraai gedekt was. Meneer Mervyn bracht me naar de lege plaats aan zijn linkerhand. Owen zat rechts van hem. Vanuit het niets verschenen schalen vol gerechten, en terwijl iedereen begon te eten, werd ik door meneer Mervyn geïntroduceerd. Ik beantwoordde allerlei vragen, al met al was het inspannender dan het sollicitatiegesprek.

Na de lunch liep ik met Rodney de vergaderzaal uit. 'Trek je maar niets aan van die ondervraging,' zei hij. 'Ze willen je graag leren kennen. Nu zullen we ons gaan bezighouden met het praktische gedeelte. Eerst maar eens je spullen halen, dan breng ik je naar je nieuwe kantoor.'

We haalden mijn tas en mijn koffertje, liepen weer een trap op

en een gang door, en kwamen bij een deur waar CONTROLE EN VE-
RIFICATIE op stond.

'Heb je misschien een plattegrond van dit gebouw?' vroeg ik,
bang dat ik mijn kantoor niet zou kunnen terugvinden de volgende ochtend.

'Maak je maar geen zorgen, we helpen je wel,' zei Rodney, terwijl de deur van de controleafdeling openging, de afdeling die
mijn thuisbasis zou worden.

En voor het eerst die dag vroeg ik me af of ik wel de juiste beslissing had genomen.

7

Zo betoverend als alles was wat ik tot nu toe had gezien bij BBI, zo treurig zag het kantoor eruit waar we nu binnenkwamen. Het was een open ruimte, je kon je niet terugtrekken in afzonderlijke hokjes, en de bureaus stonden in rijen opgesteld. De werkplek op mijn oude kantoor was vorstelijk vergeleken bij deze.

De bureaus waren bijna leeg; ik zag alleen telefoons, geen computers. Een wat groter bureau vormde een uitzondering: daarop stonden een computer, een telefoon en zo'n glazen bol die als bedrijfsintercom scheen te fungeren. Daarachter zat een kalende man met een borstelig snorretje.

'Gregor, hier is je nieuwe medewerker!' riep Rodney. Gregor keek op en wierp ons een boze blik toe.

'Dat werd tijd,' bromde hij.

'Ze moest eerst nog naar de grote baas, je weet hoe dat gaat.' Rodney keek naar mij. 'Gregor leidt de controleafdeling, dus je komt onder hem te werken.'

Gregor stond op en liep om zijn bureau heen om mij de hand te schudden. Hij was niet veel groter dan ik en had een flinke zwemband om zijn middel. Hij keek niet erg blij, maar ik wist niet zeker of dat nu eenmaal zijn gezichtsuitdrukking was, of dat hij meteen al een hekel aan me had. 'We zaten om iemand te springen, want we zitten tot over onze oren in het werk.'

De andere mensen in het kantoor maakten niet bepaald een overwerkte indruk. Een man van middelbare leeftijd, echt het type voor een Star Trek-bijeenkomst, zat aan een bureau helemaal rechts een thriller te lezen. Een meisje dat zo uit een Amerikaanse comedy weggelopen kon zijn, zat aan het bureau vlak bij de deur haar nagels metallic blauw te lakken. De andere bureaus

waren leeg, kennelijk waren de werknemers die daar anders zaten nu aan het controleren.

'Dit is jouw bureau,' zei Gregor, terwijl hij wees naar de plek
achter het nagellakkende meisje. 'Het is de bedoeling dat je
wacht tot iemand je oproept om te komen controleren. We sturen
altijd degene die aan de beurt is, tenzij er speciaal om iemand
wordt gevraagd. De eerste paar dagen loop je met de anderen mee
om te leren hoe een en ander gaat, daarna moet je zelf aan de
slag. Het is misschien handig om een boek of zoiets mee te nemen, dan heb je iets te doen terwijl je zit te wachten.' Hij draaide
zich om naar het meisje met de nagellak. 'Angie, laat haar het
kantoor even zien.' Hij liep met zijn zware pas weer terug naar
zijn bureau en ging met een zucht zitten.

'Goed, dan laat ik het verder aan jullie over,' zei Rodney. 'Als je
iets nodig hebt, kun je me bellen, maar je kunt altijd langskomen
als je tijd hebt.'

'Bedankt,' zei ik. 'Tot later.' Hij stak zijn hand naar me op en
vertrok. Ik draaide me om en zag dat Angie hem met een afkeurende blik nakeek.

'Opgeruimd staat netjes,' zei ze, met een nasale Long Island-
stem. Een nogal botte opmerking, maar ik was toch blij om mijn
beeld van Rodney eens bevestigd te zien nu ik zo vaak had meegemaakt dat vrouwen bij hem in katzwijm vielen.

'Hij is best aardig,' zei ik, terwijl ik mijn tas en mijn koffertje
op het bureau zette dat Gregor me had aangewezen. Nu ik Rodney wat beter had leren kennen, vergat ik bijna hoe onaantrekkelijk hij eigenlijk was. Zolang hij niet zo de charmeur uithing, viel
hij best mee.

Angie schroefde het potje nagellak dicht. 'Nou, dan zal ik je alles maar even laten zien,' zei ze, terwijl ze met haar handen wap-
perde om de lak te laten drogen. Ze stond op, hield haar vingers
wijd uit elkaar en liep naar de andere kant van de kantoorruimte.
'Hier is de koffiekamer. In de pot met het oranje handvat zit cafeï-
nevrije koffie. Als de pot leeg is, moet je nieuwe koffie zetten, en
met leeg bedoelen we minder dan een vol kopje. Dus niet een

druppeltje erin laten en dan zeggen dat je de pot niet hebt leeggemaakt, zoals sommige mensen doen.' Ze keek naar de man die nog steeds met zijn neus in een boek zat en zei: 'Gary, bijvoorbeeld.'

Ik zag dat de gootsteen vol lege bekers stond. 'Melk en suiker staan in de kast, daar staat ook de thee. Heet water haal je gewoon uit het koffieapparaat. Verder is het de bedoeling dat je je eigen beker meeneemt en afwast. De koelkast is voor algemeen gebruik, maar als je je lunch zelf wilt opeten, kun je er beter je naam op zetten. Frisdrank is gratis, en als je iets wilt wat we niet hebben, kun je het aan Gregor vragen. Hij zal er eerst wel over gaan zaniken, maar uiteindelijk bestelt hij het wel. Soms gaan we met z'n allen lunchen.'

Ze liep langs me heen, nog steeds wapperend met haar vingers, naar een gangetje achter de keuken. 'Hier staan alle voorraden, pennen, papier, enzovoort. Niet dat we die echt nodig hebben, trouwens.' Ze wees naar een deur. 'En daar zijn de toiletten. Heb je nog vragen?'

'Nee, het lijkt me allemaal duidelijk.' Ik liep met een vervelend gevoel terug naar mijn bureau. Dit was niet wat ik had verwacht. Ze hadden me het gevoel gegeven dat ik zo bijzonder was, zo speciaal, maar het leek er meer op dat ik werd ingezet als een goedkope uitzendkracht. Het was te hopen dat ik het zo druk zou krijgen dat ik hier niet zo vaak hoefde te zitten. Als de controleurs zo belangrijk waren voor het bedrijf, begreep ik niet waarom ze niet in een wat betere omgeving mochten werken.

Ik ging achter mijn bureau zitten en begon uit verveling de laden open te trekken om te kijken wat erin zat. Ik had net een stapel veelkleurige plakbriefjes ontdekt toen er een vrouw binnenkwam die een uitgeputte indruk maakte. Ze was heel slank, om niet te zeggen broodmager, en had een krans pluizig haar om haar hoofd. Ik wist niet of ze echt van middelbare leeftijd was of ouder leek doordat ze zo mager en zichtbaar erg gestrest was. Ze liep door het kantoor zonder mij een blik waardig te keuren en ging aan haar bureau voor dat van Gary zitten.

Angie leunde wat naar achteren. 'Laat je maar niet door Rowena op stang jagen. Ze hebben haar pas gevonden toen ze al bijna knetter was. Dat komt niet door het werk hoor, zo is ze altijd.' Angie ging weer rechtop zitten en begon aan een tweede laag nagellak.

Ik was zelf ook bijna knetter geworden voor ik ontdekte dat ik geen dingen zag die er niet waren, dus ik voelde wel met Rowena mee. Ik stond op en liep naar haar bureau. 'Hallo, ik ben Katie,' zei ik.

Ze keek me aan en knipperde een paar keer met haar ogen alsof ze verwachtte dat ik dan wel zou verdwijnen. Toen dat niet gebeurde, antwoordde ze: 'Ik ben Rowena.' Haar stem had iets vaags, alsof ze in haar eigen wereld leefde. Als ze echt zo dromerig was, kon ik me wel voorstellen dat ze gek werd van alle magische dingen om haar heen.

Gregors telefoon ging. Hij nam op en bromde een paar keer terwijl hij een paar aantekeningen maakte. Toen bulderde hij: 'Angie!'

'Momentje, baas,' zei die, terwijl ze doorging met nagels lakken. 'Even deze hand afmaken.'

Gregor kwam uit zijn stoel. Zijn gezicht liep rood aan. 'Ik kan me niet herinneren dat wij hier zijn voor onze persoonlijke verzorging; ik meende toch dat wij hier worden ingezet bij urgentie-controlezaken!' bulderde hij. Hij leek een beetje op Mimi als die een woedeaanval kreeg. Angie negeerde hem en ging door met haar nagels. Gregor werd nog roder. En toen werd hij groen.

Ik knipperde een paar keer met mijn ogen, zoals Rowena ook had gedaan, maar hij was nog steeds groen, met rode ogen. Net de Hulk: hij werd steeds groener en griezeliger en er sprongen twee hoorntjes uit de zijkant van zijn hoofd. Ik had wel eens gehoord van monsterachtige bazen, ik had er zelf een gehad, maar dit was echt belachelijk.

Angie lakte de nagel van haar pink, deed het dopje op het flesje en ging staan. 'Oké, Gregor, zeg het maar,' zei ze.

'Ze hebben je nodig bij Verkoop. Je moet bij Hertwick zijn. O ja, of je het nieuwe meisje meeneemt.'

'Kom, Katie.' Ik ging staan. 'Vind je het erg om de deur voor me open te doen? Mijn nagellak is nog niet droog.'

Ik wilde graag zo snel mogelijk weg, dus ik liep voor haar uit en deed de deur open. Toen we eenmaal op de gang waren, zei Angie: 'Maak je maar geen zorgen om Gregor; blaffende honden bijten niet. Hij kan soms wat overdreven brullen of verkleuren, maar hij heeft over het hele kantoor een bezwering uitgesproken om te voorkomen dat hij ons iets aandoet als hij in de monstermodule staat.'

'Wat is hij eigenlijk?' Ik had in de stad nog nooit zoiets gezien, terwijl New Yorkers toch behoorlijk snel over de rooie gaan.

'O, gewoon een mens. Hij werkte eerst bij Research en Development, maar daar heeft hij een ongelukje gekregen. Er wordt gezegd dat hij op zoek was naar een middeltje om wat stoerder over te komen, met dit als resultaat. Ze hebben hem toen overgeplaatst naar waar hij niet veel kwaad kon en die leuke Owen heeft toen zijn baan gekregen.' Ze keek me onderzoekend aan. 'Heb je Owen al gezien?'

Ik wist dat het niet zo aardig was, maar ik kon het niet laten mijn troefkaart op tafel te leggen: 'Ja, maar ik kende hem al. Hij heeft mij ontdekt en getest, en hij en Rodney hebben het eerste gesprek met me gevoerd.' Ik probeerde het heel terloops te zeggen, alsof het allemaal niks bijzonders was.

'Zo, wat een mazzel zeg! Ik vind het altijd geweldig als ik naar R&D mag, wat trouwens niet vaak gebeurt, of naar een grote managementvergadering. Die Owen is echt een lekker ding. Jammer dat hij nooit iets zegt, maar dat hij zo rood wordt, vind ik juist wel weer schattig.'

'Ja, hij is leuk,' gaf ik toe, maar ik had niet zoveel zin in een kwijlerige smachtsessie over Owen, net zomin als ik die arme Rodney wilde afbranden. Daarom veranderde ik snel van onderwerp. 'Moet jij vaak bij managementveraderingen zijn?'

'Nee, meestal vragen ze daar dat verwaande kreng van een Kim

voor. Kennelijk heb ik niet het juiste imago. Nou ja, weet ik veel.'
Ik kon dat laatste moeilijk ontkennen, dus hield ik mijn mond
maar. 'Maak je in elk geval maar geen zorgen over Gregor. Zelfs
als hij groen wordt, kan hij je niks doen en ontslaan kan hij je al
helemaal niet. Alleen de grote baas kan je ontslaan en ze hebben
mensen zoals wij zó hard nodig dat ze wel gek zouden zijn om
dat te doen. Tenzij je iets vreselijks uithaalt natuurlijk, en dan bedoel ik niet stiekem spullen van het werk mee naar huis nemen.'

We kwamen bij de Afdeling Verkoop, en hoewel ik probeerde
bij te houden hoe we liepen, werd ik te veel afgeleid door de mo-
noloog die Angie afstak. Ik had aan het eind van de dag beslist
een gids nodig om de uitgang terug te vinden. Angie gebaarde
met haar hand naar de deur, die ik voor haar opende. Voor Rodney waren de deuren vanmorgen vanzelf opengegaan, maar niet-
magische mensen moesten het op de gewone manier doen.

Angie liep direct naar het bureau waar een dwerg op zat. 'Hoi
Hertwick, jij wou iets laten controleren?' vroeg ze.

'Nee, ik heb je laten komen omdat ik je zo graag wilde zien,'
snauwde hij chagrijnig.

'Nieuw contract, zeker?' Angie plofte neer in de stoel achter
zijn bureau. 'Lamaar kijken.'

Hertwick schoof haar een stuk perkament toe. 'Beetje tempo
graag, de klant wacht erop.' In de wachtruimte bij de receptie zat
een lange, slanke man in een schreeuwerig bowlingshirt. Hij
dronk een cola.

Angie bekeek het contract en fronste haar wenkbrauwen.
'Eens kijken, ik zie hier zeven clausules. Klopt dat?'

'Hè?' bromde Hertwick. 'Het moeten er zes zijn.'

Ik boog me over Angie heen en keek naar het contract. Het had
me niet verbaasd als ze verkeerd geteld had, maar er stonden inderdaad zeven clausules. Ik las de koppen en sloeg de juridische
blabla eronder over. 'Nummer zes zal wel het probleem zijn,' zei
ik, hardop denkend. 'Daar staat dat ze de producten kunnen re-
tourneren en hun geld terugkrijgen als ze na dertig dagen niet
zijn verkocht.'

Hertwick griste het contract uit Angie's handen. 'Laat eens kijken!' Hij tuurde naar het papier, klom van het bureau, waarbij hij de uitgetrokken bureaulades als trapje gebruikte, en rende met wilde armgebaren schreeuwend op de bezoeker af.

'Het is niet de bedoeling dat je je mening geeft, je hoeft alleen maar te zeggen wat er staat,' zei Angie verveeld, terwijl ze haar nagels inspecteerde. 'Dan kunnen ze zelf bedenken wat er niet in hoort als je alles hebt voorgelezen.'

'Maar dit was heel duidelijk,' zei ik. 'Ik heb vroeger een winkel gerund, dus ik ben wel gewend aan zulke contracten. Die clausule viel me meteen op, en dertig dagen is heel kort als je in consignatie verkoopt.'

Angie keek me aan, en ik zag dat ze me nu al een uitslover vond, degene die het voor de rest zou verpesten door meer te doen dan haar gevraagd werd. Nog even en ik zou 'dat verwaande kreng van een Katie zijn, die zichzelf zo geweldig vindt omdat Owen haar heeft ontdekt'.

Dat was bepaald niet iets om me op te verheugen, maar ik wilde wel mijn werk goed doen. Ik zei tegen mezelf dat ik hier niet was om vrienden te maken, want die had ik al, heel goede zelfs. Bovendien, als Angie tijd had om achter haar bureau haar nagels te lakken, was de kans groot dat zij niet de topmedewerkster van de afdeling was. Misschien waren de anderen wel heel anders.

Toen Hertwick klaar was met het uitfoeteren van zijn klant, controleerden we het contract nog eens. Daarna liepen we terug naar ons kantoor. Er waren nu meer mensen, waaronder een tuttige vrouw van een jaar of dertig in een mantelpakje. Dat moest Kim zijn. Ze stond op toen we binnenkwamen en stelde zichzelf aan me voor. 'Hallo, ik ben Kim, en jij bent zeker Katie. Sorry dat ik er niet was toen je hier kwam, maar ik werd weggeroepen voor een managementproject.'

Ik hoorde Angie proesten en hoewel ik het niet graag met haar eens was, leek Kim me inderdaad nogal verwaand. Of ze ook een kreng was, moest ik nog maar afwachten. Ik toverde een glimlach op mijn gezicht. 'Hallo Kim, leuk je te ontmoeten. Werk je hier al lang?'

'Twee jaar. Van iedereen het langst, dus als je vragen hebt, kun je het beste bij mij zijn.' Ze wierp een minachtende blik op Angie, die verontwaardigd snoof.

'Ik zal het onthouden,' zei ik, terwijl ik achter mijn bureau ging zitten. Angie haalde een ander flesje uit haar bureaulade en begon de inhoud over haar nagellak te smeren.

Als het echt de bedoeling was dat ik hier gewoon maar zat te wachten tot ik werd ontboden, kon ik inderdaad beter een boek meenemen. In het laboratorium van Owen waren boeken genoeg en ik vroeg me af of daar iets lezenswaardigs bij zat. In de bovenste lade van mijn bureau zat een bedrijfsgidsje. Ik zocht Owens naam op en pakte de telefoon. Ik vond het wel een beetje vervelend om hem te bellen in het bijzijn van mijn collega's, maar niemand scheen op mij te letten, dus ik toetste zijn nummer in.

Owen nam zelf op, heel snel. 'Katie!' zei hij, voordat ik had gezegd wie ik was. Even dacht ik dat hij helderziend was, maar de telefoons hadden nummermelding.

'Hallo,' zei ik. Ik noemde expres zijn naam niet. 'Ik vroeg me af of jullie daar misschien een boek hebben met een goede inleiding over magie. Ik heb niets te lezen bij me en ik heb tijd genoeg, dus ik dacht dat het misschien een goed idee was om een beetje in te lezen.'

'Wat een geweldig idee! Ja, ik denk dat ik wel iets voor je heb. Ik zal even kijken, dan laat ik het wel brengen.'

'Bedankt,' zei ik. Toen ik had opgehangen, merkte ik dat het hele kantoor naar me zat te staren. Was het hier zo ongebruikelijk om zelf initiatief te nemen? Kim keek me met toegeknepen ogen aan, alsof ik ineens een bedreiging voor haar was. Angie rolde met haar ogen en blies haar nagels droog. Gary keek op van zijn boek, schudde zijn hoofd, en ging weer door met lezen. Rowena, die steeds met haar bureaustoel zat te draaien, wierp me een boze blik toe.

Ik zei tegen mezelf dat dit geen ideale werkomgeving was,

maar dat het in elk geval beter was dan bij Mimi. Liever verveeld dan gefrustreerd. Op dat moment verscheen er met een zachte knal en een lichtflits een stapeltje boeken op mijn bureau. Dat was nog eens handig. Ik vroeg me af wat je allemaal nog meer op die manier kon teleporteren.

De boeken waren allemaal heel oud, met dikke, leren kaften en gouden letters. Het bovenste boek had als titel: *Geschiedenis van de magie*. Ik sloeg het open en vond een briefje tussen de bladzijden. 'Ik hoor het wel als je vragen hebt.' Het was ondertekend met de initialen O.P. Waarschijnlijk had Owen het briefje expres verstopt: hij had kennelijk wel in de gaten dat er zoveel belangstelling voor hem was. En ik had het gevoel dat hij daar een vreselijke hekel aan had.

Geschiedenis was altijd een van mijn lievelingsvakken, dus ik dook meteen in het boek. Het begon helemaal in de prehistorie, met sektes en een verhandeling over het verschil tussen religieuze magie en magie als aangeboren vaardigheid. Je zou er een fantastische roman over kunnen schrijven en het was bijna niet te geloven dat ze dachten dat het allemaal echt gebeurd was.

Ik was net bij het hoofdstuk over de opkomst van koning Arthur toen er weer een telefoontje kwam. Deze keer werd er rechtstreeks naar Kim gebeld. Ze antwoordde kordaat en overdreven professioneel en maakte een hele lijst aantekeningen. Toen ze had opgehangen, keek ze naar mij. 'Ik moet bij een belangrijke vergadering zijn, Katie, en jij mag ook mee.'

Ik liep gretig achter Kim aan het kantoor uit. Ze had een notitieboek en een pen bij zich en ik vroeg me af of ik ook iets had moeten meenemen. Onderweg vertelde ze me hoe zij dacht over de afdeling. 'Ik kan je sterk afraden om Angie's gedrag na te volgen,' zei ze met een afkeurend trekje om haar mond. 'Dat wij te zeldzaam zijn om zomaar te ontslaan is nog geen excuus om dan maar de kantjes ervanaf te lopen. Je kunt vanuit onze afdeling doorstromen naar andere functies binnen het bedrijf. Alle managers willen een controleur als persoonlijke assistent. Dus als je het goed speelt en indruk weet te maken op de juiste mensen, kom je hier zeker hogerop.'

'Jij zit hier nu twee jaar, hè?' vroeg ik, maar ik realiseerde me meteen dat dit niet zo'n slimme opmerking was. Kim probeerde wel heel professioneel te doen, maar ze was nog steeds controleur. 'Dan weet je zeker wel erg veel van het bedrijf af,' voegde ik er snel aan toe om mijn flater te camoufleren.

'Ik let goed op en ik houd mijn oren en ogen open. Als jij dat ook doet, kun je mij misschien opvolgen als ik hier wegga.'

'Ben je van plan om weg te gaan?'

'Er is een nieuwe directeur, en die heeft natuurlijk ook een assistent nodig, en de beste assistenten voor het management zijn de immunen. Bovendien, wie zou hij anders moeten kiezen van onze afdeling?'

Daar zat wel iets in. Ik kon me niet voorstellen dat de getikte Rowena of de luie Angie een geschiktere assistente voor meneer Mervyn zou zijn, of Gary, al had ik die alleen nog maar met zijn neus in een boek gezien. Maar ik kon me Kim toch niet naast meneer Mervyn voorstellen.

We waren inmiddels in de vergaderzaal. Kim ging niet aan de grote tafel zitten, maar nam een stoel die tegen de muur stond. Ik nam naast haar plaats. Ze pakte haar schrijfblok en haar pen en fluisterde tegen me: 'Ik maak een korte samenvatting van de vergadering: wie waar zit, hoe ze eruitzien, wat de besproken onderwerpen waren en wat er precies is afgesproken. Voordat de vergadering is afgelopen, geef ik mijn aantekeningen aan de voorzitter en die kijkt of er discrepanties zijn met wat zij hebben meegekregen. De andere kant heeft z'n eigen controleur. Als er verschillen zijn, moeten die worden opgelost voor de vergadering wordt ontbonden.'

Het klonk allemaal erg ingewikkeld en ook een beetje paranoia. Ik zou eens moeten vragen hoe vaak er in de zakenwereld gebruik wordt gemaakt van illusies en bezweringen. Maar we hadden al iemand betrapt op een poging tot vervalsing van een contract, terwijl ik hier nog niet eens een hele dag zat.

Er zaten al wat mensen van BBI aan tafel. Ik herkende er een paar van de lunch. Eentje wierp me een snelle glimlach toe, waardoor ik me wat meer op mijn gemak voelde. Het viel me op dat geen van hen Kim begroette. Toen kwam er een groepje nieuwe mensen binnen, allemaal keurig in een donker pak. 'Dat zijn de vertegenwoordigers van een grote klant van ons,' fluisterde Kim. 'We zijn bezig met een paar op maat gemaakte formules.'

De vergadering verschilde niet veel van de vergaderingen in mijn vorige baan. Er werden felle discussies gevoerd en zo nu en dan werd er flink stoom afgeblazen, soms zelfs letterlijk. Het leek wel alsof sommige aanwezigen probeerden indruk te maken door de temperatuur in de vergaderzaal af te stemmen op hun persoonlijke voorkeur, door eten en drinken te laten verschijnen, en vooral veel met hun armen te zwaaien. Ik had nog nooit een vergadering meegemaakt waar zoveel met armen gezwaaid werd. Kims pen was voortdurend in beweging.

Ik hoefde geen aantekeningen te vergelijken met een magiër om te kunnen constateren of de klanten de boel belazerden, want hun lichaamstaal sprak boekdelen – de lichaamstaal van iemand die liegt en denkt dat je dat niet in de gaten hebt: snelle oogbewegingen, stiekem gemeesmuil, onwillekeurige spierbewegingen. Beide partijen leken een spelletje te spelen, maar de bezoekers waren het uitbundigst. Ik kreeg niet het idee dat ze de zaak echt wilden oplichten, maar wel uitprobeerden hoe ver ze konden gaan. De BBI'ers boden behoorlijk weerstand. Het was net alsof ik naar een spannend regeringsdebat zat te kijken, maar dit was wel een stuk interessanter.

Eindelijk kwam er een einde aan het gezwets en beide partijen trokken zich met hun controleurs terug. Kim gaf haar aantekeningen aan de voorzitter van de BBI-delegatie, en ik lette goed op zijn reactie. 'Die vent met de rode stropdas is volgens mij iets van plan,' zei ik, hardop denkend. De BBI-voorzitter, iemand die aan me was voorgesteld als 'Ryker, *corporate accounts*', keek geïnteresseerd op.

'Daar lijkt het inderdaad op,' zei hij. 'Maar hoe weet jij dat? Je kunt toch niet de illusie zien die hij ons voorhoudt?'

Ik haalde mijn schouders op. 'Hij maakte zo'n onrustige indruk. En hij zei ook dingen waar jullie zeker niet mee zullen instemmen.'

Ryker knikte en boog zich weer over Kims aantekeningen, die hij zo nu en dan met zijn eigen notities vergeleek. Daarna bespraken beide partijen de verschillen en werden de details geregeld. De aantekeningen werden nog een laatste keer vergeleken om te controleren of alles eerlijk verliep, en de deal werd gesloten. Tegen de tijd dat we de vergaderzaal verlieten, zat de dag er alweer bijna op. Ik zag er heel erg tegenop om weer terug te gaan naar de controleafdeling, ook al was het maar voor een paar minuten. Zolang ik daar maar niet hoefde te zijn, vond ik mijn nieuwe baan heel leuk, maar die controlezaal was verschrikkelijk geestdodend en deprimerend.

Bovendien had ik Kim ernstig tegen me in het harnas gejaagd: ze scheen te denken dat ik haar tijdens de vergadering de loef had willen afsteken. Nu werd ik dus als een bedreiging gezien, als iemand die haar promotie wilde inpikken, terwijl de slomeriken me als een bedreiging van hun luiheid zagen. Ik werd op mijn afdeling dus universeel gehaat en ik was nog maar net begonnen! Misschien moest ik mijn mond maar eens een tijdje houden. In mijn vorige baan had ik aan den lijve ondervonden hoe verkeerd een simpele, doodgewone opmerking kan vallen. Er waren te veel mensen die alles graag zo ingewikkeld en moeilijk mogelijk wilden organiseren. Waarschijnlijk omdat ze zichzelf daardoor ontzettend belangrijk voelden.

'Ik vond het niet zo'n efficiënte methode, eerlijk gezegd,' zei ik tegen Kim, terwijl we terugliepen. Misschien kon ik haar een idee aan de hand doen dat ze aan haar baas kon doorspelen, zodat ze zou inzien dat ik zo slecht nog niet was. Of was dat naïef? Vroeger, in Texas, had ik gemerkt dat als ik een manier kon vinden om iemand te helpen, de communicatie meestal een stuk gemakkelijker verliep, maar in het New Yorkse zakenleven had ik daar tot nu toe niet veel mee bereikt.

'Wat bedoel je?' snauwde ze, mijn vermoedens bevestigend.

'Als je met controleren wacht tot het einde van de vergadering, moet je weer helemaal opnieuw beginnen omdat je niet precies weet wat er allemaal is misgegaan.'

'We doen het al jaren op deze manier. Als er een betere methode was, zouden we dat wel weten.' Ze onderstreepte deze zin door de deur naar ons kantoor open te duwen. Blijkbaar was ze nog nooit op het idee gekomen dat je de aandacht van je meerderen ook kon trekken met goede ideeën.

Het leek me geen goed plan om boeken, waarin magie als realiteit werd beschreven, mee naar huis te nemen, dus ik legde ze in mijn bureaula en pakte vermoeid mijn kofferje en mijn tas om naar huis te gaan. Iedereen, behalve Kim natuurlijk, liep klokslag vijf uur de deur uit, een tijdstip dat werd aangegeven met een bel. Kim bleef hangen en wekte de indruk ergens heel druk mee bezig te zijn, maar ik had geen idee met wat. Ik maakte me geen zorgen, ik wilde alleen maar naar huis om alles wat er vandaag was gebeurd op me in te laten werken. Bovendien zou ik de voordeur nooit kunnen vinden als ik niet snel achter de anderen aanliep, dus ik verliet haastig het kantoor.

Onderweg kwam ik Rodney tegen, ook op weg naar de uitgang.

'Hoe was je eerste dag?' vroeg hij.

Ik aarzelde, maar besloot dat het geen zin had om dingen te verzwijgen. 'Daar moeten we echt eens even over praten. Er is een groot probleem op die afdeling.'

Hij keek me verbaasd aan. 'O ja? Daar heeft Gregor me nooit iets over verteld.'

'Had je dat dan verwacht?'

'Nee, waarschijnlijk niet.' We stonden bij de voordeur. 'Kom morgen maar langs op mijn kantoor, dan kun je uitleggen wat er aan de hand is.'

Deze mensen konden vrij beschikken over allerlei natuurkrachten, maar van bedrijfsvoering hadden ze geen kaas gegeten. Nu ik erover nadacht, was dat ook niet zo gek. Ze konden natuurlijk ook niet zomaar een of ander adviesbureau bellen om hulp te vragen met het opzetten van een beter bedrijfsproces. Magie en MBA, dat ging niet samen. Ik zag zo'n groepje consultants al voor me: helemaal overstuur omdat hun cliënt zulke rare verhalen had over tovenarij en magie. Bovendien leek het volstrekt zinloos om te proberen met hard werken meer efficiency te bereiken als je in een handomdraai van alles kon laten gebeuren. Deze mensen kregen alles heel gemakkelijk voor elkaar en hadden daardoor misschien wel niet genoeg geduld voor allerlei ingewikkelde kwaliteitsverbeteringsprocessen.

Misschien kon ik op dat gebied toch iets voor ze betekenen. Ze vertrouwden erop dat ik dingen zag die zij niet konden zien, dus misschien wilden ze me ook wel geloven als ik vertelde over andere dingen die zij niet zagen. Die gedachte gaf me een iets beter gevoel over mijn nieuwe baan.

Het dreigde te gaan regenen, maar ik had mijn glimmende nieuwe metrokaart in mijn portemonnee, dus ik ging op weg naar het metrostation. Toen herinnerde ik me de waarschuwing van Voorspellers en Verlies. Ik aarzelde.

Op dat moment stopte bus M103 vrijwel voor mijn neus. Dat leek me een goed voorteken, dus ik stapte in.

8

De bus was net vertrokken toen hij plotseling weer tot stilstand kwam en de deuren openzwaaiden. Een hijgende Owen stapte in en bedankte de chauffeur, al vermoedde ik dat die niet degene was geweest die de bus tot stilstand had gebracht. Owen zag mij, glimlachte, eerder opgelucht dan begroetend, en plofte naast me neer.

De rillingen liepen me over de rug: niet omdat hij zo dicht bij mij zat, al zag hij er met dat verwaaide haar bijzonder leuk uit, maar omdat ik begon te vermoeden dat zich onder de straten van Manhattan een ramp aan het voltrekken was. Ik had die vreemde waarschuwing gekregen, en nu ging Owen ook al met de bus, terwijl hij volgens mij altijd de metro nam.

'Hoe was je eerste dag?' vroeg Owen, terwijl hij maar een klein beetje kleurde.

'Nogal vreemd,' gaf ik toe. 'Op die controleafdeling zitten de raarste types van het hele bedrijf.'

Hij knikte. 'Dat is inderdaad een terugkerend probleem. Helaas zijn mensen met die eigenschap meestal nogal vreemd.' Ik merkte dat hij zijn formulering aanpaste omdat de andere passagiers ons konden verstaan. 'Daarom ben jij ook zo bijzonder. Je bent heel anders dan die anderen.' Hij werd nu toch wat roder en begon met veel belangstelling zijn horloge te inspecteren.

Ik gaf hem even de gelegenheid om bij te komen en zei toen: 'Nog bedankt voor de boeken. Ik denk dat ik daar wel iets wijzer van word.'

'Als je nog iets nodig hebt, dan zeg je het maar.' Owen klonk heel oprecht en keek me met zijn diepe, donkerblauwe ogen zo lang aan, dat ik bijna vergat waar we het ook alweer over hadden.

Ik kreeg de indruk dat hij het echt meende, dat ik hem op elk moment zou kunnen bellen en dat hij me dan te hulp zou schieten. Ik vond het erg cool, een vriendje met bovennatuurlijke krachten, al leek hij meer op Clark Kent dan op Superman.

Wat zou dat handig zijn: nooit meer bang zijn als je 's avonds laat over straat moest, nooit meer bang zijn dat er een paar gekken in de metro konden zitten. Of dat je besprongen werd door een loslopende hond in het park, als hij tenminste een hondenbezweringsformule had die werkte. Hij zou me misschien zelfs kunnen helpen als ik de sleutel van mijn appartement was vergeten. Wat jammer dat ik mijn ouders hier niets over kon vertellen, maar het was maar de vraag of zij er wel gerust op zouden zijn als ze hoorden dat ik werd beschermd door iemand met bovennatuurlijke krachten.

En eigenlijk wás het ook griezelig. Ik moest denken aan wat Rodney had gezegd dat Owens verlegenheid vroeger werd gestimuleerd om te voorkomen dat hij met zijn kracht gevaarlijke dingen zou doen. Betekende dat dat hij meer macht had dan anderen? Hij werd in elk geval wel door iedereen gerespecteerd, en ik had hem nog niet iets speciaals zien doen om dat respect te verdienen.

Ik begon over koetjes en kalfjes te praten voor ik helemaal door het dolle heen raakte en hij zich nog dood zou blozen. Waarschijnlijk was zijn aanbod om mij te helpen helemaal niet zo heftig bedoeld. Hij klonk alleen maar zo ernstig omdat hij geen flierefluiter was. We stapten uit bij dezelfde halte, maar moesten allebei een andere kant op. Toen we afscheid hadden genomen, liep ik naar huis, liep de trap op naar de voordeur, ging naar binnen en zette het nieuws aan, terwijl ik mijn nette kleren ging verruilen voor iets gemakkelijks.

Ik had mijn panty half uit toen ik iets hoorde waar ik zo van schrok dat ik terughinkte naar de woonkamer. 'Het metroverkeer op de N- en de R-lijn is gestagneerd door een ongeluk bij Canal Street. Er staat nog steeds een trein stil tussen twee stations. Volgens de hulpdiensten is het onduidelijk of het gaat om een ongeluk, moord, of zelfmoord,' zei de nieuwslezer.

O, mijn god! Het was echt! Het was allemaal echt! Tot nu toe had ik eigenlijk gedaan alsof het allemaal een spelletje was. Ik had mezelf niet willen toestaan om echt in magie te geloven, maar nu kon ik er niet meer onderuit.

Als ik die waarschuwing niet had gekregen, had ik daar ik weet niet hoe lang onder de grond kunnen zitten. Die vrouw van Voorspellers en Verlies had het geweten. Owen ook, al had hij er niets over gezegd. Of wist hij toen al dat ik ook op de hoogte was?

Thuis, in Texas, kende ik genoeg mensen die het weer konden voorspellen zonder de krant te lezen of naar het weerbericht te luisteren. Ze keken gewoon omhoog, snoven de lucht op, voelden waar de wind vandaan kwam, en wisten dan met een behoorlijke nauwkeurigheid te voorspellen of het ging regenen en hoe warm het 's middags zou worden. Maar dit was iets anders. Hoe zou het zijn als je wist wat er ging gebeuren voordat het echt gebeurde? En wat kon je dan allemaal zien aankomen? Was het een plotseling inzicht, als een soort lichtflits, of zouden ze echt het volledige beeld te zien krijgen? En zouden ze zeker weten dat het ging gebeuren, en dat het niet alleen maar een angst of een wensdroom was? Ik had ook altijd allerlei beelden van de toekomst in mijn hoofd, maar die kwamen nooit uit, wat in veel gevallen maar beter was ook. Ik had collega's gekregen die over krachten beschikten waarvan ik helemaal niets begreep. Dit was geen magie en tovenarij uit boeken of films. Het was iets wat echt invloed op je leven kon hebben.

Ik zat nog steeds op de bank met de panty in mijn hand toen Gemma thuiskwam. 'En, hoe was je eerste dag?'

Ik kon absoluut niets vertellen over wat ik allemaal had meegemaakt zonder een volkomen krankzinnige indruk te maken, dus ik zei alleen maar: 'Heel boeiend.' Understatement van de eeuw.

'Denk je dat het een leuke baan is?'

'Het is nog een beetje vroeg om dat te zeggen, maar ik geloof het wel.'

'Het was zeker wel vermoeiend,' zei ze. Ik realiseerde me ineens dat ik nog steeds mijn nette kleren aan had en met een half uitgetrokken panty wezenloos op de bank zat te kijken naar het nieuws.

'Ja, wel een beetje,' zei ik. Ik dwong mezelf om op te staan en iets anders te gaan aantrekken. Tegen de tijd dat Marcia eindelijk thuiskwam, hadden Gemma en ik allebei al een pizza besteld.

'Jezus, wat een nachtmerrie,' zei Marcia. 'Ik heb eindeloos lang vastgezeten in de metro. We zaten als haringen in een ton, en dan merk je dat niet iedereen er ideale hygiënische normen op na houdt.'

'Ik hoorde het op het nieuws,' zei ik, terwijl ik opstond om een glas wijn in te schenken. Ik voelde me schuldig, maar ik had geen idee hoe ik haar had kunnen waarschuwen. Als ik haar had gebeld met de mededeling dat ze niet met de metro moest gaan, had ze me waarschijnlijk uitgelachen. Ik had natuurlijk niet kunnen uitleggen hoe ik dat wist. En als ik dat wel had gekund, zou ze me waarschijnlijk niet hebben geloofd.

Ik moest het maar beschouwen als een extra voordeel van mijn werk, een gunstige arbeidsvoorwaarde waarover ik met niemand kon praten. Zij kon tenslotte ook geen tips doorgeven van het beleggingskantoor waar ze werkte.

Door het ongeluk in de metro was de sfeer onder de forenzen de volgende dag heel anders dan anders. Meestal deed iedereen alsof de andere reizigers niet bestonden, maar nu vertelden mensen elkaar wat ze de vorige dag in de metro hadden beleefd. Een week geleden voelde ik me nog een buitenstaander omdat ik dingen zag die anderen niet schenen op te merken. Vandaag voelde ik me ook een buitenstaander, maar dan om een andere reden. Of eigenlijk was ik de ultieme ingewijde, omdat ik op de hoogte was van dingen waar niemand anders iets van wist. Had ik ook eens iets bijzonders. Ik moest mijn best doen om niet te lachen toen ik hoorde dat sommigen een uur hadden vastgezeten in een donkere metrotunnel. Ik voelde me een beetje alsof ik een fantastische aanbieding had gevonden waarvoor anderen de volle prijs hadden betaald. Dat Marcia ook had vastgezeten, bezorgde me wel een licht schuldgevoel, maar deze vreemden was ik niets verschuldigd.

Ik kwam met een iets minder akelig gevoel op de controleafdeling. De afdeling was vervelend, maar de voordelen die een bedrijf als dit me boden, wogen daar ruimschoots tegenop.

Toen ik binnenkwam, was Kim er al. Ze wierp me een boze blik toe voor ze verderging met waar ze mee bezig was. Ik had geen idee wat dat was, want we hadden eigenlijk niets te doen zolang we hier zaten. Ineens vroeg ik me af hoe het bedrijf voorkwam dat werknemers uit de school klapten over wat er hier allemaal gebeurde. Stel dat Kim daar een boek over schreef. Niet dat iemand er ook maar een woord van zou geloven, maar als ze er een roman van zou maken, zou het wel eens een bestseller kunnen worden.

Ik ging naar de keuken, legde mijn lunch in de koelkast, schonk koffie in de beker die ik van huis had meegenomen, deed er melk en suiker bij, en liep terug naar mijn bureau waar ik de boeken die ik van Owen had geleend uit de bureaulade haalde. Ik was net weer begonnen in het hoofdstuk over koning Arthur, toen Gregor binnenkwam. Hij bromde iets tegen ons en liep naar zijn bureau. Angie, Gary en Rowena kwamen een paar minuten later, gevolgd door twee andere mensen die ik nog niet eerder had gezien. Ze merkten blijkbaar niet op dat er een nieuwe medewerker was, en ik voelde me niet assertief genoeg om mezelf voor te stellen. De collega's die ik al wel had ontmoet, vonden me toch al zo'n uitslover, en ik wilde die reputatie niet versterken.

Helaas. 'Katie, wat een goeie bijdrage op die vergadering van gisteren,' riep Gregor ineens.

De anderen draaiden zich naar me om, geen van hen keek blij. Gelukkig beschikte Kim niet over magische krachten, ook al was het niet gepast om kwaad aan te richten met een BBI-bezwering. Ik bedankte Gregor en dook weer in het boek. Ik besloot om het gesprek met Rodney uit te stellen, anders leek het helemaal net of ik was gekomen om de boel eens flink overhoop te halen.

Gelukkig werden de medewerkers al snel weggeroepen naar

de verschillende afdelingen van het bedrijf, zodat er ook minder mensen boos naar mij konden kijken. Gregor stuurde me niet met iemand mee, en daar was ik erg blij om. Na een tijd riep hij mijn naam. 'Vandaag mag je alleen werken, omdat het gisteren zo goed is gegaan,' zei hij met lichte tegenzin. Angie keek met een afkeurende blik op van haar nagellak. 'Afdeling Verkoop heeft je nodig, je moet met iemand ergens naartoe.'

Ik stopte een papiertje tussen de pagina's, legde het boek in de la en ging op weg naar de afdeling. Mijn geheugen was beter dan ik dacht, want ik liep er rechtstreeks naartoe, zonder één foutje. Toen ik eenmaal op de afdeling was, riep ik: 'Hallo, heeft iemand gebeld voor een controle?'

Een lange elf in een keurig kostuum stak zijn hoofd om de hoek van een deur en zei: 'Ik ben zo bij je.' Tolkiens versie van elfen kwam aardig overeen met wat ik hier zag en daar was ik wel blij om, want ik vond de lange, elegante wezens stukken leuker dan die kleine, gekke gedrochten die je wel eens zag in kerstfilms, en die me altijd meer aan trollen deden denken.

Een paar seconden later kwam hij met uitgestoken hand op me af. 'Hallo, ik ben Selwyn Morningbloom, bbi Outside Sales.' Hij schudde me de hand en gaf me een visitekaartje.

'Katie Chandler, Controle,' zei ik, maar ik kon hem geen kaartje geven. Ik vond het een beetje verontrustend dat een elf zich gedroeg als een autoverkoper.

'Zullen we dan maar, Katie?' Hij liep samen met me naar de deur, die meteen voor ons openzwaaide. 'We zijn bezig met de controle van een detailhandel. Ik wil graag dat je me vertelt wat je precies ziet, voor het geval ze koopwaar verborgen houden.'

'Waar moet ik op letten?'

'Als je me vertelt wat je ziet, weet ik wel of het er wel of niet hoort te zijn.' We waren inmiddels in de hal gekomen, en Selwyn riep naar de portier: 'Hughes, we hebben vervoer nodig.'

'Uitstekend meneer,' zei Hughes. Hij deed iets met zijn glazen bol, en toen we buiten kwamen, wachtte er een vliegend tapijt op ons.

Dat was nog fraaier dan de pompoenkoets die ik me had voorgesteld. 'Het is een mooie dag voor een cabriolet, en zo schieten we meer op dan met andere vervoermiddelen,' legde Selwyn uit. 'Stap maar op.'

Het tapijt zweefde bijna een meter boven de grond, dus het was niet gemakkelijk om op te stappen als je een rok droeg. Ik moest terugdenken aan mijn middelbareschooltijd, toen ik voor een afspraakje vaak werd afgehaald met een pick-up, en daar dan met mijn mooie outfit fatsoenlijk in moest zien te stappen. Wat ik toen vaak deed, probeerde ik nu ook maar: ik ging met mijn rug naar het kleed staan en trok mezelf op de rand. Daarna zwaaide ik mijn benen omhoog. Vervolgens moest ik nog een manier verzinnen om netjes te gaan zitten, want een stoel was er natuurlijk niet. Kleermakerszit was uitgesloten, maar mijn benen opzij gevouwen ging net.

Selwyn sprong aan boord met het gemak dat ik van zijn soort verwachtte, al wist ik natuurlijk van elfen niet meer dan wat ik in boeken had gelezen en in films had gezien. Met een paar handbewegingen 'stuurde' hij het kleed omhoog en even later vlogen we boven het verkeer naar het centrum van de stad. Ik was blij dat ik geen hoogtevrees had, want het tapijt beschikte niet over veiligheidsgordels. Maar misschien had zo'n vliegend tapijt wel allerlei ingebouwde veiligheidsmaatregelen, zoals een magnetisch veld waardoor we er niet zomaar af konden vallen. Ik kon me niet eens ergens aan vasthouden, en Selwyn maakte weliswaar een ervaren indruk, maar hij leek me ook iemand die in een sportwagen schuin door bocht zou scheuren om indruk te maken op een vriendinnetje.

'Gek dat ik zo'n ding nog nooit eerder heb gezien,' zei ik, terwijl we over Broadway vlogen.

'Hoe vaak kijk je ook omhoog?' vroeg hij. Daar zat iets in. Een van de eerste dingen die Marcia en Gemma me hadden geleerd toen ik net in New York was: Je kon je niet duidelijker afficheren als toerist dan door op straat omhoog te kijken naar de wolkenkrabbers, en dat was een uitnodiging je te laten beroven door zakkenrollers. Hoe graag ik al die hoge gebouwen ook wilde bewonderen: ik had me vanaf de eerste dag aangeleerd om recht vooruit te kijken.

'We nemen ook speciale routes,' ging hij verder. 'Dat verkleint de kans dat iemand ons ziet.' Toen ik hem met één vraag aan de praat had gekregen, hield hij de rest van de tocht niet meer op met praten.

We stopten in de Upper East Side, een buurt die er behoorlijk sjiek uitzag. Toen we van het kleed waren gestapt, rolde Selwyn het op, stopte het onder zijn arm, en ging me voor naar een cadeauwinkel. Het was zo'n winkel waar je kaarten voor allerlei gelegenheden kon kopen, cadeaupapier, en spullen die als 'cadeau' werden bestempeld omdat ze geen enkel nut hadden dan te worden weggegeven. Maar deze winkel had ook een rek waar KAARTEN VOOR SPECIALE GELEGENHEDEN op stond; daarin lagen spullen die allerminst op kaarten leken.

Ik zag in krimpfolie verpakte boekjes met titels als *Huishoudspreuken, Transport, Gemak op de werkvloer*, en *Maskeringsformules*. Zo werden bezweringen en toverformules dus verkocht. Selwyn liet me alle titels voorlezen en knikte tevreden. 'Prima, dat is allemaal in orde. Zie je verder nog iets?'

'Zoals?'

'O, dat kan van alles zijn. Iets wat hier niet thuis lijkt te horen.' Hij keek me niet aan terwijl hij dit zei, waardoor ik me afvroeg wat er eigenlijk aan de hand was.

Ik schudde mijn hoofd. 'Nee, ik geloof het niet. Ik vind dat alles er ongeveer hetzelfde uitziet, alsof het van een en hetzelfde bedrijf komt.'

'Mooi, mooi zo.' Hij keek veel opgeluchter dan ik in deze situatie vond passen, maar toen trok hij weer zijn poeslieve vertegenwoordigersgezicht en haalde een opschrijfboekje en een pen te voorschijn. 'Dan wil ik nu graag weten hoeveel er van alles is.'

Ik zag dat zijn pen zomaar ging schrijven, zonder dat hij iets deed, en daardoor raakte ik de tel kwijt van de categorie Huishoudspreuken. Net toen ik klaar was met de laatste telling, dook er een vrouw op achter de toonbank. 'Selwyn! Wat brengt jou hier?'

'Madeline, je ziet er mooier uit dan ooit,' zei Selwyn, en hij gaf de dame een handkus. 'Ik kwam even kijken of je alles hebt wat je nodig hebt.'

'Nou, álles...' zei Madeline met een ondeugende knipoog. 'Wat bezweringen betreft wel hoor. De metroroeper doet het heel goed de laatste tijd, misschien heb ik binnenkort een aanvulling nodig.'

Terwijl ze stonden te praten, keek ik nog eens rond in de winkel om te zien of ik iets zag wat een beetje uit de toon viel in een kleine cadeauwinkel zoals deze, maar alles zag er heel normaal uit. Er stonden veel beeldjes van katten, en kandelaars in de vorm van engeltjes. Toen Selwyn en ik weer buiten stonden, schudde hij het kleed uit tot het horizontaal bleef zweven, we klommen erop en vlogen terug naar kantoor.

'Worden jullie echt zo vaak bedrogen, of zijn jullie gewoon paranoia?' Ik kon het niet nalaten dat te vragen.

'Vaak genoeg om zulke maatregelen noodzakelijk te maken.'

'Dus ondanks de regel dat jullie met magie geen kwaad mogen aanrichten, proberen magische mensen toch uit hoe ver ze kunnen gaan?'

Hij wees naar me met zijn vinger alsof hij een schot loste met een pistool. 'Bingo. Wat heb je anders aan zulke vermogens?'

Ik moest toegeven dat daar wel iets in zat. Wat zou ik het liefst doen als ik kon toveren? Misschien de datum op een kaart met spaarzegeltjes van de supermarkt veranderen, of iets uitspoken met de computer van de bank, zodat ik minder rood kwam te staan. En het kwam ook wel eens voor dat ik iemand in een kikker wilde veranderen – Mimi, bijvoorbeeld – of een stel hooghartige meiden acute acne toewenste. Zulke dingen vielen natuurlijk allemaal in de categorie Kwaad Doen. Maar was ik daardoor een slecht mens? Omdat ik op slechte ideeën kwam als ik me probeerde voor te stellen hoe het zou zijn als je kon toveren? En waar lag het verschil met een practical joke, iets wat niet echt was, of een illusie die na een paar uur weer verdween?

Trouwens, als ik echt iets gemeens zou doen, kreeg ik toch meteen last van mijn geweten. Ik zou waarschijnlijk direct terug-gaan naar de supermarkt om de twee kwartjes terug te geven die ik met die valse bon had gekregen, omdat ik er anders niet van kon slapen. Helaas wist ik dat er maar al te veel normale mensen waren die graag eens zouden proberen de boel op te lichten, dus waarom zou dat niet ook voor magische mensen gelden? Dat overmatige wantrouwen wees in elk geval wel in die richting: zo-als de waard is, vertrouwt-ie z'n gasten.

Toen we terugkwamen op kantoor, was het lunchpauze. Ik haalde mijn brood uit de koelkast en at onder het lezen, waarbij ik er goed op lette dat er geen kruimeltjes in Owens boeken vie-len. Het verhaal over Camelot was fascinerend. Ik had al veel ver-sies gelezen van de verhalen over koning Arthur, maar deze was anders. Het leek wel echte geschiedenis, geen legende, en het ging niet zozeer over de belevenissen van koning Arthur en zijn ridders, maar over de activiteiten van Merlijn, zijn tovenaar.

Toen Arthur zijn Ronde Tafel vormde, stelde Merlijn zijn eigen genootschap samen, een organisatie van magiërs, met als doel het verder ontwikkelen en verfijnen van hun vermogens. In een voetnoot stond dat dit als het begin kon worden beschouwd van het huidige BBI BV. Dat was nog eens cool! Ik werkte dus voor een bedrijf dat was opgericht door Merlijn zelf!

Na deze onthulling besloot ik de geschiedenis van de magie voorlopig te laten rusten en in de bedrijfshistorie te duiken. Die historie begon in de tijd van Merlijn, die zich, nadat zijn genoot-schap was gevormd, bij wijze van pensioen had teruggetrokken in een kristallen grot, en pas gewekt mocht worden als Arthur te-rugkeerde om Engeland naar de victorie te leiden. Of als het ge-nootschap dat hij had opgericht in zwaar weer geraakte.

Er kwam een vage herinnering in mijn hoofd op. Ik moest den-ken aan de baas van dit bedrijf, die was teruggehaald van zijn pensioen omdat zijn bedrijf hem nodig had. Maar dat kon toch niet... Ik pakte het andere boek weer en zocht Merlijn op. Er stonden allerlei variaties in op zijn naam. In het Welsh heette hij Myrddyn Emrys, wat Emryse van Myrddyn betekende. Als je dat in modern Engels vertaalde, kwam je op Ambrose Mervyn. De naam 'Merlijn' had waarschijnlijk iets met het Latijn te maken, of was anders een verkeerde transcriptie van het Welsh.

'Jezus Mina,' fluisterde ik in mezelf. Dat kon toch niet waar zijn. Dan was hij dus meer dan duizend jaar oud. Tenzij je in die kristallen grot niet ouder werd.

Als meneer Mervyn echt Merlijn was, dan was het een wonder dat hij het er in deze tijd en in deze stad zo goed vanaf bracht. Ik kon me het gigantische verschil tussen het moderne New York en het Engeland in de Middeleeuwen nauwelijks voorstellen. Zouden ze zo clement zijn geweest hem in Engeland wakker te laten worden, of was hij midden in Manhattan ontwaakt, in een multinational die weinig meer van doen had met het genootschap dat hij ooit had opgericht?

Het was kenmerkend voor de stemming waarin ik door de vreemde gebeurtenissen van de afgelopen weken was geraakt, dat ik me minder druk maakte om het feit dat ik mogelijk voor de tovenaar Merlijn werkte, dan over de vraag hoe hij zich in deze moderne tijd wist te redden.

Ik las de rest van zijn biografie. In de laatste paragraaf stond: 'Merlijn is onlangs uit zijn grot gehaald om het bedrijf door een moeilijke situatie te loodsen die de basis onder de magische gemeenschap dreigt weg te slaan.' Dat klonk wel erg omineus, en veel ernstiger dan een slechte economie. Je haalde je oprichter en directeur terug van zijn pensioen in de Cotswolds of zijn blokhut in Vermont als het economisch slecht ging, of vanwege een bedrijfsschandaal. Maar wanneer was je zó wanhopig dat je een oude, legendarische tovenaar uit zijn duizendjarige sluimer haalde, en hem over de oceaan naar een wereld bracht die hem net zo vreemd moest zijn als een andere planeet? Het moest wel heel erg zijn. Geen wonder dat ze zo paranoia deden, en zo zaten te springen om betrouwbare controleurs.

Ik werd een beetje duizelig. Ik zou het liefst een paar keer rustig in mijn papieren broodzak hebben geademd als ik niet bang was dat ik daarmee de aandacht van mijn collega's zou trekken. En ik kon het niet laten om mezelf onder de tafel even in mijn been te knijpen. Misschien zat ik toch nog steeds in een lange, vreemd gedetailleerde droom. Zulke dingen overkwamen mij, Katie Chandler, toch niet? Mijn leven was tot nu toe zo normaal verlopen, om niet te zeggen oersaai. Ik had het zelfs voor elkaar gekregen om van mijn magische baan iets gewoons te maken, want dit saaie controlekantoor was nog erger dan de onbenulligste administratieve uitzendbaantjes die ik had gedaan toen ik pas in New York woonde.

Ze hadden een paar keer benadrukt dat de controleurs zo belangrijk waren voor het bedrijf, maar wat kon ik in godsnaam doen in een situatie die ernstig genoeg was om Merlijn, dé Merlijn, uit zijn magische coma te halen? Ik kon een klein bedrijf leiden en ik wist hoe je een reclamecampagne moest opzetten. Dat was het wel zo ongeveer. Als ze op mijn hulp rekenden, waren ze slechter af dan ze al dachten.

Na deze verwarring kwam de woede. Dat kleine detail over de moeilijke situatie waarin het bedrijf kennelijk verkeerde, hadden ze tijdens mijn sollicitatie voor het gemak maar even niet genoemd. Het was alsof ik een baan had gekregen en op de tweede dag ontdekte dat er een onderzoek naar het bedrijf was ingesteld, een faillissement was aangevraagd en dat het pensioenfonds was geplunderd.

Ik moest dit tot op de bodem uitzoeken. Ik pakte het boek over de geschiedenis van het bedrijf en bladerde naar het eind. Er stond iets over een moeilijke situatie en over de opwekking van Merlijn, maar zonder details. Ik bladerde een stukje terug toen Gregor mijn naam riep.

'Ze is met lunchpauze,' zei Angie, voor ik iets kon zeggen.

Ik negeerde haar en zei: 'Ja, Gregor?' Angie stak haar tong naar me uit en ging verder met eten.

'Ik heb een controleverzoek voor je van R&D. Ze vragen speciaal naar jou en je moet je melden bij meneer Palmer.'

Owen. Met hem moest ik maar eens een hartig woordje wisselen. Rodney vond ik wel een type om me een rad voor ogen te draaien, maar van Owen had ik dat niet verwacht. Hij leek zo bezorgd: hoe kon hij me deze baan geven terwijl hij wist dat er iets aan de hand was en ik in grote moeilijkheden kon komen?

Ik deed het boek dicht en ging staan. 'Ik ben al weg.' Terwijl ik naar de deur liep, zag ik Kim en Angie allebei erg boos naar me kijken. Kim was waarschijnlijk jaloers dat ik mocht samenwerken met een rijzende ster binnen het bedrijf, terwijl Angie me benijdde om het feit dat ik nu kon aanpappen met het grootste stuk van de zaak. Ik hoopte vooral dat ik de kans zou krijgen om hem aan de tand te voelen over mijn ontdekking.

Ik vroeg me af hoe ik op de afdeling kon binnenkomen, want Rodney had de deur met een speciale code geopend, maar toen ik eraan kwam, zwaaide de deur al open. Ik liep naar Owens schuilplaats op de afdeling Theoretische Magie. Hij was niet in het laboratorium waar ik hem de vorige keer had gezien, maar in zijn kantoor, dat gezellig was ingericht met boekenkasten langs de muren. Het deed me een beetje denken aan een bibliotheek in een oud Engels landhuis. Ik kreeg ineens enorm veel trek in een kop thee en een spannende detective.

Owen zat achter een groot, houten bureau. Tegenover hem zat een kleine, tengere man die een nerveuze indruk maakte. Ze keken in een boek dat geopend op Owens bureau lag. Ik klopte op de deurpost en ze keken allebei op. Owen begon meteen te lachen. Zijn oren kleurden een beetje rood, en hij zag er zó leuk uit dat mijn woede al begon te slinken. 'Katie! Kom binnen, ga zitten.'

Ik liep verder en ging op het puntje van de leren stoel naast Owens gast zitten. 'Wat kan ik voor je doen?' vroeg ik.

'Katie, mag ik je voorstellen aan Wiggram Bookbinder. Wiggram handelt in zeldzame boeken en van hem heb ik de meeste esoterische bronnen. Wig, dit is Katie Chandler van onze controleafdeling. Zij is een immuun.'

Ik gaf de man een hand en lette goed op dat ik niet te hard

kneep: zijn hand voelde heel fragiel, alsof de botten maar nauwelijks bij elkaar gehouden werden. Het magere lichaam van Wiggram verzoop bijna in de vale, zwarte regenjas die hij droeg. Op zijn kalende hoofd zaten een paar plukjes grijs haar, maar het meeste haar kwam uit zijn oren. 'Aangenaam kennis te maken,' zei ik.

'Insgelijks,' antwoordde Wiggram, maar zijn stem trilde een beetje en hij werd nog bleker dan hij al was. Het was overduidelijk dat hij niet blij was met mijn komst.

Owen vouwde zijn handen voor zich op het bureaublad en zei, met een ietwat ijzige ondertoon: 'Zeg, Wig, is er misschien iets wat je me nog wilt zeggen voor ik Katie een vraag stel?'

De kleine man werd nog bleker en zijn lippen werden spookachtig blauw. Hij schudde heftig zijn hoofd, waardoor de haren die uit zijn oren groeiden meewapperden.

Owen keek me aan. 'Katie, wil jij alsjeblieft naar dit boek kijken en me vertellen wat je ziet?'

Ik ging staan en liep om zijn bureau heen. Het boek was een enorme pil, maar het leek niet op de antieke, in leer gebonden boeken die op de planken in Owens kantoor stonden. Het zag er meer uit als een moderne hardcover. Ik sloot het boek en zag dat het was wat ik dacht, maar zonder stofomslag. Ik keek op de rug en kon een grijns niet onderdrukken.

'Het is een boek van Tom Clancy, van een paar jaar geleden. Ik heb het mijn vader destijds cadeau gedaan met Kerstmis.' Ik sloeg het boek weer open en keek naar het colofon. 'Het is niet eens een eerste druk. Tweedehands koop je zo'n boek voor ongeveer vijf dollar.'

'Bedankt, Katie.' Owens stem klonk ijzig en zijn blik bleef op Wig gericht, die nu zichtbaar zat te trillen op zijn stoel. Ik vermoedde dat mijn taak hiermee gedaan was, maar omdat Owen verder niets zei, bleef ik rustig staan om te zien wat er verder ging gebeuren. 'Dat is een zeer interessante constatering, zeker gezien het feit dat meneer Bookbinder me net vertelde dat dit een van de drie overgebleven exemplaren is van een zestiende-eeuws

Welsh manuscript, behoorlijk veel meer waard dan vijf dollar. Een erg fraaie illusie, Wig, daar had je me mooi mee voor de gek kunnen houden. Gelukkig heeft Katie dat weten te voorkomen.'

Owens toon bleef prettig, maar daardoor kwam hij extra dreigend over. Ik kon bijna voelen hoe bang Wig was en hoeveel macht Owen had, en waarom Owen zoveel aanzien genoot binnen het bedrijf. Het was griezelig, maar tegelijk ook opwindend, al viel ik eigenlijk nooit voor gevaarlijke mannen. Owen was in elk geval niet het type slechterik waar ik meestal meteen op afknapte, vooral niet met dat mooie pak aan, al kon ik me heel goed voorstellen dat hij er behoorlijk sjofel uit zou zien als hij zich een dag niet zou scheren. Moest iemand echt slechte dingen doen om een slechterik te zijn, of ging het om de potentie? Als dat laatste het geval was, maakte zijn zelfbeheersing Owen misschien wel zo sexy; het idee dat hij iets heel gevaarlijks kon doen, maar zich inhield. Ik ging ongemakkelijk verzitten en hoopte vurig dat gedachtelezen niet tot zijn vermogens behoorde. Anders konden ze ons allebei op het dak zetten en onze rode koppen gebruiken als waarschuwingsboei voor het luchtverkeer.

Owen schudde zijn hoofd. Ik kreeg de indruk dat hij echt medelijden met de man had en dat het niet het nepmedelijden was dat je toont vlak voordat je met iemand de vloer aanveegt. 'Je moet wel erg wanhopig zijn om zoveel risico te nemen. Je had toch kunnen weten dat we dit zouden ontdekken?'

Wig deed zijn mond open om iets te zeggen, maar er kwam alleen maar wat gestamel over zijn lippen. Ik kon er geen woord van verstaan.

'Ik vind het vooral interessant hoe je zo'n gedetailleerde illusie in elkaar hebt weten te flansen,' ging Owen verder. 'Volgens mij heb je zo'n manuscript wel eens gezien, anders had je nooit zo'n goede kopie kunnen verzinnen. Dat origineel heb je toevallig niet bij je?'

'J-j-ja. I-i-inderdaad.'

'Mooi. Geef me dan nu het echte boek maar, Wiggram.' Dat

laatste zei Owen op een harde toon waar ik bang van werd, en dan was ik nog niet eens degene op wie hij kwaad was.

Wiggram boog zich voorover en haalde een boek uit de canvas tas die aan zijn voeten stond. Dit boek was ongeveer even groot als het boek van Tom Clancy, maar had daar verder totaal niets van weg. Het was gebonden in donker leer, dat in de loop der jaren glanzend was geworden, en de titel stond in gouden letters op de voorkant. Ik kon het niet lezen, want het schrift had ik nog nooit eerder gezien. Wiggram legde het boek op Owens bureau en Owen sloeg het voorzichtig open, met een blik vol ontzag.

De bladzijden waren dik en ongelijkmatig. Het boek was echt oud, met de hand gemaakt, en zelfs helemaal met de hand geschreven.

'Dit is denk ik echt,' zei ik. Ik zei het heel zacht en een beetje afwezig om Owen niet te storen 'Het is duidelijk heel oud, het heeft een leren kaft en het papier is handgeschept en handbeschreven. Ik weet niet wat je precies zoekt, maar dit is in ieder geval geen boek van Tom Clancy.'

Owen knikte instemmend en zei: 'Ik zal de vraagprijs betalen min duizend dollar, omdat je geprobeerd hebt me te bedonderen.'

Wig knikte enthousiast. 'J-ja, meneer, dank u wel. En houd dat andere boek maar als cadeau. Het is heel goed.'

'Mijn vader vond het ook mooi,' zei ik.

Owen knikte, zonder zijn ogen van zijn nieuwe aanwinst te halen. 'Ga maar naar beneden, naar Boekhouding, daar geven ze je een cheque. En nee, zulke grote bedragen kunnen we niet contant betalen, dat moet echt via de bank.'

'Natuurlijk, meneer, dank u wel.' Wiggram ging staan, pakte zijn tas, boog even naar me en gaf me een kaartje. 'Gaarne beveel ik mezelf aan als u iets zeldzaams zoekt. Ik heb ook een uitgebreide collectie niet-magische boeken.' Ik pakte het kaartje aan, al betwijfelde ik of ik bij hem moest zijn voor de romantische boeken die ik graag las. Daarna haastte hij zich het kantoor uit alsof zijn jas in brand stond.

Owen zat nog steeds over zijn boek gebogen. Hij scheen helemaal te zijn vergeten dat ik er was. 'Dus hiervoor hebben jullie ons nodig,' zei ik.

Owen keek op. 'O, ja, inderdaad, daarvoor hebben we jullie nodig. En bedankt, je was briljant. Controle is meer dan simpelweg de waarheid vertellen. De manier waarop je het zegt bepaalt de indruk die je maakt.'

'Het lijkt wel één groot toneelstuk.' Ik keek naar de deur waarachter Wiggram net was verdwenen. 'Laat je hem zomaar alleen door het gebouw zwerven?'

'Hij wordt in de gaten gehouden. En ik heb zijn boek al, dus hij zal nu wel zo snel mogelijk zijn geld willen hebben. O, wacht even.' Hij legde zijn hand op het kristallen ding op zijn bureau, maar zei niets. Na een paar seconden trok hij zijn hand terug en draaide zich weer naar mij toe.

Ik wist dat hij dolgraag zijn nieuwe aanwinst wilde bekijken, maar ik wilde ook heel graag antwoord op mijn brandende vragen. 'Nogmaals bedankt voor de boeken de je me hebt gestuurd, heel interessant allemaal. Maar ik zit met een vraag.'

Owen glimlachte. 'Ja, hij is het echt.'

Ik schudde mijn hoofd. 'Je gaat me toch niet vertellen dat je wist wat ik wilde vragen?'

'Natuurlijk wist ik dat.'

'Hoe dan?' Ik hoopte vurig dat hij niet echt gedachten kon lezen, niet na waar ik een paar minuten geleden nog aan had gedacht.

Hij haalde zijn schouders op. 'Ik wist het gewoon. Trouwens, je bent slim genoeg, dus het is logisch dat je het verband zou zien.'

'Had je me dat dan niet meteen kunnen vertellen? Zo'n geheim kan het toch niet zijn, zeker niet als het zo duidelijk in de boeken staat die je me hebt gestuurd.'

Owen keek geheimzinnig, wat erg moeilijk voor hem moest zijn, omdat de emoties meestal heel duidelijk van zijn gezicht te lezen waren. 'Laat ik zeggen dat het geen geheim kan blijven als je het initiatief neemt om wat onderzoek te plegen en genoeg hersens hebt om na te denken, maar dat je het niet van iemand zult horen.'

'Dus we werken voor de echte Merlijn, die Merlijn van Camelot en zo?'

'Niet helemaal, dat was wel erg geromantiseerd. Maar inderdaad, dat is hem.'

'Waarom is hij juist nu gehaald? Dat moet toch wel een heel bijzondere reden zijn.'

'Dat kan ik je helaas niet vertellen.'

'Omdat je het niet weet, of omdat ik het niet mag weten?' Owen bleef raadselachtig kijken.

'Oké, ik snap het: bedrijfsgeheim. Prima. Maar ik wil wel even zeggen dat ik het niet zo netjes vind dat je een mogelijke crisis voor mij verborgen hebt gehouden toen je mij een baan aanbood.'

'Als we het hadden verteld, had je dan een andere beslissing genomen?'

Ik zuchtte. 'Waarschijnlijk niet. Jullie wisten het heel goed te verkopen.'

'Maak je maar geen zorgen, je komt er nog wel achter.'

'Misschien wel eerder dan jij denkt.' Ik tikte met mijn wijsvinger tegen mijn slaap. 'Je vond me toch zo slim? En nu moet ik maar weer eens terug naar dat sombere hok.' Ik stond op en liep naar de deur.

'Nogmaals bedankt voor je hulp,' riep Owen me na, maar ik had de deur nog niet eens dichtgedaan of hij was alweer verdiept in zijn boek.

Het was druk in de laboratoria, maar de gang die naar de hal leidde, was verlaten. Toen kwam er een man de hoek om lopen; hij droeg gewone kleren en niet de witte jas die hier voorgeschreven leek te zijn. Ik knikte en glimlachte naar hem, waar hij totaal niet op reageerde. Hij deed net alsof hij me niet kon zien, of alsof hij dacht dat ik hem niet kon zien. Ik herkende de man niet, maar ik had waarschijnlijk nog niet iedereen ontmoet die hier werkte.

'Hallo,' zei ik. Zijn ogen schoten mijn kant op, maar toen keek hij weer straal langs me heen. Of het was een ontzettend botte werknemer, of er was hier iets heel vreemds aan de hand. 'Hé!' riep ik. De man ging plat tegen de muur staan, alsof hij probeerde onzichtbaar te worden. Hij hield iets verborgen achter zijn rug. Er klopte inderdaad iets niet.

Hij probeerde langs me heen te komen, maar ik ging recht voor hem staan. Hij probeerde het nog eens, en daardoor wist ik zeker dat hij hier niet hoorde en dat hij dacht dat ik hem niet kon zien. 'Je bent niet onzichtbaar, hoor,' zei ik. 'Ik zie je heus wel.'

Hij schrok, en begon schichtig om zich heen te kijken, op zoek naar een uitweg. Weer een bewijs dat er iets mis was.

'Hé!' schreeuwde ik, niet meer tegen hem, maar wel tegen wie het maar kon horen. 'Beveiliging! Een indringer! Help!'

9

De man probeerde weg te rennen, maar ik greep hem bij zijn jasje en hield hem stevig vast. Hij zei iets in het Latijn, waarna ik de lucht voelde bewegen, maar er gebeurde verder niets. Daar schrok de man erg van, en ik maakte van de gelegenheid gebruik om hem ook bij zijn arm vast te pakken. Als hij wilde vluchten, moest hij mij meeslepen. Ik zette mijn voeten zo stevig mogelijk op de grond, maar de vloer bood niet veel houvast. Intussen schreeuwde ik zo hard mogelijk. 'Hallo! Help! Beveiliging! Is daar iemand?' En toen, in mijn wanhoop, riep ik keihard: 'Owen!' Ik hoopte van harte dat hij het meende toen hij zei dat ik hem altijd om hulp kon vragen.

De indringer liet zijn magische trucs voor wat ze waren en ging over op fysieke kracht: hij gaf me een flinke duw, en omdat hij een stuk groter was, vloog ik door de gang en kwam met een klap met mijn hoofd tegen de muur terecht. Ik zakte versuft op de grond.

Waarom kwam er niemand? Ik had toch hard genoeg geschreeuwd? Maar toen vloog de indringer plotseling tegen de muur, alsof iemand hem daartegenaan had gesmeten. Hij bleef daar hangen, een paar centimeter boven de grond. Hij wist nu zeker dat hij niet onzichtbaar was.

Ik draaide me om en zag Owen in de gang staan. Hij had een kleur en zijn haar was verward. Owen, mijn vriend, de superheld. Maar dit was niet de lieve, verlegen jongen die ik de afgelopen week had leren kennen. Hij zag eruit als iemand met wie ik het liever niet aan de stok kreeg, waardoor ik hem ineens nog veel aantrekkelijker vond dan de afgelopen dagen. Ik begreep plotseling waarom de schaars geklede filmheldinnen altijd in katzwijm vielen in hun redders armen: niet omdat ze zulke slappe troela's waren, maar omdat je blijkbaar slappe knieën krijgt als een man iets heel bijzonders doet om jou te redden, en dat was, merkte ik nu, een plezierig gevoel. Ik had vaak gehoord dat macht als een afrodisiacum werkt, maar ik had niet gedacht dat ik daar ooit iets van zou merken.

De man tegen de muur mompelde iets in een vreemde taal, zwaaide met zijn handen en trok zelfs aan zijn neus. Ik voelde dat er door zijn toverkracht een vreemde energie van hem uitging, maar dat hielp hem niet, want hij bleef hangen.

'Wie ben jij?' vroeg Owen met een zachte, maar zeer dreigende stem.

De man deed zijn mond open, alsof hij gedwongen werd om dat te doen, maar wist toen zijn kaken met veel moeite weer stijf op elkaar te klemmen. Owen stak zijn hand uit en het pak papier dat de man onder zijn jasje verborgen hield, vloog in zijn handen. Toen maakte hij een achteloos handgebaar en de man zakte verdwaasd op de grond.

Nu begreep ik wat Rodney bedoelde toen hij vertelde dat Owen uit veiligheidsoverwegingen nogal kortgehouden was in zijn jeugd. De indringer stond hevig te hijgen en te zweten, terwijl Owen volkomen onaangedaan leek, en ik snapte dat iemand met zoveel macht beter geen groot ego kon hebben. Als hij zich allerlei waanideeën met betrekking tot het veroveren van de wereld in zijn hoofd zou halen, was dat natuurlijk niet best.

Ik was blijkbaar hard op weg om als een baksteen te vallen voor een man die ver boven mijn niveau zat, in meerdere opzichten: een superheld, een tovenaar die helemaal niet in mijn leven paste. Stel je voor dat ik hem aan mijn ouders moest voorstellen. Het was al moeilijk genoeg om uit te leggen wat mijn nieuwe baan precies inhield, maar als Owen zou vertellen wat hij deed, zou mijn vader ongetwijfeld zijn geweer te voorschijn halen om die gek bij zijn dochter uit de buurt te houden. Nog erger zou het zijn als ik mijn immuniteit van mijn ouders geërfd had, want in dat geval kon ik beter geen magisch figuur toelaten in mijn privé-leven. Niet dat Owen er ook maar over zou piekeren om met mij naar Texas te gaan om mijn ouders te ontmoeten. Ze hadden tijdens het sollicitatiegesprek toch ook al gezegd dat ik uit een zeer on-magische buurt kwam?

De deur die toegang gaf tot de afdeling vloog open, en Sam zoefde naar binnen, gevolgd door een hele troep mannen. 'Wat duurde dat lang,' zei Owen, die weer wat meer begon te lijken op de man die ik kende.

'Ja, sorry, baas, maar ik wist wel dat jij de zaak onder controle had,' zei Sam, terwijl hij vlak voor de indringer ging staan. 'Neem hem maar mee, jongens.'

'Zet hem bij Beveiliging. We zullen hem straks door iemand aan de tand laten voelen,' beval Owen.

Sam salueerde met één vleugel en vloog achter het groepje mannen aan dat de van angst verstijfde indringer door de gang sleepte. Ik probeerde op te staan, maar een hand op mijn schouder duwde me terug. Ik keek op en zag dat Owen over me heen gebogen stond en me met een bezorgd gezicht aankeek.

'Gaat het?' vroeg hij zacht aan me.

'Ja, prima.'

Hij schudde zijn hoofd. 'Nee, volgens mij niet. Het is beter als er even iemand naar je kijkt. En ik denk dat de grote baas je ook wel wil spreken.'

'De grote baas? Bedoel je Merlijn?'

'Ja, Merlijn.'

Dat ik praatte alsof ik op mijn nuchtere maag een paar glazen champagne achterover had geslagen, was natuurlijk een slecht teken, en ik wist niet zeker of ik in deze toestand Merlijn wel onder ogen wilde komen. En Owen wilde ik op dit moment ook niet zien, want ik was veel te bang dat ik rare dingen ging zeggen.

'Oké, ik voel me inderdaad een beetje duizelig. Kan ik niet even naar het ziekenhuis op de hoek?'

Owen sloeg zijn arm om me heen en hielp me overeind. 'Dat is niet nodig, meneer Mervyn is genezer.'

'Maar ik ben niet magisch, weet je nog? Ik ben immuun. Magische geneeskunst werkt niet op mij.'

Owen grinnikte, legde mijn linkerarm over zijn schouder en sloeg zijn rechterarm om mijn middel. Dat voelde heerlijk. Een beetje te heerlijk. Wanneer had een man uit romantische overwegingen zijn arm zo om mij heen geslagen? 'Niet alle genezers zijn magisch. Maar meneer Mervyn was een renaissancist lang voor de Renaissance.'

'Krijg ik straks te horen wat er precies aan de hand is? Waarom ze hem hebben teruggehaald?' vroeg ik, terwijl we langzaam naar de wentelroltrap liepen.

'Wacht maar af.'

Merlijn alias meneer Mervyn stond boven aan de trap op me te wachten. 'Is ze gewond?' vroeg hij.

'Ik geloof het wel,' antwoordde Owen. 'Ze heeft haar hoofd gestoten.'

'Breng haar naar mijn kantoor. Hebben we de verdachte?'

'Ja, hij zit bij Beveiliging.'

Ik werd op de zachte sofa gezet. Er klonken meer stemmen in de kamer, maar ik merkte alleen dat Owens hand de mijne vasthield. 'Ik weet niet hoe hij binnen is gekomen, maar als Katie hem niet had gezien...'

'Wat wilde hij stelen?' Merlijns stem klonk vanaf de andere kant van de kamer.

'Onze onderzoeksresultaten met betrekking tot Idris.'

'Dan maakt hij zich dus zorgen, of hij denkt dat wij ons zorgen maken.' Nu klonk Merlijns stem veel dichterbij. Ik voelde iets koels op mijn voorhoofd. Het rook lekker, naar bloemen en munt. 'Hou dit maar tegen je voorhoofd.'

Ik deed mijn ogen open en zag dat Merlijn naast me op de grond zat. Als je dat kostuum verving door een gewaad met sterren, zijn baard lang en puntig maakte in plaats van kort en netjes geknipt, leek hij sprekend op de tovenaar uit een boek van koning Arthur dat ik vroeger had. 'Merlijn,' zei ik, in de veronderstelling dat ik het alleen maar dacht, maar klaarblijkelijk dacht ik hardop.

'Mag ik u Merlijn noemen?'

'Natuurlijk, lieve kind. Vertel maar wat je ziet.'

'Ik zie u. En Owen. En uw kantoor.'

Hij hield zijn hand voor mijn gezicht. 'Hoeveel vingers steek ik op?'

Ik keek naar de vage contouren. 'Twee. Geloof ik.'

Hij en Owen keken elkaar aan, en duwden me zacht neer. Merlijn legde een kussen onder mijn hoofd en Owen trok mijn schoenen uit en legde een dunne deken over me heen.

Merlijn knielde weer naast me. 'Ik denk dat je een lichte hersenschudding hebt, Katie. Je moet maar even rusten. Ik zal je een hartversterkertje geven tegen de hoofdpijn en dat kompres voorkomt een al te grote bult op je hoofd.'

Hij ging even weg, maar kwam toen weer terug, tilde mijn hoofd een beetje op en hield een klein glas tegen mijn lippen. 'Drink maar.' Ik gehoorzaamde en proefde een scherpe, zoete vloeistof. Ik dronk die op en leunde dankbaar achterover in de kussens.

Ik viel niet in slaap, maar doezelde wat weg. De stemmen in de kamer begonnen een gesprek. Het leek wel op een spoedvergadering. Waarschijnlijk ging het over die indringer, die iets te maken scheen te hebben met de crisissituatie van het bedrijf die er de oorzaak van was dat Merlijn uit zijn retraite was gehaald. Ik probeerde te luisteren, maar doezelde steeds weer weg.

Een stem die ik niet herkende vroeg: 'Hoe kan er eigenlijk zomaar iemand binnenkomen? Ik dacht dat we dat beveiligd hadden.'

'Dat is ook beveiligd,' zei Owen. 'Ik denk dat de indringer achter iemand aan is gelopen. Ik had net Wiggram Bookbinder op bezoek die me een zeldzaam manuscript heeft verkocht. Misschien is hij met die onzichtbaarheidsillusie achter hem aan gelopen. Of misschien heeft Wiggram alles in scéne gezet om die spion binnen te krijgen. Hij is er wanhopig genoeg voor. Als Katie er niet was geweest, zaten we nu flink in de puree.'

'Misschien kun je beter ergens anders afspreken met die duistere contactpersonen van je, niet op een streng bewaakte afdeling,' hoorde ik de andere stem zeggen, die de woorden echter leek in te slikken om een discussie te voorkomen.

En ik hoorde al snel waarom. 'Heren, waar het hier natuurlijk echt om gaat, is dat meneer Idris zich heeft verlaagd tot spionage,' zei Merlijn op ernstige toon. Ik kon me heel goed voorstellen hoe hij nu keek: bars genoeg om iedereen het zwijgen op te leggen.

'Maar waarom?' vroeg een van de andere stemmen.

'Hij wil weten wat wij van plan zijn tegen hem te ondernemen,' zei Owen.

'En wat zijn we dan van plan?' vroeg een andere stem.

'Dat is het probleem,' zei Owen met een zucht. 'We kunnen niet veel beginnen. Als hij deze aantekeningen te pakken had gekregen, had hij ons uitgelachen om onze machteloosheid. Het enige wat we weten, is waar hij mee bezig was toen we hem ontsloegen. We kunnen er met geen mogelijkheid achterkomen wat hij nu doet, tenzij we een van zijn bezweringen vinden. En dan nog kunnen we niet meer dan wat we nu kunnen.'

'Zijn we eigenlijk niet veel te laat?' vroeg de andere stem. 'We hebben gehoord dat hij al bezweringen op de markt brengt. Niet op grote schaal, maar hij heeft al wel klanten. We weten niet hoeveel schade hij daar al mee aanricht.'

'Misschien moeten we ook niet te vroeg bang zijn,' zei Merlijn zacht. 'We weten niet wie die formules koopt of gebruikt. We weten alleen dat hij ze via ons op de markt wilde brengen, maar dat onze directie zijn ideeën smakeloos vond. Er bestaat nog steeds een grote kans dat het grote publiek ze even smakeloos vindt als wij.'

'Maar wat moeten we doen als de mensen ze wel kopen en gebruiken? Hij kan gevaarlijk zijn, kijk maar naar wat hij vandaag weer gepresteerd heeft.'

'We hebben tijd nodig,' zei Owen zacht. Zijn stem klonk vertwijfeld. 'We doen wat we kunnen, maar het is nog niet genoeg.'

Ik had erg met hem te doen. Hoe machtig hij ook was: het moest moeilijk zijn om toe te geven dat dat niet toereikend was. Het idee dat een beunhaas onder de toonbank allerlei illegale bezweringen verkocht, stond mij eerlijk gezegd ook niet zo aan. Maar ik wist niets van magie af, dus ik kon ook niets doen.

Of wel? Ik wist iets af van het zakenleven en dit leek me vooral een bedrijfskundig probleem. Het had wel te maken met een onderwerp dat bijna uit een andere wereld afkomstig leek, maar het deed me toch denken aan een situatie waarmee ons familiebedrijf eens te maken had gehad. Ons bedrijf was al bijna een eeuw in de familie en bijna net zo oud als het stadje waarin het was gevestigd. We waren niet alleen leverancier van de huidige generatie boeren en veehouders, maar ook van hun vaders en grootvaders geweest. Een paar jaar eerder was er in een naburig stadje een filiaal van een nationale winkelketen geopend, waar lagere prijzen gevoerd werden. Het boerenbedrijf kent maar kleine marges, zelfs in goede tijden, dus die lagere grondstofprijzen waren voor onze klanten heel verleidelijk. Maar we hoefden ze er alleen maar aan te herinneren waarom ze al die jaren klant bij ons waren geweest en waarom het in die nieuwe winkel toch niet hetzelfde was.

Ik duwde het kompres tegen mijn hoofd, ging voorzichtig rechtop zitten en zei: 'Volgens mij is het grootste probleem op dit moment dat jullie concurrentie hebben, nog los van de vraag wat die concurrentie te bieden heeft. Als je ervoor zorgt dat hij op jullie niveau moet concurreren, dan kun je daardoor misschien zijn invloed verkleinen.'

Alle mannen in de kamer keken me aan. Ik werd er nogal verlegen van. Misschien had ik niets moeten zeggen en voor lijk moeten blijven liggen, maar daar was het nu te laat voor, dus ik ging maar verder nu ze toch te verbluft waren om iets terug te zeggen. 'Ik ken de situatie natuurlijk niet, dus misschien begrijp ik iets niet goed, maar het is dus zo dat een van jullie voormalige medewerkers voor zichzelf is begonnen? En dat hij minder prettige versies van jullie producten te koop aanbiedt?'

'Dat is inderdaad een accurate samenvatting van de situatie, Katie,' zei Merlijn.

'Goed. Dank u. Nou, zolang jullie de minder prettige gevolgen van wat hij doet niet teniet kunnen doen, zit er maar één ding op: jullie zullen ervoor moeten zorgen dat de mensen jullie formules kopen in plaats van de zijne.'

Ze keken elkaar aan en knikten. Merlijn en Owen glimlachten.

'Maar hoe dan?' vroeg iemand.

'Hebben jullie wel eens aan reclame en marketing gedacht?' De meesten keken niet-begrijpend, maar een van de mannen scheen er meer van te weten.

'Marketing is in principe gewoon laten weten wat je te koop hebt en ervoor zorgen dat het product bij de juiste mensen terechtkomt,' zei hij.

Merlijn keek nog steeds alsof hij geen idee had waar het over ging, maar hij was een nieuwkomer in deze eeuw. 'Jullie hebben toch wel eens reclame gezien?' vroeg ik. 'Of kijken jullie nooit televisie?'

Nu klaarden de gezichten rond de tafel op en ik zag dat ze me eindelijk begrepen. 'In die reclamespotjes zie je waarom het beter is als je een bepaald automerk of een bepaalde shampoo kiest in plaats van een ander merk. Dat is allemaal gebaseerd op marktonderzoek: uitzoeken wat de klanten willen, wat ze nodig hebben, wat ze belangrijk vinden, waar hun behoefte ligt. Daarna maak je een advertentiecampagne waarin die dingen terugkomen: je zegt tegen de klant dat jouw product precies is wat hij nodig heeft, dat hij daarmee al zijn problemen kan oplossen, maar alleen met jouw product.'

'Dus we moeten onze klanten vertellen waaróm ze onze bezweringen moeten kopen?' vroeg Merlijn. Hij keek als een kind dat net heeft geleerd hoe de tafels van vermenigvuldiging werken en niet kan wachten om alles wat los en vast zit met elkaar te vermenigvuldigen. Als ik niet uitkeek, hingen we binnen de kortste keren in de stadions.

'Precies! Je hoeft natuurlijk niet meteen te zeggen dat je concurrent heel slecht is en dat hij waardeloze producten levert, maar je mag best zeggen dat jouw producten het best zijn.'

'Op die manier maken we het hem natuurlijk heel moeilijk om zijn bezweringen op de markt te brengen en hebben wij meer tijd om iets tegen hem te ondernemen,' peinsde Owen. 'Dat is een heel goed idee, Katie.'

'Dus we gaan ons bezighouden met marketing,' zei Merlijn. Hij wreef zich in de handen. 'Hoe gaat dat precies?'

'Eens kijken, jullie hebben geen marketingafdeling?' vroeg ik. Nee, natuurlijk niet, anders had ik niet hoeven uitleggen wat marketing eigenlijk is. 'Hoe hebben jullie in het verleden de producten aan de man gebracht? Hoe wisten de klanten wat er te koop was?'

Ze keken elkaar aan. 'We hebben een verkoopafdeling,' zei de man die wist wat marketing was. Hij zag er ook een beetje uit als een verkoper. Niet als zo eentje met een geruit jasje aan, maar als een gewiekste verkoper die de klant het idee kan geven dat hij een diamanten ring van een paar duizend dollar moet kopen omdat hij anders niet genoeg in zijn relatie investeert. Hij was even knap als Owen, maar veel gladder en onechter, minder aantrekkelijk. Eigenlijk leek hij wel een beetje op een tot leven gewekte Ken. Bij dit bedrijf leek me dat trouwens niet eens onmogelijk. 'De verkopers werken samen met de detaillisten en laten ze weten wat er te koop is, en de detaillisten vertellen dat weer aan hun klanten. Tot nu toe hebben we nooit concurrentie gekend voor onze commerciële bezweringen, dus we hebben nooit iets aan marketing of reclame hoeven te doen.'

'Niet op grote schaal,' voegde Owen eraan toe. 'Er zijn wel een paar zeer gespecialiseerde producten, en er zijn natuurlijk altijd de huis-tuin-en-keukenmiddeltjes geweest, zoals de zelfmaakbezweringen die mensen gebruiken om in hun eigen behoeften te voorzien, maar toch weten de meeste magiërs al eeuwenlang dat de formules van BBI de beste zijn. Wij zorgen voor het lastige en soms nare voortraject waarin we de proef op de som nemen, en dat doen we goed. Daarom zijn onze producten zo betrouwbaar.'

'Zou jij dat marketinggedoe op je willen nemen, Katie?' vroeg Merlijn.

O, nee toch? Nu zat ik er tot mijn nek in. Ik had de marketing van ons familiebedrijf gedaan, maar zelfs in de hevigste concurrentiestrijd had niet veel meer om het lijf gehad dan advertenties plaatsen in de plaatselijke krant en af en toe folders naar onze klanten sturen. Van mijn baantje als Mimi's assistente had ik bitter weinig geleerd. Maar ik had tijdens mijn studie wel marketing als bijvak gedaan en het leek erop dat er in dit rare bedrijf verder geen geschikte kandidaat te vinden was.

'Ja, ik denk het wel,' zei ik. 'Het wordt geen enorm grote campagne, maar alles is beter dan niks. En het lijkt me inderdaad goed om de boodschap over te brengen die Owen net noemde: dat jullie al eeuwenlang hét adres zijn voor bezweringen. Dat daar verder niemand tegenop kan. Misschien kunnen we naar voren brengen dat jullie bezweringen veilig zijn, goed getest op hun effectiviteit. Met de subtiele opmerking dat nieuwkomers op de markt dat natuurlijk nooit voor elkaar krijgen, zodat mensen uiteraard liever in zee gaan met een degelijke, ervaren leverancier.'

'Fantastisch!' zei Merlijn. 'Als jij nu eens gaat samenwerken met meneer Hartwell, hoofd van de Afdeling Verkoop.' Het verkooptype kwam naar voren en gaf me een hand.

'Maar jullie mogen morgen pas beginnen. Katie moet eerst rusten,' ging Merlijn verder. 'En nu terug naar jullie kantoor, allemaal!' Hij stuurde de anderen zonder pardon de kamer uit. Owen keek alsof hij bezwaar wilde maken, maar een boze blik van Merlijn bracht hem op andere gedachten. Toen iedereen weg was, kwam Merlijn naar de bank waar ik op zat en legde zijn vingers onder mijn kin. Hij keek me lange tijd onderzoekend aan, glimlachte, en zei: 'Het komt wel weer in orde met je. Hoe gaat het met je hoofdpijn?'

Ik was helemaal vergeten dat ik hoofdpijn had. 'Over, geloof ik. Het doet alleen nog een beetje pijn op de plek waar ik de muur heb geraakt.'

'Uitstekend. En we kunnen je niet genoeg bedanken voor het feit dat je die indringer hebt tegengehouden.'

'Ik geloof dat hij dacht dat hij onzichtbaar was.'

'Dan hadden we dus erg veel geluk dat jij daar net liep. We hebben niet vaak behoefte aan een controleur op de researchafdeling, maar het lijkt me wel verstandig om een paar immunen op te nemen in de beveiligingsdienst.

'Wie is die Idris eigenlijk?' vroeg ik.

Merlijn ging naast me zitten en legde zijn handen op zijn knieën. 'Ik heb nooit de eer gehad hem te ontmoeten, maar hij is de reden dat ik weer teruggehaald ben. Ik heb begrepen dat hij deel uitmaakte van Owens team. Een briljante man, maar niet zo ethisch. Hij had een paar oude formules opgeduikeld die hij wilde moderniseren, maar dat bleken duistere bezweringen, bedoeld om veel schade aan te richten. Dat staan wij niet toe. Idris heeft die formules zonder toestemming getest en toen is hij ontslagen. Later hoorden we dat hij het werk in z'n eentje voortzet met de bedoeling gevaarlijke formules te introduceren in de magische gemeenschap. Dat is een van de ernstigste bedreigingen waar we in eeuwen mee te maken hebben gehad en daarom heeft de directie besloten om mij in te schakelen.'

'Denkt u dat hij echt moeilijkheden kan veroorzaken?'

'Dat weten we niet. Onze medewerkers zijn nooit zo op de proef gesteld als nu, hoewel er natuurlijk wel vaker problemen zijn. Ik hoop dat de meeste mensen zijn formules links laten liggen omdat ze er simpelweg geen behoefte aan hebben. Maar het kan zijn dat de minder nobele elementen in de gemeenschap zich aangemoedigd voelen tot meer brutaliteit, met zoiets hebben we eerder te kampen gehad. Onze mensen hebben de leider destijds kunnen elimineren, maar de koppigste elementen houden nog steeds stand. Ik ben bang dat het deze keer op een totale magische oorlog uitdraait.'

Ik rilde en probeerde het nare gevoel in mijn keel weg te slikken. Ineens leek mijn marketingideetje zo onbenullig. Als dat de enige manier was om de wereld te redden, stond het er echt niet goed voor. Ik kreeg ineens een angstvisioen van Mimi in een koperen beha en een helm met hoorns, die de aanstormende hordes te lijf ging door ze met folders te bestoken. Nee, dat werd niks. Maar misschien kon ik met mijn plan Owen en zijn mensen wel wat tijd geven om iets definitiefs te vinden tegen die boosaardige formules. Ik hoefde nu ook weer niet het gevoel te hebben dat ik de wereld moest redden.

Merlijn boog zich naar me toe en kneep even in mijn hand. 'We mogen van geluk spreken dat we jou hebben,' zei hij. 'Jouw idee zou ons wel eens van de ondergang kunnen redden.' Geweldig, en die opmerking kwam op het moment waarop ik mezelf er net van had overtuigd dat het allemaal niet zoveel voorstelde wat mij te doen stond. Alsof het nodig was me nog eens te laten weten onder welke druk ik stond.

Ik onderdrukte een kreun. 'Ik hoop dat het iets wordt. Ik ben nog nooit eerder verantwoordelijk geweest voor een marketingcampagne, eigenlijk ben ik maar een assistente.' En de campagnes waarmee ik te maken had gehad, waren bovendien niet zo goed verlopen. Het was ook al geen pluspunt dat ik vrijwel niets afwist van de magische gemeenschap. Hadden ze hun eigen communicatiemiddelen? Hoe kwamen ze aan hun informatie? Ze stonden wel met elkaar in verbinding, maar was dat vooral door middel van roddel en achterklap, of bestond er een meer georganiseerd informatiekanaal? Ik had meneer Hartwell heel wat te vragen, want Merlijn leek me niet de beste bron van informatie over het moderne magische leven. Waarschijnlijk wist hij er even weinig van als ik.

'Je doet het vast prima,' zei Merlijn geruststellend. Hij had diezelfde griezelige blik van vertrouwen in zijn ogen die ik soms bij Owen zag, en ik kreeg het vermoeden dat hij me niet zomaar probeerde gerust te stellen. Het was alsof hij me iets vertelde wat hij zeker wist. Ik vroeg me opnieuw af hoe die voorspellingen precies werkten, maar dat kon ik beter bij een andere gelegenheid vragen. Ik had zoveel vragen, maar het leek wel alsof het nooit het juiste moment was om daarmee voor de draad te komen. Ik zou ook heel graag meer over Merlijn willen weten, maar we konden daar nu niet op doorgaan.

'Ik kan beter terug naar mijn kantoor,' zei ik. Ik gaf Merlijn het kompres terug. 'Bedankt dat u me weer hebt opgekalefaterd.'

'Dat was wel het minste wat ik kon doen, na de enorme dienst die je ons hebt bewezen.'

Pas op dat moment drong tot me door dat ik inderdaad de held van de dag was. Ik had niet alleen die indringer te pakken genomen, ik had ook nog iets bedacht. Niet gek voor iemand die net was begonnen.

Ik besloot om meteen maar bij Rodney langs te gaan, want ik blaakte van zelfvertrouwen, en ik wilde bovendien zo weinig mogelijk tijd doorbrengen in mijn afschuwelijke kantoor.

Toen ik binnenkwam, begroette Isabel me zeer uitbundig. 'Ach, lieve kind, gaat het wel met je?' informeerde ze, terwijl ze me zó stevig omhelsde dat ik bijna stikte.

'Ja hoor, dat komt wel weer goed. Is Rodney er ook? Ik wil hem iets vragen.'

Op dat moment stak Rodney zijn hoofd om de hoek. Zijn gezicht klaarde op toen hij me zag. 'Katie! Ik heb gehoord wat er is gebeurd! Goeie actie!'

'Dank je. Heb je even voor me?'

'Natuurlijk, kom binnen.' Hij hield de deur voor me open, deed die achter me dicht en liep met me naar de luxueus beklede stoel waar ik de vorige keer ook in had gezeten. Was dat gisteren geweest? Het leek veel langer geleden. 'Wat wilde je vragen?'

'Nou, de controleurs en de andere immunen zijn toch op dit moment zo belangrijk voor het bedrijf?'

'Natuurlijk!'

'Waarom laten jullie ze dan in zo'n afschuwelijk hok werken? En waarom hebben we een baas die groen wordt en hoorns krijgt als hij kwaad is? Welk genie heeft bedacht om uitgerekend hem tussen mensen te zetten die kunnen zien hoe hij eruitziet?'

'Bedoel je dat Gregor nog steeds dat zelfbeheersingsprobleem heeft? Hij zei dat hij daarvoor is behandeld.'

'Zelfbeheersingsprobleem? O, heet dat zo! Nou, hij heeft het in een gigantische mate. Gelukkig trekt niemand zich er iets van aan, maar het maakt de werkomgeving er natuurlijk niet prettiger op. Wat is hij trouwens? Angie heeft me bezworen dat hij een mens is, maar ik weet niet of ik dat wel geloof.'

'Toch klopt het, hij is een mens. Maar hij is betrokken geraakt bij een ernstig ongeluk in het laboratorium. Hij was hoofd van de Afdeling Theoretische Magie voor hij zichzelf in een boeman veranderde. Gelukkig was het niet helemaal onomkeerbaar; ze konden hem weer zodanig oplappen dat hij een normaal leven kon leiden. Maar blijkbaar is er dus meer van blijven hangen dan ik dacht. Owen heeft hem opgevolgd nadat hij was overgeplaatst.'

'Nou, in ieder geval is de werksfeer verschrikkelijk. Niemand, behalve Kim, schijnt z'n best te willen doen en als ik jou was, zou ik die Kim ook goed in de gaten houden. Ze is heel ambitieus, maar ik weet niet of zij het belang van het bedrijf zo hoog in het vaandel heeft. De mensen op die afdeling vervelen zich allemaal te pletter. Als je wilt dat ze hier blijven werken, of beter gaan presteren, moet je het echt anders organiseren.' Ineens kreeg ik een ingeving, gebaseerd op mijn eerdere conversatie met Merlijn. 'Hé, ik weet al wat: misschien kun je de controleurs aan de verschillende afdelingen toevoegen! Dan zijn ze ook in de buurt als er nog eens iemand onzichtbaar probeert te zijn! En ik denk dat ze zich veel minder nutteloos voelen dan wanneer ze in dat saaie hok op opdrachten zitten te wachten. Ze zouden veel meer contact hebben met het bedrijf, er echt deel van gaan uitmaken, waardoor ze vast ook beter hun best gaan doen.'

'Wat een fantastisch idee! Ik zal het met Gregor bespreken. Maar ik heb begrepen dat jij intussen zelf met een project aan de slag gaat?'

Ik had nog nooit zo'n snelle tamtam meegemaakt: zelfs in ons familiebedrijf waarvan de meeste werknemers onder hetzelfde dak woonden, werden nieuwtjes niet zo snel rondverteld als hier. 'Inderdaad. Dus ik ben een tijdje uit de controleploeg.'

'Ik geloof niet dat je dat heel erg vindt,' zei Rodney met een spottend lachje.

'Nee, helemaal niet. Die mensen zijn daar zo maf, en dat wil wat zeggen in dit bedrijf.' Ik wilde opstaan, maar toen schoot me nog een idee te binnen en ik ging weer zitten. 'Misschien kun je me nog ergens mee helpen.'

'Natuurlijk, zeg maar wat ik voor je kan doen.'

'Ik weet niet genoeg over de magische wereld om een goede marketingstrategie te bedenken. Hoe krijgen jullie bijvoorbeeld je informatie?'

'Meestal via de kabel.'

Ik schudde mijn hoofd. 'Nee, ik bedoel nieuws over magische dingen.'

'Er zijn een paar redelijk goede websites, maar de meesten halen hun informatie van het glazen netwerk.' Hij wees naar het ding op zijn bureau.

'Ja, die bollen waren me al opgevallen. Het lijkt me een combinatie van een interne telefoonlijn en een mailprogramma.'

'Ja, zoiets. Net als met e-mail kun je zowel met een bepaald individu communiceren, als een bericht aan een groep sturen. Als er iets belangrijks gebeurt in de magische wereld waar iedereen eigenlijk van op de hoogte moet worden gebracht, doen we dat met deze bollen.'

'Maar wie bepaalt die belangrijkheid?'

'De netwerkbeheerders. Als je iets wilt meedelen, stuur je het bericht eerst naar hen. Als zij het de moeite waard vinden, sturen ze het door. Je kunt dus als individu geen bericht aan de hele gemeenschap versturen.'

Ik zuchtte. 'Dat maakt het voor mij wel moeilijker. Het zou een stuk simpeler zijn als we zendtijd konden kopen, net zoals op de televisie, en dan een hartstikke goede reclamespot verzinnen.'

'Sorry, daarmee kan ik je niet helpen.'

'Dan moet ik gewoon creatiever zijn. En ik moet ook maar eens terug naar mijn kantoor.' Ik dwong mezelf op te staan omdat ik bang was dat ik anders in die comfortabele stoel in slaap zou vallen.

Misschien was de hersenschudding toch erger dan ik dacht. Rodney liep om zijn bureau heen om de deur voor me open te doen.

'Laat me maar weten als je nog vragen hebt,' zei hij.

'Dat zal ik zeker doen. Je wordt nog doodmoe van me.'

Hij begon te lachen. 'Dat zal wel meevallen. En bedankt voor de suggestie, ik zal er eens over nadenken.'

Na deze opwindende middag zag ik er huizenhoog tegenop om weer terug te gaan naar de saaie controleafdeling. Toen ik mijn collega's nog eens goed bekeek, vroeg ik me af of mijn idee om ze over te plaatsen naar de verschillende afdelingen van het bedrijf eigenlijk wel zo slim was. De groep zat zo te zien heerlijk te genieten van het nietsdoen in de baas z'n tijd. Hoe zouden ze het vinden als ze harder moesten werken? Zou dat hen echt het gevoel geven dat ze meer bij het bedrijf hoorden? Ik kreeg hoofdpijn.

Ik liep even naar het toilet om mezelf in de spiegel te inspecteren. Er zat een bult aan de zijkant van mijn voorhoofd, waar ik de muur had geraakt. De bult was nog rood, maar zou morgen waarschijnlijk bont en blauw zijn. Ik vroeg me nerveus af hoe ik die aan mijn huisgenoten moest verklaren. Ik probeerde de plek met mijn haar te bedekken, maar daardoor viel het alleen maar meer op. Ik moest een smoes verzinnen.

Gelukkig had ik geen vriendje, dus ze zouden niet denken dat ik door mijn agressieve vent werd mishandeld en dat geheim wilde houden. Mijn nieuwe baas? Nee, dat geloofden ze vast niet. Het zou wel bijzonder toevallig zijn als ik na die afgrijselijke Mimi weer een rotbaas had getroffen. Misschien moest ik maar gewoon zeggen dat ik tegen een muur was gebotst, dat was nog waar ook.

Wat was het toch oneerlijk. Marcia kwam altijd thuis met verhalen over de geweldige deals waaraan ze had meegewerkt, en Gemma raakte niet uitgepraat over de beroemde ontwerpers en modellen die ze op haar werk ontmoette. Tot nu toe had ik niets spannenders te vertellen gehad dan de laatste uitbarsting van Mimi. Ze luisterden daar altijd beleefd naar en deden alsof ze het boeiend vonden, maar wat had ik verlangd naar een baan waarin ik belangrijke of interessante dingen deed. Nu had ik eindelijk zo'n baan, en leuke dingen om over te vertellen, en nu moest ik mijn mond houden.

Toen ik terugliep naar mijn bureau, barstte de grote uittocht los, want het was tijd. Nog steeds diep in gedachten verzonken pakte ik mijn spullen en verliet het gebouw. 'Dat was een mooie vangst, schat,' zei Sam toen ik buiten kwam.

'Ja, niet gek op mijn tweede dag, hè?'

'Niet gek? Het was spectaculair! Ik zou je wel bij de bewakingsdienst willen hebben, maar dat zal toch wel niet lukken.'

'Zo'n prestatie was het nou ook weer niet. Ik heb gewoon mijn ogen gbruikt en mijn mond opengedaan. Owen deed de rest.'

'Ja, maar als jij er niet was geweest om hem te wijzen waar die man stond, had hij niets kunnen beginnen.'

Dat was waar. Owen was een machtige tovenaar, maar die indringer had die spullen zomaar uit zijn kantoor kunnen stelen als ik niet toevallig langs was gekomen. 'Het is een prettig gevoel om onmisbaar te zijn,' zei ik lachend.

'En ik hoor dat je nog veel meer hooi op je vork hebt genomen. Straks ben je hier met Kerstmis de baas.' Sam salueerde met één vleugel. 'Ga nu eerst maar eens lekker uitrusten. Je hebt morgen weer een drukke dag voor de boeg.'

Daar had hij gelijk in. Ik moest een marketingplan in elkaar flansen en een magische oorlog voeren. Dit bedrijf had me nodig. Sterker nog: ze wisten dat ze me nodig hadden en ze waren bereid om naar me te luisteren. Ik had zin om Mimi op te bellen en keihard 'Lekker puh' te roepen. Uit de weg, iedereen: de kleine Katie Chandler komt eraan en ze is bepaald geen grijze muis meer.

Toen ik thuiskwam, had ik nog steeds hoofdpijn, dus ik moest blij zijn dat ik de eerste was. Nu kon ik even rusten en bijkomen voordat ik Gemma en Marcia onder ogen moest komen. Maar ik barstte bijna van de energie. Al kon ik niet vertellen wat ik had meegemaakt: ik móést gewoon met iemand praten. Misschien kon ik wel vertellen dat ik met een interessant nieuw project was begonnen.

Gelukkig kwamen Gemma en Marcia vlak na elkaar thuis, dus ik hoefde het verhaal niet twee keer te vertellen. Zodra we ons hadden omgekleed en de afhaalmaaltijd voor ons stond, flapte ik het eruit. 'Jullie raden nooit wat er vandaag op mijn werk is gebeurd.'

10

Mijn toehoorders waren niet zo geboeid en in vervoering gebracht als ik had gehoopt. In plaats daarvan keken ze me nogal bezorgd aan. 'Heeft het misschien iets te maken met die bult op je hoofd?' vroeg Marcia.

Ik was van plan om een saaie smoes op te hangen, maar ik kon het niet over mijn hart verkrijgen niets te vertellen over de spannendste dag van mijn leven. Het kon toch geen kwaad om er een heel piepklein beetje over te vertellen? Alleen over dat avontuur, niet over magie. 'Ja, inderdaad.'

'O, Katie, je hebt toch niet wéér zo'n rotbaas?' vroeg Gemma. 'Ik weet dat Mimi erg was, maar ze heeft je nooit geslagen.'

'Nee, ik heb helemaal geen nare baas. Nou ja, hij is ook weer niet perfect, hij heeft moeite om zijn woede de baas te blijven.' En dan drukte ik me nog voorzichtig uit. 'Maar de hoogste pief is echt fantastisch, en trouwens, dat heeft er allemaal niets mee te maken. We hadden vandaag een raar voorvalletje op kantoor: er kwam een vent binnen die iets wilde stelen, en ik heb hem betrapt!'

Marcia knikte. 'Daar heb ik wel eens vaker van gehoord, dat mensen zomaar kantoorgebouwen binnenlopen alsof ze daar thuishoren en dan laptops jatten en dat soort dingen. Dus jij hebt hem te pakken genomen?'

'Nou ja, te pakken genomen, ik zag hem en toen heb ik om hulp geroepen en anderen hebben hem gepakt.'

Gemma gaf me een vriendschappelijke stomp tegen mijn schouder. 'Goed gedaan, meid! Hoe wist je trouwens dat hij daar niet hoorde? Je werkt er nog maar zo kort.'

Oeps. Misschien had ik hier toch beter over na moeten denken. 'Ja, hij zag er gewoon uit alsof hij daar niet hoorde, en hij deed ook alsof hij niet verwachtte dat iemand hem zou opmerken.' En dat kwam omdat hij onzichtbaar was, behalve voor mij, maar dat kon ik natuurlijk niet vertellen. Ik haalde mijn schouders op. 'Hij zag er verdacht uit, dat zag ik gewoon.'

'En die bult?' vroeg Marcia. Ze keek erg bezorgd. 'Heeft hij je een klap gegeven?'

'Hij probeerde weg te rennen toen ik om hulp riep, dus toen heb ik hem vastgegrepen tot de bewaking er was. Maar hij schudde me van zich af en toen kwam ik met mijn hoofd tegen de muur terecht. Maar het valt wel mee, hoor, iemand op kantoor heeft er even naar gekeken.'

Marcia fronste haar wenkbrauwen. 'Het is daar toch niet gevaarlijk?'

Die vraag kon ik niet heel eerlijk beantwoorden, omdat ik zelf ook nog steeds niet echt op de hoogte was van de omstandigheden. 'Ik geloof niet dat het daar gevaarlijker is dan ergens anders.' Althans, niet gevaarlijker dan in een ander bedrijf dat in een magische oorlog verwikkeld was tegen een boosaardige tovenaar.

'Nou, je wint zeker de prijs voor de meest interessante tweede dag in je nieuwe baan,' zei Gemma met een grijns.

'Wacht maar, het wordt nog beter.'

'De bewaker die je kwam redden was een stoere en bloedmooie jongen die je dit weekend mee uit eten heeft gevraagd?' vroeg Gemma hoopvol.

'Nee, dat niet.' De man die me kwam redden, was wel heel erg knap en toen hij me naar het kantoor van Merlijn bracht, merkte ik dat hij over behoorlijk stevige spieren beschikte. Maar de bewaker die ons te hulp was geschoten, was van steen en had vleugels. Voorzover ik wist, wilde geen van beide heren me dit weekend mee uit eten nemen. Ik wilde trouwens niet al te diep op dit onderwerp ingaan. 'Nee, het een heeft eigenlijk niets met het ander te maken. Ik mag een belangrijk nieuw project gaan opzetten.'

'Dat is nog beter dan een stoere bewaker, zeker als je daar de aandacht van het management mee trekt,' zei Marcia. 'Misschien is dit wel de eerste stap op weg naar de top.'

Gemma trok een gezicht. 'Niet neerbuigend doen over stoere bewakers, hoor. Als hij knap was, zou ik hem mee uit eten vragen om hem te bedanken voor zijn hulp.'

'We hebben het even over Katie's carrière,' zei Marcia. 'Je moet natuurlijk wel prioriteiten stellen.'

'Dat zeg je alleen maar omdat jij nog nooit een stoere beveiligingsbeambte hebt meegemaakt die zich een held voelt. Anders zou jij ook andere prioriteiten stellen.'

Ik maakte een time-outgebaar. 'Ho meiden, even geduld. Mag ik mijn verhaal even afmaken voordat jullie beslissen wat belangrijker is, mijn carrière of mijn liefdesleven?'

'Sorry,' zeiden ze in koor. Toen vroeg Marcia: 'Wat voor project is het eigenlijk?'

'Ze hebben in dat bedrijf nooit veel aan marketing gedaan, dus ze willen dat ik meedoe aan het opstellen van een marketingplan.'

'Dat is fantastisch!' zei Marcia. 'Wacht maar, binnenkort heb je daar je eigen privé-kantoor en een topfunctie.'

Het grappigste vond ik nog wel dat ze het zo boeiend vonden terwijl ik de interessantste stukken van het verhaal had weggelaten, zoals de onzichtbare man, de machtige (en knappe) jonge tovenaar, en het feit dat mijn baas Merlijn was. Het was wel frustrerend, en ik moest oppassen dat ik me in mijn enthousiasme niet versprak.

'Heb je al plannen voor vrijdagavond?' vroeg Gemma.

'Nog niet, hoezo?'

'Misschien heb ik weer iets geregeld.'

Marcia kreunde. 'Ik ben nog niet bijgekomen van de vorige keer. Weet je zeker dat die vent niet leed aan een enge Afrikaanse slaapziekte?'

'Zo erg was hij toch niet? Hij zag er goed uit en hij heeft een hoop geld. En jij, Katie?'

Ik probeerde niet te kreunen. Nu ik een plan moest bedenken om een paar machtige tovenaars meer tijd te geven om de wereld te redden van kwaadaardige magie, had ik niet veel behoefte aan weer een blind date. 'Dat kan ik nu nog niet zeggen,' zei ik. 'Voor dat nieuwe project moet ik misschien overwerken.'

'Maar toch niet op vrijdag, gekkerd. Nou ja, zeg het maar als je het weet.'

Voor het eerst in mijn leven hoopte op overwerk voor vrijdag.

De volgende ochtend kamde ik mijn haar een beetje schuin over mijn voorhoofd. Daardoor zag je de bult niet en bovendien leek ik zo een beetje op een filmster.

Owen stond weer op het perron te wachten. Ik vermoedde dat hij dat expres deed en ik vroeg me af of hij dat kon omdat ik zo voorspelbaar was of omdat hij gebruikmaakte van zijn bijzondere vermogens. Misschien kon ik de volgende dag een andere metrolijn nemen of eerder te vertrekken. Maar ach, wat was er eigenlijk op tegen om elke dag samen te kunnen reizen met een aardige, knappe man die me kon beschermen tegen criminelen of idioten? Ik zou wel gek zijn als ik een manier verzon om hem niet elke ochtend tegen te komen. Ineens zag ik weer voor me hoe hij keek toen hij die indringer tegen de muur drukte en moest ik onwillekeurig rillen. Tot nu toe was iemand die het nog steeds niet snapte als je al drie keer had verteld dat je niet met hem uit kon gaan omdat je je haar nog moest wassen, een rare, enge vent. Maar een kerel die puur door wilskracht mensen tegen de muur kon drukken, die was pas echt raar en eng.

Owen lachte toen hij me zag, maar fronste meteen zijn wenkbrauwen en keek me bezorgd aan. 'Hoe gaat het met je hoofd?' Hij zag er zo lief en leuk uit, en ik realiseerde me ineens weer dat ik niet bang voor hem hoefde te zijn omdat ik totaal ongevoelig was voor zijn magische kunsten. Hij kon me niet door de kamer laten vliegen, want ik was immuun. Behalve voor zijn charmes, want ik kreeg een warm, fladderig gevoel in mijn buik toen hij me aankeek. Hij was het toonbeeld van de leuke, aardige jongen, de heldhaftige redder en de potentieel gevaarlijke slechterik, en dat allemaal tegelijk. Ik wist zeker dat ik, als hij me zou proberen te verleiden, even hulpeloos was als de slachtoffers van Rodney. Het was maar goed dat Owen te verlegen was om de eerste stap te zetten. Voorzover hij al in mij geïnteresseerd was, natuurlijk.

'Ja, prima,' zei ik. Ik hoopte dat ik niet zo erg bloosde dat ik mijn gevoelens zou verraden. 'Gewoon een vervelende blauwe plek, vandaar de poging dat cosmetisch te maskeren.'

'Het staat heel leuk.' Zijn gezicht kreeg een interessante kleur roze. 'Het spijt me,' voegde hij eraan toe.

'Wat spijt je? Het was jouw schuld toch niet?'

'Jawel. Als ik sneller was geweest, had ik misschien kunnen ingrijpen voordat je je bezeerde.' Hij wendde zijn blik af en begon de spoorrails te bestuderen. 'Ik las nog even snel de alinea uit voordat ik je te hulp kwam.'

Ik begon te lachen, en Owen werd nog rozer. 'Dat hindert niet, echt niet. Het had bovendien niet veel uitgemaakt, want hij smeet me al heel snel tegen die muur. Ik had gewoon beter moeten weten en die indringer niet in mijn eentje te lijf moeten gaan.'

Voordat Owen iets terug kon zeggen, kwam er een trein de tunnel uit. 'Je hebt ons een enorme dienst bewezen,' zei hij, terwijl hij me voor liet gaan. 'Je was echt heel dapper.' Nu was ik degene die bloosde.

Het was te vol in de metro om te kunnen praten, zeker over het onderwerp waarover we het naar alle waarschijnlijkheid zouden willen hebben, dus we zwegen. Toen we waren uitgestapt, liepen we samen door het park, begroetten Sam bij de ingang en gingen boven aan de trap elk naar onze afdeling. Ik ging alleen even naar Controle om te zeggen dat ik bijna de hele dag weg zou zijn voor een opdracht, en liep daarna naar Verkoop.

Ik vroeg Hertwick waar ik meneer Hartwell kon vinden. Hij stuurde me naar een enorme dubbele deur aan het einde van de gang. Kennelijk was meneer Hartwell een nogal belangrijke pief.

Toen ik wilde aankloppen, zwaaiden de deuren open. Hartwell zat achter een houten bureau dat bijna even groot was als het bureau van Merlijn. 'Goedemorgen,' zei ik.

Hij keek op van zijn werk en glimlachte. 'Ah, mevrouw Chandler. Goedemorgen.'

'Ik dacht dat we maar meteen moesten beginnen.'

'Zeker, zeker. Ga zitten. Wil je koffie?'

'Ja, graag,' zei ik. Ik ging zitten in de stoel die voor zijn bureau stond en zette me schrap. Deze keer schrok ik niet en ik knoeide geen koffie. Ik zette de beker neer en pakte mijn notitieboekje.

'Allereerst wil ik graag een beter idee krijgen van de manier waarop jullie momenteel jullie producten op de markt brengen,' begon ik.

Hij keek me verbaasd aan. 'We sturen ze gewoon naar de winkels en zetten de informatie over de werking van de formules en bezweringen op de verpakking,' zei hij.

'Dat is alles?'

'Ja, meer hebben we nooit hoeven doen.'

'Dat zal dan moeten veranderen. Als we ervan uitgaan dat de concurrent nog niet klaar is voor massaproductie, hebben we een lichte voorsprong. Het lijkt me het beste dat we onze campagne zo snel mogelijk van start laten gaan, nog voor de concurrent met zijn producten op de markt komt, omdat het anders lijkt alsof we daar alleen maar op reageren. Hoe snel kunnen we iets anders op de verpakking laten zetten?'

'Ogenblikkelijk.'

Ik haalde diep adem. Jammer dat ik bij vroegere marketingcampagnes nooit gebruik had kunnen maken van toverkunst en magie. In de gewone wereld gingen er maanden overheen als je iets wilde wijzigen aan producten.

'Dat maakt het wel een stuk eenvoudiger,' zei ik. 'Ik denk dat we een paar sleutelbegrippen moeten verzinnen over het bedrijf en die moeten gebruiken bij alles wat er door het bedrijf over de producten naar buiten wordt gebracht. Misschien een regel of twee op de verpakking en in de berichten die jullie versturen als er een nieuw product wordt geïntroduceerd.'

'Dat is wel te doen.'

'Oké, verder vroeg ik me af of de aanwezigheid van Merlijn hier een groot geheim is, of kunnen we dat in de campagne gebruiken? Hij is ongetwijfeld een ster in de magische wereld, en daar kunnen we gebruik van maken.'

Meneer Hartwell fronste zijn wenkbrauwen, vouwde zijn handen en legde ze voor zich op het bureau. 'Dat kan natuurlijk twee kanten op werken. De meeste mensen weten dat hij alleen terugkomt als er grote problemen zijn, dus dan vermoeden ze meteen dat er iets aan de hand is.'

'Oké, dan schrappen we die mogelijkheid.' Ik streepte dit idee door. Tjonge, een campagne voor een gewoon bedrijf was misschien al te veel gevraagd voor me, laat staan het promoten van een product waar ik nauwelijks iets van begreep. Terwijl de belangen wel wat groter waren dan wanneer het om een frisdrank zou gaan. 'We kunnen dus wel de verpakking veranderen, extra informatie opnemen in de gebruiksaanwijzingen, en informatie op de magie-specifieke websites laten zetten?'

Meneer Hartwell knikte enthousiast. Ik kreeg het ontmoedigende gevoel dat hij ongeveer evenveel begreep van wat ik zei als ik van magie. We tastten allebei in het duister, elk op een ander gebied. 'Dat lijkt me een geweldig plan! Je moet maar even met de grafisch ontwerpers gaan overleggen.'

'Hebben jullie een grafische afdeling?'

'Natuurlijk, iemand moet de verpakking toch ontwerpen.'

Grafisch ontwerpen was iets waarbij ik me zeer thuisvoelde. Niet dat ik het kon, maar ik snapte wel hoe het proces in elkaar zat. Die afdeling was vaak mijn toevluchtsoord geweest als Mimi weer eens op oorlogspad ging. De ontwerpers hadden net zo de pest aan haar als ik, dus als ik daarheen werd gestuurd met een boodschap, bleef ik er zo lang mogelijk treuzelen.

Meneer Hartwell bedankte me opnieuw en vertelde waar ik de ontwerpafdeling kon vinden. Die afdeling zat verstopt in een kelder, en de benaming *afdeling* was lichtelijk overdreven: er zat maar één ontwerper. Hij was vrij jong, jong genoeg om mij oud te doen voelen, en zo lang en dun dat ik eerst dacht dat hij een elf was. Hij zat onderuitgezakt op een versleten bank in de hoek van het kantoor en zijn lange benen kwamen tot halverwege de kamer. Hij speelde met een soort Gameboy, maar dit was ongetwijfeld een magisch apparaat. Ik zag nergens de gebruikelijke ontwerpattributen, zoals een tekentafel of een supermoderne Macintosh. Maar misschien was dit alleen maar de koffiekamer.

Ik wachtte tot hij zacht vloekend en met een gefrustreerde zucht zijn speeltje liet zakken, schraapte mijn keel en vroeg: 'Ben jij de grafisch ontwerper?'

Hij keek me aan alsof ik plotseling uit het niets was opgedoken. 'O ja, jij bent zeker Katie.' Het bericht over mijn komst was me alweer vooruitgesneld. 'Ik ben Ralph.'

'Hallo, Ralph. Ik kom het ontwerp van de verpakkingen met je bespreken.'

'Cool. Ik probeer het al tijden een beetje op te leuken.' Hij leek niet van plan op te staan en naar zijn kantoor te gaan, dus ik nam aan dat ons overleg hier zou plaatsvinden.

'Dat opleuken laat ik aan jou over, maar er moet meer informatie over het bedrijf op komen te staan.'

'Ah, shit, dan kunnen we toch net zo goed een vette make-over verzinnen, als we toch bezig zijn?' Hij legde zijn Gameboy – want dat was het – neer en zwaaide met zijn hand. Er lag ineens een verpakte toverformule in mijn hand. Ik schrok daar zo van, dat ik er nerveus mee begon te goochelen om te voorkomen dat het ding op de grond zou vallen. 'Wat vind je hiervan?'

Toen ik het pakje eenmaal vast had, kreeg ik de neiging om een zonnebril op te zetten. De verpakkingen die ik had gezien tijdens ons bezoekje aan die winkel de vorige dag, waren heel eenvoudig en duidelijk; er stond op om welke toverformule het ging en wat je ermee kon doen, in een fraaie, rustige lay-out. Op dit doosje stonden woeste letters en felle kleuren. 'Het trekt wel aandacht,' zei ik, terwijl ik een diplomatieke manier probeerde te bedenken om te zeggen: Alsjeblieft niet!

'Zie je die *scrollende* tekst?' Hij wees naar een soort beeldscherm op het pakje waarop tekst voorbijschoof, zoals op het nieuwsbord op Times Square.

'Ja. Heel... interessant.'

Hij straalde. 'Ik heb het een tijd geleden al bedacht. We kunnen erop zetten wat we maar willen, een berichtje over een speciale aanbieding, bijvoorbeeld. Twee halen, één betalen! Zoiets.'

Ik bewonderde zijn vindingrijkheid, maar van het ontwerp kreeg ik nu al hoofdpijn. 'Een geweldig idee,' begon ik, 'maar ik ben een beetje bang dat de klanten het wat lastig zullen vinden. Als ze moeten wachten tot de tekst voorbijkomt op dat schermpje, missen ze misschien iets.' Dat overkwam mij altijd als ik het nieuws probeerde te volgen op zo'n balk. Meestal kreeg ik nog net het staartje mee van een bericht, had ik geen idee waar het precies over ging, maar ook geen tijd om te wachten tot het weer voorbijkwam.

'Maar het is toch vet cool!' hield hij vol. 'Ik weet zeker dat de concurrent zoiets niet heeft!'

Ik onderdrukte de neiging om te zeggen dat we het idee misschien bij wijze van sabotage aan de concurrent konden doorspelen. Zou je een toverformule kunnen uitspreken als je barstende koppijn had? Als we iedereen die de verkeerde formules en bezweringen kocht ernstige hoofdpijn konden bezorgen, was het probleem opgelost. 'Misschien is dat in dit stadium een beetje te veel van het goede, maar blijf er vooral aan werken.'

Hij deed weer iets met zijn hand en het nieuwsbalkje verdween. Ik voelde mijn oogspieren ontspannen. 'En nu?' vroeg hij.

'Het is heel kleurrijk en vrolijk, maar ik denk niet dat het de juiste boodschap overbrengt.'

Hij wierp me een boze blik toe door de pony die tot ver over zijn ogen viel. 'Wat wil je dan?'

'Ik neem aan dat je op de hoogte bent van de moeilijkheden waarin het bedrijf zich bevindt. We moeten ervoor zorgen dat de mensen weten dat wij al meer dan duizend jaar de enige betrouwbare, beproefde, veilige bezweringen en toverformules brengen. Dat je van niets anders zulke goede resultaten kunt verwachten.'

'Oké, het moet dus saaier, ik snap het al.' Hij wuifde en het doosje in mijn hand veranderde op slag. Het zag er nu veel zakelijker uit en de informatie die ik hem net had gegeven, stond als een onderkop onder het logo. En ik kon ernaar kon kijken zonder hoofdpijn te krijgen.

'Perfect! Ik zal even vragen wat meneer Mervyn ervan vindt, en dan kunnen we aan de slag. Hoe lang duurt het voordat dit op de markt kan worden gebracht?'

'Je hoeft het maar te zeggen en ik regel het meteen. Het is in een oogwenk gebeurd.'

Ik keek hem verbaasd aan. 'Bedoel je dat je ook kunt veranderen wat er al in de winkels ligt?'

Hij haalde zijn schouders op. 'Tuurlijk, waarom niet? Wil je trouwens ook posters?'

'Ja, natuurlijk! Geweldig, bedankt!' Ik had in het verleden vaak gewenst dat het allemaal zo gemakkelijk kon, nu zou ik nooit meer kunnen werken voor een bedrijf dat geen ontwerper had die iets kon veranderen wat al was geproduceerd. Het was maar goed dat Mimi niet over die mogelijkheid beschikte, want zij zou natuurlijk voortdurend van mening blijven veranderen.

De secretaresse van Merlijn keek op toen ik boven aan de trap kwam. 'Loop maar door, hij verwacht je al,' zei ze. Ik vroeg me af hoeveel hij eigenlijk wist, en hoe hij dat te weten kwam. Misschien had Ralph hem gebeld, maar ik had het donkerbruine vermoeden dat Merlijn zo'n telefoontje niet nodig had.

Merlijn begroette me hartelijk. 'Katie! Hoe gaat het met je?' Hij streek het haar van mijn voorhoofd en bekeek de blauwe plek. 'Dat ziet er niet fraai uit, maar het is al aan het herstellen. Ga zitten. Ik wilde net thee zetten, wil jij ook een kopje?'

'Ja, graag,' antwoordde ik. Ik ging op de bank zitten wachten tot het kopje in mijn handen zou verschijnen. Toen zag ik dat Merlijn bij een klein aanrechtje in de hoek van zijn kantoor met een elektrische waterkoker in de weer was. Hij was echt thee aan het zetten.

Terwijl hij daarmee bezig was, zei hij: 'Thee is toch zo'n bijzondere drank. In mijn tijd hadden we die nog niet, want de Britten reisden toen nog nauwelijks buiten de grenzen van het koninkrijk. Wij hadden alleen kruidenaftreksels. Het is toch zo interessant hier, ik leer elke dag weer iets nieuws...'

'Ja, dat kan ik me voorstellen.' Het duizelde me als ik eraan dacht wat hij allemaal over zich heen kreeg. Zijn nieuwsgierigheid hield hem waarschijnlijk op de been.

'Melk of citroen?'

'Melk, alstublieft.'

Hij kwam aanzetten met een blad waarop twee kopjes en een suikerpotje stonden. 'Zo, nu kunnen we rustig praten.'

Ik gaf hem het nieuwe ontwerp van de verpakking. 'Wat vindt u hiervan?'

Hij bestudeerde het zorgvuldig en gaf het toen met een treurige glimlach terug. 'Ik weet niet of dit wel de juiste boodschap overbrengt, maar ik weet er niet genoeg vanaf om te beoordelen of het goed is of niet.'

'Het is echt goed.'

'Dan moet je je plan uitvoeren. Mijn zegen heb je.'

'Ik zal het Ralph laten weten. Ik heb begrepen dat alles in een oogwenk automatisch kan worden aangepast. De verkoopafdeling is zich ook al aan het voorbereiden om een grote klapper te maken met de lancering van hun volgende product. Dat staat voor deze week gepland.'

'Mooi, heel mooi.' Hij keek me ernstig aan. 'Denk je dat dit ons zal kunnen redden?'

Ik keek naar het doosje in mijn handen. 'Ik weet het niet. Het kan in ieder geval geen kwaad, lijkt me. Het is toch ook alleen maar de bedoeling om de invloed van de concurrent zo klein mogelijk te houden, zodat jullie voldoende tijd krijgen om definitief met hem af te rekenen? Ik denk dat dat wel zal lukken.'

'Daar ben ik je heel dankbaar voor.' Hij grinnikte. 'Hebben ze een oude tovenaar uit z'n winterslaap gehaald en dan wordt het probleem opgelost door een slimme meid die over geen greintje toverkunst beschikt!'

'Maar ik zeg niet dat ik het probleem kan oplossen, dat laat ik graag aan jullie over!' Ik nam een slokje thee, dacht even na, maar besloot om de vraag toch maar te stellen die me al zo lang op de lippen lag. 'Hoe slecht is die Idris eigenlijk?'

'Phelan Idris is heel gevaarlijk. Hij vindt dat hij zijn macht volledig moet gebruiken, zonder acht te slaan op de gevolgen en zonder zich ook maar iets aan te trekken van de mensen die hem in de weg kunnen staan. Hij was uiteindelijk toch wel bij ons weggegaan, want hij kon niet tegen onze regels, maar dat wij hem hebben ontslagen heeft hem razend gemaakt.'

'En is iedereen in gevaar? Of moeten alleen de magische mensen zich zorgen maken?'

'Ik denk dat de niet-magische mensen in groter gevaar verkeren: Idris koestert een bijzondere vijandschap jegens hen en zij beschikken niet over de mogelijkheden zich tegen hem te verweren.'

'En is hij zo machtig?'

'Ik geloof niet dat hij op kan tegen de gecombineerde macht van onze mensen. Maar als je iets tegen een bezwering wilt beginnen, moet je die eerst begrijpen en doorgronden. En dat is natuurlijk niet geheel risicoloos, evenmin als het ontwerpen en testen van tegenmaatregelen.'

'Omdat je dan zelf het risico loopt slachtoffer te worden?' vroeg ik.

'Ja, bijvoorbeeld.'

Daar wilde ik liever niet aan denken. Het zou betekenen dat Owen door een van die bezweringen getroffen kon worden, en ook al wist ik dat hij heel machtig was, ik beschouwde hem toch nog steeds als die lieve, verlegen, ongevaarlijke jongen.

Ik hield het doosje omhoog. 'Het zou kunnen dat Idris hierdoor alleen nog maar meer op stang wordt gejaagd.'

'Misschien een gunstig bijeffect,' antwoordde Merlijn. Hij

stond op. 'Hoe zit het trouwens met jouw aanbod om een keer met me te lunchen en me de buurt te laten zien?'

'Dat staat nog steeds. Ik moet alleen Ralph inlichten dat de nieuwe verpakking doorgaat.'

'We kunnen samen bij hem langsgaan. Moet ik trouwens iets meenemen?'

'Het is een beetje fris, dus misschien een jasje. En eh, wat geld misschien?' Ik kon het me nog niet veroorloven hem te trakteren op een lunch, zeker niet in deze buurt.

Hij pakte zijn jasje van de kapstok, liep naar zijn secretaresse en vroeg wat lokale valuta. Daarna liepen we samen naar de controleafdeling, waar hij op de gang bleef staan wachten terwijl ik mijn jas en mijn tasje haalde. Daarna vervolgden we onze dwaaltocht door het gebouw naar de ontwerpafdeling in de kelder. Ralph sprong bijna in de houding toen hij zijn baas zag.

'Heel goed werk, jongen, je kunt het meteen gaan doorvoeren.'

'Ja, meneer. Zal ik meteen doen, meneer.'

Toen we even later het gebouw uit liepen, zei ik: 'Ik ken dit gedeelte van de stad zelf eigenlijk ook niet zo goed, dus misschien kunnen we een restaurant op Broadway nemen.'

'Zeg dan maar hoe we moeten lopen.' Hij gaf me een arm en samen wandelden we naar Park Row. De mensen die ons zagen, dachten waarschijnlijk dat ik een wandelingetje maakte met mijn grootvader.

In zekere zin deed Merlijn me inderdaad denken aan mijn overleden grootvader. Hij was een Texaanse boer en leek absoluut niet op een tovenaar uit de Middeleeuwen, maar ze waren wel allebei erg nieuwsgierig en ze hadden hetzelfde gevoel voor humor. Als ze elkaar hadden ontmoet, hadden ze het vast goed met elkaar kunnen vinden.

Aan Park Row zaten allerlei computer- en cd-winkels. Merlijn vertraagde zijn pas om in de etalages te kunnen kijken. Het was voor hem vast heel fascinerend. 'Vind je het erg als we even naar binnen gaan?' vroeg hij.

'Nee, helemaal niet.'

Het was druk in de zaak. Allerlei mensen kwamen hier in hun lunchpauze even neuzen. Merlijn liep rechtstreeks naar de dvd-afdeling, waar ik me nogal over verbaasde. Ik had niet gedacht dat hij in zo'n winkel überhaupt iets te zoeken had. 'Hebt u een dvd-speler?' vroeg ik hem.

Hij keek me met opgetrokken wenkbrauwen aan. 'Natuurlijk, anders zouden mijn avonden wel erg eenzaam zijn. Ik vind het een fascinerende manier om meer te weten te komen over deze wereld. Owen heeft me geleerd hoe ik dat ding moet bedienen en hij heeft me een paar films over New York geleend.'

Ik ging wat dichter bij hem staan en dempte mijn stem. 'U weet toch wel dat het niet echt is, hè, die films? Behalve documentaires natuurlijk. Maar de rest is allemaal nep, met acteurs en verzonnen tekst.'

'Tot die conclusie ben ik inderdaad gekomen toen ik die film over zo'n reuzengorilla zag,' merkte hij droog op.

'Ja, daarin wordt het inderdaad wel duidelijk.'

Hij had kennelijk gevonden waarnaar hij had gezocht. 'Aha, kijk, deze.'

Ik keek naar de dvd die hij in zijn handen had. '*Camelot?*'

'Ja, ik ben benieuwd wat ze ervan hebben gemaakt.'

'Het is een musical. De spelers zingen af en toe een lied.'

'O, dat lijkt alvast helemaal niet op de werkelijkheid.' Hij glimlachte. 'Wat voor liedjes zingt een zekere tovenaar dan?'

Ik had *Camelot* al niet meer gezien sinds de toneelclub op de middelbare school het stuk op de planken had gebracht. 'Ik geloof niet dat jij... ik bedoel, dat Merlijn een liedje zingt, het gaat vooral over Arthur nadat Merlijn is vertrokken.'

'Ja, ik heb de historische verslagen daarover gelezen. Heel treurig.'

We liepen net naar de kassa toen er een puber kwam aangerend met een jas aan die veel te dik was voor het warme weer. Hij haalde ineens een pistool te voorschijn en riep: 'Haal het geld uit de kassa!'

De caissière gilde en deed een stap naar achteren met haar handen omhoog. Ik sloeg mijn hand voor mijn mond en onderdrukte een gil. Ik had maar iets van tien dollar, mijn metrokaart en een creditcard met een belachelijk lage limiet in mijn tasje, maar ik kon het me niet veroorloven om dat kwijt te raken. Bovendien wilde ik het bloed dat nu als een razende door mijn lijf gepompt werd graag in mijn lijf houden. Stel dat die jongen geen getuigen wilde? Zo ging het in films ook altijd: de berover raakte over zijn toeren en maaide iedereen in de buurt neer, zodat niemand later tegen hem kon getuigen. Of stel dat hij ons zou gijzelen?

Het ergste was nog wel dat mijn moeder dan gelijk zou krijgen. Ze had me er al voor gewaarschuwd dat ik in de grote stad vast een keer zou worden beroofd. Nou ja, ik was dan wel niet degene die werd beroofd, maar er stond daar toch wel een vent met een pistool te zwaaien. Vergeet de vecht- of vluchtreactie maar. Ik stond als aan de grond genageld en het enige dat door mijn hoofd schoot was dat ik niet dood wilde. Ik wilde lang genoeg blijven leven om in ieder geval een interessantere film aan me voorbij te zien trekken vlak voordat ik stierf.

Ineens realiseerde ik me dat ik niet alleen was. Ik was hier met de machtigste tovenaar uit de geschiedenis. Iemand waar zo'n puber niet tegenop kon, al was hij gewapend. Ik voelde me al een klein beetje geruster. Ik keek naar Merlijn om te zien wat die ging doen, maar hij keek absoluut niet geschrokken, waar ik juist weer heel nerveus van werd. Uit die films die hij had bekeken wist hij toch hopelijk wel dat een pistool een gevaarlijk wapen was? Bestond er trouwens een Amerikaanse film waarin géén wapen voorkwam?

Plotseling viel het me op dat niemand bewoog: de caissière niet, de berover niet, en de andere klanten ook niet. Het was alsof de tijd stilstond. Merlijn en ik waren de enigen die ons wel konden bewegen.

'Goeie truc, zeg,' zei ik, terwijl ik opgelucht uitademde. 'Wat nu?'

'Misschien kun je de politie bellen, dan zorg ik dat er niets gebeurt.'

Ik liep naar de telefoon naast de kassa en belde het alarmnummer. Vanuit mijn ooghoeken zag ik dat Merlijn het pistool van de berover afpakte, de kogels eruit haalde en het ding weer in de hand van de jongen legde. Intussen hoorde ik een stem op een bandje zeggen dat ik aan de lijn moest blijven als het om een noodgeval ging. 'Stop die telefoon in de hand van de caissière,' droeg Merlijn me op. Ik deed wat hij zei. 'Nu moeten we gaan. Ik heb wel een identiteitsbewijs, maar het is toch beter dat ik niet door de politie wordt ondervraagd.'

Het leek mij ook een goed idee om te vertrekken. Als de politie hem zou verhoren, zou hij vast binnen de kortste keren iets verkeerds zeggen en dan werd hij misschien wel voor nader onderzoek naar een psychiater gestuurd. We liepen naar de deur, maar op het laatste moment pakte ik de dvd van *Camelot* uit zijn hand. 'Deze kun je beter niet zomaar meenemen.'

'O nee, goed dat je het zegt. Ik kom er wel een keer voor terug.'

Ik legde de dvd op de toonbank en liep haastig achter Merlijn aan. Terwijl de deur achter ons dichtviel, hoorde ik de caissière nog zeggen: 'Er is een overval!'

'We zijn vlakbij City Hall, dus de politie is er zo,' zei ik, vooral ter geruststelling van mezelf. Ineens kwam er een vreselijke gedachte in me op. 'Stel dat ze daar bewakingscamera's hebben? Dan kun je alles op de band terugzien!'

'Maak je geen zorgen, dat heb ik allemaal geregeld, die stonden ook stil.'

'Je weet dus ook al wat beveiligingscamera's zijn?'

'Ik weet meer dan jij denkt. In de eerste maanden na mijn terugkeer heb ik een intensieve studie van de wereld gemaakt. Nou, zullen we dan nu maar gaan lunchen?'

Merlijn zag een pizzakraampje op de stoep en zei: 'Ik wil dat eten wel eens proberen. Ik heb het in films gezien en ik vind dat het er interessant uitziet.' We kochten dus een paar pizzapunten en aten die in een parkje in de buurt op. Merlijn worstelde met de slierten mozzarella en toen ik zo naar hem keek, leek hij meer op een vriendelijke, onhandige oude man dan op iemand die de wereld om zich heen kon laten stilstaan.

We waren net klaar met eten toen Sam op de rand van het bankje naast ons ging zitten. 'Goed dat ik jullie heb gevonden,' zei hij buiten adem, voorzover een stenen beeld dat kan zijn.

'Wat is er, Sam?' vroeg Merlijn.

'U moet direct terug naar kantoor, baas.'

11

Ik keek om me heen om te zien of de andere mensen in het park op ons letten. Ik wist wel dat een magische formule ervoor zorgde dat andere mensen Sam niet konden zien en ons ook niet met hem konden zien praten, maar het bleef raar om in het openbaar met een waterspuwer te zitten kletsen.

Iedereen ging rustig door met eten en praten, niemand scheen iets bijzonders aan ons op te merken. We stonden op en liepen weg. Sam vloog voor ons uit.

'Wat is er aan de hand, Sam?' vroeg ik. Ik begon me zorgen te maken. Misschien had ik Merlijn wel helemaal niet mee naar buiten mogen nemen.

'Ze hebben een van de formules van die vent te pakken gekregen. Palmer is die nu aan het onderzoeken. Hij dacht dat jij er wel bij wilde zijn, baas. En jij ook, Katielief.' Hij keek met een grijns over zijn schouder. 'Kennelijk hebben we een professionele uitspraak nodig over marketing en verpakking. En we moeten er ook zeker van zijn dat er niets in verborgen zit.' Het was prettig dat ik geen excuus hoefde te verzinnen om mee te mogen gaan.

Merlijn liep behoorlijk snel voor iemand van meer dan duizend jaar oud. Ik kon hem en Sam niet eens goed bijhouden, maar Sam was met zijn vleugels natuurlijk wel in het voordeel. Bij het gebouw nam Sam zijn gebruikelijke plek boven de voordeur in. Merlijn en ik liepen meteen naar Afdeling R&D.

Owen en Jake, die deze keer geen gescheurde broek droeg, stonden in Owens laboratorium over een tafel gebogen. Ze keken op toen we binnenkwamen. 'Meneer Mervyn, Katie,' begroette Owen ons.

'Dit is het dus,' zei Merlijn, wijzend op het boekje dat op de tafel lag.

'Ja. Ik heb het gevonden in dat achenebbisje, obscure platenzaakje in East Village waar ze niet alleen platen maar ook formules verkopen,' zei Jake.

'Ik durf bijna niet te vragen wat jij daar tijdens kantooruren deed,' zei Owen droog. Ik vond het feit dat Jake een T-shirt van de New York Dolls droeg vrij veelzeggend, maar Owen leek me geen punkfan. Ik kende die band alleen maar omdat mijn kamergenote op de campus een fan was; indirect was die band er de oorzaak van dat ik samen met Marcia, Gemma en Connie buiten de campus was gaan wonen en ook dat ik later was verhuisd naar New York. Ik had dus veel te danken aan de punkbeweging.

Merlijn zei een paar keer 'Hm' terwijl hij door het boekje bladerde. 'Tja,' zei hij ten slotte, en hij gaf het aan mij. 'Wat vind jij ervan, Katie?'

Ik bekeek het boekje eens goed. 'Om te beginnen denk ik niet dat die Idris een reclameafdeling heeft. Hij heeft dit in elkaar geflanst met zijn computer en een inkjetprinter.' Het leek er niet op dat hij zijn best deed om zijn product aan de man te brengen. Het boekje verkocht zichzelf wel door de inhoud, tenminste aan mensen die daarin geïnteresseerd waren.

LAAT ANDEREN HET VUILE WERK OPKNAPPEN, stond er met grote letters voorop. En daaronder in kleinere letters van een ander lettertype: GEBRUIK NIETSVERMOEDENDE NORMALEN ALS PERSOONLIJKE SLAAF. ZE ZULLEN ZICH NIET EENS HERINNEREN WAT ZE VOOR U HEBBEN GEDAAN. U HEBT ALTIJD EEN ALIBI, WANT U WAS NIET EENS IN DE BUURT.

Ik keek naar de anderen en glimlachte. 'Ik moet wel toegeven dat de boodschap aantrekkelijk klinkt. Ik zou ook wel iemand willen die de was voor me deed, en de afwas.'

'Of die een bank berooft terwijl je zelf ergens anders bent met allerlei getuigen die je een alibi kunnen verschaffen,' zei Owen.

Ik dacht aan de overval die Merlijn en ik zojuist hadden verijdeld en ik vroeg me af of die knaap uit eigen vrije wil had gehandeld of in opdracht van iemand anders. 'Ja, dat kan natuurlijk ook.' Als je erover nadacht, waren de mogelijkheden gigantisch. 'Ik weet niet of onze reclamecampagne hier wel tegenop kan,' zei ik. 'Mensen die in zulke dingen geïnteresseerd zijn, trekken zich natuurlijk niets aan van ons verhaal over degelijke producten en veiligheidstesten.'

'Maar jullie campagne kan misschien wel voorkomen dat veel bedrijven deze formules in de schappen leggen,' zei Owen, zonder me rechtstreeks aan te kijken. Waarom was ik zelf niet op dat idee gekomen? Ik werd hier als de marketingdeskundige beschouwd, al was Owen natuurlijk zo'n genie dat niemand daartegenop kon.

'Dat is waar,' zei Jake. 'Dit was de eerste die ik heb gevonden en die winkel is niet zo kieskeurig.'

'We moeten de plekken waar de meeste klanten komen maar goed in de gaten houden. Misschien kunnen we een folder maken en de winkels goed bestoken met ons nieuwe product,' zei ik.

'Goed idee,' zei Merlijn. Nog zo'n genie. Het stikte ervan.

'We gaan ervoor zorgen dat die dingen van Idris heel moeilijk te vinden zijn,' voegde ik er nog aan toe. Het klonk overtuigder dan ik me voelde.

'Wat vind je eigenlijk van de formule zelf?' vroeg Merlijn aan Owen.

'Die ligt een beetje in de lijn van waar hij hier al aan werkte. Hij is begonnen met een vrij simpele invloedsbezwering, zo eentje waardoor iemand aardiger gevonden wordt. Daar was ik niet zo blij mee, maar Gregor dacht dat er wel een markt voor was en hij wilde bovendien een paar veiligheidsremmen inbouwen. Phelan heeft het steeds verder uitgebouwd en toen hebben we het stopgezet. Ik weet niet of hij het ooit af heeft gekregen. We zullen moeten proberen of het werkt.'

Jake kreunde. 'Als je me maar niks stoms of raars laat doen, oké?'

'Nee, jij laat míj niks stoms of raars doen.' Jake keek Owen geschrokken aan en Owen legde uit wat hij bedoelde. 'Ik moet het effect van die bezwering zelf kunnen voelen, dan kan ik beter bedenken wat ik ertegen kan verzinnen.'

Jake grinnikte. Hij leek een beetje op Jimmy Olsen in een witte laboratoriumjas en een punk-shirt. 'Tuurlijk, baas.'

'En hou je een beetje in,' zei Owen. 'Waarschijnlijk kan ik me straks niet herinneren wat je mij hebt laten doen, maar ik heb wel twee getuigen.'

'Nou verpest je het, ik wilde je alleen maar een kip laten nadoen.'

Owen keek geschrokken. 'Nee, geen kip!' Ik kon me best voorstellen dat het moeilijk was voor iemand zoals hij om zo hulpeloos te moeten zijn. 'Maar allereerst moeten we zeker weten dat er niets anders in verborgen zit. Katie?'

Ik deed het boekje open. 'Zeg maar wat ik moet doen.'

'Als je het niet erg vindt, lees ik over je schouder mee terwijl jij hardop leest, een beetje langzaam graag.'

'Is dat niet gevaarlijk?'

'Jij bent immuun, dus je kunt geen magie bedrijven, al zou je het willen. Jij kunt het als enige veilig hardop voorlezen. Trouwens, er komt nog wel iets meer kijken bij magie dan alleen maar een toverspreuk uitspreken.'

'Oké, daar gaan we.' Ik was erg nieuwsgierig hoe een echte toverformule eruit zou zien, maar het was een beetje alsof ik een recept uit een kookboek voorlas, met een lijst ingrediënten, een paar aanwijzingen, en daarna de spreuk zelf. De meeste woorden zeiden me helemaal niets. Het was bovendien erg moeilijk om me te concentreren terwijl Owen over mijn schouder keek. Ik voelde zijn adem in mijn hals, vlak onder mijn oor. Ik bedacht me dat hij een machtig man was, potentieel gevaarlijk, en waarschijnlijk helemaal niet in mij geïnteresseerd. Toen ik klaar was, draaide ik me naar hem om. 'Klopt het met wat jij las?'

'Ja, het is schoon. Die spreuk is weliswaar niet prijzenswaardig, maar Idris heeft er in elk geval niet iets stiekems in gestopt.'

'Zoals wat?'

'Dat kan van alles zijn. Bijvoorbeeld een stilzwijgend contract, waardoor je, als je zijn spreuk gebruikt, hem iets verschuldigd bent. Zoiets.'

'Zou hij zoiets echt doen?'

'Ik zie hem er zeker voor aan.' Owen pakte het boek van me over en gaf het aan Jake. 'En denk eraan, geen kippen, geen vleermuizen, geen getok, geen uitgetrokken kleren.'

'Jij bent ook niet in voor een geintje.'

'Nee, maar ik ben wel je baas.'

'Goed, iedereen uit de weg,' zei Jake. Hij deed het boekje open. Merlijn en ik gingen tegen de zijmuur van het laboratorium staan. Ik vroeg me af of ik een veiligheidsbril op moest.

Owen liep naar de andere kant van de ruimte en haalde een paar keer diep adem, alsof hij probeerde rustig te worden. In plaats van rood, werd hij nu heel bleek, zelfs zijn lippen waren bloedeloos. Jake zag er niet veel beter uit. Ondanks zijn rode sproeten, leek zijn gezicht grijzig. Ik had al er al vaak over gefantaseerd dat ik mijn baas kon betoveren, maar het was vast doodeng om dat ook echt te moeten doen, zeker als je geen idee had wat er precies ging gebeuren.

'Schiet eens op, zeg!' zei Owen met op elkaar geklemde kaken. 'Je weet toch al wat er staat, Katie heeft het net hardop voorgelezen.'

'Ik kijk voor de zekerheid nog even,' antwoordde Jake. Zijn stem trilde een beetje. Ik zag dat Merlijn nerveus zijn kaakspieren aanspande.

'Oké,' zei Jake ten slotte. 'Ik heb iets van je nodig. Maakt niet uit wat, het mag iets kleins zijn.' Owen haalde een pen uit de zak van zijn laboratoriumjas en gooide die naar Jake, die hem heel handig met één hand opving. 'Prima. Nou, daar gaan we.' Hij haalde diep adem, legde de pen voor zich in de palm van zijn linkerhand en begon de onzinwoorden uit te spreken die ik net hardop had voorgelezen.

Ik was dan wel immuun voor magie en tovenarij, maar ik voelde een spanning, zoals 's winters, als er zoveel statische elektriciteit in de lucht hangt dat je schokjes krijgt als je metaal aanraakt.

De lucht voelde drukkend, alsof het zou gaan onweren. Als het in Texas zulk weer was, zetten mijn ouders altijd de radio aan om te horen of er een tornado op komst was.

Jake stak zijn rechterhand uit, in de richting van Owen, en sprak nog een paar onbegrijpelijke woorden. De spanning leek te worden weggezogen en verdween in het niets. Ik keek naar Owen. Het leek me niet gezond om door zo'n kracht te worden geraakt. Hij scheen er geen last van te hebben, al was hij nog steeds lijkbleek. Hij had een vreemde, wezenloze blik in zijn ogen.

Jake beet op zijn onderlip en keek peinzend in het boekje. Toen maakte hij een subtiel gebaar met zijn rechterhand. Owen liep naar het schrijfbord en pakte een stift. Hij bewoog heel gewoon, niet wat je zou verwachten van een op afstand bestuurde zombie. Als je Owen niet kende, kreeg je niet het idee dat er iets mis was. Zelfs als je hem wel kende, was dat al moeilijk te zien, behalve als je hem in de ogen keek. JAKE KRIJGT OPSLAG schreef hij met grote hoofdletters op het bord. Ik kende zijn handschrift niet goed genoeg om het te kunnen herkennen, maar ik zag wel dat dit er heel anders uitzag dan de andere letters op het bord. Toen deed hij de dop op de stift en liep een paar passen achteruit.

Jake pakte Owens pen nu vast met zijn rechterhand en er trok nog even een kleine dosis geknetter door de lucht. Owen wankelde, en omdat ik het dichtst bij hem stond, rende ik naar hem toe en pakte hem vast. Hij was er niet best aan toe, want hij nam niet eens de moeite om te doen alsof hij geen hulp nodig had. 'Owen?' vroeg ik.

'Ik moet even zitten,' fluisterde hij. Nu kon ik iets voor hem terugdoen. Ik legde zijn linkerarm over mijn schouder, sloeg mijn rechterarm om zijn middel en liep met hem naar de stoel die vlak bij hem stond. Toen hij eenmaal zat, boog hij zich voorover, steunde met zijn ellebogen op zijn knieën en hield zijn hoofd tussen zijn benen, alsof hij bijna flauwviel.

Merlijn en Jake kwamen bezorgd bij hem staan. 'Gaat het?'

vroeg Jake. Zijn stem trilde nog meer dan tijdens het uitspreken van de toverformule. 'Wat voel je?'

'Even bijkomen.' Owens stem klonk gedempt tussen zijn benen. Jake keek bezorgd naar Merlijn, die Owens pols pakte en diens hartslag controleerde.

'Zal ik thee zetten? Een kop sterke, zoete thee is precies wat je nodig hebt in dit geval.' Maar voordat ik op weg kon gaan naar de dichtstbijzijnde koffiekamer, had Jake al een dampende beker thee in zijn handen. Ik kon daar maar niet aan wennen.

Merlijn wreef over Owens rug. 'Diep ademhalen, jongen, rustig en diep ademhalen.' Hij keek zo bezorgd dat ik bijna in paniek raakte. Was dit nu een typische reactie op een bezwering, of iets bijzonders? In elk geval was ik blij dat ik immuun was. Het laatste spoortje van teleurstelling over het feit dat ik absoluut ongevoelig was voor magie, verdween als sneeuw voor de zon.

Na een paar minuten kwam Owen met veel moeite overeind. Hoewel hij een hele poos met zijn hoofd naar beneden had gezeten, was zijn gezicht nog steeds asgrauw. 'Pf, wat was dat akelig,' zei hij. 'Ik denk niet dat hij deze heeft getest.' Hij probeerde luchtig te klinken, maar zijn stem klonk onvast.

'Het zal hem wel niks kunnen schelen hoe het voelt,' zei ik.

Jake gaf de thee aan Owen, maar Owen trilde nog zo hevig dat hij de beker niet naar zijn mond kon brengen. Ik hielp hem door zijn hand vast te houden. Hij nam een paar slokjes en haalde toen nog een paar keer diep adem. Langzaam kwam hij weer tot zichzelf. 'Wat heb je me laten doen? Ik heb het gevoel dat ik een marathon heb gelopen.'

'Weet je het echt niet meer?' vroeg Jake.

Owen schudde zijn hoofd. 'Ik herinner me alleen dat jij naar die spreuk keek en daarna had ik het gevoel dat ik flauwviel.'

Jake wees naar het bord.

Owen keek en een van zijn mondhoeken krulde omhoog. 'Heb ik dat geschreven? Dat kan ik inderdaad nooit uit mezelf hebben gedaan.' Hij fronste zijn wenkbrauwen. 'Het is niet eens mijn handschrift. Volgens mij heb je het zelf opgeschreven.'

'Nee, jij hebt dat gedaan,' bevestigde ik.

'Ja,' stemde Merlijn in. 'Ik heb het ook gezien. Heel interessant.'

Owen nam een flinke slok thee. Er kwam weer wat kleur op zijn gezicht. Als hij nu even ging blozen, zag hij er weer wat menselijker uit. 'Inderdaad heel interessant, maar dat wijst wel op een onvolkomenheid in de formule.' Owen keek Jake aan. 'Je hebt het toch niet expres gedaan, of wel?'

Jake schudde zijn hoofd. 'Nee, ik heb niets over het handschrift gezegd, alleen wat je moest opschrijven.'

'Dan heeft hij deze formule inderdaad niet goed getest.'

'Wat bedoel je?' vroeg ik.

'Je zou nooit valsheid in geschrifte kunnen plegen. Als je bijvoorbeeld wilt dat iemand iets voor je koopt, zou diegene een verkeerde handtekening zetten, dus je kunt nooit iemand anders met een cheque of een creditcard laten betalen. Je kunt iemand ook geen officieel document laten ondertekenen, want als jij degene bent die het dicteert, wordt het ook in jouw handschrift geschreven. En als de autoriteiten dat gaan onderzoeken, ben je dus te achterhalen, al heb je geen vingerafdrukken achtergelaten.'

We staarden hem alle drie verbaasd aan. Wie had kunnen denken dat die lieve, aardige Owen zulke sluwe dingen kon verzinnen? 'Soms maak je me echt aan het schrikken, baas,' zei Jake na een lange stilte. Ik wilde ook zoiets zeggen, maar ik was blij dat dat niet meer hoefde.

'Gewoon logisch nadenken,' zei Owen schouderophalend, maar de kleur kwam heel plotseling weer terug op zijn wangen, dus blijkbaar bloosde hij. 'Dat is trouwens niet het enige zwakke punt in de spreuk. Het slachtoffer heeft meteen in de gaten dat er iets mis was, al kan hij zich niet meer herinneren wat hij heeft gedaan. Het werkt dus niet zo goed als op de verpakking staat.'

'Kun je er iets tegen doen?' vroeg Merlijn.

'Dat weet ik nog niet. Ik zou hier zo snel niet iets tegen kunnen bedenken. We moeten eerst nog een paar testen uitvoeren in een gecontroleerde omgeving.' Hij rilde. Merlijn klopte hem op zijn schouder.

'Maak je geen zorgen, jongen,' zei Merlijn. 'Voorlopig was dit genoeg.'

'Dat vind ik niet,' zei Owen. Hij bloosde niet meer, en zijn gezicht was weer bleek. Hij fronste bezorgd zijn wenkbrauwen. 'Als dit in handen van verkeerde mensen valt, die niet weten hoe ze met zo'n machtige bezwering moeten omgaan, zou het wel eens dodelijke gevolgen voor het slachtoffer kunnen hebben. Het is niet genoeg om onze mensen te leren wat ze ertegen kunnen doen, we moeten dit een halt toe roepen. Hij mag geen gevaarlijke dingen op de markt brengen die hij niet eens behoorlijk heeft getest.'

'Er zal in elk geval een negatieve mond-tot-mondreclame komen van mensen die het hebben geprobeerd en er niet het verwachte resultaat mee hebben bereikt,' zei ik, maar dat klonk niet erg hoopgevend.

'We zullen dit doorgeven aan onze troepen en ze vragen goed op te letten,' zei Merlijn. Ik spitste mijn oren. Troepen? Wat voor troepen? Telkens als ik het idee had dat ik wist wat er aan de hand was, hoorde ik weer iets nieuws. Maar voordat ik een vraag kon stellen, zei Merlijn met een nog wat benepen lach: 'Ik bedoel ons verkoopteam en het controleteam. We moeten erachter zien te komen of dit product massaal op de markt is gebracht.' Ik twijfelde aan deze uitleg, maar ik ging er verder niet op in.

'Ik moet weer terug naar mijn kantoor,' zei Merlijn. 'Ik zal je een hartversterkertje sturen waar je wel van zult opknappen.'

'Bedankt,' zei Owen. Hij begon er met de minuut beter uit te zien, maar ik vond toch dat hij thuis in bed moest liggen, onder de wol, en dat iemand hem een kopje kippensoep moest brengen. Ik bood me daar niet vrijwillig voor aan, hoe verleidelijk het ook was.

Ik wist dat ik ook naar mijn afdeling terug moest, maar daar had ik absoluut geen zin in. Ik wilde meer te weten komen over wat er aan de hand was en ik wilde ook zeker weten dat het met

Owen weer goed ging. 'Volgens mij heb je een stuk chocola nodig,' zei ik toen Merlijn weg was. Ik keek in mijn tasje en diepte een stuk Dove puur op. 'Kijk eens.'

'Ik geloof niet dat chocola iets tegen die bezwering kan uithalen,' zei hij.

'Van chocola voel je je altijd beter. En de suiker zal je ook goed doen.'

'Goed, bedankt.' Hij scheurde de wikkel stuk en stopte een stuk chocola in zijn mond.

'Waarom heb jij chocola in je tasje?' vroeg Jake.

'Ja, we kunnen niet allemaal even met onze vingers knippen of met een hand zwaaien, of wat jullie ook maar doen als je ergens trek in hebt. Ik ga nooit van huis zonder een noodvoorraadje chocola.'

'Dat lijkt me heel verstandig,' zei Owen. Hij wierp me een lach toe waar ik slap van in mijn knieën werd, hoe goed ik ook mijn best deed om hem te weerstaan.

'Voel je je alweer beter?' vroeg ik.

Hij haalde diep adem en blies nog een beetje trillerig uit. 'Ik geloof het wel. Ik doe nog maar even kalm aan. Ik ga vanavond niet naar fitness, maar lekker vroeg naar bed, dan ben ik morgen weer de oude.'

'Misschien vind je het een geruststelling dat ik hoofdpijn heb gekregen,' zei Jake, terwijl hij met zijn vingers zijn slapen masseerde. Ik gaf hem ook een stuk chocola.

'Dit is toch niet normaal? Jullie worden anders toch ook niet beroerd als je een toverformule hebt uitgesproken?' vroeg ik.

'Nee, niet als die van ons komt,' zei Owen. 'Wij doen juist ons best om zulke bijverschijnselen te voorkomen.'

'Ja, als onze bezweringen op de markt verschijnen, hebben we alles weggepoetst wat er eventueel mis zou kunnen gaan,' voegde Jake eraan toe. 'Maar in ons laboratorium zijn zulke dingen dus niet echt ongebruikelijk.'

'Risico van het vak,' zei Owen droog. Hij greep naar zijn hoofd. Waarschijnlijk had hij ook hoofdpijn gekregen.

'En wat gebeurt er als zo'n toverspreuk wordt toegepast op een niet-magisch persoon?' vroeg ik. Ik dacht aan mijn vriendinnen.

'Waarschijnlijk hetzelfde, maar met veel ergere bijwerkingen.'

'En ik heb het heel kort gehouden,' zei Jake. 'Als je van zo'n korte tijd al zo beroerd wordt, vraag ik me af hoe lang je die bezwering kunt dragen. Het vreet energie. Onze formules zijn veel efficiënter.'

Ik dacht nog steeds aan mijn vriendinnen en vroeg: 'Wat zou je kunnen doen om jezelf hiertegen te wapenen?'

'Daar zijn we mee bezig,' zei Owen. Hij klonk vermoeid, niet alleen door wat hij net beleefd had, maar ook door wat hem allemaal nog te doen stond. 'Het is het veiligst om niets te verliezen en nooit iets van jezelf aan iemand anders uit te lenen. We weten nog niet hoe groot het voorwerp moet zijn, maar je zag net dat een pen al voldoende is.'

Ik probeerde een geloofwaardig verhaal te bedenken om mijn vriendinnen ertoe te bewegen geen pennen uit te lenen aan vreemden die achter hen in de rij voor het loket stonden. Misschien kon ik iets verzinnen over antrax. Of een nieuw ebola-virus?

Helaas zouden ze mij toch niet geloven voordat het verhaal ook in de krant kwam, dus ik kon alleen maar hopen dat ze geen boosaardige magiërs met snode plannen zouden tegenkomen.

'Het wordt toch vanzelf wel openbaar als een formule niet werkt en als je er bovendien barstende koppijn van krijgt?' vroeg ik, in de hoop dat ze mij dat zouden verzekeren.

'Dat moeten we maar hopen,' zei Owen. Hij klonk niet alleen moe, maar ook verslagen.

'Volgens mij moet je thuis maar eens lekker gaan uitrusten,' zei ik. 'Ik ga terug naar mijn afdeling voor Gregor zich afvraagt waar ik uithang.'

'Als hij wil, kan hij er zo achterkomen waar je bent,' zei Owen. 'Maak jij je over hem maar geen zorgen.'

'Ik maak me ook geen zorgen, ik wil alleen geen gezeur.' Ik keek Jake aan. 'Zorg jij ervoor dat hij veilig thuiskomt?'

'Dat zal ik zeker doen. Kom, chef, ik heb het tenslotte op mijn geweten.'

'Dat klopt.' Maar Owen grinnikte naar zijn assistent, dus ik maakte me al wat minder zorgen. 'Maar ik kan best alleen.'

'Ik vind niet dat je nu in je eentje met de metro moet gaan,' hield Jake vol, 'dat is vragen om een beroving.'

'Moesten ze eens proberen.' De klank in zijn stem deed de rillingen over mijn rug lopen. Ik liet ze het maar met elkaar uitvechten en ging naar Controle.

Toen ik daar binnenkwam, begon Gregors gezicht groen aan te lopen. En toen ik achter mijn bureau zat, was hij veranderd in een afschuwelijk monster. 'Waar heb jij gezeten?' gromde hij. 'Heb je zo lang geluncht?'

'Ik ben de hele tijd bij meneer Mervyn geweest.' Ik hing mijn jasje over de rand van mijn stoel. 'Er deed zich iets voor waarbij ze mijn hulp nodig hadden. Vraag maar na.' Ik stond zelf verbaasd over mijn kalme toon, maar ik wist dat je het best heel rustig kon blijven als iemand anders woest op je was, dat had ik in dat jaar met Mimi wel geleerd.

Gregor schakelde zo snel weer terug naar zijn menselijke vorm dat het leek alsof iemand hem met een speld had gestoken en alle lucht uit hem ontsnapte. Maar toen begon hij in een razend tempo weer te verkleuren. Die verandering ging zo plotseling dat het meer grappig dan angstaanjagend was. 'O ja, en wat heb jij tegen Personeelszaken gezegd over mijn afdeling?'

O, dat. Misschien was het verstandiger geweest als ik dat eerst met Gregor had besproken, maar het idee was plotseling bij me opgekomen toen we het hadden over zijn monsterachtige neigingen, dus op dat moment had ik er niet aan gedacht om het eerst aan hem voor te leggen.

Ik was nu niet in de stemming om in discussie te gaan met iemand die wanhopig probeerde vast te houden aan het beetje macht dat hij nog had overgehouden sinds een verpletterende degradatie. 'Het kwam gewoon ter sprake in een gesprek met Rodney over andere zaken,' zei ik zo ijzig als ik kon. Ik kreeg even het idee om hem voor te dragen als proefpersoon voor die nieuwe bezwering.

'Als je klachten hebt, moet je bij mij zijn.'

Ik keek hem aan en zei: 'Ik ben hier nog maar drie dagen, maar ik weet nu al dat deze afdeling heel beroerd wordt geleid. Je behandelt zeldzame en waardevolle mensen als vuil, en het is een wonder dat het personeel hier niet gillend wegloopt. Zo, dat was mijn klacht. En nu ga ik weer naar Personeelszaken.'

Ik was eigenlijk van plan om me er bij Rodney over te beklagen dat hij mijn idee kennelijk op een botte manier aan Gregor had overgebracht, maar dat hoefde Gregor niet te weten. Hij moest maar eens flink zweten over wat ik ging zeggen. Misschien was hij wel bang voor moeilijkheden omdat hij had gelogen over dat agressieprobleem van hem.

Ik pakte mijn spullen en blies op een heerlijk dramatische manier de aftocht, al zeg ik het zelf. Als er niet zoveel op het spel stond, had ik nog kunnen dreigen met ontslag, maar ik kon het beeld van die bleke, aangeslagen Owen niet uit mijn hoofd zetten.

Voor het eerst had ik het gevoel dat ik mocht meewerken aan een belangrijke missie, en ik was bereid om elk ongemak op de koop toe te nemen. Ik hoopte van harte dat Rodney klaar was voor Razende Katie.

12

Ik was nog steeds behoorlijk opgefokt toen ik bij Personeelszaken kwam. 'Is Rodney er ook?' vroeg ik, voordat Isabel de kans
kreeg me te begroeten.

'Hij is in vergadering, een functioneringsgesprek met een medewerker, maar hij kan elk ogenblik terugkomen. Ga zitten.'

Dat hoefde ze me geen twee keer te zeggen. Ik liet me vermoeid zakken in de zachte stoel voor haar bureau.

'Heb je trek in koffie?' vroeg ze.

'Wat dacht je van een margarita?'

Ze trok een gezicht. 'Oei, laat me eens raden. Gregor?'

Ik knikte. 'Ik snap niet hoe mensen onder hem kunnen werken.'

'Ik ook niet. Ik weet alleen dat er een enorme zucht van opluchting door het bedrijf ging toen hij na zijn 'ongeluk' werd
overgeplaatst.' Met haar vingers maakte ze aanhalingstekens in
de lucht en ze gniffelde veelbetekenend. 'Trouwens, ik kan je
geen margarita geven onder werktijd, maar morgenavond gaan
we met een groepje meiden uit. Heb je ook zin om mee te gaan?
Dan kun je meteen wat andere meiden leren kennen die hier
werken. Eerlijk gezegd is het hier soms een tamelijk middel-
eeuwse toestand als het gaat om vrouwen op de werkplek, en samen staan we sterk.'

'Dat lijkt me heel leuk,' zei ik. Hoe meer mensen ik in het bedrijf kende, hoe beter ik mijn werk kon doen. Ik had alleen het
vervelende gevoel dat ik morgenavond ook nog iets anders had,
maar toen ik in mijn agenda keek, zag ik niets staan. 'Oké, ik kom
ook. Als de anderen dat tenminste goed vinden?'

'Natuurlijk, dat vinden ze alleen maar leuk.' Ze knipoogde. 'Jij kunt ons mooi vertellen of de mannen die we tegenkomen echt leuk zijn, of alleen maar doen alsof.'

Op dat moment kwam Rodney binnen. Ik hoopte dat hij niet had gehoord wat Isabel zei, en ik vroeg me ook af of Isabel eigenlijk wel van zijn illusie afwist. Hoe zouden andere mensen Rodney eigenlijk zien? 'Katie!' begroette hij me, enigszins verbaasd.

'Kan ik je even spreken?'

'Ja, natuurlijk, kom binnen.' Ik pakte mijn jasje, mijn koffertje en mijn tasje en liep achter hem aan zijn kantoor binnen. 'Hoe gaat het met je hoofd?' vroeg hij, toen ik was gaan zitten.

Ik voelde voorzichtig aan de bult. Was het nog maar gisteren dat ik tegen die muur was gesmakt? Ik kon het me bijna niet voorstellen, er was in de tussentijd weer zoveel gebeurd. 'Dat gaat wel,' zei ik. 'Ik was het alweer bijna vergeten. Het is toch niet helemaal blauw, of wel?'

'Het ziet er behoorlijk vervelend uit. Zal ik het voor je wegwerken?'

'Ik dacht dat magie bij mij niet werkte.'

'Een illusie hoeft ook niet te werken voor degene die hem draagt, maar andere mensen zullen er wel door beïnvloed worden.'

'Mijn huisgenoten hebben die bult al gezien, dus dan is het een beetje raar als ik vanavond zonder bult thuiskom. Maar toch bedankt.'

'Ja, daar zit wat in.' Hij klonk echt teleurgesteld. Waarschijnlijk wilde hij graag indruk op me maken en had ik hem die kans ontnomen. 'Misschien kan ik de bult wat minder erg maken, dan hoeven ze niet zo bezorgd te zijn.'

Daar zag ik niet veel kwaad in, dus ik haalde mijn schouders op en zei: 'Oké, waarom ook niet?'

Er verscheen een lach op zijn gezicht die zo innemend was, dat hij er echt aantrekkelijk uitzag, ondanks zijn tekortkomingen en onverzorgdheid. Ik was blij dat ik had ingestemd. Hij wreef in zijn handen, legde een hand op mijn voorhoofd, sloot zijn ogen en mompelde een paar woorden. Ik voelde dezelfde spanning en druk die ik in Owens kantoor had gevoeld, maar op veel lager niveau. Rodney opende zijn ogen, deed een stap naar achteren en keek me met een tevreden gezicht aan. 'Zo,' zei hij. 'De blauwe plek is wat meer weggetrokken.'

'Bedankt,' zei ik. Ik voelde me een beetje als de keizer in zijn nieuwe kleren: ik kon zelf niets zien, dus ik moest er maar van uitgaan dat hij me een dienst had bewezen.

Hij liep om zijn bureau heen, trok een la open en haalde er een kleine handspiegel uit. 'Kijk maar.'

'Ik ben immuun, weet je nog? Ik kan het zelf niet zien.'

Hij schudde zijn hoofd en gaf me de spiegel. 'Hiermee wel. Het is een illusieverspieder, daar kun je mee controleren of je illusie goed werkt. Ook jij.'

Ik hield de spiegel voor mijn gezicht. De lelijke bult op mijn hoofd was inderdaad weggetrokken en er zat nu alleen nog een geelblauwe plek, als een bloeduitstorting die bijna is genezen. Maar ik zag nog iets anders in de spiegel. Rodney tuurde over mijn schouder mee en nu zag ik eindelijk hoe anderen hem zagen.

Hij had inderdaad wel iets van Johnny Depp. Hij was niet zo klassiek knap als Owen, maar hij had een ondeugende aantrekkelijkheid. Ik zag hem voor me aan de bar van een dubieuze nachtclub, in zo'n leren jasje, en met allerlei vrouwen om zich heen. Ik vond hem zelf niet meer waard dan een goedkeurende blik in het voorbijgaan, maar ik begreep wel wat sommige vrouwen in hem zagen.

Toen ik me omdraaide, was hij weer gewoon de Rodney die ik kende, die er nog niet eens zo slecht uit zou zien als hij evenveel aandacht aan zijn verzorging zou besteden als aan zijn illusies. 'Bedankt, het ziet er inderdaad al een stuk beter uit. Vast ook handig als je last hebt van puistjes.' Ik kon het niet laten om hem te vragen: 'Betekent dit dat je je eigen illusie niet in een gewone spiegel kunt zien?'

Hij schudde zijn hoofd en er kwam een teleurgestelde blik in zijn ogen. 'Inderdaad. Wel de illusies van anderen, maar niet die van jezelf. Dat heeft te maken met de reflectie of de refractie van de bezwering of zoiets. Ik ben niet zo goed in de fysische aspecten van magie.'

Ik vroeg me af hoe het dan met zijn gevoel van eigenwaarde zat. Hoe kon hij zich gedragen alsof hij een godsgeschenk was voor elke vrouw, terwijl hij in de spiegel iets heel anders zag? Of keek hij nooit in de spiegel? Ik kon me niet voorstellen hoe het was om met een ander gezicht door het leven te moeten gaan. Het leek me heel erg vreemd. Ik zou liever een ander kapsel nemen, of mijn toevlucht zoeken tot plastische chirurgie, of anders leren leven met hoe ik echt was. Dat zou een stuk minder verwarrend zijn. Magie kwam vast heel goed van pas, maar ik begon te vermoeden dat het soms meer kwaad deed dan goed.

'Zo'n illusieverspieder zou in mijn werk best handig zijn, dan kan ik de illusie vergelijken met wat ik in werkelijkheid zie,' zei ik, toen ik merkte dat ik al een hele tijd niets had gezegd.

'Dat hebben we al eens geprobeerd, maar het werkte niet zo goed. Er is iets met het spiegelbeeld, het vervormt als je illusie en realiteit echt met elkaar vergelijkt.'

'Ik zou er toch best eens mee willen experimenteren.'

'Ik zal er een voor je aanvragen.' Rodney legde zijn spiegel terug in de la en ging achter zijn bureau zitten. 'Goed, waar wilde je me over spreken?'

Ik was het bijna vergeten. Met die uitnodiging van Isabel voor een avondje uit met de meiden, een illusie om mijn blauwe plek te verbergen, en de 'ware' Rodney die ik in de spiegel had gezien, was mijn boosheid weggeëbd. Maar nu kwam het in alle hevigheid terug. 'Misschien zou je wat discreter moeten zijn tegen Gregor. Hij werd helemaal woest op me omdat ik achter zijn rug om tegen jou had geklaagd.'

Rodney keek schuldbewust. 'Sorry. Ik vergeet steeds dat hij zijn boosheid alleen maar maskeert. Ik zal in het vervolg een controleur vragen om aanwezig te zijn als ik een gesprek met hem heb. Toen ik laatst met hem sprak, leek hij me prima in orde, maar kennelijk is er iets dat mij ontgaat.'

'Nou, ik heb net een vreselijke uitbrander van hem gekregen.

Hij liep groen aan en kreeg zelfs lange hoektanden. Ik wil niet overdrijven, maar ik weet niet of ik wel terug wil naar die afdeling. Het bevalt me hier op zich heel goed en ik zie ook wel in dat ons werk heel belangrijk is. Maar ik wil niet meer met tegenzin naar mijn werk gaan.'

'Maak je geen zorgen, je hoeft niet meer terug. Niet permanent, tenminste. Je zult daar wel zo nu en dan verslag moeten uitbrengen, maar dat is alles. We hebben besloten om jouw idee te gebruiken en de controleurs op verschillende afdelingen te plaatsen zodat we eventuele indringers beter kunnen opsporen. Jij wordt gestationeerd bij R&D.'

Dat was nog eens goed nieuws! Ik voelde me er zelfs een beetje schuldig over dat ik zo boos was geweest. 'Dat lijkt me een hele verbetering,' zei ik.

'Morgen moet je je nog wel melden bij Controle. Het lijkt me beter dat Gregor je zelf naar R&D stuurt. En doe maar alsof je verbaasd bent.'

Ik glimlachte. Dat zal wel lukken. 'Ik zal de sterren van de hemel spelen, en mijn best doen om geen gat in de lucht te springen als hij het me vertelt.'

'Heel graag.'

Ik trok mijn jasje aan, pakte mijn tasje en mijn koffertje, en liep zijn kamer uit. 'Tot morgen,' zei Isabel. 'We hebben hier afgesproken, na het werk.'

'Goed, tot dan.'

Ik keek op het metrostation uit naar Owen, maar hij was er niet. Het verbaasde me dat ik hem miste. Ik wilde het eigenlijk niet weten, maar als ik hem op het perron zag staan, gaf me dat altijd een aangename schok. Het begon nu toch wel op een lichte verliefdheid te lijken. Een zinloze verliefdheid, als ik me niet vergiste.

Het was mijn beurt om te koken, dus ik trok een spijkerbroek en een sweatshirt aan en probeerde te bedenken wat ik voor culinairs kon uithalen met een bakje gehakt. Ik was net begonnen aan een simpele tomatengehaktsaus toen Gemma thuiskwam.

'Mmm, wat ruikt het hier lekker,' zei ze. Ze keek me nog eens goed aan en vroeg bezorgd: 'Wat is er?'

'Hoezo?' vroeg ik. Ik vroeg me af of de illusie van Rodney misschien toch niet zo geslaagd, of zelfs totaal misgelopen was. Ik had toch niet ineens allerlei enge zweren op mijn voorhoofd?

'Ik weet niet, je kijkt een beetje bezorgd. Je hebt toch niet nu al problemen op je werk?'

Ik besloot wijselijk mijn mond te houden over het avontuur in de platenzaak. Als ik dat nu vertelde, een dag na het verhaal over die indringer, zouden mijn vriendinnen vast denken dat ik helemaal geen werk had, mijn tijd op een bankje in het park doorbracht en allerlei woeste verhalen bedacht over wat ik nu weer op mijn zogenaamde werk had beleefd. Ik zou trouwens niet weten hoe ik erover kon vertellen zonder ook te moeten uitweiden over magie en Merlijn. 'Nee hoor, op mijn werk gaat alles prima.'

'Mooi, daar ben ik blij om, want dat is Marcia's afdeling. Gedoe met een man?'

'Nee hoor.'

'Ja dus. Gedoe met een man. Laat dat maar aan mij over. Even verkleden, schenk jij intussen een glaasje wijn voor me in?'

'Natuurlijk.' Ik schonk twee glazen wijn in en roerde in mijn saus. Een paar minuten later kwam Gemma terug in een lage yogabroek en een kort shirtje.

'Vertel het maar. Is het iemand op je werk?' vroeg ze, terwijl ze aan tafel ging zitten en een slokje wijn nam. Ik zette het vuur lager en ging bij haar zitten.

'Ja, ik ben bang van wel.' Ik had ineens het gevoel alsof we weer op school zaten en de jongens uit onze klas bespraken. 'Er werkt daar een man aan wie ik steeds moet denken.'

'Je bent verliefd.'

'Misschien een beetje,' zei ik schouderophalend. 'Hij ziet er leuk uit en hij is heel aardig. Hij woont in de buurt, dus we hebben een paar keer samen in de metro gezeten. Als ik hem wat langer ken, gaat het wel weer over, denk ik. Het wordt toch niks tussen ons, want ik geloof niet dat hij mij leuk vindt.'

'Waarom denk je dat?'

'Hij is ontzettend verlegen, praat niet gemakkelijk met anderen, zeker niet met mensen die hij leuk vindt. En met mij praat hij wel.'

'Jij bent iemand met wie je gemakkelijk contact legt.'

Ik trok een gezicht. 'Dat is mijn vloek. Maar hij praat alleen met me over het werk, ook als we in de metro zitten. Wat hij buiten zijn werk doet, zou ik je dus echt niet kunnen vertellen.'

'Nee, dat klinkt niet alsof de vonk is overgeslagen.' Waarschijnlijk betrok mijn gezicht nogal, want ze keek me fronsend aan.

Ik nam nog een slok wijn en lachte. 'Zo gaat het meestal. De mannen die ik leuk vind, willen alleen maar goede vrienden met me zijn. Het lijkt wel alsof er na de middelbare school niets is veranderd. Hoe zou dat toch komen?'

'Gewoon, omdat mannen niet volwassen worden.' Gemma zette haar glas neer en deed haar armen over elkaar. 'Maar je moet de moed niet opgeven. Het is altijd goed om nieuwe mensen te leren kennen, al gebeurt er verder niks. Trouwens, je weet maar nooit wat er uit een vriendschap kan ontstaan. Misschien kan ik je trouwens wel wat afleiding bezorgen. Weet je al of je morgenavond kunt?'

'Morgenavond?' Ineens herinnerde ik me weer die vage afspraak. 'O, sorry Gem, ik ben het helemaal vergeten. Ik heb een paar collega's beloofd om morgenavond mee uit te gaan. Ik had al zo'n gevoel dat ik iets over het hoofd zag.'

'Dat hindert niet, ik wist toch al niet zeker of hij wel geschikt voor je was. Ga maar lekker uit met je collega's. Maar daarna kun je wel wat mannelijke afleiding gebruiken, dacht ik zo. Wanneer had je trouwens voor het laatst een vriendje?'

Ik stond op om in de pan te roeren, zodat ik haar niet hoefde aan te kijken. 'Steve Sprague,' zei ik zacht.

'Steve? Steve van de studie? Heb je sindsdien geen serieus vriendje meer gehad?'

Ik kneep keihard in de houten lepel tot mijn knokkels wit werden. 'Nee, daarna heb ik een paar jaar op het platteland gewoond, en daar waren nauwelijks singles. Alle jongens, in ieder geval alle leuke jongens, waren getrouwd in de tijd dat ik studeerde. En sinds ik in New York woon, ben ik nooit vaker dan een of twee keer met iemand uit geweest. Al mijn blind dates lopen op niets uit.' Terwijl ik dat zei, had ik er al spijt van. Gemma had de afgelopen tijd enorm haar best gedaan om afspraakjes voor me te regelen en ik wilde niet dat ze dacht dat ik kritiek op haar had. 'Ze zien me allemaal alleen maar als hun kleine zus,' zei ik met een geforceerde lach.

'Oké. Geen zinloze blind dates meer. We gaan nu echt op zoek naar een vriendje voor jou.'

Een vriendje? Ik was eigenlijk nooit het type meisje geweest dat een man nodig had om zich compleet te voelen. Toch leek het me geweldig om al dat gedoe van afspraakjes maken en uitgaan eindelijk eens achter me te kunnen laten. Ik verlangde heel erg naar een rustige avond thuis, met een joggingbroek aan en mijn voeten op de bank, iets te eten bestellen en samen naar een oude film kijken. Maar zulke dingen kon je moeilijk doen als je voor het eerst met iemand had afgesproken, zulke dingen deed je alleen met een vast vriendje.

'Oké, dat klinkt goed. Kies er maar een voor me uit.'

'Ja, ik moet natuurlijk wel even op zoek gaan. Tot nu toe heb ik niet echt aan kandidaten voor de lange termijn gedacht.'

De voordeur ging open en Marcia, kwam binnen. 'Mmm, wat ruikt het hier lekker. Katie kookt zeker, vanavond.'

'Hé!' riep Gemma protesterend, maar ze lachte wel. Ze wist zelf ook wel dat haar lievelingsrecept een Chinese afhaalmaaltijd was.

'Waar hebben jullie het over?' vroeg Marcia terwijl ze haar koffertje op het bijzettafeltje legde dat tevens fungeerde als haar nachtkastje.

'We gaan een vriendje zoeken voor Katie.'

'O ja? Hoe dat zo?'

'Ik heb genoeg van dat stomme daten,' zei ik, voordat Gemma antwoord kon geven. 'Ik wil nu wel eens echt iemand leren kennen.'

'Maar je realiseert je toch wel dat je eerst met iemand uit moet gaan voor je er een relatie mee kunt beginnen?' vroeg Gemma plagerig.

'Betekent dat dat je morgenavond niet meegaat, of juist wel?' vroeg Marcia. Ze keek in de pan met tomatensaus en roerde erin.

'Nee, ik ga niet mee, maar dat komt omdat ik al heb afgesproken met een paar collega's. Hoor ik meteen wat meer over het bedrijf.'

Marcia schonk zichzelf een glas wijn in. 'Heel strategisch.'

Ik pakte een pan en deed er water in voor de pasta. Ik had een heerlijk warm gevoel, en dat kwam niet door de kleine, warme keuken. Het was fijn om vriendinnen te hebben en om te weten dat ze zich om mij bekommerden. Dat wilde ik nooit kwijtraken, hoe diep ik ook in de magische wereld verzeild raakte.

De volgende ochtend stond Owen zoals altijd weer op het metroperron. Ik kreeg zowaar vlinders in mijn buik toen ik hem zag, maar sprak mezelf meteen vermanend toe. Hij zag er moe en afgetobd uit en had donkere kringen onder zijn ogen.

'Hoe voel je je?' vroeg ik.

'Beter, dank je. Maar ik verheug me er niet op om zoiets nog eens te moeten doorstaan.'

'Moet dat dan? Kan iemand anders dat niet doen?'

'Ik wil er niemand anders mee opzadelen,' zei hij ernstig.

Onderweg zwegen we. Hij leek in gepeins verzonken en dat gold ook voor mij, maar we schenen ons geen van beiden aan de stilte te storen. Een metro in de spits is toch al geen ideale plek voor een gesprek, zeker niet als magie het onderwerp is.

Ik liep rechtstreeks naar de controleafdeling, zette mijn tas op de grond, hing mijn jasje over de rugleuning van mijn stoel en wilde net op weg gaan naar de koelkast om daar mijn boterhammetjes in te zetten, toen Gregor mijn naam schreeuwde. 'Ja?' vroeg ik onschuldig.

'Jij gaat in het vervolg bij R&D zitten. Als er opdrachten zijn, krijg je die daar te horen.'

'O, nou, oké,' zei ik neutraal. Ik pakte mijn spullen weer in en liep de kantoorruimte uit. Pas op de gang zuchtte ik opgelucht. Het zou vanaf nu een stuk prettiger worden om 's ochtends naar mijn werk te gaan.

De deur van R&D zwaaide voor me open toen ik eraan kwam, net zoals de vorige keer. Toen we eenmaal binnen waren, vroeg ik me af waar ik precies moest zijn, maar er kwam al een fee aan. Haar vleugels zagen er niet eens zo indrukwekkend uit, maar ze kon zich er toch in een behoorlijk tempo mee voortbewegen. Ik herkende haar. Het was dezelfde fee die ik vorige week in de metro had gezien, die dag waarop mijn leven zo ingrijpend was veranderd.

'Hallo,' zei ze vrolijk. 'Ik heet Ari. Ze hebben me gestuurd om je naar je kantoor te brengen.'

'Ik vroeg me al af waar ik moest zijn.'

'Vlakbij. Ze willen je graag dicht bij de ingang, zodat je de booswichten kunt zien binnenkomen. Goeie actie trouwens, gisteren.'

'Dank je.'

'Kijk, hier is het.' Ze zweefde door de deuropening van een klein kantoortje met een glazen wand die uitkeek op de gang. Het was geen paleis, maar een stuk beter dan de controleafdeling en het hokje uit mijn vorige baan. Er was zelfs een deur. 'We hebben de telefoon al aangesloten en je computer wordt vanmiddag gebracht.'

'Een computer?' Die had ik bij Controle niet gehad.

'Ja, op speciaal verzoek van de baas. Het toilet is om de hoek. We hebben geen koffiekamer of keuken, maar als je iets nodig hebt, vraag je het maar gewoon aan iemand. Ik zit in het lab aan de overkant van de gang, dus geef maar een gil. En ook als je iemand ziet die hier niet thuishoort, maar dat spreekt voor zich. Heb je nog vragen?'

'Nee, op dit moment niet. Bedankt.'

'Oké. Dan zie ik je vanavond.'

'Vanavond?'

'Jij gaat toch ook mee uit met de meiden?'

'O, dus jij gaat ook mee?'

'Tuurlijk. Het wordt hartstikke leuk. Welkom bij R&D.'

Terwijl ze wegfladderde, bedacht ik hoe bijzonder het zou zijn om een avondje te gaan stappen in het gezelschap van een fee.

Ik was net bezig om mijn spullen te pakken toen Ari mijn kamer binnenfladderde. 'Klaar om de stad onveilig te maken?' vroeg ze.

'Even de computer afsluiten.'

'Kom maar bij me langs aan de overkant, dan gaan we samen naar Isabels kantoor.'

Ik sloot mijn nieuwe computer af, pakte mijn tas en liep nog even snel naar het toilet om me op te frissen. De ruimte waar Ari werkte, was heel modern en strak ingericht, met veel chroom en wit en een paar grote computers. 'Ah, daar ben je,' zei ze toen ik binnenkwam. 'Welkom in mijn domein, de laatste stap in de Praktische Magie.'

'Wat doe je eigenlijk precies?'

'Hier worden de laatste testen gedaan voordat een product op de markt wordt gebracht. Kijken of er geen typefouten meer in de gebruiksaanwijzingen staan, of alles werkt zoals de bedoeling is, en controleren of er nog iets kan worden ingekort om de formule zo beknopt mogelijk te houden. Die theoretische mannen zijn soms heel lang van stof, volgens mij lezen ze gewoon te veel boeken. Door archaïsch taalgebruik lijkt een formule misschien heel indrukwekkend, maar hij werkt er niet beter door.' Ari pakte haar tasje en zei: 'Zo, eindelijk weekend!'

Isabel begroette ons als altijd heel uitbundig. 'Trix belde net om te zeggen dat ze over een paar minuten beneden komt,' zei ze.

'Zijn we maar met z'n vieren?' vroeg Ari.

'Ja, een paar anderen hebben afgezegd omdat ze een date hebben.'

'Verraders!' Isabel moest lachen, maar ik vroeg me af of Ari meende wat ze zei. Ze lachte niet, maar misschien had ze gewoon een droog gevoel voor humor.

'Hoe was jouw eerste week, Katie?' vroeg Isabel.

'Heel interessant, mag ik wel zeggen.'

'Je doet het tot nu toe erg goed, ondanks alle opwinding. Je wilt niet weten hoeveel controleurs er in de eerste week al opstappen.'

Dat kon ik me eerlijk gezegd best voorstellen. De deprimerende werkomstandigheden, de krankzinnige dingen die je om je heen zag en de angst dat je helemaal gek zou worden, waren daar natuurlijk debet aan. Maar ik vroeg me wel af of meer controleurs in hun eerste week evenveel gedoe meemaakten als ik.

Ik keek op en zag een man het kantoor binnenkomen. 'Is-ie er?' vroeg hij aan Isabel. Ze knikte. Het leek alsof ze niet goed uit haar woorden kon komen. Ik keek nog eens naar de man en zag tot mijn grote verbazing dat het Owen was. In plaats van een pak of een witte jas droeg hij een spijkerbroek, een baseballtrui en een petje van de Yankees. Hij zag er totaal anders uit.

Hij zag me, begon te blozen en zei: 'Hoi, Katie. Wat doe jij hier?'

'Dat wilde ik net aan jou vragen.'

Hij werd nog rozer. 'Finale. Rodney denkt dat hij een formule heeft waarmee we het stadion kunnen binnenkomen.'

Isabel kreunde. 'O, nee, toch niet weer, hè? Daar heeft hij jullie vorig jaar toch zoveel gedonder mee bezorgd?'

De deur van Rodneys kantoor ging open en Rodney kwam naar buiten. 'Ja, maar deze keer weet ik precies hoe het moet,' zei hij. Hij keek eens goed naar Owen en fronste zijn wenkbrauwen. 'Weet je zeker dat je dit wel aankunt?' vroeg hij. Owen zag er hondsberoerd uit, zelfs met dat honkbalpetje over zijn ogen. Waarschijnlijk was hij de hele dag bezig geweest met het testen van die afschuwelijke bezwering.

'Ja hoor. Bovendien kan ik wel een uitstapje gebruiken,' zei Owen.

Op dat moment kwam er een andere fee binnen, de secretaresse van Merlijn. Dat moest dus Trix zijn. 'Meiden, zijn jullie klaar om te feesten?' riep ze uitbundig.

'Gaan jullie stappen?' vroeg Rodney met opgetrokken wenkbrauwen.

'Ja, en jij bent niet uitgenodigd,' zei Isabel.

Owen fronste z'n wenkbrauwen niet, maar hij keek ook niet echt blij. Ik zag dat Ari hem ronduit aankeek, waarschijnlijk voelde hij zich daardoor niet op z'n gemak.

Isabel pakte haar tasje uit haar bureaula. 'Nou jongens, gedraag je een beetje, en als iemand je van het politiebureau moet komen ophalen, moet je niet bij mij zijn.'

'Dat zal wel meevallen,' zei Rodney lachend. 'Owen weet ons altijd weer uit een lastig parket te redden. Veel plezier meiden, en wees voorzichtig.'

'En pas goed op Katie,' voegde Owen er zacht aan toe. De twee feeën lachte, tinkelend en melodieus als kleine belletjes. We gingen met ons vieren op pad en lieten de mannen achter.

Isabel had blijkbaar de leiding. 'Ik dacht als opwarmertje aan een happy hour hier in de buurt. Al die leuke mannen van Wall Street komen net van hun werk. Daarna zien we wel weer verder.'

We installeerden ons in een donkere, lawaaiige bar vlak bij Wall Street en bestelden een rondje cosmopolitans. Als ik niet in het gezelschap was geweest van twee vrouwen met vleugeltjes op hun rug die een eindje boven hun stoel zweefden, zou ik het gevoel hebben gehad dat ik weer helemaal terug was in mijn oude leventje, waar ik door collega's heel af en toe werd uitgenodigd om na het werk mee te gaan borrelen en een hapje te eten.

Toen de drankjes waren gebracht, zei Isabel: 'Oké, het eerste punt op de agenda is het ex-vriendje van Trix.'

'Ik ga nooit meer met hem uit,' mopperde Trix.

'Eh, het is misschien een stomme vraag, maar ik wist helemaal niet dat er ook mannelijke feeën bestonden,' zei ik.

'Die zijn er wel,' antwoordde Ari, 'maar ze willen liever niet zo genoemd worden.'

'Nee, ze geven de voorkeur aan het woord 'elf', en je mag beslist geen 'elfje' zeggen,' zei Isabel.

'Maar ik geloof niet dat ik die in het bedrijf heb gezien.'

'Dat klopt,' zei Isabel. 'Ze werken liever buiten de deur. Maar goed, terug naar het agendapunt. Wat voor straf zullen we bedenken voor die gemene bedrieger van een elf?'

'Bedrieger?' vroeg ik.

Trix trok een gezicht. 'Ja, hij had een zwak voor alles met vleugeltjes.'

'Misschien een bezwering waardoor hij hopeloos verliefd wordt op een vlinder,' stelde Ari voor. We moesten hier allemaal om lachen. Ik was dan wel niet magisch, maar ik vond het beeld van een man die verliefd was op een vlinder erg komisch.

'Ga je dat echt doen?' vroeg ik. Was dit gewoon meidenborrelpraat of moest ik dit letterlijk opvatten? Mijn vriendinnen en ik hadden de mannen die ons iets hadden misdaan allerlei akeligs toegewenst, maar we hadden niet het vermogen om die verwensingen echt uit te laten komen.

'Nee, natuurlijk niet,' zei Isabel.

'Maar het zou wel grappig zijn,' voegde Ari eraan toe.

'En zijn verdiende loon,' zei Trix. 'Maar het valt wel in een grijs gebied: het is niet echt schadelijk, maar het is ook weer niet goed om iemands vrije wil te manipuleren. Nee, ik moet maar tevreden zijn met het idee dat ik zonder hem beter af ben. Maar het is wel lastig, want mensen zijn het ook niet voor mij.'

'Ik val juist wel op mensenmannen,' zei Ari met een wellustig lachje.

'Maar wat heb je daar nou aan? Je kunt toch geen kinderen met ze krijgen.'

'Wie zegt dat ik kinderen wil? Ik wil gewoon plezier hebben en dat heb ik met mensenmannen veel meer. Als wij kinderen konden krijgen van een mens, zouden er alleen maar problemen ontstaan over hun namen. Feeënnamen zijn soms zo suf.'

'Ja, tot *De kleine zeemeermin* uitkwam en alle meisjes ineens hun kat Ariël gingen noemen.' Ze keek naar mij. 'Dat heeft mijn naam echt totaal verpest.

'Dat was agendapunt één,' zei Isabel. Ze gebaarde naar de ober voor het volgende rondje. 'Dan nu numero twee: rondkijken en potentiële mannelijke kandidaten spotten.'

Ik nam een slokje van mijn tweede drankje en keek behoedzaam om me heen. Ik kon me niet herinneren wanneer ik voor het laatst met vriendinnen op jacht was geweest, met het officieuze relatiebureau van Gemma was dat nauwelijks meer nodig. Het stikte in de bar van de in nette pakken gestoken bank- en beleggingstypes. Sommigen waren heel aantrekkelijk, maar ze waren allemaal een beetje te heftig naar mijn smaak.

'Wat denk jij, Katie?' vroeg Isabel. 'Zie je nog iemand die zich anders voordoet dan hij is?'

'Dat vind ik moeilijk te zeggen. Ik zie natuurlijk niet wat jullie zien. Misschien kun je iemand aanwijzen, dan zal ik wel vertellen wat ik zie.'

Ari wees onopvallend naar een lange, iets oudere en veel gladdere versie van Owen. 'Hij, bijvoorbeeld?'

'Lang, donker, knap. Geen puntige oren, hoorntjes, lange hoektanden of vleugels.'

'Hm.' Ze keek naar hem, ving zijn blik op, en keek weer weg. Gemma had geprobeerd me dat spelletje te leren, maar ik was er heel slecht in. Of ik keek te lang, waardoor het slachtoffer zich niet op zijn gemak voelde, of niet lang genoeg, waardoor hij er helemaal niets van merkte.

Terwijl ik het geflirt gadesloeg, vroeg ik: 'Hoe zien jullie er eigenlijk uit voor gewone mensen?'

'Wij feeën, bedoel je?' vroeg Trix.

'Ja.'

'Gewone mensen zien ongeveer hetzelfde als jij, maar geen vleugeltjes en gezweef. Mensenmannen vinden ons ontzettend leuk. Maar persoonlijk moet ik niet zoveel van ze hebben.'

'Alle mannen zijn vreselijk, lang of kort, met of zonder puntoren of vleugels,' zei Isabel. Ze klonk een beetje als wat Gemma de Verbitterde Single noemde: zo'n vrouw die doet alsof ze een hekel heeft aan mannen om haar verdriet te verbergen over het feit dat mannen niet in haar geïnteresseerd zijn. Eigenlijk was Isabel heel aantrekkelijk, op een wat krijgshaftige manier. Ik

vroeg me af of ze helemaal mens was, of misschien een druppeltje reuzenbloed had. In ieder geval zou een zeer grote, althans
zeer zelfverzekerde man wel bij haar passen. Misschien een professionele footballspeler, zo'n stevige aanvaller. Misschien moest
ik Gemma maar eens aan het werk zetten.

'Ik vind mannen wel oké, hoor,' zei ik. 'Ik vind ze in elk geval
leuk genoeg.' Ik vond het jammer om de klaagpartij te verpesten,
maar ik had nog nooit meegemaakt dat een man mij echt rot had
behandeld. Daarvoor moesten ze natuurlijk ook wel geïnteresseerd genoeg zijn, en daar zat natuurlijk mijn probleem. Gemma
had gelijk: ik had inderdaad een vriendje nodig.

'Jij bent toch single?' vroeg Trix.

'Ja, maar mijn huisgenote doet er alles aan om dat op te lossen.
Ze heeft dates voor me geregeld met zo ongeveer half Manhattan.'

'En zat daar helemaal niks bij?' vroeg Isabel.

'Nee, nog niet. Maar als je maar genoeg kikkers kust, kom je
vanzelf wel een prins tegen.'

Trix sloeg met haar vlakke hand op tafel. 'Briljant idee, Katie!
Isabel, ik heb een ingelast agendapunt, laten we op zoek gaan
naar een paar prinsen.'

'Waar dan? Bij de vijver in Central Park?'

'Daar heb je de meeste kans.'

Ik geloofde mijn oren niet. 'Wacht even, bedoel je dat er echt
mannen bestaan die in een kikker zijn veranderd?'

Isabel haalde haar schouders op. 'Tuurlijk. Maar wat ze in dat
sprookje nooit vertellen, is dat alleen echte klootzakken zo worden gestraft. En ook niet dat je persoonlijkheid er niet bepaald
van opknapt.'

'Maar ze zijn meestal wel ontzettend dankbaar als ze worden
gered en dat is altijd goed voor een avondje plezier,' bracht Ari
hiertegenin.

'Ik bedoelde het niet zo letterlijk hoor, van die kikkers,' zei ik,
me afvragend of ik een beetje aangeschoten was. 'In mijn wereld
betekent dat alleen maar dat je met veel mannen uitgaat, ook al

voldoen ze op het eerste gezicht niet aan jouw criteria, omdat je maar nooit weet of er misschien iets tussen zit.'

'Wat saai. Heel verstandig, maar oersaai,' zei Trix. 'Nee, dan doen wij het toch beter.'

'En volgens mij hebben wij ook meer kans om iemand te vinden,' voegde Ari eraan toe.

We betaalden de rekening en liepen enigszins onvast de bar uit. Ik had geen besef van tijd, maar het was al donker. Ik vroeg me af of het wel zo'n goed idee was om nu en in onze toestand door Central Park te wandelen. Misschien hadden de feeën een ander metabolisme, maar ik was nog net nuchter genoeg om te beseffen dat ik behoorlijk aangeschoten was. Helaas was ik ook aangeschoten genoeg om mezelf met de groep te laten meevoeren.

Isabel hield op een tamelijk effectieve manier een taxi aan: ze ging gewoon midden op de weg staan. Als de chauffeur geen ernstig lichamelijk letsel wilde veroorzaken, moest hij dus wel stoppen. We stapten in, Isabel voorin en de rest op de achterbank. Deze onderneming was niet bepaald wat ik me bij een avondje uit had voorgesteld en de taxirit naar Central Park duurde lang genoeg om enigszins ontnuchterd te beseffen dat ik iets idioots aan het doen was. Hoe vaak ik het in figuurlijke zin ook over kikkers kussen had gehad: ik had nooit ook maar de lichtste aandrang gevoeld het werkelijk te doen.

Toen de taxi bij Plaza Hotel stopte, gingen we allemaal in onze tas op zoek naar geld, maar Isabel zei: 'Laat maar, ik betaal wel.' We stapten uit, staken 59th Street over en volgden een pad tot aan de vijver.

'Gaan jullie echt een kikker kussen?' vroeg ik, terwijl we naar de oever liepen. 'Rond deze tijd van het jaar zijn er vast niet veel. Veel te koud voor amfibieën.'

'Nu maken we juist meer kans,' zei Trix, 'alleen de betoverde kikkers zijn er nog. Zij proberen zo lang mogelijk te blijven in de hoop dat iemand de betovering komt verbreken.'

'Hoeveel betoverde kikkers zijn er dan eigenlijk? Want veel prinsen heb je in dit werelddeel niet.'

'Dat van die prinsen is alleen maar bij wijze van spreken,' zei Isabel. 'We bedoelen iedereen die een zekere macht of rijkdom heeft en die eens een toontje lager moet zingen. O, kijk, daar heb je er eentje!' Er zat een grote kikker op een steen. Pas na een paar pogingen lukte het haar het dier te pakken te krijgen, en toen bracht ze hem langzaam naar haar gezicht. Ik wilde mijn blik afwenden, maar uit een morbide fascinatie bleef ik toch kijken toen ze het glibberige beest kuste. Er gebeurde niets. Ze zuchtte teleurgesteld en liet de kikker los. Hij hupte snel weg met een beledigde 'kwaak'.

Ik hoorde een naderende politiesirene. 'Straks worden we nog gearresteerd wegens kikkermishandeling,' kreunde ik. Dat zou ik mijn ouders nooit kunnen uitleggen.

'Maak je toch niet zo druk,' zei Ari vermanend, terwijl ze zich schrap zette om ook een kikker te grazen te nemen. Ze was met haar vleugels een stuk sneller dan Isabel en ze had het arme beest al meteen te pakken. 'Welnee, we zitten hier veilig.' Toen keek ze naar de kikker. 'Zo, knappe jongen, ik hoop dat mijn wens uitkomt.' Ze kuste de kikker en ik struikelde bijna over mijn eigen voeten in de haast om naar achteren te lopen.

De kikker begon te gloeien. Er verscheen een gloeiende aura om het dier die steeds groter werd, tot Ari hem losliet. Maar in plaats van te vallen, bleef de kikker op ooghoogte in de lucht hangen. De aura werd steeds groter tot hij ongeveer de afmeting van een mens had. Toen de gloed verdween, bleef er een knappe, jonge man achter met een ouderwets pak aan. Mannenkleren zijn de afgelopen honderd jaar niet veel veranderd, dus het was moeilijk te zeggen uit welke tijd de kledij kwam, maar de man droeg een lange haardos, zoals in de tijd van de Romantiek modern was. Hij keek ontzettend angstig. Ik kreeg erg met hem te doen toen ik me probeerde voor te stellen hoe hij zich voelde: was hij net kikkeraf, stond hij plotseling oog-in-oog met een reuzin en een paar meiden met vleugeltjes.

'Wow,' zei ik. 'Dus het is echt waar!'

Ari wierp me een verwijtende blik toe. 'Geloofde je ons niet?'

'Jawel, maar je begrijpt toch wel hoe raar het klonk. Zeker voor iemand als ik.'

'Wie zijn jullie?' vroeg de man. 'Jullie hebben het recht niet!'

'Hou je kalm, zeg,' snauwde Ari. 'Ik heb net je betovering verbroken, dus je mag me wel een beetje dankbaar zijn.'

Er ging een schok door de man, alsof er op hem werd geschoten, en hij maakte een beleefde buiging. 'Ik bied u mijn nederige excuses aan en ik smeek u mij mijn afkeurenswaardige gedrag terstond te vergeven. Ik ben u welzeker zeer dankbaar, ondanks mijn ongemanierde gedrag.' Toen hij weer rechtop stond, kwam de paniekerige blik in zijn ogen terug. 'Als u me nu zoudt willen excuseren. Ik ben vreselijk druk. Ik dien mij ogenblikkelijk elders te begeven. Het was me een waar genoegen.'

Hij draaide zich om en maakte dat hij wegkwam. Ik zou hem hebben kunnen laten struikelen, want hij rende langs mij heen, maar ik had echt met hem te doen. Bovendien had Ari vleugels, zij was nog sneller dan ik.

Maar ze deed niets, alleen haar armen over elkaar en ze zei: 'Mij ook.'

Isabel gaf haar een schouderklopje. 'Ik zei toch al dat alleen klootzakken in kikkers worden veranderd. Om nog maar te zwijgen van overjarige klootzakken. Het is al eeuwen verboden om iemand in een kikker te veranderen. Die kerel zou alleen maar willen dat je de was voor hem deed en een potje voor hem kookte.'

'Je zou er nog eentje kunnen proberen,' stelde Trix voor.

'Nee, nu is Katie aan de beurt, een ouderwetse man lijkt me echt iets voor haar.'

Ik was echt niet van plan om een kikker te gaan kussen, maar dat wilde ik niet laten merken. Het zou sowieso uren duren voordat ik er eentje te pakken had, als ik een beetje meewerkte. Zij wisten niet dat ik als plattelandsmeisje alles wist van kikkers en torren vangen. Met mijn broers had ik voor de keus gestaan om daar maar aan te wennen of constant te gillen en te griezelen. 'Maar dan wil ik wel een goeie,' zei ik. Ik liep naar wat struiken om me te verstoppen, terwijl ik deed alsof ik een kikker zocht, tot de meiden er genoeg van kregen.

Ik duwde een tak opzij, stak mijn hoofd in de struik, en begon keihard te gillen.

·

13

In de bosjes zat een naakte man op een steen. Gelukkig zat hij zo dat ik niet méér van hem kon zien dan gepast was tijdens een eerste kennismaking. Hij keek naar me op en zei: 'Kwaak.'

'Eh, ik weet niet of je het weet, maar jij bent geen kikker,' zei ik.

De anderen waren naar ons toe gekomen. Ari en Trix arriveerden als eersten. Aan het gekraak van takken achter hen te horen, kwam Isabel als een stoomwals achter hen aan. 'Wat is er, Katie?' vroeg Trix.

Ik wees naar de naakte man. Ik kon geen woord uitbrengen.

'Dat is een kikker,' zei Ari.

Isabel kwam hijgend naast me staan. 'Wat is er gebeurd?'

'Katie heeft een kikker gevonden,' legde Trix uit.

'Nee, helemaal niet,' zei ik. 'Dit is een naakte man die denkt dat hij een kikker is. Bij die andere kerel, die Ari heeft gekust, zag ik wel eerst een echte kikker. Deze is heel anders.'

'Kwaak!' zei Naakte Kikkerman enthousiast.

Ik wist dat er een hoop geestelijk instabiele figuren rondliepen in New York en het leek me in het geheel niet onwaarschijnlijk dat daar een man tussen zat die dacht dat hij een kikker was, maar door wat de anderen zeiden, begon ik te vermoeden dat er meer aan de hand was. Dit moest haast wel het resultaat van een formule zijn en geen rare exhibitionistische dakloze of een echte betoverde prins.

'Waarschijnlijk is het gewoon een practical joke of een ontgroening,' zei Ari. 'Als jij hem wel als mens ziet, heeft iemand hem waarschijnlijk met een illusie opgezadeld die jij niet kunt zien door je magische immuniteit.'

'Maar wat moeten we doen?' vroeg ik. 'We kunnen hem hier

moeilijk laten zitten, dan gaat hij dood door onderkoeling. Het is hartstikke koud 's nachts, zeker als je in je nakie zit, zo vlak bij het water.'

'Kwaak,' zei de kikkerman smekend.

Ik knipte met mijn vingers voor zijn gezicht. 'Jij bent geen kikker,' zei ik beslist.

'Ik denk dat je hem een kus moet geven om hem daarvan te overtuigen,' zei Isabel.

'Een kus?'

Ari trok een gezicht. 'Hoe moet je anders een kikkerbetovering verbreken?' Ze liet het 'duh' aan het einde van de zin nog net weg, maar het klonk wel door in haar toon.

'Maar waarom ik?'

Trix telde de argumenten op haar vinger. 'A: omdat jij hem hebt gevonden. B: omdat jij in ieder geval een mens zult kussen. Als wij hem een kus geven, kussen we een kikker. En je kunt altijd nog beter een man kussen dan een kikker.'

Naakte Kikkerman zei: 'Kwaak, kwaak, kwaak!' Hij hupte zelfs een beetje op en neer van enthousiasme.

'Hé, rustig jij!' zei ik. Ik was heus niet te preuts om naakte mannen te kussen, maar het hing wel sterk van de omstandigheden af. Op de eerste plaats vond ik het wel prettig als ik de man in kwestie kende en een relatie met hem had. Het leek me ook niet te veel gevraagd dat ik hem aardig vond of misschien zelfs een beetje verliefd moest zijn (al wist ik uit ervaring dat je dat in de nabijheid van een naakte man vaak niet meer zo goed in de gaten had). Misschien was dat wel preutsheid, maar ik gaf toch de voorkeur aan een binnenlocatie, althans aan enige privacy.

Kortom: een naakte man kussen die alleen maar 'kwaak' tegen me zei, te midden van mijn collega's in Central Park, was bepaald niet iets waar ik opgewonden van raakte.

Maar wat ik had gezegd over het onderkoelingsgevaar, was natuurlijk wel waar. Als we hem hier achterlieten, zou hij misschien wel doodgaan. En als ik hem nu kuste, hoefde ik dat waarschijnlijk de rest van de avond niet meer bij andere al dan niet betoverde kikkers te doen. 'Nou, vooruit dan maar,' mompelde ik, terwijl ik naast hem op de grond hurkte. Dit zou een stuk gemakkelijker gaan als ik dronken was geweest. Misschien konden we eerst nog even ergens iets gaan drinken en later terugkomen om dit af te maken. Maar ik was er nu, dus ik kon het evengoed snel afhandelen. Gelukkig was een tongzoen geen noodzaak, dat viel alweer mee. Stel je voor dat hij echt vliegen had gegeten? Bah!

Ik kneep mijn ogen stijf dicht, boog wat naar voren en gaf hem een vluchtig kusje op zijn mond. Voordat ik mijn hoofd kon terugtrekken, greep hij mijn hoofd vast, trok me naar zich toe en gaf me een stevige kus terug. Ik dacht nog steeds aan die vliegen en hield mijn lippen stijf op elkaar.

Eindelijk liet hij me los. Ik kon het niet laten om met de rug van mijn hand mijn mond af te vegen. Hij greep mijn hand vast en begon die te overladen met kussen. 'O, dank je, dank je, dank je,' zei hij. Dat was al een stuk beter dan 'Kwaak,' al was zijn vocabulaire nog steeds vrij eentonig. 'Ik ben je eeuwig dankbaar.'

'Geen dank,' zei ik. Ik bevrijdde mijn hand en veegde die terwijl ik opstond ongemerkt af aan mijn rok.

Hij maakte ook aanstalten om te gaan staan, maar besefte ineens dat hij naakt was. 'Eh, ik wilde eigenlijk gaan staan, maar ik zou jullie erop willen wijzen dat het momenteel bijzonder koud is. Dus geen overhaaste conclusies trekken, alsjeblieft.'

Isabel trok haar vest uit en gooide het hem toe. Hij sloeg het om zijn middel en knoopte de mouwen vast. Het bedekte hem helemaal tot aan zijn knieën. Toen hij uit de donkere bosjes vandaan kwam, zag ik dat hij er niet eens zo slecht uitzag. Hij was ongeveer van mijn leeftijd, dus een beetje oud voor een ontgroening, en zijn lichaam was fraai gebouwd. Hij had wilde blonde haren en een tatoeage op een van zijn welgevormde biceps. Hij leek wel wat op een Californische surfer, niet op iemand die je in New York verwachtte. Ari floot zacht en stootte Isabel aan. 'Waarom heb je hem dat vest nou gegeven!' siste ze.

'Oké, nu je onttoverd bent, moest je maar eens naar huis gaan om op te warmen,' zei ik bits. Ik wilde niet dat hij dacht dat ik hem om een andere reden had gekust dan om hem te bevrijden van het kikkerbestaan. Als ik hem ergens anders was tegengekomen, was ik misschien wel in een kleine flirt geïnteresseerd geweest, maar nu ik hem had gezien in zijn hoedanigheid van zogenaamde kikker, was elk gevoel in die richting bekoeld. Ik nam mezelf voor om nooit meer iets over kikkers en prinsen te zeggen, nu ik ervan overtuigd was geraakt dat ik geen man wilde die een kikker was geweest, of het nu een prins betrof of niet.

'Wat is er aan de hand, dames?' klonk plotseling een stem. Ik draaide me geschrokken om. We molesteerden dan wel geen kikkers, maar in het half duister aangetroffen worden met een naakte man moest ook een vreemde indruk wekken. De stem bleek van een parkwachter te zijn, een parkwachter met puntoren en vleugels op zijn rug. Een elf dus.

'Wij hebben zojuist de betovering van deze meneer ongedaan gemaakt,' zei Trix. Zij en de elf keken elkaar aan en een intense, acute aantrekkingskracht spatte ervan af. Niet dat ik zoiets zelf wel eens had meegemaakt, maar ik had het vaak bij vriendinnen gezien.

'Dan kunnen we hem beter even mee naar binnen nemen en kijken of hij verzorgd moet worden,' zei de parkwachter.

'Ik ga wel even met jullie mee,' zei Trix. Ze zwaaide naar ons, gaf de Naakte Kikkerman een arm en liep achter de parkwachter aan.

'Zag je die blik?' vroeg Ari. 'Dat is vast een bevlieging, dat kan natuurlijk nooit iets worden.' We keken het drietal na tot ze in de duisternis verdwenen waren.

'Laat je hem zomaar gaan?' vroeg Isabel aan mij.

'Eh, ja, waarom niet?'

'Dat lijkt me nogal duidelijk: je hebt een echte prins gevonden!'

Ik rilde. 'Nee, dit was zelfs nog erger dan mannen ontmoeten in een bar voor singles.'

Isabels gezicht klaarde op. 'O, daar zouden we best naartoe kunnen gaan!'

'Vanavond niet,' zei ik met een zucht. 'Ik wil geen spelbreker zijn, maar ik ga nu eigenlijk liever naar huis.'

'Heb je het niet naar je zin?' vroeg Isabel bezorgd.

'Jawel, ik heb me enorm geamuseerd, maar ik heb een enerverende week achter de rug en daar moet ik eerst even van bijkomen. Nog bedankt voor de uitnodiging, ik ben heel blij dat ik ben meegegaan.'

Dat klonk waarschijnlijk heel overtuigend, want haar gezicht klaarde weer helemaal op. 'Ik ben blij dat je het naar je zin hebt gehad. We moeten dit nog maar eens doen.'

'Maar dan slaan we die kikkers over.'

Isabel en Ari begonnen te lachen. 'Het was anders jouw idee, hoor,' zei Isabel. Dat was waar, maar ik had natuurlijk niet verwacht dat ze het zo letterlijk zouden opvatten. Ik nam afscheid en liep gehaast naar 5th Avenue. Een van Marcia's veiligheidsregels luidde dat je 's avonds in je eentje beter de bus kon nemen dan de metro, omdat je dan vlak bij de chauffeur kon gaan zitten en minder kans liep ergens onder de grond met een stelletje idioten opgescheept te zitten. Ik keek op mijn horloge en zag tot mijn verbazing dat het nog vrij vroeg was. Ik was waarschijnlijk zelfs eerder thuis dan mijn huisgenoten.

Er kwam al vrij snel een bus en ik stapte in. Voor het eerst in mijn leven voelde ik me een raar wezen dat omringd werd door normale mensen, in plaats van andersom. Wat de andere mensen in de bus die avond ook hadden gedaan, het kon nooit vreemder zijn dan wat ik had uitgespookt.

In ongeveer een week tijd was ik van een doodgewoon meisje veranderd in een raar mens. En ik wist eigenlijk niet of ik dat wel zo'n verbetering vond.

Ik werd de volgende ochtend ruw gewekt doordat alle lampen in mijn kamer aanknipten, de gordijnen ruw werden opengeschoven en een voorzichtig straaltje zonlicht via de luchtkoker naar binnen viel. 'Wakker worden, slaapkop!' riep Gemma.

Ik trok de dekens over mijn hoofd, maar zij trok ze weer van me af. 'Je wilt toch niet de hele dag in bed blijven liggen?' vroeg ze. 'Ik heb al hardgelopen.'

Ik deed voorzichtig mijn ogen open en zag dat Gemma een velours joggingpak droeg dat verdacht veel leek op de outfit waarin Madonna een week eerder in *People* stond. 'Sinds wanneer loop jij hard?' vroeg ik. Gemma had een lichaam dat prachtig in vorm bleef zonder dat ze daar ook maar iets voor hoefde te doen. Als ik niet zo dol was op haar, zou ik haar erom kunnen haten.

'Sinds ik heb gehoord dat je op zaterdagochtend in het park allerlei leuke kerels tegenkomt.' Ze ging op de rand van mijn bed zitten. 'Ik heb niet echt gejogd, hoor. De truc is om de indruk te wekken dat je net gaat beginnen of net een heel eind hebt gelopen. Als je de hele tijd rent, zie je bovendien niet zoveel mensen en kun je moeilijk een praatje maken.'

'En, had je succes?'

Ze grijnsde. 'Ja, ik heb een enorm lekker ding ontmoet, en nog superaardig ook. Hij had van die ouderwetse manieren die ik sinds ik uit Texas weg ben nooit meer bij mannen heb gezien. Hij was trouwens niet aan het joggen, maar dat had hij ook helemaal niet nodig want hij was al in topvorm.'

'Heb je zijn telefoonnummer?'

'Nee. Maar ik heb hem wel verteld waar ik met mijn vriendinnen meestal naartoe ga op zaterdagavond en ik heb gevraagd of hij zin heeft om daar ook eens langs te komen.'

Ik fronste mijn wenkbrauwen. 'Waar gaan wij op zaterdagavond dan altijd naartoe?'

'Ik heb een grappig klein café ontdekt, echt heel leuk. Heb jij zin om vanavond mee te gaan? Misschien neemt hij wel een vriend mee.'

Ik kreunde. 'Ik weet niet of ik daar wel toe in staat ben.'

'Ach, kom op zeg, je lag al in bed toen wij gisteren thuiskwamen. Of heb je een kater? Hoeveel heb je gisteren gedronken?'

'Helemaal niet veel.' Mijn god, ik had me laten overhalen om kikkers te zoenen in Central Park, dan moest ik toch aardig bezopen zijn geweest. Toch was mijn kater eerder mentaal dan fysiek.

Ik was nog steeds behoorlijk in de war door het kikkerkusincident.

'Heb je een leuke avond gehad? Wat hebben jullie gedaan?'

'O, gewoon, een echte meidenavond, naar de mannen kijken. Je kent het spreekwoord toch? Je moet eerst een paar kikkers hebben gezoend...'

'...voordat je de prins vindt,' maakte ze af. 'En heb je er een gevonden?'

'Dat hangt er maar van af hoe je het bekijkt,' zei ik cryptisch. Ze moest zelf maar zien hoe ze dat opvatte.

Ik had eigenlijk niet veel zin om weer naar een bar te gaan, maar ik liet me toch door Gemma overhalen. Marcia liet het afweten omdat ze nog moest werken. Shit, als het inderdaad klikte tussen Gemma en die jongen, dan zat ik er weer voor spek en bonen bij. Ik besloot om in dat geval gewoon eerder naar huis te gaan.

Het café dat Gemma had ontdekt, was een gezellige buurtkroeg, zo'n kroeg waar we misschien best vaker naartoe zouden kunnen gaan. We waren nog geen vijf minuten binnen toen ze zichzelf al had omgetoverd tot een vaste klant die de namen van alle barkeepers kende. Ik wist niet hoe ze dat toch steeds weer voor elkaar kreeg.

Ik bestelde een glas wijn, want een cosmo deed me alleen maar aan kikkers denken. Gemma probeerde een gezellig gesprekje te voeren over mijn eerste werkweek terwijl ze voortdurend uitkeek naar haar vage afspraak. Gelukkig werd ze daar veel te veel door in beslag genomen, dus ze besteedde niet veel aandacht aan wat ik zei.

Eindelijk klaarde haar gezicht op. 'Daar heb je hem!' zei ze. Ik keek om en zag een lange man met lange, golvende haren het café binnenkomen. Hij had een donkergrijze broek aan en een wijd, wit overhemd met bretels. Hij leek me niet erg op zijn gemak en niet op z'n plaats hier. Het vreemde was dat hij me bekend voorkwam. 'Philip!' riep Gemma naar hem, terwijl ze ging staan en haar hand opstak. Hij lachte naar haar en iets van zijn ongemakkelijke houding verdween toen hij haar zag.

Ze trok er een stoel bij. 'Philip, dit is mijn vriendin Katie.' Hij pakte mijn hand en maakte een kleine buiging toen we aan elkaar werden voorgesteld. Ik hoopte dat hij me geen handkus zou geven. Dat zou me veel te veel aan die Naakte Kikkerman doen denken. Toen legde hij zijn handen op de rugleuning van de stoel die ze naar achteren geschoven had en bleef afwachtend staan, maar Gemma plofte neer op de stoel waarop ze al had gezeten in plaats van op de stoel die hij voor haar vasthield. Hij fronste zijn wenkbrauwen en leek een beetje van zijn stuk gebracht, maar hij herstelde zich snel, liep naar haar toe en hielp haar bij het aanschuiven van haar stoel voordat hij zelf ging zitten.

Op dat moment wist ik weer wie het was: Philip was de kikkerprins van de vorige avond, die ene die Ari met een kus uit zijn betovering had bevrijd. Hij scheen mij niet te herkennen, maar omdat ik omringd was geweest door een reuzin en twee feeën, was ik hem waarschijnlijk niet opgevallen. Ik vroeg me af of hij zelf ook magisch was, of alleen slachtoffer van een wrede betovering.

Hoe het ook zij, ik wist niet of ik er wel zo blij mee zou zijn als mijn huisgenote iets met hem begon. Maar wat kon ik doen? Gemma apart nemen om te zeggen dat haar nieuwe vriendje vroeger een kikker was geweest? Tot nu toe was hij zeer beleefd en ik had geen enkele reden om mijn huisgenotenveto over hem uit te spreken. Dat veto moest voorbehouden blijven aan zeer speciale gevallen, zoals wanneer je de man herkende van de compositietekening van een seriemoordenaar. En ik dacht niet dat de voormalige kikker in die categorie viel.

Ze schenen het goed met elkaar te kunnen vinden. Normaal gesproken zou dit het moment zijn waarop ik met een of andere smoes voor de dag zou komen en zou vertrekken zodat ze met z'n tweeën konden zijn, maar ik kon Gemma toch niet alleen laten met een voormalige kikker. Er vloog een vlieg door het café en tot mijn afgrijzen zag ik Philip er hongerig naar kijken. Toen hij zelfs verlekkerd zijn lippen aflikte, was de maat vol.

Ik wachtte tot Gemma even iets ging bestellen en boog me naar Philip toe. 'Luister, ik weet wat jij geweest bent en ik heb gehoord dat dat niet iets is wat leuke mannen overkomt. Ik wil je dus één ding heel erg duidelijk maken: als je mijn vriendin ook maar één reden tot klagen geeft, stuur ik een paar mensen op je af die jou binnen de kortste keren weer in een kikker veranderen. Is dat duidelijk?'

Hij staarde me met grote ogen aan en knikte. Ik betwijfelde of ik een van mijn collega's van BBI echt zo ver zou krijgen dat ze hem weer in een kikker veranderden, want ik had begrepen dat dat tegenwoordig verboden was, maar dat hoefde hij natuurlijk niet te weten.

Toen Gemma haar aandacht weer op ons richtte, kwam er een barman naar ons toe en zette een glas champagne voor me neer. 'Met de complimenten van die meneer daar,' zei hij.

Ik draaide me om. Mijn hart bonsde in mijn keel. Ik wist niet waar ik op hoopte, of wat ik moest verwachten. Zoiets was me nog nooit eerder overkomen, dus ik bereidde me maar voor op een teleurstelling. Misschien was het Rodney, dat leek me typisch iets voor hem.

Maar het was niet Rodney die vanaf de andere kant van het café lachend naar me keek, het was de Naakte Kikkerman, ditmaal keurig in de kleren. 'Wow, Katie, een bewonderaar!' zei Gemma. 'Moet je niet even met hem praten?' Met andere woorden: kon ik haar even alleen laten met haar kikker, eh, haar vriendje.

Ik wilde best met mijn bewonderaar praten, maar niet voor een flirt. Ik ging staan (Philip kwam een stukje overeind uit zijn stoel, waaruit ik concludeerde dat hij uit een vorig tijdperk stamde, want dat deden mannen tegenwoordig niet meer), pakte mijn glas en liep naar het tafeltje van de Naakte Kikkerman. Hij ging nu helemaal staan om me te begroeten. 'Mijn allerliefste Katie, ik kan je niet genoeg bedanken voor hetgeen je voor mij hebt gedaan,' zei hij. Hij klonk een beetje als een sukkel die Shakespeare imiteerde, zonder veel succes.

'Hoe weet jij dat ik zo heet? En hoe heb je mij gevonden?'

'Dat weet ik van je feeënvriendin. En je was heel gemakkelijk te vinden. Ik heet trouwens Jeff.'

Ik kreeg zin om Trix' vleugels uit te rukken en haar daar vervolgens mee om de oren te slaan. 'Bedankt voor het drankje, maar het was eerlijk gezegd een kleine moeite.' Ik boog me wat dichter naar hem toe. 'Ik weet niet of je het je realiseert, maar je was niet echt een kikker. Het was alleen maar een illusie, het was niet echt.'

'Toch heb je me bevrijd. Je hebt mijn leven gered! En jij bent bovendien het allermooiste meisje dat ik in lange tijd ben tegengekomen.'

Ik kreeg de indruk dat er niet eens een toverformule voor nodig was om hem in zijn nakie in het park te laten kwaken als een kikker. Waarschijnlijk had zijn moeder hem vroeger als kind op zijn hoofd laten vallen. 'Goed, nou, je hebt een drankje voor me gekocht, dus nu staan we quitte. Een prettig leven verder, en kom niet in de buurt van leliebladeren. Wat is er trouwens met je gebeurd? Had je een weddenschap verloren of zo?'

Hij keek een beetje schaapachtig. 'Ja, zoiets. Maar achteraf heb ik het gevoel dat ik toch heb gewonnen, omdat ik jou heb leren kennen.' Hij maakte een onopvallend handgebaar en er verscheen een rode roos in zijn hand, die hij me met veel hoffelijk vertoon overhandigde. Geweldig, nu had ik dus een krankzinnige stalker die ook nog eens over magische krachten beschikte. 'Misschien wil je deze roos aannemen als nederig symbool van mijn aanbidding.'

'Wow, dank je. Maar dat is niet nodig, hoor. Ik moet trouwens gaan, dus eh... dag!' Ik spurtte het café uit voor hij iets kon doen. Wat een weekend! Als ik maandag weer op mijn werk was, zou het daar maar een saaie boel zijn.

Owen stond maandagochtend al op het perron. Hij zag er een stuk beter uit, de donkere kringen onder zijn ogen waren verdwenen en zijn huid had een gezonde kleur. De honkbalwedstrijd had hem kennelijk goed gedaan.

'Hoe was de wedstrijd?' vroeg ik. 'Ik heb gehoord dat de Yankees hebben gewonnen.'

Owen keek naar zijn schoenen en begon een beetje te blozen. 'Waarom denk je dat ik daar iets mee te maken heb?'

'Dat klinkt wel alsof je inderdaad iets op je geweten hebt: ik zei toch helemaal niets over de manier waarop ze hebben gewonnen? Maar jij verklaart inderdaad veel.'

'Je keurt het zeker niet goed.'

Ik haalde mijn schouders op. 'Ik ben fan van de Texas Rangers, die vroeger de Senators heetten, weet je wel, van *Damn Yankees*, dus dan begrijp je het wel.'

'O, sorry. We hebben trouwens niet veel bijzonders gedaan hoor, alleen het gezichtsvermogen van de scheidsrechter een tikje verbeterd.'

'Ja, dat zal wel.' Hij moest lachen om mijn plagerige toon. Toen even later de trein het station binnenliep, realiseerde ik me plotseling dat we voor het eerst over iets anders hadden gesproken dan over het werk. En hij ademde nog steeds, hij was niet roder dan anders en hij was tijdens het gesprek over koetjes en kalfjes niet flauwgevallen. Hij keek me zelfs een keer recht in mijn ogen aan. Dat bewees zo ongeveer dat zijn belangstelling voor mij niet verder reikte dan pure vriendschap. Helaas.

Terwijl we ons in de metro aan dezelfde paal vasthielden, vroeg ik: 'Ben je eigenlijk een echte honkbalfan?'

'Ik weet niet of ik een echte fan ben, maar ik vind het wel leuk. Het is zo...' hij zocht naar woorden, '...zo lekker gewoon, en daar heb ik soms zo'n behoefte aan.'

Hij keek een beetje bezorgd. Ik vroeg me ineens af of het eigenlijk wel zo'n zegening was om over magische krachten te beschikken, het leek me soms een vloek. In een poging hem aan het lachen te maken, ging ik op m'n tenen staan en fluisterde in zijn oor: 'Gewoon, je bedoelt zeker die keren dat je geen toverformule op de scheids afstuurt?' Het werkte. Hij grinnikte en zijn gezicht kreeg een charmante roze kleur.

Die middag bleef ik na werktijd nog wat rondhangen in mijn kantoor in de hoop dat ik Owen op de gang zou tegenkomen, zodat we samen de metro terug konden nemen. Misschien vertelde hij me nog wel iets persoonlijks. Helaas liet hij zich niet meer zien. Waarschijnlijk was hij hard op zoek naar een tegenformule. Teleurgesteld ging ik alleen naar huis.

Op station Union Square aangekomen, was ik echter blij dat Owen er niet bij was. Eerst schonk ik niet zoveel aandacht aan de kerel die bij de uitgang gitaar stond te spelen. Tot ik mijn naam hoorde. Hij zong aldoor 'O, Katie' op de wijs van 'Mandy' van Barry Manilow, maar dat lukte hem bar slecht. Tot mijn afgrijzen herkende ik Jeff, de Naakte Kikkerman. Hij keek me stralend aan. Onder het spelen liet hij zich zelfs op één knie zakken. O, laat hem geen aanzoek doen, bad ik snel.

De volkomen idolate blik in zijn ogen deed me denken aan Cletus, de niet bijster slimme, maar onwaarschijnlijk vriendelijke zwarte labrador die we vroeger hadden. Cletus beschikte helaas niet over een groot onderscheidend vermogen; hij was net zo vriendelijk tegen gezinsleden als tegen inbrekers, zolang ze maar bereid waren hem te aaien. Ik vermoedde dat deze meneer uit hetzelfde hout gesneden was. Of had het iets met de bezwering te maken? Hoe ging dat sprookje over die kikker ook alweer? Was hij nu de rest van zijn leven verliefd op mij omdat ik de betovering had verbroken? Ik had veel liever in plaats daarvan drie wensen gedaan.

Ik kon nu een paar dingen doen. Ik kon hem negeren en gewoon doorlopen, met het risico dat hij me achterna kwam. Of ik kon blijven staan en hem zeggen dat hij hiermee moest ophouden, maar dat zou waarschijnlijk geen effect sorteren, zeker niet als hij onder invloed verkeerde van een toverspreuk. Misschien was het beter om gewoon even met hem te praten, dan liep ik waarschijnlijk de minste kans dat hij me als een persoonlijke troubadour door New York zou achtervolgen.

Ik ging zo dicht bij hem staan als ik durfde en siste: 'Wat denk jij dat je aan het doen bent?'

'Ik breng een serenade aan mijn schone maagd, die met haar zoete lippen mijn leven heeft gered.' Hij was weer op de Shakespeare-toer.

'Wil je daar alsjeblieft mee kappen? Ik wil helemaal geen serenade.'

'Mijn nederige gezang kan je niet bekoren?'

'Nee, ik schaam me dood.' Eigenlijk zou hij zich dood moeten schamen, maar als je eenmaal in je blootje in Central Park hebt gezeten, valt alles mee. Ineens kreeg ik een idee. 'Weet je trouwens dat je mijn hart juist door afwezigheid veel effectiever kunt raken?'

Binnen twee tellen had hij zijn gitaar in de koffer gestopt en was hij verdwenen. Had ik daar maar eerder aan gedacht. Met een opgelucht gevoel ging ik naar huis.

Zo begon mijn tweede week bij BBI, die iets normaler verliep dan de eerste, althans zo normaal als je bij een bedrijf in tovenarij en magie kunt verwachten. Er waren geen indringers, in ieder geval betrapte ik er geen, en ik werd niet gevraagd om het testen van een gevaarlijke toverformule bij te wonen. Ik had een paar keer een gesprekje met meneer Hartwell over de marketingcampagne, maar Merlijn zag ik de hele week niet.

Waarschijnlijk waren Owen en zijn team druk bezig met het testen van de formule, want hij zag er steeds bleker en vermoeider uit. Na een week zonder tegenformule kreeg hij een zorgelijke rimpel op zijn voorhoofd. Meestal zaten we 's ochtends op weg naar het werk samen in de metro, maar verder zag ik hem nauwelijks.

Ik ging regelmatig lunchen met Ari en ook een paar keer met Isabel, en zij leerden me allerlei dingen over de magische wereld. In de weken die volgden, kreeg ik ook een beter idee van wat mijn werk nu eigenlijk inhield. Ik bezocht detailhandelaren en lette altijd goed op of ik formules van Idris zag. Verder zorgde ik ervoor dat de verkopers op de hoogte waren van ons nieuwe marketingbeleid, woonde een paar vergaderingen bij en verfijnde mijn ideeën voor een effectievere manier van controleren.

Nu ik gewend raakte aan mijn nieuwe baan, werd het thuis ook een stuk gemakkelijker. Mijn vriendinnen probeerden me ook niet meer elk weekend aan een ander vriendje te koppelen. Gemma verzekerde me dat ze hard aan Project Vaste Verkering werkte, maar ze had de juiste jongen kennelijk nog niet gevonden. Ik genoot van de rust op het date-front en van de *quality time* die ik met mijn vriendinnen doorbracht. Gemma ging na een week nog steeds met Philip de Kikker om; dat duidde op een serieuze relatie. Mijn eigen kikkerman, Jeff, liet zich niet meer zien, maar ik wachtte met angst en beven het moment af waarop hij besloot dat het lang genoeg had geduurd en ik dus helemaal idolaat van hem moest zijn.

In de vierde week kon ik me al niet meer voorstellen dat ik ooit ergens anders had gewerkt. Het rare oude gebouw voelde als een echt thuis, en ik vond het helemaal niet vreemd meer om samen te werken met mensen die vleugeltjes op hun rug hadden. Ik leerde hoe ik mijn handen moest houden als iemand me een kopje koffie aanbood, en ik raakte verwend doordat ik te eten kreeg wat ik maar wenste.

Die dinsdagochtend kwam er een telefoontje van de verkoopafdeling. Of ik iets wilde komen controleren. Toen ik binnenkwam, zat Selwyn, de elf met wie ik mijn eerste opdracht had uitgevoerd, al op me te wachten. 'Hé, Katie, schat,' zei hij, terwijl hij naar me wees alsof hij me met een pistool onder vuur nam. 'Klaar voor de start? Ik wil een paar klanten controleren.' Hij voegde er quasifluisterend aan toe: 'En wie weet wat we onderweg allemaal nog meer tegenkomen.'

'Hoe gaat het eigenlijk met de verkoop?' vroeg ik, toen we op weg waren naar de uitgang van het gebouw.

'We hebben nog niet veel last van de zogenaamde concurrentie, maar de concurrentie verkoopt ook nog steeds niets wat invloed zou kunnen hebben op onze verkopen. Dat marketinggedoe van jullie werkt trouwens wel goed, want de verkopen stijgen aanzienlijk, waardoor onze verkopers minder snel het risico zullen nemen om spullen te verkopen die niet koosjer zijn.'

We gingen naar buiten en stapten op het vliegend tapijt. Ik voelde me op die dingen inmiddels volkomen op mijn gemak, al was ik minder tevreden over de manier waarop Selwyn stuurde. Hij was een verschrikkelijke opschepper en ik geloof dat ik dat alleen maar aanmoedigde met mijn angstige blik.

'Dus het gaat allemaal goed?' vroeg ik, zo luchthartig mogelijk om mijn vliegangst te verbergen.

'Ja, daar lijkt het wel op. Ze hebben maar een paar mensen met die formules betrapt, en ze zijn bovendien veel minder effectief dan ze beweren. Zulke dingen raken snel bekend.' Ik had het nieuws nauwlettend gevolgd met het oog op onverklaarbare uitbarstingen van criminele activiteiten, maar het niveau in New York bleef stabiel. Misschien was het toch minder erg dan we hadden gevreesd, al betwijfelde ik of ze Merlijn wel hadden teruggehaald voor iets wat zo simpel was op te lossen.

We kwamen bij onze eerste klant, een muziekzaak in East Village. Ik vroeg me af of dit dezelfde winkel was waar Jake die formule had gekocht. Het was in elk geval een aftands zaakje waar ik uit mezelf nooit naar binnen was gegaan, en ik betwijfelde of ze er wel de mainstream muziek verkochten waar ik van hield.

'Dit is een verrassingsbezoek, dus doe je best,' zei Selwyn vlak voor hij de deur opende. 'Hé, Marco!' riep hij, toen we binnen waren.

Het duurde even voordat ik in de gaten had of het wezen dat zich achter in de zaak bevond een mens was. Ik dacht van wel, maar ik wist het niet zeker. Hij was in elk geval mager genoeg om te kunnen fungeren als dressman in de tijd van de heroïnemode, en zijn armen en benen waren zo lang dat hij iets insectachtigs had. Er stak meer metaal in zijn gezicht dan ik in mijn jeugd in mijn – toch niet kinderachtig uitgevallen beugel – had gehad. De man leek niet zo blij om Selwyn te zien. 'Ik heb genoeg. Geen nieuwe voorraad nodig.'

Selwyn liet zijn vertegenwoordigersenthousiasme door deze stugge ontvangst niet bekoelen. 'Nee, maar ik kom gewoon even langs. Ik vind het prettig om contact te houden met de klanten, om voeling te houden met de werkvloer, de plek waar het allemaal om draait.' Terwijl Selwyn zijn praatje afdraaide, nam ik een kijkje in de winkel. Er stonden niet alleen schappen met elpees en cd's, maar ook rekken met toverformules en bezweringen. De meeste waren afkomstig van BBI, in de originele, nieuwe verpakking, maar ik zag ook een paar exemplaren van de formule die Jake had opgeduikeld. Ik ving Selwyns blik en knikte veelbetekenend.

Selwyn liet zijn vertegenwoordigerscharme meteen varen en zijn ogen schoten vuur. Ik was blij dat ik niet degene was op wie hij zo kwaad werd. 'Jij verkoopt die rommel dus ook,' zei hij, terwijl hij zich dreigend naar Marco toe boog. Als ik me niet vergiste, was hij inderdaad een paar centimeter groter geworden. Zouden elfen rekbaar zijn?

Marco liet zich niet zo gemakkelijk intimideren. Hij keek zelfs nogal verveeld. 'Ja, nou en?'

'Nou en? Ze overtreden alle ethische normen waar wij ons keurig aan houden.'

'Ja, hoor eens, daar heb ik geen oordeel over. Ik verkoop gewoon wat de mensen willen.'

'En hoe graag willen de mensen die rommel dan wel?'

'We hebben er een paar verkocht. De laatste tijd niet zoveel meer. Er wordt gezegd dat ze toch niet zo goed werken.'

'Dus je weet zelf ook wel dat je rotzooi verkoopt?'

Marco haalde zijn schouders op. 'Daar moeten de klanten zelf maar op letten.'

'Als bekend wordt dat jij rotzooi verkoopt, ben je straks al je klanten kwijt.'

'Ik ben toch alleen maar de winkelier!'

'Ja, maar wij kunnen in deze buurt best een andere winkel vinden voor onze spullen. Zoveel verkoop je nu ook weer niet.'

'Dat betekent alleen maar dat ik de omzet van jullie spullen niet zal missen. Jullie moeten die suffe producten gewoon een beetje opfrissen, anders kopen de klanten ze niet meer. Dat hele

verbeter-de-wereld-gedoe van jullie bedrijf is vreselijk ouderwets.'

'Ik kan wel één snelle manier bedenken om de wereld te verbeteren,' zei Selwyn met een ironische ondertoon.

Marco snoof verachtelijk. 'Ja, alsof een heilig boontje zoals jij
dat zou doen.'

'Dat hebben we al eerder gedaan, en je werkt al zo lang voor
ons dat jij je dat zou moeten kunnen herinneren. Als de hele zaak
instort, wil je wel aan de goede kant staan, neem ik aan.' Ik begreep niet precies wat Selwyn bedoelde, maar Marco kennelijk
wel, want hij werd bleek, al bleef hij Selwyn koppig aankijken.

Selwyn wenkte me en we liepen de winkel uit. 'Gelukkig is hij
in de minderheid,' zei hij, toen we weer op het vliegend tapijt zaten. 'We moeten zulke zaken maar goed in de gaten houden, volgens mij zijn dat de belangrijkste verkooppunten.'

'Toch goed om te horen dat het niet zo erg goed gaat met de
verkoop van Idris' producten.'

'Zolang hij de tekortkomingen nog niet heeft verbeterd. Als hij
alles beter aan de praat krijgt, zitten wij in de puree.'

14

Toen ik de volgende ochtend op mijn werk kwam, na een zeldzaam metroritje zonder Owen, vond ik een e-mail met de mededeling dat er die ochtend een vergadering zou zijn in het kantoor van Merlijn. Ik haastte me naar boven. Owen was er al. Hij zag er heel verkreukeld en onverzorgd uit, wat niets voor hem was. Zijn haar zat in de war, hij had donkere stoppels op zijn wangen, en het verkreukelde jasje dat hij droeg had hij volgens mij een dag eerder ook al aangehad. Op een bepaalde, verontrustende manier vond ik hem heel erg aantrekkelijk. Gemma moest maar snel met een kandidaatvriendje voor mij op de proppen komen om me van deze stomme verliefdheid af te helpen.

'Dus daarom zat je niet in de metro,' zei ik, terwijl ik aan de vergadertafel van Merlijn ging zitten en probeerde niet te hijgen of te kwijlen.

Hij wreef in zijn ogen. 'Ja, ik ben de hele nacht hier gebleven om aan de tegenformule te werken.'

Meneer Hartwell en Gregor kwamen binnen, samen met een dwerg die ik niet herkende. Hij werd aan me voorgesteld als Dortmund, hoofd van de Afdeling Boekhouding.

Merlijn was net gaan zitten toen er een mollige vrouw binnenstormde. 'Sorry dat ik te laat ben,' zei ze. 'Ik had die vertraging natuurlijk moeten zien aankomen.' Ze liep naar me toe en zei: 'Katie, wij hebben elkaar nog niet eerder gezien geloof ik. Ik ben Minerva Elps, hoofd van de Afdeling Voorspellingen en Verlies.'

Ze was niet bepaald wat je je bij een helderziende vrouw voorstelt. Ik had een zigeunerachtig type verwacht, zoals de waarzegster op de kermis, of misschien een etherisch, vaag mens. Maar deze leek meer een bemoeizuchtige tante, die graag alles over iedereen aan de weet wilde komen. Maar ja, dat was natuurlijk ook haar werk.

Merlijn opende de vergadering. Ik vond dat hij veel beter in deze omstandigheden en deze tijd paste dan de vorige keer dat ik hem had gezien. Hij maakte een veel minder verloren indruk. 'Omdat er al een maand is verstreken sinds we zijn gestart met het bestrijden van het mogelijke gevaar van onze nieuwe concurrent, leek het me opportuun was om eens te kijken hoe de zaken er nu voorstaan. Meneer Hartwell?'

'Met de verkopen gaat het veel beter dan vóór de marketingcampagne van mevrouw Chandler, maar ik weet niet of dit van invloed is op de verkoopcijfers van de concurrentie. In sommige winkels waar onze producten worden verkocht, hebben we ook een paar producten van de concurrent aangetroffen, maar niet bij de belangrijkste verkooppunten. Het gaat alleen om een paar kleine zaakjes in de periferie waar de fatsoenlijke leden van de magische wereld nooit komen.'

'We krijgen veel positieve feedback van de winkeleigenaren,' voegde ik hieraan toe. 'Het lijkt me daarom een goed idee om de marketingcampagne voor te zetten, nog afgezien van de vraag of het helpt, tegen de huidige dreiging. Het heeft er in elk geval al toe bijgedragen de bezweringen van de concurrent uit de meeste winkels te weren.'

Owen zat met zijn vingertoppen zijn slapen te masseren. Hij was zo moe dat hij niet eens bloosde toen hij iets ging zeggen. 'Wat zeker helpt, is dat het geen goede formule is. Het vreet energie en het werkt niet zo goed als je van een commercieel geproduceerde formule zou verwachten. Idris heeft het veel te haastig op de markt gebracht. Maar ik ken hem goed genoeg om te weten dat hij er daarom niet mee zal stoppen. Als hij deze formule verbetert, krijgen we pas echt problemen.'

'Hoe staat het met de tegenformule?' vroeg Merlijn.

'Ik heb er sinds ongeveer vijf uur vanmorgen een tegenformule voor. Die moet nog naar Praktische Magie voor de verdere uitwerking. Maar ze werkt alleen voor deze versie, dus zodra Idris met een verbeterde formule op de markt komt, kan ik weer opnieuw beginnen.' Het klonk niet alsof hij zich daar bijzonder op verheugde.

'Is er nog iets te melden van de kant van Voorspellingen en Verlies?'

Minerva schudde haar hoofd. 'Sorry, maar ik zie alleen maar mist, geen enkel voorteken. Het kan dus alle kanten op. Van de andere kant hebben we ook geen beeld van een grote ramp in de nabije toekomst. Maar ik kan niet zeggen of de goede of de slechte kant zal winnen.' Ze haalde haar schouders op. 'Daarmee zijn we even waardeloos als een hor in een onderzeeër, maar ja, het is niet anders.'

Merlijn vouwde zijn handen en legde ze voor zich op tafel. 'Inderdaad. Het lijkt erop dat we een acute crisis hebben weten te voorkomen, maar het gevaar is nog niet geweken. Meneer Palmer, kunt u iets zeggen over de manier waarop deze bezwering zou kunnen worden verbeterd?'

'Ik zou het zelf eens kunnen proberen, want ik verwacht niet dat Idris een heel andere benadering zou volgen dan ik, we hebben tenslotte dezelfde opleiding gevolgd. Maar dan zou ik me moeten verdiepen in een richting binnen de magie waar ik me liever verre van houd.' Als ik me niet vergiste, kwam er een angstige blik in zijn ogen, maar omdat hij die snel neersloeg, wist ik het niet zeker.

Merlijns blik verzachtte. 'Misschien kun je deze taak aan je team overdragen en ze heel goed begeleiden.'

Owen knikte, maar hij zei verder niets meer en keek ook niet meer op. Rodney had een keer gezegd dat Owen tot erg veel in staat was en dat ze zich daar binnen het bedrijf wel eens zorgen over maakten. Nu leek Owen daarover zelf ook bezorgd. Bedoelde hij dat hij bang was dat hij op het verkeerde pad zou komen als hij zich inliet met zwarte magie? Ik kon me niet voorstellen dat hij in staat was iemand kwaad te doen, maar ik wist natuurlijk maar heel weinig over magie. En over Owen. Ik bedacht me dat ik hem nu al meer dan een maand kende, maar dat ik over zijn privé-leven niet meer wist dan dat hij van honkbal hield.

'Is er iets wat Verkoop kan doen om in te spelen op een toekomstige crisis?' vroeg Merlijn.

Meneer Hartwell keek somber. 'We zetten de winkeliers nog steeds onder druk en we proberen ze duidelijk te maken dat er echt grote kwaliteitsverschillen bestaan, maar dat kunnen we natuurlijk niet volhouden als Idris' formule sterk zou worden verbeterd. We moeten bovendien uitkijken met dreigementen om onze producten terug te trekken uit de betreffende winkels, want als we dat echt doen, verliezen we ook het zicht op wat er in die winkels verder nog wordt verkocht. Zolang onze bezweringen in die winkels liggen, hebben we ook een excuus om er te komen controleren en hebben we het meteen in de gaten als Idris met iets nieuws komt.'

Merlijn keek naar Dortmund, de boekhouddwerg. 'We hebben daar misschien een ruimer budget voor nodig. Hoe staat het met de begroting?'

'We hebben genoeg goudreserves. Met onze aandelen ging het niet zo geweldig, maar dankzij een tip van de jongens van Minerva zit er nu schot in. Het komt erop neer dat we geld genoeg hebben om te kunnen doen wat we willen. En als we het nu niet uitgeven, hebben we er in de toekomst misschien niks meer aan. Zoals Hartwell al zei: met de verkoop gaat het goed. We zitten er warmpjes bij.'

'Goed, uitstekend. Ik kan dus wel concluderen dat we ons goed hebben voorbereid.'

Op dat moment drong het ineens tot me door dat hij Gregor nog niets had gevraagd. Ik dacht dat die hier was voor een of andere controle, of om te melden hoe het stond met het opsporen van indringers, maar Gregor had nog niets naar voren gebracht. Ik vroeg me af waarom hij eigenlijk op deze bijeenkomst was.

Merlijn keek om zich heen en zei: 'Dan staat er nog één punt op de agenda. Zoals jullie allemaal weten, moest ik nog steeds een assistent kiezen. Ik heb dat zo lang mogelijk uitgesteld omdat ik de werknemers eerst goed wilde leren kennen. Nu deze crisis zich voordoet, wil ik een assistent die ik honderd procent kan vertrouwen en daarom wilde ik mevrouw Chandler vragen om mijn assistente te worden.'

Ik schudde even met mijn hoofd om zeker te weten dat ik het goed had gehoord. Dat was de baan waar Kim op hoopte.

Merlijn ging door. 'Maar ik laat het natuurlijk helemaal aan mevrouw Chandler over of ze van dat aanbod gebruik wil maken.'

'Ja, natuurlijk. Dank u.' Ik had hier absoluut niet op gerekend, maar ik hoefde er niet over na te denken. Van mijn vorige baan wist ik dat de assistenten van de directie de touwtjes echt in handen hadden. En ik was vereerd dat Merlijn zoveel vertrouwen in me had.

Merlijn glimlachte. 'Mooi. Ik weet dat ik iemand uit Gregors team pluk, maar ik geloof dat het van het grootste belang is dat ik iemand in de buurt heb die over grote controlecapaciteiten beschikt. Mevrouw Chandler kan bovendien haar huidige taken voor een deel blijven voortzetten. Ze blijft aan het hoofd staan van de marketingcampagne die ze tot nu toe zo succesvol heeft geleid.'

Gregor keek niet blij, maar werd ook niet groen en kreeg evenmin slagtanden. Hij was vast blij dat hij van me af was. Kim zou zeker niet blij zijn, maar dat was niet mijn probleem. Ik had haar niet meer gezien sinds ik bij R&D werkte.

Owen lachte naar me. 'Gefeliciteerd,' ze hij. Ik vroeg me af of hij er al van af had geweten.

'Bedankt, ik vind het fantastisch! Ik weet niet wat ik moet zeggen.'

'Je hebt het verdiend, Katie. Ik kan me geen betere naaste medewerker voorstellen,' zei Merlijn met een warme, grootvaderlijke lach.

Er verscheen een fles champagne op tafel met glazen voor iedereen. Minerva maakte de fles open en schonk in. 'Nou, 't is weer fraai hoor, nog niet eens twaalf uur en we zitten alweer aan de drank,' mompelde Gregor. Ik kon bijna niet geloven dat hij echt een grapje had gemaakt. Ik hoopte althans dat het een grapje was.

Merlijn hief het glas. 'Op mijn nieuwe assistente. Dat ze mij veel goede raad mag geven.'

De anderen hieven ook het glas en prevelden de wens na. Ik voelde me trots en gegeneerd tegelijk. Ik had in mijn vorige baan een jaar moeten ploeteren zonder ook maar één cent salarisverhoging en nu kreeg ik binnen een maand al een geweldige promotie. Rodney en Owen hadden gelijk gehad toen ze tegen me zeiden dat ik in dit bedrijf heel erg gewaardeerd zou worden. Maar dat het zó goed zou gaan, hadden ze vast ook niet gedacht. Ik kon het zelf maar nauwelijks geloven.

De spontane borrel eindigde toen iedereen weer terugging naar zijn of haar eigen werkplek. Owen kwam met zichtbaar veel moeite uit zijn stoel. Merlijn legde zijn hand op Owens arm en hield hem tegen. 'Jij gaat eerst naar huis om uit te rusten, ik wil je hier pas maandag weer zien.'

Uit het feit dat Owen niet eens protesteerde, bleek hoe moe hij was. 'Goed, tot maandag dan. Jij vast een fijn weekend, Katie, en nogmaals gefeliciteerd.'

'Bedankt,' antwoordde ik. 'Jij ook. En rust maar lekker uit.'

'Je moet je hier eerst maar eens installeren, dan kunnen we daarna bespreken wat je rol precies wordt,' zei Merlijn. Hij liep samen met me naar de receptieruimte, waar Trix achter haar bureau zat. 'Trixie, wil jij Katie haar nieuwe kantoor laten zien?'

'Meteen, meneer. Vergeet u die lunchbijeenkomst met Amalgamated Neuromancy niet?'

'O ja. Dan spreken wij elkaar vanmiddag weer, Katie.'

Toen Merlijn eenmaal met de roltrap naar beneden was, liet Trix haar professionele houding varen en gilde het uit van enthousiasme. 'Gefeliciteerd! Ik wist het gisteren al en ik kon het bijna niet voor me houden! Hartstikke leuk dat je hier ook komt te zitten. Kom, dan laat ik je je kantoor zien.'

Ze liep enthousiast naar een deur tegenover de deur van Merlijns kantoor. De ruimte erachter was minder groot dan die van

Merlijn, maar veel groter dan ik gewend was. Er waren zelfs ramen! Het uizicht op Manhattan werd grotendeels geblokkeerd door een paar hoge wolkenkrabbers, maar dat vond ik niet erg; het uitzicht kon me niet veel schelen, zolang er maar licht naar binnen viel.

Op een groot bureau stond mijn computer, de bureaustoel had meer weg van een troon, er was een kleine vergadertafel met stoelen, en tegen een van de wanden stond een grote, luxueus gestoffeerde bank. 'Wow!' Meer kon ik niet uitbrengen.

'Je spullen zijn er al, de baas heeft me gevraagd die te verhuizen tijdens de vergadering. Als je nog boeken of verdere aankleding van de ruimte nodig hebt, laat het mij dan even weten, dan regel ik het voor je. Dat geldt ook voor de lunch, koffie, thee, enzovoort.'

Ze gaf me een setje sleutels. 'Deze zijn van het gebouw, van deze verdieping en van jouw kantoor. O ja, het toilet is achter de deur naast mijn bureau.' Ze keek me quasi-pruilend aan. 'Nou heb ik dus geen eigen toilet meer!'

'Ik zal er niet de hele dag op gaan zitten.'

Ze begon te lachen. 'Oké, dan is het goed. Ga jij je hier maar installeren, dan zal ik je laten weten wanneer meneer Mervyn klaar is om je te ontvangen.'

Merlijn zag ik de rest van de dag niet meer omdat hij in beslag werd genomen door lastige onderhandelingen, dus ik had opmerkelijk weinig te doen voor iemand met zo'n belangrijke positie, maar dat zou vast niet lang meer duren. Ik had deze middag rustig de tijd om te genieten van mijn eigen kantoor, met een echte deur en echte ramen. En de tijd ging vlug voorbij. Voor ik het wist, kon ik alweer naar huis. 'Zullen we iets gaan drinken om het te vieren?' vroeg Trix toen ik mijn spullen had gepakt.

'Nee, ik moet helaas naar huis. Ik heb vanavond mijn eerste afspraak in het kader van het Project Vaste Verkering, en mijn huisgenoten willen me eerst nog een metamorfose laten ondergaan.'

'O, nou, veel geluk dan!'

'Ja, dank je. Ik heb het gevoel dat ik dat wel nodig zal hebben.'

Als ik dan toch de jongen moest ontmoeten die volgens Gemma De Ware voor me was, dan was vandaag nog niet eens zo'n gekke dag. Door wat er vandaag was gebeurd, voelde ik me heel sterk en vol zelfvertrouwen. Dat was een stuk beter dan de nerveuze houding die ik anders altijd had gehad.

Gemma was er al toen ik thuiskwam. Ze had voor de gelegenheid eerder vrijgenomen. 'En, vind je het spannend?' vroeg ze.

Ik vond het inderdaad spannend, maar ik hoefde haar natuurlijk niet te vertellen wat ik het spannendste vond. 'Ja. Het is toch al zo'n geweldige dag vandaag.'

'Ga eerst maar lekker douchen, dan kun je me er straks alles over vertellen als ik je haar en je make-up doe.'

Een half uur later zat ik voor de kaptafel in onze slaapkamer met mijn haar in een handdoek die als een tulband op mijn hoofd zat, terwijl Gemma met mijn make-up in de weer was. 'Ik dacht eigenlijk aan een frisse girl-next-door-look, dus ik doe niet te veel op,' zei ze. 'Ik denk dat Keith dat wel leuk vindt.' Ze maakte de handdoek los en begon de knopen uit mijn haar te kammen. 'Hadden we maar tijd voor een coupe soleil.'

'Als hij een hekel aan me heeft omdat ik geen coupe soleil heb, hoef ik hem niet eens.'

Gemma negeerde mijn opmerking en vroeg: 'Waarom was het vandaag eigenlijk zo spannend?'

'Ik heb een nieuwe functie gekregen, een enorme promotie.'

'Gefeliciteerd! Wat word je nu?'

'Secretaresse van een van de leden van de directie.' Ik zei maar niet dat ik de nieuwe assistente van de directeur werd, dat was natuurlijk veel te verdacht. Het was niet echt normaal dat je binnen een maand van een gewone administratieve medewerkster werd bevorderd tot de rechterhand van de CEO.

'Geweldig! Zie je wel, ik zei toch al dat je in je vorige werk niet genoeg tot je recht kwam? Blijf even stilzitten.'

Ik deed mijn ogen dicht en probeerde de krultang te negeren, evenals alle andere trucs die ze uithaalde om mijn haar een 'naturelle' uitstraling te geven. Ik herinnerde mezelf eraan dat ik dit alleen maar deed om dit soort ellende niet zo vaak meer te hoeven doorstaan. Het idee om gekleed in een joggingbroek op de bank voor de televisie hangen, sprak me steeds meer aan.

Eindelijk was Gemma tevreden. En toen Marcia thuiskwam van haar werk, stak ze haar beide duimen naar me op. 'Ik vind het nog steeds een beetje gek dat jullie mij er helemaal alleen op af sturen,' beklaagde ik me, voor ze mij de deur uitwerkten.

'Als je in een groepje afspreekt, lijkt het veel minder serieus,' legde Gemma uit. 'Een op een is veel beter. Ga dus maar gauw en wees geweldig.'

Dat kon zij makkelijk zeggen. Daten was voor haar een tweede natuur. Ik kon heel goed overweg met de mannen op mijn werk, maar als ik me ineens samen met een man in een situatie bevond zonder agenda, schrijfblok of PowerPoint-presentatie, verstijfde ik. Ik kon me de laatste echte een-op-eenafspraak al nauwelijks meer herinneren. Ik was zesentwintig, maar er waren eerstejaars zat die meer ervaring hadden dan ik.

Gelukkig moest ik naar een restaurant in de buurt, vlak bij Union Square, dus als het niks werd, kon ik snel naar huis terug zonder een taxi te hoeven nemen. Toen ik naar het restaurant liep, zag ik een waterspuwer op een gebouw waarop ik er nog nooit eerder een had gezien, maar het was Sam niet. Deze had een ander profiel, een beetje dat van een vogel, in plaats van het groteske mensengezicht van Sam.

Het was een frisse avond en toen ik het restaurant binnenkwam, voelde ik een warme stroom lucht. Het was al behoorlijk druk en er stonden veel mensen op een tafeltje te wachten. Hoe moest ik in deze drukte ooit mijn date vinden?

Er kwam een lange, knappe man met golvend kastanjebruin haar naar me toe. Ik keek automatisch achterom om te zien naar welk supermodel hij zou lopen, maar hij keek mij aan en zei: 'Katie Chandler?'

Mijn mond viel bijna open van verbazing. Gemma had zich behoorlijk uitgesloofd. 'Ben jij Keith?' Het was niet mijn bedoeling om het heel ongelovig te laten klinken, maar zo kwam het er toch uit. Ik had nog nooit een afspraakje gehad met iemand als hij.

Keith lachte naar me en mijn benen werden slap. Hij stak zijn hand uit. 'Leuk je te ontmoeten.'

'O!' wist ik uit te brengen.

Hij merkte niet hoe onhandig ik me gedroeg, of hij was zo'n gentleman dat hij er niets van liet merken. 'Zullen we vragen of onze tafel al beschikbaar is?' stelde hij voor.

Ik liep achter hem aan naar de gerant en struikelde bijna over mijn eigen voeten toen ik zag dat er een groepje feeën en elfen binnenkwam. Shit, kon ik dan niet één avond zonder magie? Ik hoopte maar dat er geen bekenden bij waren en dat ze ons met rust zouden laten, want ik wilde een goede indruk maken op deze man. Voordat ik goed kon zien wie het waren, bracht de gerant ons naar onze tafel.

Keith lachte uiterst charmant naar me. Hij had warme, bruine ogen die straalden. Ik kon me heel goed voorstellen hoe het zou zijn om lekker met hem op de bank te zitten knuffelen. 'Gemma zei dat je een leuke meid was en ze heeft niets te veel gezegd.'

Ik vroeg me af of dat 'leuk' bedoeld was in de zin van aantrekkelijk of van grappig, zoals een kleine zus. Ik merkte dat ik begon te blozen, waardoor ik natuurlijk nog meer op zijn kleine zus begon te lijken. 'Gemma heeft helemaal niets over jou verteld,' zei ik eerlijk.

'Dan vind ik het nog dapperder dat je zomaar met me uit durfde.'

Met hem uit durfde? Zat hij me in de maling te nemen? Wie zou er nou niet met zo'n knappe, charmante man uit willen? Misschien had Gemma hem wel ingehuurd, maar dat sloeg natuurlijk nergens op als ze mij Vaste Verkering wilde bezorgen.

We bestudeerden de menukaart. Hij had geen eigenaardige wensen of eisen, volgde geen gestoord dieet en zat niet te zeuren over ingrediënten die hij niet lustte. Ik had op mijn dates een hoop mannen ontmoet die wel kleuters leken als het om eten ging, dus dit was een enorme meevaller. Ik hoopte maar dat we het gesprek op gang konden houden nadat we hadden besteld.

De ober nam onze bestelling op en nam de menukaarten mee, zodat we nu echt op elkaar waren aangewezen. 'En, Katie, wat doe jij?' vroeg Keith. Waarom dit de obligate eerste vraag was, had ik nooit begrepen, want wie vond het nou leuk om over het werk te praten?

'O, ik ben gewoon secretaresse, niks bijzonders.' Ik had bedacht dat ik dit onderwerp misschien zo snel mogelijk kon afhandelen door het zo oninteressant te laten klinken dat hij er verder niet over zou doorvragen. 'En jij?'

Helaas, het werkte niet. Deze man leek echt in mij geïnteresseerd. 'Voor welk bedrijf werk je?' vroeg hij.

'Het is maar een klein bedrijf, je hebt er vast nooit van gehoord.'

'Probeer het maar eens uit!'

'Het heet bbi bv'

'Nee, je hebt gelijk, ik heb er inderdaad nog nooit van gehoord. Wat voor bedrijf is het?'

Kon ik me maar herinneren hoe Owen het tijdens dat eerste gesprek had beschreven. 'O, iets met dienstverlening,' zei ik, zo onbenullig als ik kon. 'Ik typ de memo's en zorg voor de koffie, verder weet ik niet precies wat we doen.'

Hoe saai ik het ook maakte, hij wekte niet de indruk verveeld te zijn. Als hij niet echt geïnteresseerd was, dan deed hij het ontzettend goed na. Ik kwam even in de verleiding om hem te vertellen dat ik de assistent van Merlijn was en samenwerkte met tovenaars en magiërs, maar ik had het gevoel dat ik dan eerder in een isoleercel terecht zou komen dan voor het altaar. Nee, de gewone Katie moest er maar mee door, hopelijk was die voor Keith voldoende.

Alsof het vreemde deel van mijn leven zich even aan me wilde opdringen, kwam het groepje feeën en elfen langs ons tafeltje. Ik zag dat Ari er ook bij was, ze gaf me in het voorbijgaan een knipoog. Ik richtte snel mijn aandacht weer op mijn tafelgenoot en vroeg me af of het toeval kon zijn dat mijn collega's vanavond uitgerekend in dit restaurant kwamen eten. Ari had me zelf verteld dat ze het niet leuk vond om uit te gaan met mannelijke leden van haar eigen soort.

'En wat doe jij voor de kost?' vroeg ik, en hoewel ik daar echt in geïnteresseerd was, gleed mijn blik toch een aantal keren naar het tafeltje met feeën en elfen.

Hij vertelde iets over zijn werk en wilde net weer iets aan mij vragen, toen zijn glas water omviel. Hij zette het snel weer recht-op en probeerde het gemorste water met zijn servet op te deppen voor het op de grond drupte. 'Oeps, sorry,' zei hij. 'Ik ben soms zo'n enorme kluns.' Op de achtergrond hoorde ik een tinkelende feeënlach. Ik vermoedde meteen dat er magie in het spel was.

Ik hielp hem met het opdeppen van het water en zei: 'Ze hadden ook best nog een paar bierviltjes onder de tafelpoten mogen leggen, de tafel wiebelt erg.'

Hij had helemaal niet in de gaten dat er iets vreemds aan de hand was, dus ik probeerde wat rustiger te worden. Een rampzalige eerste afspraak kon ook best een band scheppen, als je het goed aanpakte. Gelukkig was de bediening hier uitstekend en er kwamen al snel een paar obers aandraven met nieuwe glazen en servetten, en daarna werd het voorgerecht gebracht. Keith wist de balans tussen dineren en converseren meesterlijk in stand te houden. Ik wilde dat ik daar ook zo goed in was, maar ik werd enorm afgeleid door de vraag wat Ari en haar vrienden nog meer zouden uithalen. Dat ontdekte ik al snel.

Een van de elfen kwam naar ons tafeltje. Ik wist natuurlijk wel dat Keith de vleugels naar alle waarschijnlijkheid niet kon zien, maar ik vond het nog steeds vreemd om een gesprek te voeren met een elf in het bijzijn van een normaal mens. 'Meneer, ik heb begrepen dat er een probleem is met uw tafeltje,' zei de elf. Het drong tot me door dat hij deed alsof hij de manager was. Kon ik maar zien wanneer iemand een illusie gebruikte. Het was heel handig om de werkelijkheid te zien, maar het zou nog handiger zijn als ik wist wanneer iemand me iets probeerde voor te spiegelen.

'Nee hoor, dat stelde niets voor, alles is prima in orde,' zei Keith.

'Meneer, wij kunnen niet toestaan dat zulke dingen gebeuren, dus wilt u me alstublieft vertellen wat er mis was?' Ik hoorde Ari op de achtergrond giechelen.

'Nou, goed dan, het zou kunnen dat deze tafel een tikje wiebelt.' Keith probeerde het te demonstreren door de tafel heen en weer te schudden, maar die stond nu heel stevig op zijn vier poten. Er klonk nog meer gelach. Kon iedereen dat horen, of paste dat geluid bij de illusie? Ineens hield ik het niet meer.

'Wil je me even excuseren?' vroeg ik. Ik pakte mijn tasje en ging op weg naar het toilet. In het voorbijgaan siste ik tegen Ari: 'Meekomen jij.' Ze stond op en liep achter me aan naar de damestoiletten.

'Wat moet jij met die loser, Katie?' vroeg ze, voordat ik kon beginnen over haar bemoeizuchtige flauwigheden.

'Loser? Dat is toevallig wel de allerbeste date die ik sinds lange tijd heb gehad. Het zou best iets kunnen worden en ik vind hem erg aardig, dus ik zou heel graag willen dat jullie je er niet mee bemoeien.'

'Maar je kunt toch niet serieus iets met hém willen?'

'Hoezo? Is er soms iets wat ik niet weet? Als hij een vermomde trol was, zou ik het toch zien?'

Ze haalde haar schouders op. 'Hij is gewoon saai. Je kunt iets veel beters krijgen, dus wees ons maar dankbaar.'

'Ik ben heus wel in staat om zonder jullie hulp iemand te dumpen, als ik dat wil. Maar dat wil ik helemaal niet. Wat doen jullie hier trouwens? Je zit me toch niet te stalken?'

'Nee. Ik woon ook in deze buurt, weet je nog? We zagen jullie en toen wilden we gewoon een grapje met je uithalen.' Het viel me op dat ze mij niet aankeek, maar ik wist niet of dat kwam omdat ze zich schaamde of omdat ze loog. 'Je weet toch wel dat ik je nooit kwaad zou doen?'

Ik zuchtte. 'Oké. Maar ik heb het echt naar mijn zin, dus laat ons de rest van de avond met rust, oké?'

'Oké,' zei Ari met tegenzin.

Toen ik weer terugkwam bij ons tafeltje, was de nepober weg

en het hoofdgerecht gearriveerd. 'Perfecte timing,' zei ik, terwijl ik ging zitten. Nu ik me geen zorgen meer hoefde te maken over een dreigende magische tussenkomst, kon ik me ontspannen en van het gezelschap genieten.

'Ik was al bang dat je er stiekem vandoor was gegaan,' zei hij lachend.

'Wees daar maar niet bang voor.' Ik zette me schrap en keek hem in zijn ogen. Kon ik maar beter flirten, hem laten merken dat ik hem echt leuk vond. Dit was niet het moment om verlegen te doen of om een verkeerd signaal af te geven.

'Mooi zo, want wat mij betreft is de avond nog lang niet voorbij. Ik zou je heel graag beter willen leren kennen.'

'Zeg maar wat je wilt weten,' vroeg ik. Ik probeerde verleidelijk met mijn wimpers te knipperen en hoopte dat het niet leek alsof ik een vuiltje in mijn oog had.

'Bijvoorbeeld wat je allemaal leuk vindt om te doen. Dat zou van pas komen als we weer iets afspreken.'

Ik probeerde niet te gaan hyperventileren. Hij had het echt over de toekomst! Hij wilde me vaker zien en hij zag me niet als zijn kleine zusje! Het begon echt ergens op te lijken.

Voor in de zaak ontstond wat commotie. Ik probeerde het te negeren. Waarschijnlijk waren het die elfen weer, met hun gebruikelijke lawaaischopperij. Als ze mij maar met rust lieten. Toen liep er een man in een smoking op ons af, wierp me een bos rode rozen toe en begon iets te zingen wat in de verte op een aria leek, heel vals en flink doorspekt met mijn naam.

Het was Jeff, de Naakte Kikkerman. Wat een onwaarschijnlijk slechte timing. Ik kon wel onder de tafel kruipen en in tranen uitbarsten. Wat was dit ontzettend oneerlijk. Ik wierp een blik op Keith, die geschokt naar Jeff zat te kijken. 'Is dat een vriend van jou?' vroeg hij na een tijdje.

Ik wilde eerst doen alsof mijn neus bloedde en zweren dat ik hem nog nooit van mijn leven had gezien, maar ik wist dat Keith dat toch niet zou geloven. 'Dat is mijn stalker,' gaf ik toe. 'Ik dacht dat ik hem eindelijk kwijt was.'

'Blijkbaar niet.' Keith luisterde een tijdje naar de serenade van Jeff. 'Dus je hebt een stalker?' Hij nam het redelijk rustig op, dat gaf me weer wat hoop.

'Ja. Ik heb hem ooit eens een dienst bewezen en daar is hij me overdreven dankbaar voor.'

'Wat voor dienst dan?' Er klonk iets achterdochtigs in zijn stem.

'Ze heeft mijn betovering verbroken,' zei Jeff behulpzaam. Ik vroeg me wanhopig af of ik hem op staande voet zou kunnen omtoveren in een kikker. Als hij alleen maar 'kwaak' kon zeggen, zou hij geen kwaad meer kunnen doen. En het restaurant zou meteen de politie bellen als hij zijn kleren uittrok. 'Ik was gedoemd om voor eeuwig als kikker te leven, tot zij me met een kus kwam bevrijden.'

Keith keek me met opgetrokken wenkbrauwen aan. Hij eiste een verklaring. 'Ja, hij liep eh... in zijn blootje door het park, verdwaald, en toen heb ik hulp voor hem gehaald.' Eigenlijk kwam dit op hetzelfde neer als wat Jeff vertelde, mijn versie klonk alleen wat minder krankzinnig.

'Doe je dat soort dingen wel vaker?' vroeg Keith.

'Nee, alleen die ene keer.' Jeff begon weer aan een nieuwe aria, die ik herkende van een pastareclame. Ik vroeg me af wat al die Italiaanse woorden betekenden die hij aan mijn naam plakte .

Ik keek naar Ari's tafeltje en zag dat iedereen in het restaurant naar ons zat te staren. Ik keek naar Ari en zei geluidloos 'Help!', maar ze keek heel onschuldig terug, alsof ze wilde zeggen: 'Ik mocht me toch niet met jullie bemoeien?' Ik kneep mijn ogen tot spleetjes en keek zo boos mogelijk, tot ze overdreven zuchtte en met haar hand zwaaide. De aria hield halverwege een noot op en Jeff zei: 'Kwaak.'

Had ze hem weer teruggeveranderd in een kikker? Kon ik maar zien wat Keith nu zag. Een man in een smoking die plotseling aria's begint te zingen voor je tafelgenote is vreemd, maar als die man plotseling verdwijnt en plaatsmaakt voor een kikker, is dat nog vreemder.

De manager van het restaurant, de echte deze keer, kwam naar ons tafeltje en vroeg: 'Mevrouw, valt deze meneer u lastig?'

'Ja, hij valt me zeker lastig.' De manager en een van de obers pakten Jeff ieder bij een arm vast en trokken hem mee. Ik nam aan dat zij niet dachten dat hij een kikker was, dan hadden ze hem wel op een andere manier het restaurant uit gewerkt.

Onze ober kwam naar ons toe en vroeg of we de dessertkaart wilden.

Zonder aarzelen antwoordde Keith: 'Nee, dank u. Alleen de rekening.' De moed zonk me in de schoenen: dit was een slecht teken. Toen de ober weg was, zei Keith: 'Ik hoop dat je het niet erg vindt dat we de avond nu besluiten, ik moet morgen heel vroeg op.' Met andere woorden: ik werd gedumpt. En dat kon ik hem niet kwalijk nemen. Als ik hem was, zou ik mij ook dumpen. Maar daarom was het nog wel een enorme teleurstelling.

Hij betaalde meteen en liep met me naar de uitgang. 'Het was leuk je te ontmoeten, Katie. En ik vond het een eh... een boeiende avond.'

'Sorry van daarnet.' Ik wilde nog zeggen dat zulke dingen mij zelden of nooit overkwamen, maar het probleem was dat ik dat eigenlijk niet meer kon zeggen, met mijn soort werk. 'En nog bedankt voor het eten.'

'Ja, niks te danken. Ik bel je nog wel, oké?' Het klonk meer als: je ziet mij nooit meer terug, wat nog versterkt werd door de haastige manier waarop hij om de hoek verdween. Ik bleef staan met de enorme bos rozen die ik van Jeff had gekregen. Nu was ik dus van klein zusje bevorderd tot gestoorde gek, allebei een garantie dat er geen tweede date zou komen. Ik zuchtte diep, draaide me om en begon aan de wandeling naar huis.

Onder het lopen dacht ik na over mijn situatie. Ik zat gevangen tussen twee werelden en ik hoorde in geen van beide echt thuis. Ik was niet magisch en ik vond de dagelijkse praktijk van het magische leven, zoals kikkers kussen, alleen maar angstaanjagend. Maar ik was ook weer niet echt normaal, want de magische wereld liep vervelend genoeg wel door in mijn gewone leven, dat daardoor niet bepaald gewoon meer was. Ik vond mijn sociale leven vroeger al zo ingewikkeld, nu was het een onontwarbare knoop geworden. Ik greep mijn rozen nog wat steviger vast, en kneep per ongeluk in een doorn. Ik bleef staan om mijn vinger te inspecteren en deed een stap opzij om degene die achter me liep te laten passeren. Toen dat niet gebeurde, en de voetstappen achter me ook stilhielden, schrok ik.

Met bonzend hart liep ik weer verder, met een snellere pas. Ik hoorde de voetstappen niet meer. Misschien had ik het me alleen maar verbeeld, of misschien was degene achter me wel afgeslagen, of ergens naar binnen gegaan. Maar ik was er nog steeds niet gerust op.

Ik was verstandig genoeg om te weten dat je, als je denkt dat je wordt gevolgd, het best zo snel mogelijk naar een veilige plek kunt gaan, waar veel licht is en veel mensen zijn. Een eindje verderop was een winkel vierentwintig uur per dag open, en daar had ik vaak genoeg een agent iets te eten zien kopen. Als ik eenmaal in de winkel was, kon ik me snel omdraaien om te kijken of ik inderdaad gevolgd werd. En als er toevallig weer een agent in de zaak was, kon ik misschien wel voor *Southern Belle* spelen en hem met mijn allercharmantste Texaanse accent overhalen om me even naar huis te brengen, dat was nog maar een klein eindje.

Met dit plan voelde ik me een stuk beter. Ik greep mijn tasje stevig vast en ik vroeg me af of ik, in geval van nood, iemand zo hard met de rozen kon meppen dat de doorns schade zouden aanrichten. Intussen liep ik met vastberaden pas naar de nachtwinkel.

Halverwege voelde ik een druk en een spanning in de lucht die betekenden dat iemand in de buurt magie bedreef. Ik werd er nog nerveuzer van, al wist ik dat ik daar zelf niet bang voor hoefde te zijn. Zou iemand misschien proberen om mij te betoveren met die beheersspreuk, zonder zich te realiseren dat ik immuun was? Ik nam me voor om dit aan Merlijn en Owen te vertellen en liep stug door. Nu nog de hoek om en de straat oversteken, dan was ik in veiligheid.

Ik voelde de spanning weer, gevolgd door een sterke windstoot en een luide knal. Er doemde iets donkers op uit het niets dat me hard om mijn middel greep en de lucht uit mijn longen drukte, zodat ik niet meer om hulp kon roepen.

15

Voordat ik naar New York verhuisde, had ik een cursus zelfverdediging gevolgd op de karateschool annex zonnebankstudio in mijn geboortestad, vooral om mijn moeder gerust te stellen. En hoewel dit exact de situatie was waarop we in die cursus zo naarstig hadden geoefend, was mijn hoofd volkomen leeg. Het was net een nachtmerrie waarin een ontzettend gevaar dreigt, maar je als aan de grond genageld staat van angst en je niet kunt schreeuwen of bewegen.

Pas uren later – in werkelijkheid moeten dat een of twee seconden zijn geweest – wist ik wat ik doen moest. Ik duwde de bos met rozen in het gezicht van die vent om hem in verwarring te brengen. Hij moest niezen, maar verslapte zijn greep niet. Toen herinnerde ik me iets over een trap tegen de knieën. Ik had schoenen met hoge hakken aan, dus ik trok mijn rechterbeen op en gaf mijn belager een flinke trap. In theorie moest hij zich door de pijn zo laten afleiden, dat zijn greep zou verslappen en ik kon ontkomen. Hij liet inderdaad een beetje los, maar op een moment waarop ik nog steeds op één been stond: ik verloor mijn evenwicht en smakte tegen het trottoir.

Ik was niet de beste leerling van de cursus, dat kan ik rustig zeggen.

Nu stond ik er nog slechter voor, want het zou tijd gaan kosten om overeind te komen, en in die tijd kon hij me weer vastgrijpen. Ik had mijn tasje op de grond laten vallen en toen hij, in plaats van het tasje te pakken achter míj aan ging, realiseerde ik me dat ik echt in gevaar was. Dit was geen straatrover of tasjesdief. Ik trok een schoen uit en smeet die naar zijn hoofd. Ik hoorde een bons en een vloek en toen begon hij te wankelen. Raak! Al die uren in de achtertuin met keitjes gooien en basketballen kwamen nu toch goed van pas. Ik krabbelde snel overeind en wilde het op een rennen zetten toen ik plotseling vleugelgeklapper hoorde. Ik keek op en zag Ari en haar vrienden. Ze vlogen op mijn aanvaller af en ik voelde opnieuw die vreemde spanning en druk in de lucht, maar deze keer zo sterk dat het leek alsof de magie heen en weer vloog tussen mijn aanvaller en mijn vrienden, en vice versa.

Iemand greep me bij mijn arm vast en ik piepte, een verbetering vergeleken met mijn verlamde geluidloosheid, maar veel hielp het niet. 'Rustig maar Katie, ik ben het.' Ik herkende de stem van Rodney en liet me door hem overeind helpen. 'Ben je gewond?'

'Nee, ik geloof het niet. Alleen vernederd.' Ik zag mijn schoen, trok die aan, en bekeek mezelf eens goed, maar voorzover ik kon zien had ik nog geen ladder in mijn kous. 'Wat is er toch aan de hand? En wat doe jij hier?'

'Daar hebben we het nog wel over, ik wil eerst dat je hier weggaat. Ze hebben het onder controle.'

'Wat hebben ze onder controle?'

Voordat hij antwoord kon geven, verscheen Sam ten tonele, in het gezelschap van een paar van zijn vrienden waaronder de waterspuwer die ik eerder had gezien. 'Oké, laten we de dader afvoeren,' instrueerde hij.

Rodney raapte mijn tasje van de grond, legde zijn arm om mijn middel en zei: 'Kom, dan brengen we je in veiligheid.'

'Dat zou heel prettig zijn.'

'Ik woon hier in de buurt, misschien wil je bij mij thuis liever even rustig bijkomen voor je naar huis gaat?' Waren de omstandigheden anders geweest, dan had ik gedacht aan een versierpoging, maar Rodney klonk werkelijk bezorgd.

'Dat vind ik wel een goed idee,' zei ik. En dat was ook zo. Ik wilde mijn huisgenoten liever pas onder ogen komen als ik was gekalmeerd. Het was al erg genoeg dat ik ze moest vertellen dat die date op niets was uitgelopen. Gemma zou me vermoorden als ze hoorde dat ik de perfecte man had weggejaagd.

Rodney liep met me door een zijstraat naar een modern appartementencomplex. We liepen door de hal naar een rij liften. 'Ik wist helemaal niet dat je hier in de buurt woonde,' zei ik, toen we in de lift stonden. Het was een zwakke aanzet tot een luchtig gesprekje, niet helemaal gelukt omdat mijn stem nog trilde.

'We zijn met heel veel in deze buurt.'

'Is daar ook een bepaalde reden voor? Is deze buurt extra magisch of zo?'

Hij glimlachte. 'Nee, er is hier gewoon veel te doen. Bovendien zijn sommige normale bewoners van de Village zo maf dat wij niet opvallen.' De lift kwam tot stilstand en hij liep met me door de hal naar een deur die hij voor me opende. 'Welkom in mijn nederige woning,' zei hij.

Zo nederig was die helemaal niet. De magiewereld was vast erg lucratief, want dit was typisch een duur vrijgezellenappartement, met veel leren bekleding, lichte houten meubels met glazen deurtjes, een supercoole entertainmentset en een prachtig uitzicht over de lichtjes van de stad. 'Leuk huis,' zei ik, terwijl ik bewonderend naar de ingelijste oude filmposters keek.

'Dank je. Doe alsof je thuis bent. Ga zitten, of als je je even wilt opfrissen: de badkamer is daar, aan het eind van de gang. Ik zal thee zetten.

Ik ging naar de badkamer, zoals de meeste badkamers in New York een kleintje. Er stonden nauwelijks toiletspullen, alleen een paar basale dingen zoals tandpasta. Zijn persoonlijke verzorging bestond blijkbaar echt alleen maar uit die illusie.

Ik bekeek mezelf eens goed. Ik had wel een gat in mijn panty, vlak onder mijn knie. Ik maakte het puntje van een handdoek nat en veegde het vuil van mijn huid. Verder was er zo te zien niet veel aan de hand. Behalve dan dat ik enorm was geschrokken. Ik had het gevoel dat ik totaal zou instorten als de eerste schok voorbij zou zijn.

Ik trok mijn schoenen uit en liep terug naar de woonkamer. Mijn benen leken wel van rubber en maakte allerlei rare, onvoorspelbare bewegingen. Ik haalde nog maar net de bank en liet me op de zachte, leren kussens vallen. Rodney kwam de kamer binnen met een dampende beker thee in zijn hand.

Ik nam de beker van hem aan en moest erg mijn best doen om mijn handen niet te veel te laten trillen. 'Wacht eens, je zei dat je thee ging zetten. Bedoelde je dat je deze echt zelf hebt gemaakt en niet te voorschijn hebt geflitst?'

'We zijn niet de hele dag bezig dingen te voorschijn te toveren, al kun je dat misschien niet geloven. Op de eerste plaats kost dat vreselijk veel energie. Op kantoor hebben we sterkere energiebanen waar we gebruik van kunnen maken, maar thuis heeft bijna niemand die.'

Ik knikte. 'Dat verklaart een hoop. Ik vroeg me al af waarom jullie nog de moeite nemen om naar een restaurant of een café te gaan.'

'Natuurlijk ook voor de gezelligheid, daar hebben wij evenveel behoefte aan als ieder ander. En het smaakt toch ook anders. Als ik die thee te voorschijn zou toveren, was hij misschien helemaal niet lekker.'

Ik nam een slokje. De thee was sterk en zoet. Als ik me niet vergiste, zat er iets sterkers doorheen. Ik nam nog een slokje. 'Dank je.'

Hij ging naast me op de bank zitten. 'Nu wil je zeker wel weten wat er allemaal gebeurd is.'

'Ja, ik meen me te herinneren dat ik je dat al een paar keer heb gevraagd. Volgens mij was het geen gewone beroving. De man probeerde niet eens mijn tasje te pakken.'

'Nee. Als we met die vent gepraat hebben, weten we meer, maar we denken dat je dit avontuur te danken hebt aan onze grote vriend Idris. Hij heeft waarschijnlijk ontdekt welke rol jij bij ons speelt, en daar wil hij een stokje voor steken.'

Ik nam nog een flinke slok thee. 'Welke rol dan? Ik ben niet eens magisch. Er zijn in deze stad honderden mensen die precies hetzelfde gedaan zouden kunnen hebben. Als hij zich bedreigd voelt, kan hij beter Owen te lijf gaan.'

'En wie zegt dat hij daar niet allang mee bezig is, elke dag weer?' De rillingen liepen me over de rug toen Rodney dit zei. 'Maar jij speelt een belangrijke rol, of je het nu leuk vindt of niet, en het zou echt iets voor Phelan Idris zijn om precies te willen uitzoeken welke dat is. Zijn mensen volgen je al een tijdje, dat hebben we wel gezien terwijl we een oogje in het zeil hielden.'

'Dus dat jij en Ari en die vriendinnen van haar hier vanavond waren, was helemaal geen toeval?'

'Niet in het minst. Ari moest jou in de gaten houden in dat restaurant, maar kennelijk ben je vertrokken voor zij de kans hadden je te volgen.'

'Het was een rampzalige date,' legde ik uit. 'Maar ik snap het nog steeds niet, ik ben toch helemaal niet zo belangrijk? Ik heb gewoon een paar goede ideeën en mijn gezonde boerenverstand.'

'Maar begrijp je dan niet hoe zeldzaam dat is? Trouwens, voor Idris zal vooral belangrijk zijn dat jij een onbekende grootheid bent. Hij heeft geen idee welke rol jij speelt en dat wil hij wel graag weten. En hij wil je natuurlijk ook bang maken.'

Ik dronk mijn thee op. 'Nou, dat is gelukt, ik ben bang. Ik ben nog nooit eerder beroofd en ik kan je vertellen dat het geen prettige ervaring is.'

Rodney boog zich naar me toe en legde zijn hand op mijn arm. 'We zouden het best begrijpen als je ermee wilt ophouden, hoor. Het zijn jouw zaken niet en er is geen reden waarom jij jezelf in gevaar zou brengen. We kunnen je uitstekende referenties geven die helemaal niet verdacht lijken en ik ken ook wel wat mensen in andere bedrijfstakken die je aan een andere baan zouden kunnen helpen. Je hoeft je echt niet aan ons te verplichten. Toen we jou deze baan aanboden, hebben we het nooit over de potentiële gevaren gehad, dus wij voelen ons ook verantwoordelijk voor deze onaangename verrassing.'

Ik dacht hierover na. Wilde ik weer terug naar mijn gewone leven, in een bedrijf waar je echt koffie moest zetten, waar collega's wel driftbuien kregen maar niet in monsters veranderden, waar ik geen belangrijke rol kon spelen? Het zou mijn leven een stuk eenvoudiger maken. Ik zou met mijn vriendinnen over het werk kunnen praten en ik zou niet bang hoeven zijn dat mijn dates werden behekst.

Maar kon ik dit bedrijf zomaar de rug toekeren terwijl ik wist wat er aan de hand was? Als Idris mij belangrijk genoeg vond om me te willen stoppen, dan was ik misschien veel belangrijker dan ik dacht. Nu ik wist wat er op het spel stond, kon ik er toch niet zomaar mee ophouden? Het was ook mijn gevecht geworden, al was ik niet magisch.

Ik schudde mijn hoofd. 'Ben je gek. Ze hebben me alleen maar kwaad gemaakt.'

Hij grinnikte. 'Ik hoopte al dat je dat zou zeggen. Maak je geen zorgen, we blijven je beschermen. We moeten in deze situatie allemaal goed op elkaar passen.'

'Is dat soms waarom Owen elke dag met mij in de metro zit?'

'Ja, hij werkt ook mee aan jouw beveiliging, en het heeft als extra voordeel dat jij kunt zien wie er eventueel in vermomming achter hem aan zit.'

'O.' Ik was teleurgesteld nu bleek dat al die aandacht niet persoonlijk bedoeld was.

'Wil je nog thee?' vroeg Rodney.

Ik keek naar mijn lege beker en dacht na. Ik voelde me nog niet in staat om naar huis te gaan. Ik wist niet wat ik vervelender vond: aan Gemma uitleggen waarom de perfecte man die ze voor me had uitgekozen mij nooit meer wilde zien, of vertellen dat ik was beroofd. 'Ja, graag,' zei ik, terwijl ik hem de beker gaf.

Toen hij met een verse beker thee weer terugkwam in de woonkamer, zei ik: 'Misschien kun jij me wel ergens mee helpen.'

'Wat je wilt, vraag maar.' Zijn stem deed me een beetje denken aan die van Owen, tijdens mijn eerste werkdag in de bus.

'Weet jij iets van magische practical jokes?'

'Een klein beetje, hoezo?'

Ik vertelde hem over de Naakte Kikkerman en diens onwelkome verschijning in het restaurant. Toen hij de tranen van zijn wangen had geveegd, zei hij: 'Daar moet je Owen maar eens naar vragen.'

Owen was wel de laatste met wie ik het over dates wilde praten, laat staan over ex-kikkers die mij met serenades achtervolgden.

'Hoezo?'

'Het klinkt als een van zijn formules. Vooral die gelaagdheid, dat is echt iets voor hem. Kijk, de meeste practical jokes zijn eendimensionaal, maar het mooie van deze is dat je het door in te grijpen juist veel erger maakt: het slachtoffer raakt geobsedeerd door de vrouw die het kikkerdeel van de betovering verbreekt.'

'Ik ken Owen natuurlijk niet zo goed, maar zulke practical jokes lijken me niets voor hem.'

'In onze studententijd verdiende hij soms bij met dat soort maatwerk. Het verbaast me trouwens dat deze nog steeds gebruikt wordt, en vooral dat hij helemaal in de stad opduikt.' Rodney schudde zijn hoofd. 'Hij had royalties moeten vragen, want dit was een van zijn betere. Getuigt echt van zijn gevoel voor humor.'

'Bedoel je dat poëtische gezwets?'

'Hij deed een seminar Shakespeare dat semester.'

'Je gaat me toch niet vertellen dat hij fan is van Barry Manilow?'

'Nee, dat was op verzoek van de klant. Ze wilden iets heel vernederends. Maar die opera heeft Owen weer helemaal zelf bedacht.'

'Hoe kan ik die betovering echt verbreken?'

'Ik geloof dat het stopt als het slachtoffer iemand ontmoet die hij zelfs zonder betovering nog leuker vindt. Op de universiteit betekende dat meestal dat het na een of twee dagen wel over was.'

'En anders? Of als hij echt gek is op de vrouw in kwestie?'

'Dan heb je een probleem.' Hij keek me een tijdje onderzoekend aan. Ik kreeg de rillingen van die blik, want ik was er niet aan gewend om zo door een man te worden bekeken. De makeover van Gemma was kennelijk erg goed gelukt. 'Ik zie wel dat die kans in dit geval heel erg aanwezig is,' zei hij ten slotte. 'Je moet echt met Owen gaan praten als die man je opnieuw lastigvalt. Ik denk dat hij via een achterdeurtje de betovering kan verbreken.'

Ik vroeg me af wat Jeffs type zou zijn, want ik ging liever op zoek naar iemand die daaraan voldeed dan Owen op te biechten wat er aan de hand was. Of hij nu wel of niet in mij geïnteresseerd was: ik was nog steeds een tikje verliefd en het laatste wat je dan met iemand wilt doen, is bespreken hoe een andere date zich gedraagt. Zeker als die zo extreem is de Kikkerman.

Ik dronk de thee op en zei: 'Ik kan maar beter naar huis gaan, verslag uitbrengen aan mijn huisgenoten.'

Rodney pakte mijn beker, bracht die naar de keuken, kwam weer terug in de woonkamer en hielp me overeind. 'Gaat het wel?'

'Ja, die bibbers zijn nu wel over. Bedankt.' Ik trok mijn schoenen weer aan en probeerde of ik op hoge hakken mijn evenwicht kon bewaren.

'Dan zal ik je naar huis brengen. Je kunt je daar trouwens volkomen veilig voelen, want Owen heeft jullie appartement een tijd geleden al beveiligd.'

'Beveiligd?'

'Niemand kan je daar aanvallen met magie.'

'Maar daar ben ik toch immuun voor?'

'Ja, jij kunt niet rechtstreeks door een bezwering worden beïnvloed, maar ze zouden door middel van magie wel iets kunnen doen waardoor ze je fysiek kunnen aanvallen. Zo is het vanavond ook gegaan. Je belager heeft zich naar je toe getransporteerd zodat je hem niet kon horen aankomen.'

'Maar ik heb wel iets gehoord!'

'Dat was ik.'

'Waarom heb je dan niets gezegd of geroepen? Ik ben heel erg geschrokken.'

'Sorry, daar was ik net te laat mee. Ik wist natuurlijk ook niet wat er zou gaan gebeuren. Maar wat jouw huis betreft: niemand kan met behulp van magie jullie sloten openbreken of dat soort dingen. Iemand kan natuurlijk wel op de gebruikelijke manier binnenkomen, maar als je huis beveiligd is tegen gewone criminelen, hoef je je daar niet zoveel zorgen om te maken.'

'Dat is prettig om te horen.'

We liepen zwijgend naar mijn huis. Ik was zo druk bezig met

het bedenken van een verhaal voor mijn huisgenoten, dat ik geen gesprek meer kon voeren. Rodney wachtte tot ik mijn voordeur had geopend. 'Nou, een goed weekend. En maak je geen zorgen, we zullen goed op je letten.'

'Bedankt voor de hulp, en voor de thee. Ik zal Ari later nog bedanken omdat ze mijn leven heeft gered.'

En nu moest ik snel overschakelen van het magische naar het gewone. Het belangrijkste van vanavond was natuurlijk niet mijn date, maar zoals gewoonlijk kon ik over de echt belangrijke dingen niet praten.

Gemma en Marcia besprongen me meteen. Ik zag dat Connie er ook was. 'Nou, dat duurde lekker lang,' zei Gemma. 'Dan is het dus zeker wel goed gegaan.'

Ik moest mijn best doen om mijn tranen de baas te blijven en plofte neer op de bank.

'Ik geloof niet dat het goed ging,' zei Connie zacht. Ze kwam naast me zitten en pakte mijn hand vast. 'Wat is er gebeurd?'

Gemma ging aan de andere kant op de armleuning van de bank zitten. 'Vond je hem niet leuk? Ik vond hem perfect.' Ze klonk bijna beledigd.

'Hij was ook perfect. En ik vond hem ook leuk. Maar ik geloof niet dat hij mij leuk genoeg vond.'

'Weet je dat zeker?'

'Hij stond op het laatst echt in de startblokken om zo snel mogelijk naar huis te gaan. Zonder mij.'

'Daar heeft hij dan toch wel lang over gedaan,' zei Marcia.

'Nee, ik kwam op de terugweg nog een vriend van mijn werk tegen en met hem ben ik nog even iets gaan drinken,' zei ik.

Alle gezichten betrokken. 'Heb je nog wel een toetje gehad?' vroeg Connie.

'Hij bedankte voor de dessertkaart voordat ik de kans kreeg iets te bestellen.'

'Nou, dat klinkt alsof je zonder hem beter af bent,' verklaarde Connie. 'Een man die je geen toetje gunt, is de moeite niet waard.' Connie houdt nogal van zoetigheid, dus het overslaan van het dessert verdient bij haar zo'n beetje de doodstraf. Zij is ook degene die me heeft aangeraden om altijd chocola in mijn tasje te hebben.

'Was het weer dat zusjesprobleem?' vroeg Gemma.

Ik kon moeilijk liegen, want zij zou natuurlijk ook Keiths versie van het verhaal nog te horen krijgen.

'Nee. Er gebeurde iets vreemds en ik geloof dat hij daardoor werd afgeschrikt.' Ik had geen zin om er verder over uit te weiden en ik hoopte dat Keith gentleman genoeg was om niet in details te treden.

Ze moesten allemaal lachen. 'Als hij jou al vreemd vindt, vindt hij nooit iemand,' verklaarde Marcia. 'Jij bent de doodgewoonste persoon die ik ken.'

'Misschien ben ik wel zó gewoon dat het weer vreemd wordt.' Dat was zeker waar. Als ik niet zo gewoon was, zou ik nooit in deze situatie verzeild zijn geraakt. Ik kon er niets over kwijt, maar mijn normale, doodgewone leventje was voorgoed voorbij.

Op maandagochtend stond Owen op de stoep op me te wachten. 'Je ziet er beter uit dan de vorige keer dat ik je zag,' zei ik toen we samen op weg gingen.

'Jij bent anders degene om wie iedereen zich de meeste zorgen maakt.'

'O, met mij gaat het prima. Ik heb nog geen schrammetje.' En dat was ook zo, min of meer. Ik had alleen een nachtmerrie gehad over iemand die me in het donker vastgreep. En ik dacht niet dat ik in de nabije toekomst nog alleen in het donker naar huis zou durven lopen, maar afgezien daarvan voelde ik me top. 'Waarom hebben jullie me helemaal niet verteld dat ik misschien gevaar liep?'

'We wilden je niet bang maken.' Aan de schaapachtige blik waarmee hij me aankeek, kon ik zien dat hij dat zelf ook erg stom vond klinken. 'Maar dat was dus geen goed idee.'

'Ik leef nog, dat is het belangrijkste.'

Onderweg naar het metrostation probeerde ik hem zo weinig

mogelijk aan te kijken, want ik herinnerde me wat Rodney had gezegd over Owen, en over hoe ik hem het beste kon helpen.

'Heb je een leuk weekend gehad, afgezien van die beroving?'

'Niet slecht, en jij?'

'Ik heb wat gewerkt.' Daar werd ik ook niet veel wijzer van, maar ik wist van Rodney dat Owen behalve van honkbal ook van basketbal hield. Hij ontvouwde zich langzaam, als een bloem.

De trein arriveerde en we propten onszelf naar binnen. Het was erg druk, zelfs de staanplaatsen waren dun gezaaid. Owen was niet lang, maar wel langer dan ik, dus hij kon met zijn hand bij een lus aan het plafond. Zijn andere arm sloeg hij om mijn middel zodat ik niet kon omvallen. Geen onprettige manier van reizen.

We namen afscheid bij de ingang van R&D en ik liep naar de toren, op weg naar mijn eerste werkdag als assistente van Merlijn. 'Hij wil je graag spreken zodra je kunt,' zei Trix toen ik boven aan de roltrap kwam.

'Ik kom er zo aan.' Ik keek snel mijn e-mail door en antwoordde Rodney die me vroeg hoe ik me voelde. Daarna pakte ik een schrijfblok en liep door de ruimte van de secretaresse naar het kantoor van Merlijn. Voordat ik kon aankloppen, werd de deur al geopend.

'Goedemorgen, Katie, kom binnen.' Merlijn liet me binnen en deed de deur achter me dicht. 'Ga zitten.' Hij gebaarde naar de bank. 'Wat vervelend voor je, dat avontuur dat je dit weekend beleefde. Ik hoop dat je er geen last meer van hebt?'

Ik ging zitten en hij nam naast me plaats. 'Nee, niet echt,' zei ik. 'Ik voel me prima. Ik ben alleen wel boos.'

'Dat zijn we allemaal.'

'Ik denk dat we hieruit mogen afleiden dat die meneer Idris erg nerveus begint te worden, als hij zo wanhopig is dat hij zelfs probeert mij uit te schakelen.'

'Hij lijkt onze activiteiten inderdaad als bedreigend te ervaren; ik denk dat hij het tijdstip waarop jij bij ons bent gekomen in verband heeft gebracht met onze toegenomen activiteiten en wil uitzoeken wat jouw rol precies was.'

'Daar zal hij dan wel teleurgesteld over zijn.'

'Dat waag ik te betwijfelen. Ik heb begrepen dat je het aanbod van meneer Gwaltney om minder gevaarlijk werk voor je te zoeken, hebt afgewezen?'

'Ja, die actie van Idris heeft alleen maar een tegengesteld effect gehad: hij kan nu beter uitkijken, want ik ben echt razend.'

Merlijn begon te lachen. 'Ik had al verwacht dat je zo zou reageren. Goed, dan zal ik je nu maar vertellen wat ik precies van je verwacht in je nieuwe positie.'

We bespraken uitgebreid mijn taken, die niet veel verschilden van de taken in mijn vorige functie. Maar nu had ik een baas die veel aardiger was. Ik moest elk document lezen dat hij kreeg, en zoeken naar verborgen bezweringen en illusies in plaats van spel- en grammaticafouten. Soms moest ik samen met Trix vergaderingen bijwonen en mijn aantekeningen met de hare vergelijken om te zien of er iets in stond wat er niet thuishoorde. En verder mocht ik de marketingactiviteiten blijven coördineren. Het klonk alsof ik het behoorlijk druk zou krijgen, maar dat vond ik geen enkel probleem.

'En zeg het vooral als je een idee hebt,' voegde Merlijn eraan toe. 'Ik ben een oude man die veel te lang van de wereld is geweest en we zitten te springen om jouw frisse kijk.'

Ik kon er niet over uit hoe geweldig het was om een baas te hebben die me als mens zag, als iemand met hersens. In het ellenlange jaar dat ik voor Mimi werkte, was ik bijna gaan geloven dat ik niets kon en totaal waardeloos was. 'Ik zal het proberen,' zei ik. 'En ik hoop dat ik je niet zal teleurstellen.'

'Zeker niet.' Opnieuw kreeg ik het griezelige gevoel dat hij zulke dingen heel zeker wist. Ik nam me voor hem daar op een dag naar te vragen.

Laat die middag klopte Trix op mijn deur. 'Er is een spoedvergadering, of je meteen wilt komen.'

Ik pakte mijn pen en schrijfblok en vroeg me af wat er aan de hand zou zijn. Werd dit mijn eerste bijeenkomst waarin ik zou optreden als de persoonlijke controleur van Merlijn?

Toen ik zag wie er voor de vergadering bijeen waren geroepen, betwijfelde ik dat. Het waren dezelfde mensen als op vrijdag, behalve Gregor en de dwerg van de boekhouding. Owen keek somber en verstrooid en knikte alleen heel even naar me toen ik binnenkwam. Er hing een sombere sfeer. Ik ging stilletjes zitten.

Merlijn nam het woord. 'Owen, misschien wil jij vertellen wat je vandaag hebt ontdekt?'

'Ja. Idris heeft een nieuwe formule op de markt gebracht en die is zeer duister van aard. We zijn weer terug bij af.'

'Wat is het voor formule?' vroeg Hartwell.

'Het is in grote lijnen de bezwering waar hij aan werkte toen we hem de laan uit stuurden. En het lijkt erop dat hij het nu wel voor elkaar heeft gekregen .'

'Dat betekent dus dat hij zenuwachtig wordt,' verklaarde ik. 'Hij zet blijkbaar snel iets nieuws op de markt om intussen zijn vorige bezwering te verbeteren.'

'Ja, maar dat betekent niet dat we geen probleem hebben,' zei Owen met een diepe zucht. 'Deze doet het wel en we kunnen er niets tegen beginnen. Het is echt een goeie: weinig energieverlies, effectief, alles wat hij belooft. Deze formule heeft ook met beïnvloeding te maken, maar minder extreem dan die andere. Ik heb het idee dat hij zich daar nogal op heeft verkeken. Met deze nieuwe formule wordt het slachtoffer gevoelig voor suggestie. Het slachtoffer beschikt nog wel over een zekere mate van vrije wil, maar krijgt een enorm verlangen om de bezweerder tevreden te stellen. Als deze formule in verkeerde handen valt, kan dat rampzalige gevolgen hebben. Het slachtoffer zal niet eens in de gaten hebben dat er iets mis is.'

'En als de formule goed werkt, heeft onze marketingcampagne ook geen effect meer,' zei ik. Het leek wel alsof ik hier veel meer van schrok dan van mijn beroving: we hadden wekenlang voor niets gewerkt.

Ze keken me allemaal aan. Ik wilde dat ik mijn mond had gehouden. 'Katie, heb jij misschien een idee?' vroeg Merlijn.

Ik schudde mijn hoofd. 'Nee, sorry, maar ik kan op dit moment even niets verzinnen. Ik denk dat wij ons vooral onderscheiden doordat onze bezweringen ongevaarlijk zijn. Maar de mensen die anderen niet willen beïnvloeden en niets gevaarlijks van plan zijn, zullen toch niet in deze bezwering geïnteresseerd zijn, terwijl de mensen die wel kwaad willen zich niet door ons zullen laten weerhouden.'

De teleurgestelde blik van Merlijn bezorgde me een rotgevoel. Maar ja, ik was een naïef plattelandsmeisje met weinig werkervaring, ik moest niet naast mijn schoenen gaan lopen vanwege mijn eerdere successen. 'Sorry,' zei ik zacht. 'Ik zal iets proberen te bedenken.'

'Ja, graag,' zei Merlijn. De tranen sprongen me bijna in de ogen. Ik keek opzij en zag dat Owen een medelijdende blik op me wierp. Hij zat in hetzelfde schuitje als ik, want aan al zijn eerdere overwinningen had hij nu even niets.

'Hoeveel tijd heb je nodig om een effectieve tegenformule te ontwikkelen?' vroeg Merlijn aan Owen.

'Dat weet ik niet. Ik weet niet eens of we dat wel kunnen. Zoals ik al zei: dit is de bezwering waaraan hij werkte toen hij hier vertrok, en sindsdien proberen we al om er iets tegen te doen. Tot nu toe zonder resultaat. Ik heb al zijn bronnen geraadpleegd, ik heb die bezwering binnenstebuiten gekeerd en zeer grondig bekeken. Ik ben bang dat er geen speld tussen te krijgen is.'

'Dat bestaat niet, geen enkele formule is waterdicht. Je kunt vast wel een zwak punt vinden.' Dit was een kant van Merlijn die ik nog niet eerder had gezien. Eigenlijk was het nog steeds niet helemaal tot me doorgedrongen dat dit écht Merlijn was, de man die Arthur op de troon had gezet, die een belangrijke rol had gespeeld in alle grote gebeurtenissen waarover nog steeds verhalen de ronde deden: de man die aan het hoofd van deze tafel zat. Hoe aardig hij ook was: alleen dat feit was al intimiderend.

Owen begon te blozen en knikte. 'Ik blijf eraan werken.'

'Minerva?'

Minerva haalde haar schouders op. 'Nog niets. Ik krijg geen

voortekens of waarschuwingen binnen, en dat betekent dat de zaak nog niet beslecht is.'

'Wij zullen de verkopers op pad sturen, in het gezelschap van de controleurs, om te kijken hoe het met de verkoop staat,' zei Hartwell. 'Er zijn een paar verkopers die nog bij ons in het krijt staan en die me misschien wat namen van kopers willen doorgeven, dan weten we wie we op moeten sporen.'

'Heel goed,' zei Merlijn. 'We moeten Idris stoppen. Dergelijke problemen hebben Engeland in mijn tijd bijna verscheurd, en ik heb genoeg gelezen over de geschiedenis die aan mij voorbij is gegaan om te weten dat zoiets zich in het recente verleden opnieuw heeft afgespeeld.' Ik spitste mijn oren. Had er onlangs een magische oorlog gewoed waar de gewone wereld niet van op de hoogte was? In dat geval was deze situatie misschien niet zo bedreigend als ik dacht, want we hadden het kennelijk allemaal overleefd. Ik nam me voor verder te lezen in de boeken die Owen me had geleend.

'Maar dit is de eerste keer dat we in het zakenleven met dergelijke moeilijkheden te maken krijgen,' ging Merlijn verder. 'Dat geeft de andere partij een schijn van rechtmatigheid, wat ongetwijfeld een ongunstige uitwerking heeft op diegenen die aarzelen tussen licht en donker. In een magische oorlog zullen weinigen uit principe de verkeerde kant kiezen, maar als er een product te koop wordt aangeboden dat de schijn wekt goedgekeurd te zijn, wordt de verleiding groot. En als de verkeerde weg eenmaal is ingeslagen, gaat het bergafwaarts. Daarom moeten we dit nu een halt toeroepen.' Ik voelde de magische lading van zijn woorden en ik rilde. Misschien was de situatie inderdaad ernstiger dan ik had gevreesd.

Ik pijnigde mijn hersens met het zoeken naar een oplossing, maar ik kon niets bedenken. Ik dacht niet dat een leus in de trant van 'Ik tover veilig of ik tover niet' het beoogde effect zou hebben. Maar als wij niet konden volhouden dat de formules van de concurrentie onbetrouwbaar waren, wat moesten we dan beginnen? Degenen die deze formules al hadden aangeschaft, wisten heel goed dat ze niet deugden, maar daar trokken ze zich niets van aan.

Ik dacht na over wat er tijdens de vergadering allemaal naar voren was gebracht. Owen had een opmerking gemaakt die me heel vaag deed denken aan iets wat ik laatst had gehoord maar niet zo belangrijk had gevonden. Misschien zou dat nu toch van pas kunnen komen.

Het probleem was alleen dat ik er niet goed over durfde te beginnen. Stel dat ze zelf al eens op dit idee waren gekomen en het van de hand hadden gewezen? Of, erger nog, dat ze het al hadden geprobeerd en dat het geen succes was geweest? Het lag bovendien zo voor de hand. Maar ik had inmiddels ook begrepen dat de dingen die ik heel gewoon vond, niet zo gewoon waren voor mensen die in een andere wereld leefden.

Het kon toch geen kwaad om een poging te wagen, dus ik schraapte mijn keel en zei: 'Misschien heb ik toch een ideetje.'

16

'Jullie hebben hier misschien al wel eens eerder aan gedacht, maar ik heb er tot nu toe nog niets over gehoord.' Mijn keel voelde erg droog en ik wilde dat ik een glas water had. 'In mijn wereld beschikken we uiteraard ook over krachten, die, net als magie, voor goede en kwade zaken gebruikt kunnen worden. Advocaten, bijvoorbeeld.'

Iedereen keek met niet-begrijpend aan. Ik hoefde toch hopelijk niet uit te leggen wat een advocaat was? Hartwell schraapte zijn keel. 'Wat hebben advocaten te maken met het stoppen van het misbruik van magie?' vroeg hij.

'Advocaten kunnen zo ongeveer alles stoppen. Als je een proces begint, duurt het eeuwen voor er een uitspraak is gedaan. In de tussentijd hebben we genoeg tijd om een betere oplossing te verzinnen. Ik ben natuurlijk geen expert, maar misschien kunnen we iets met intellectueel eigendom.'

'Wat is dat?' vroeg Owen. Het sprankje hoop dat ik in zijn ogen zag, gaf me moed.

'Alles wat een werknemer onder werktijd maakt en bedenkt, is eigendom van het bedrijf, niet van de werknemer. Jullie hebben misschien zo'n bepaling in jullie contracten met de werknemers?'

Owen knikte. 'Ja, vooral bij R&D.'

'Daarmee wil je voorkomen dat een werknemer iets onder werktijd ontwikkelt en het vervolgens zelf verkoopt, maar dat is precies wat Idris nu doet. Hij heeft een idee meegenomen dat hij hier heeft bedacht , en gebruikt het om zijn eigen producten te maken. Misschien kunnen jullie dat laten verbieden.'

'Hoe dan?' vroeg Merlijn.

'Dat weet ik niet, maar ik ken wel iemand die daar meer vanaf weet. Ik zal proberen het uit te zoeken, maar dat kan wel een paar dagen duren.' Het was wel erg vergezocht en onzeker: mijn plan om de wereld te redden was gebaseerd op een gesprekje dat ik met de blind date van iemand anders had gevoerd, maar toch was het de moeite van het proberen waard.

'Heel graag, en breng zo snel mogelijk verslag uit.'

De vergadering werd gesloten en we gingen allemaal terug naar onze eigen werkplek. Toen mijn plan voor een marketing-campagne was aangenomen, had ik me heel erg uitgelaten en op-gewonden gevoeld, maar nu was ik bang. Stel dat het niet zou lukken? Er hing zo enorm veel van af.

Die avond zaten we met z'n drieën aan de eettafel te praten over de gevolgen van mijn date. 'Ik weet niet wat je met hem hebt uitgespookt, Katie, maar hij wilde me vandaag niet eens aankij-ken,' zei Gemma lachend.

'Hij is zeker bang dat je teleurgesteld bent omdat hij niet nog een keer wil afspreken,' zei Marcia. Ze gaf me een schouderklop-je. 'Misschien heeft Philip nog wel een leuke vriend.'

Maar Philips vrienden waren waarschijnlijk al aan hun winter-slaap begonnen, of wat kikkers ook maar doen als het kouder wordt. Of ze zaten in het bejaardentehuis. 'Misschien heb ik zelf wel een idee,' zei ik, want nu het onderwerp ter sprake was geko-men, kon ik de kans natuurlijk niet laten schieten. 'Marce, ben jij verder niets van plan met Ethan?'

Marcia fronste haar wenkbrauwen. 'Wie was dat ook alweer?'

'Intellectueel eigendom, lang, bril. Die avond waarop we sa-men met Connie en Jim uit eten gingen.'

Ze trok een gezicht. 'Die? Wil je nog een keer met hem uit?'

'Vind je dat niet erg?'

'Nee, ga gerust je gang.'

Gemma straalde. 'Zal ik Jim bellen en vragen of hij aan Ethan wil vragen om jou te bellen als hij zin heeft om met je uit te gaan?'

'Graag. Ik vond hem wel leuk.' Ik vond deze afspraak eerlijk gezegd wel een beetje te vaag. Stel dat hij zich niet kon herinneren wie ik was, of dat hij geen zin had in een afspraakje met mij? Het lot van de magische wereld, en van de niet-magische wereld, hing misschien van deze afspraak af! Ik wist niet waar ik zo gauw een andere jurist moest vinden die in deze dingen gespecialiseerd was. Maar ik durfde niet tegen Gemma te zeggen dat Ethan me snel moest bellen omdat ik weinig tijd had, dat zou alleen maar de indruk wekken dat ik op iets anders uit was.

De volgende dag ging ik op internet op zoek naar informatie over marketingcampagnes voor ingewikkelde situaties, toen ik een mailtje van Gemma kreeg. 'Jim zei dat Ethan zich jou nog kon herinneren en dat hij je leuk vond. Jim heeft hem jouw telefoonnummer gegeven en Ethan zei dat hij je zou bellen.' Dat was goed nieuws, ik vroeg me alleen af wanneer hij dat zou doen. 'Ik bel je wel' betekende bij mannen meestal 'nog voordat ik doodga, als ik het tenminste niet vergeet'. En zo lang kon ik nu niet wachten.

Ik had het gevoel dat ik weer op de middelbare school zat: ik haastte me 's middags naar huis om te kijken of 'hij' op het antwoordapparaat stond, ik sprong op als de telefoon ging, en belde naar huis om te horen of er al een bericht was ingesproken. Mijn huisgenoten dachten vast dat ik knettergek was geworden. 'Ik had geen idee dat je Ethan zo leuk vond,' merkte Gemma op een bepaald moment op. 'Misschien had je dat eerder moeten zeggen.'

Eindelijk belde hij, op donderdagavond. Gemma nam voor de verandering eerder op dan ik, want Philip had eindelijk geleerd om met een telefoon om te gaan, dus ook zij zat in spanning op een telefoontje te wachten. Haar gezicht klaarde op toen ze had opgenomen. Ze legde haar hand op de hoorn en zong plagerig: 'Het is voor jou-hou! Raad eens wie het i-his!'

Ik kreeg opnieuw het gevoel dat ik terug was in mijn tienerjaren, pakte de telefoon van haar af, liep naar de slaapkamer en deed de deur achter me dicht. 'Hoi Ethan,' zei ik.

'Hoi Katie.' Zijn stem klonk prettig, warm en vriendelijk. 'Het lijkt toeval, maar ik stond op het punt om Jim te vragen of hij vond dat er genoeg tijd verstreken was om jou een keertje mee uit te kunnen vragen. Ik wil niet stoken tussen jullie meiden, maar ik wilde wel graag een keer met je afspreken.'

Ik kreeg meteen een schuldgevoel omdat ik hem alleen maar iets over zijn werk wilde vragen, maar eigenlijk was hij best een leuke vent. En voorzover ik wist, niet iemand die met een tover-stokje door het leven ging. Waarschijnlijk was hij de gewoonste man die ik op dit ogenblik kende. 'Ik heb toestemming van Mar-cia, dus maak je geen zorgen,' zei ik. Zou hij nu denken dat Mar-cia totaal geen belangstelling voor hem had? Maar hij kon moei-lijk beledigd zijn, want hij wilde blijkbaar zelf ook niet meer met haar uit.

'Zullen we iets afspreken?' vroeg Ethan.

Ik kwam in de verleiding om te zeggen dat ik hem alleen ge-vraagd had mij te bellen omdat het me leuk leek om urenlange te-lefoongesprekken te voeren, maar dit was geen geschikt moment voor grapjes. Ik moest nu heel duidelijk zijn. 'Ja, leuk. Wanneer?'

'Vind je morgenavond te vroeg?'

'Nee hoor, helemaal niet.' Als het aan mij lag, had ik meteen mijn schoenen aangetrokken.

'Zullen we na het werk een hapje gaan eten? Ik ben om onge-veer zes uur vrij. Waar werk jij?'

'In het centrum, vlak bij City Hall, maar ik woon in de buurt van Union Square, dus ergens daartussenin zou prima zijn wat mij betreft.'

'Ik weet wel iets aan MacDougal, in de buurt van Washington Square. Niks bijzonders hoor, maar je kunt er wel rustig zitten.'

'Klinkt prima.'

Hij gaf me het adres en we spraken af om half zeven. Nu moest ik hem alleen nog aan de praat krijgen over zijn werk, maar dat leek me niet al te moeilijk. Als we echt iets wilden bereiken, moesten we uiteindelijk een advocaat inschakelen en die moes-ten we dan het een en ander vertellen over de magische kanten van het bedrijf. Misschien kon ik Ethan eens peilen om te zien of hij daarvoor openstond. Ik kon in elk geval proberen erachter te komen welke stappen we zouden kunnen nemen.

De volgende dag vertelde ik Merlijn dat ik een afspraak had met iemand die me meer over het onderwerp kon vertellen, en ik vertrok wat vroeger om mezelf goed voor te bereiden. Omdat Ethan dacht dat ik rechtstreeks uit mijn werk kwam, wilde ik er wel leuk uitzien maar me niet te veel optutten. Dit was nu precies waarom ik zo'n hekel had aan daten, de simpelste afspraak vond ik al ontzettend ingewikkeld.

In de metro op weg naar het restaurant werd ik overvallen door zenuwen. Hoe kwam ik in godsnaam op het idee dat dit een succes zou kunnen worden? Ik had gezond verstand, ik was niet dom, maar wel slecht in daten. Als de toekomst van de wereld afhing van mijn date, was het niet best. Ik hoopte dat Jeff de Kikkerman zich vanavond niet liet zien.

Het restaurant dat Ethan had uitgekozen, lag niet dicht bij een metrostation, en voor het eerst sinds mijn beroving moest ik weer door het donker over straat. Ik wist wel dat ik goed in de gaten werd gehouden, maar daar werd ik alleen maar nerveuzer van: ik wilde liever geen toeschouwers bij mijn afspraakje. En ik hoopte vooral dat Owen vanavond iets beters te doen had dan voor bodyguard spelen.

Vlak bij het restaurant, zag ik Sam op een luifel zitten. Ik haalde opgelucht adem en ontspande me een beetje. Sam was een plaaggeest, maar hij zou me wel heel goed beschermen.

Ethan stond bij de deur te wachten. Hij glimlachte toen hij me zag, en dat vond ik een goed teken: hij wist inderdaad nog wie ik was. Ethan was langer dan ik me herinnerde. Toen we elkaar een hand gaven, kwam mijn kruin maar net tot zijn schouder, en ik droeg hoge hakken. 'Ik hoop dat ik je niet lang heb laten wachten?' vroeg ik.

'Nee, je bent precies op tijd. Ik kon iets eerder weg dan ik verwacht had.'

Het restaurant was inderdaad niets bijzonders, maar het was er gezellig en warm, en we hoefden niet op een tafeltje te wachten. Ethan hielp me uit mijn jas en hing die samen met zijn jas aan de kapstok. We kletsten wat over koetjes en kalfjes terwijl we op de kaart keken, en bestelden hamburgers en friet. Ik vond het wel prettig dat Ethan zich niet verplicht voelde om zich vreselijk uit te sloven op onze eerste afspraak.

Ik besloot dat het tijd werd om terzake te komen. 'Je vertelde toch dat je iets deed met intellectueel eigendom?'

Hij glimlachte. 'Goh, je hebt dus echt opgelet. Ik dacht dat iedereen me oersaai vond, zo saai dat mijn date niet nog eens wilde afspreken.'

'Zo erg was het niet, hoor. Ik vond het juist wel boeiend. Gebeurt dat vaak, dat een werknemer iets mee probeert te nemen naar een volgende baan?'

'Dat hangt van de bedrijfstak af. Bij software komt het vaak voor. Daar veranderen mensen ook regelmatig van baan en dan nemen ze soms programma's mee waaraan ze hebben gewerkt, maar ze kunnen natuurlijk altijd zeggen dat ze toepassen wat ze hebben geleerd. Soms is er sprake van concurrentiebeding, dan mag de werknemer een bepaalde periode niet voor een concurrent werken, maar dat wordt vaak beschouwd als een oneerlijke restrictie.'

Onze drankjes werden gebracht en hij gebruikte het als aanleiding om van onderwerp te veranderen. 'Maar genoeg over mij. Wat doe jij eigenlijk? Daar hebben we het de vorige keer helemaal niet over gehad, want ik zat veel te lang te zeuren over mijn eigen werk.'

'O, wat ik doe is lang niet zo interessant als jouw werk. Ik ben gewoon secretaresse, en daar valt weinig boeiends over te vertellen.' Ik hoopte vurig dat hij er verder niet naar zou informeren.

'Dat kan best interessant zijn, als je een leuke baas hebt.'

'Mijn baas is inderdaad heel aardig, dus wat dat betreft heb ik geen horrorverhalen. Maar ook geen interessante anekdotes, ben ik bang. Sorry.'

Hij fronste zijn wenkbrauwen. Ik vroeg me angstig af of ik mijn saaiheid een tikje had overdreven, maar toen merkte ik dat hij niet naar mij keek, maar naar iets achter mij, in de buurt van de deur.

'Wat is er?' vroeg ik.

Ethan schudde zijn hoofd alsof hij ergens last van had, fronste weer, zette zijn bril af en begon zijn glazen te poetsen. 'Niks, ik dacht alleen dat ik iets raars zag.' Hij lachte nerveus. 'Ik heb een drukke week achter de rug. Ik kan het maar beter bij één biertje houden, geloof ik.'

Ik keek om en zag dat Trix en haar parkwachter waren binnengekomen. Ik keek weer naar Ethan, met een vreemd gevoel in mijn buik. Ik wist natuurlijk niet hoe de illusie van Trix eruitzag, maar ik had nog nooit meegemaakt dat iemand zo vreemd naar haar keek. Behalve ikzelf, natuurlijk. Ineens herinnerde ik me dat hij de vorige keer ook al zijn bril was gaan poetsen toen de feeën het restaurant binnenkwamen. Zou hij ook een immuun zijn? 'Wat dacht je dat je zag?' vroeg ik nieuwsgierig maar zo terloops mogelijk, hoewel mijn hart in mijn keel bonsde.

'Niks,' zei hij, maar ik bleef hem aankijken tot hij zuchtte en zei: 'Ik heb soms last van gezichtsbedrog, dan lijkt het alsof sommige mensen vleugels hebben. Heel vreemd, maar gelukkig heb ik dat niet vaak.' Het klonk alsof hij zichzelf ervan probeerde te overtuigen dat er niets aan de hand was.

Ja hoor, dat herkende ik. 'Wil je me even excuseren?' vroeg ik.

Ik liep onze nis uit en wierp Trix een betekenisvolle blik toe. De toiletten waren beneden, dus daar kon ik even met haar praten.

Een minuut later verscheen Trix. 'Wat is er?' vroeg ze. 'Met deze gaat het een stuk beter dan met de vorige, toch?'

Zijn jij en die boswachter van je mijn bodyguards voor vanavond?'

Trix begon te giechelen. Het klonk een beetje als het getinkel van belletjes. 'Pippin, bedoel je.'

'Zijn jullie vandaag wel vermomd? Ik bedoel, zien jullie er voor de meeste mensen uit als mensen?'

'Ja, natuurlijk, zonder onze illusie wagen we ons niet op straat.'

'Dan denk ik dat ik een andere immuun heb gevonden. Mijn date zat net heel vreemd naar jullie te kijken. Hij denkt dat hij gek aan het worden is omdat hij mensen met vleugels ziet.'

Ze hapte naar adem. 'Dat méén je niet!'

'Ja, echt waar. Wat moet ik nu doen? Het is trouwens die advocaat, die gespecialiseerd is in intellectueel eigendom. Zal ik zeggen dat magie echt bestaat, of zal ik vragen of hij een keer op kantoor komt, zodat meneer Mervyn en de anderen hem dat kunnen vertellen?'

Ze schudde haar hoofd. 'Zeg maar niets tot we het zeker weten. We moeten eerst een paar testjes met hem doen voor we hem kunnen benaderen.' Ik dacht terug aan die vreemde ochtend in de metro toen ze mij hadden getest en ik kreeg het akelige gevoel dat mij nog een heel vervelende avond te wachten stond.

Trix haalde een telefoon uit haar tasje en toetste een nummer in. 'Met Trix. Katie moet je spreken.'

Ze gaf de telefoon aan mij. 'Katie?' hoorde ik. 'Met Rodney. Wat is er aan de hand?'

'Weet je nog dat ik het laatst over die advocaat had?' Waarschijnlijk wist hij allang dat ik nu met hem zat te eten. 'Volgens mij is hij een immuun. Hij vertelde me net dat hij de vleugels van Trix zag.'

'Blijf waar je bent. Blijf gewoon gezellig met hem kletsen, we komen eraan.' Het viel me op dat hij niet vroeg waar ik was.

Ik gaf de telefoon terug aan Trix. 'Volgens mij gaan ze hem meteen uittesten.'

Ze grinnikte. 'O, leuk! Dat is altijd zo grappig!'

Toen ik terugkwam bij ons tafeltje, was het eten net gebracht. Ethan was nog steeds nerveus en wierp zo nu en dan een blik op Pippin, alsof hij niet zeker wist wat hij nu zag. Hij glimlachte opgelucht toen ik terugkwam. We begonnen te eten en ik probeerde me geen zorgen te maken over de testen.

Om het gesprek op gang te houden en weer terzake te komen, zei ik: 'Ik wilde je trouwens nog iets vragen. Stel dat iemand terwijl hij ergens werkt een briljant idee krijgt en dan zijn eigen bedrijf begint?'

'Dat is ook iets wat vaak gebeurt binnen de softwarebranche. Iemand komt op een fantastisch idee, zegt dat niet tegen zijn werkgever, maar probeert het zelf te gelde te maken. In zo'n geval hangt het ervan af of dat idee rechtstreeks is voortgekomen uit een werkgerelateerde situatie, of dat de werknemer het gewoon zelf heeft bedacht terwijl hij toevallig voor dat bedrijf werkte.'

Ik fronste mijn wenkbrauwen. Dat was niet veelbelovend. 'En als het iets is dat de werknemer heeft bedacht tijdens een opdracht voor zijn werkgever, maar waar de werkgever niet tevreden over was? Wat die werkgever niet in productie wilde nemen?'

'Daarmee verdien ik nu mijn brood. Dan moet je echt op zoek gaan in documenten, met mensen gaan praten en allerlei informatie verzamelen om te bepalen hoe het precies zit. Maar als de werknemer het product heeft ontwikkeld onder werktijd en met behulp van de middelen van het bedrijf, dan wint het bedrijf, zeker als het betere advocaten heeft.'

'Jij dus.'

'Ja, ik ben echt de advocaat van het duivelse bedrijfsleven,' Ethan begon te lachen. 'Maar nu moet je ophouden met dat beleefde gedoe. Het bestaat gewoon niet dat jij echt in mijn werk geïnteresseerd bent. Of ben je van plan om iets van je baas te jatten?'

'Alleen pennen en plakbriefjes,' zei ik, met een geforceerde lach. Het leek er echt op dat we een advocaat zouden moeten inschakelen, en het zou al een stuk schelen als die een immuun was. 'Ik vind het echt heel boeiend. Ik heb er wel eens over gedacht om rechten te gaan studeren, maar hierover had ik nog nooit gehoord.' Ik kruiste mijn vingers onder de tafel terwijl ik deze leugen uitsprak.

Er kwamen twee mannen het restaurant binnen, zo te zien net uit de sportschool. Ze gingen aan de bar zitten. Normaal gesproken was dit me niet opgevallen, er zaten al een paar van zulke types aan de bar te eten terwijl ze keken naar een basketbalwedstrijd op de televisie die aan het plafond hing. Maar deze twee waren Rodney en Owen. Ik had zin om keihard met mijn voorhoofd op het tafeltje te bonken. Het was al erg genoeg dat ik hier om zakelijke redenen zat te doen alsof ik geïnteresseerd was in mijn date, maar de aanwezigheid van de man op wie ik een tikkeltje verliefd was, maakte dat helemáál verschrikkelijk. Ik had het gevoel dat ik de boel dubbel liep te belazeren. Erger: zonder Owen in de buurt vond ik Ethan best leuk, en hij was tenminste niet totaal onbereikbaar. Het leek er zelfs op dat we veel meer gemeen hadden dan ik had gedacht.

Ik dwong mezelf mijn aandacht alleen op Ethan te richten, al bestierf ik het van de zenuwen over wat dat dynamische duo aan de bar had verzonnen. 'Stel dat een bedrijf denkt dat een werknemer iets heeft gestolen en dat vervolgens tegen het bedrijf gaat gebruiken?'

'Dan schrijven we allereerst een aardige, officiële brief met een stakingsbevel. In veel gevallen jaagt dat voldoende schrik aan en houden de mensen op. De meeste mensen realiseren zich namelijk helemaal niet dat ze iets verkeerd doen. Eventueel kunnen ze het product zodanig aanpassen dat het echt van hen wordt. Als er veel geld op het spel staat, als de voormalige werkgever grote schade lijdt, of als de ex-werknemer niet wil meewerken, wordt het ingewikkelder.'

Ik vroeg me af of in ons geval een brief voldoende zou zijn. En verder betwijfelde ik of we een zaak konden aanspannen wegens het verduisteren van magische bezweringen zonder voor gek te worden verklaard.

Op dat moment verdween het glas bier, waar Ethan nauwelijks iets van had gedronken, en maakte plaats voor een flesje cola. Ik nam aan dat de meeste mensen nog steeds een glas bier zouden zien staan en zelfs bier zouden proeven, maar Ethan knipperde eens met zijn ogen, werd een beetje bleek, pakte het flesje, bekeek het eens goed, en begon toen te lachen. 'Goh, helemaal vergeten dat ik cola had besteld. Ik zei net toch dat ik maar één biertje zou nemen?'

Ik wist niet of ik hem moest tegenspreken. Hij had inderdaad geen cola besteld en de serveerster was niet eens in de buurt. Het was duidelijk dat hij merkte dat er iets vreemds was gebeurd.

Ik probeerde zo onopvallend mogelijk naar de bar te kijken. Rodney keek naar Owen met een gezicht van: nu jij. Owen beet op zijn onderlip en fronste zijn wenkbrauwen. Mijn maag kromp ineen van de zenuwen. Ik kende hem goed genoeg om te weten dat we nu iets interessants gingen beleven.

In een oogwenk waren de bijna lege borden en de glazen van de tafel verdwenen; het kale formicablad was gedekt met een wit, linnen tafelkleed en daarop stonden porseleinen dessertbordjes met een stuk chocoladetaart dat er schandalig lekker uitzag, twee koppen cappuccino en een kristallen vaasje met een rode roos. Deze manier van testen sprak me wel aan. Ik moest me bedwingen om geen dankbare blik in Owens richting te werpen. Hij kende mij niet beter dan ik hem, maar blijkbaar had hij wel goed opgelet: tijdens het eerste sollicitatiegesprek bestelde ik een cappuccino alsof dat een zeldzame delicatesse was, en hij wist ook dat ik altijd een stuk chocola in mijn tasje had.

Ik keek naar Ethans reactie. Hij staarde verbijsterd naar de tafel, hapte naar adem, schudde zijn hoofd en zei: 'We zijn zeker de miljoenste klant of zo.'

Op dat moment kwam de serveerster langs en vroeg: 'Wilt u misschien nog een dessert?'

Ethan keek eerst naar de serveerster, toen naar de chocoladetaart en vervolgens met een verbijsterde blik weer terug naar het meisje. 'Eh, nee, dank u. Dit is wel voldoende, lijkt me.'

De serveerster fronste haar wenkbrauwen, haalde haar schouders op en zei: 'Wat u wilt.' Toen liep ze weg.

Ik deed alsof ik de serveerster nakeek, maar wierp intussen een blik op Owen en Rodney. Rodney trok een gezicht en schudde zijn hoofd, maar Owen keek hem uitdagend aan. Ik zette me schrap.

Ethan stak zijn hand uit naar de cappuccino, maar het kopje schoof een stukje weg. Hij probeerde het nog eens, en weer schoof het kopje opzij. Ik vroeg me af met welke verklaring hij nu weer zou komen. 'Tjonge, wat een gladde tafel,' zei Ethan nerveus. 'Ik ben blij dat ik het maar bij één biertje heb gelaten.'

Ik nam een hap chocoladetaart, want ik zag geen reden om die te laten staan, en keek voorzichtig naar de jongens aan de bar. Owen grijnsde tevreden, maar Rodney keek behoorlijk gefrustreerd.

Even later begon het boven ons tafeltje zacht te sneeuwen. Witte vlokken dansten en dwarrelden naar beneden en daalden op ons en ons tafeltje neer. De vlokken voelden niet koud en ze lieten geen natte plekken achter. Het was echt een spectaculair gezicht, maar niemand anders in het restaurant scheen het op te merken.

Ethan deed zijn ogen dicht en hield ze wel een minuut gesloten. Toen hij ze weer opende, zag hij de sneeuw blijkbaar nog steeds. Hij keek me met een wanhopige blik aan. 'Zeg alsjeblieft dat ik niet gek aan het worden ben.'

'Waarom denk je dat?'

'Of ik ben aan het hallucineren, of er gebeuren hier heel vreemde dingen.'

'Zoals?'

'Ten eerste zag ik mensen met vleugels. Die hebben ze trouwens nog steeds, het was helemaal geen gezichtsbedrog. Toen veranderde mijn bier in cola. Daarna kregen we een dessert dat je eerder in het Ritz zou verwachten, maar de serveerster deed alsof ze niets zag en vroeg doodleuk of we nog een dessert wilden. Ik kan mijn kopje niet pakken en nu begint het ook nog te sneeuwen in het restaurant. Bij water zou ik me nog iets kunnen voorstellen, een lekkage of zo, maar bij sneeuw?' Hij schudde zijn hoofd. 'Nu ga jij me zeker vertellen dat dit allemaal onzin is en je wordt boos omdat ik de serveerster heb gezegd dat we geen dessert willen.'

Ik keek naar Owen en Rodney. Owen keek een tikje zelfingenomen en knikte ten teken dat ik mijn gang kon gaan. Ik vroeg: 'Zie je dat soort dingen wel vaker?'

Hij streek zijn haar naar achteren, waardoor het rechtop ging staan. 'Klinkt het erg idioot als ik ja zeg?'

'Dat weet ik niet. Probeer het eens.'

'Oké. Ja, ik zie wel vaker zulke vreemde dingen. Vooral de laatste tijd.'

'Hoe lang woon je al in New York?'

'Sinds ik ben afgestudeerd.'

'En daarvoor?'

'In een kleine stad in het noorden van de staat New York.'

'En zag je ook wel eens vreemde dingen voor je hierheen verhuisde?'

Hij haalde zijn schouders op. 'Waarschijnlijk wel, als ik had opgelet, maar ik zat altijd met mijn neus in de boeken. Ik geloof echt dat ik gek ben geworden.'

Ik boog me een beetje naar voren. 'Heb je er wel eens aan gedacht dat je misschien echt mensen met vleugels ziet? Of dat er echt dwergen en elfen rondlopen in de stad, of dat er soms waterspuwers door de lucht naar een ander dak vliegen? En dat sommige mensen alleen maar even met hun polsen hoeven te draaien om zomaar iets te voorschijn te toveren?'

Hij staarde me aan alsof ik zelf vleugels had gekregen. 'Hoe weet jij dat?' vroeg hij hees.

'Omdat ik zulke dingen ook zie, en ik weet behoorlijk zeker dat ik niet gek ben. Ik ken trouwens die fee daar aan dat tafeltje. Ze heet Trixie, maar ze wil graag Trix genoemd worden. Ze is een collega van me.'

Zijn mond viel open van verbazing. 'Hè?'

'Geloof jij in magie?'

'Magie? Je bedoelt konijnen uit hoge hoeden en van die kaarttrucjes?'

'Nee, ik bedoel dingen uit het niets te voorschijn toveren.'

'Ik heb alle Harry Potter-boeken gelezen en de drie delen van *In de ban van de ring* en de hele Narnia-serie. Maar afgezien daarvan weet ik niets van magie.'

Kennelijk was hij nogal een liefhebber van fantasy, maar ik vroeg me af of hij daarmee toegankelijker werd of juist niet. 'Goed. Magie bestaat echt. Niet zoals in boeken en films, maar het bestaat wel. Eerlijk gezegd weet ik er ook niet veel vanaf, maar veel figuren uit die boeken en films bestaan echt. En ze kunnen toveren.'

'Jij ook?'

Ik schudde mijn hoofd. 'Nee. Ik ben heel erg onmagisch, zo erg dat magie bij mij niet eens werkt. En dat geldt ook voor jou. Daarom zie jij ook van die vreemde dingen. De meeste mensen laten zich door magie betoveren en in de war brengen, zij zien al die vreemde dingen niet, omdat magische mensen ze zo door illusies maskeren dat ze er volstrekt normaal uitzien. Maar wij zien die illusies niet, wij zien de werkelijkheid. En daarom zien wij vleugels en puntoren en al die andere rare dingen.

Ethan zette zijn bril af en wreef in zijn ogen. 'Ongelooflijk. Of ik word nu echt helemaal knettergek, of dit verklaart een hoop.'

'Ik weet precies hoe je je voelt. Ik weet dit ook nog maar sinds kort.'

'Ik weet gewoon niet meer wat ik moet denken. Moet ik je geloven? Droom ik dit allemaal? Zal ik maar eens een flinke borrel nemen? Magie bestaat gewoon niet, punt uit.'

'Dat zal je nog verbazen. Zal ik je even voorstellen aan Trix?'

Ethan schudde heftig zijn hoofd. 'Nee, ik geloof dat dat me op het moment te veel zou worden.'

'Ik ken wel een paar mensen die dit allemaal beter kunnen uitleggen. Ik werk voor een magisch bedrijf. Zij hebben mensen als wij nodig om al die illusies te doorzien. Je zou er een waardevolle bijdrage aan kunnen leveren. We zaten erover te denken om jouw hulp in te roepen voor een bepaalde juridische kwestie, maar ik vroeg me af hoe ik je moest vertellen waar het precies om ging. Nu blijkt dat je zelf een immuun bent, wordt dat een stuk gemakkelijker. We zijn altijd op zoek naar mensen zoals jij.'

'Ik weet niet...'

'Je kunt toch wel een gesprekje met ons voeren? In het ergste geval krijg je een beter idee van wat wij doen, en kunnen wij je ervan overtuigen dat je echt niet gek bent.'

'Alleen een gesprekje?'

'Ja, en misschien kun je ons nog wat juridische adviezen geven op het gebied van intellectueel eigendom.' Ik besloot nu maar eerlijk te zijn. 'Dat was aanvankelijk ook de reden waarom ik met je heb afgesproken. Ik herinnerde me dat we het tijdens ons eerste gesprek over zulke zaken hadden gehad en het is het probleem waar wij als bedrijf nu mee te maken hebben. En je begrijpt dat wij niet zomaar het eerste het beste advocatenkantoor kunnen bellen.'

'Nee, dat kan ik me voorstellen.'

'Ik vind het trouwens erg gezellig met je, maar ik wil eerlijk zijn, en de aanleiding voor deze afspraak was wel juridisch. We zitten met een groot probleem, een kwestie die heel ernstige gevolgen zou kunnen hebben.'

Ethan fronste zijn wenkbrauwen en dacht na. 'Een nieuwe cliënt is natuurlijk nooit weg,' zei hij ten slotte. 'Ik heb maandag om tien uur nog een gaatje, is dat iets?'

Ik nam aan dat ik dat wel zou kunnen regelen. Waarschijnlijk hoefde ik het niet eens met Merlijn te overleggen, want die wist toch altijd alles al. 'Tien uur is prima.'

Ik had zelf geen visitekaartje, maar het kaartje dat ik van Rodney had gekregen zat nog in mijn tas. 'Hier is het adres, op de achterkant staat een plattegrondje. Ik zal mijn doorkiesnummer even opschrijven. Je kunt bij de balie naar mij vragen.'

Hij pakte het kaartje van me aan en bestudeerde het. 'BBI BV?' Wat betekent dat?'

'Betovering, Bezwering en Illusie.'

'Ongelooflijk. Maar goed, dan zie ik je dus maandag. Zou je het erg vinden als ik nu naar huis ging? Ik heb wel genoeg meegemaakt voor één avond.'

'Dat kan ik me goed voorstellen. En ik betaal, want ik heb je hier tenslotte onder valse zakelijke voorwendselen naartoe gelokt.' Ethan protesteerde niet eens, daar was hij blijkbaar te moe voor.

'Mag ik je in ieder geval veilig thuisbrengen? Je zei toch dat je hier in de buurt woonde?'

'Ja, vlak bij 14th Street. Maar dat hoeft echt niet.' Ik vroeg me af of hij in zijn toestand wel een goede bodyguard zou zijn.

'Nee, ik laat een vrouw niet alleen naar huis gaan.'

'Geloof me, er wordt al goed voor mij gezorgd. Loop anders even met me naar de metro, ik woon dicht bij een halte, daar stap ik dan weer uit.' We verlieten het restaurant. Owen en Rodney bleven aan de bar zitten en toen we buiten kwamen, zag ik dat Sam nog steeds op zijn luifel zat. Ik wuifde naar hem. 'Hallo Sam!'

'Hallo schat!' Hij zeilde naar ons toe.

Ik dacht dat de arme Ethan een hartaanval zou krijgen. 'Het is dus normaal dat een waterspuwer met ons praat?' vroeg hij.

'Volstrekt normaal, althans, het gebéúrt. Ethan, mag ik je voorstellen aan Sam? Sam, dit is Ethan. Ethan komt maandag op kantoor voor een gesprekje met de baas.'

'Ja, ik snap al waarom. Goed werk, poppedijn.'

'Nu weet ik zeker dat ik maandag kom,' zei Ethan. Zijn gezicht was spierwit. 'Want als dit niet echt is, heb ik professionele hulp nodig.'

Op dat moment hoorde ik iemand mijn naam zingen. Mijn gezicht betrok en ik zei snel: 'Als je vandaag je krankzinnigheidsgrens bereikt denkt te hebben, kun je beter nu vertrekken.' Ethan wilde nog iets vragen, maar veranderde van gedachte en vertrok.

17

Ethan was nog niet weg of Jeff kwam luidkeels zingend de hoek om. Ik dacht er maar niet over na hoe hij me nu weer gevonden had; ik werd door te veel mensen achtervolgd: de kornuiten van Idris, de bodyguards van BBI, en mijn liefdesverdrietige aanbidder. Het voordeel was natuurlijk wel dat Idris en zijn mannen daardoor minder kans kregen om een rare streek met me uit te halen.

'Hallo Jeff,' zei ik met een berustende zucht. 'Zou je iets voor me willen doen?'

'Natuurlijk, schone maagd.'

'Wil je me naar huis brengen?' Jeff keek alsof ik hem de gelukkigste man van de wereld had gemaakt en gaf me een arm. Onderweg bezong hij in alle toonaarden mijn schoonheid en toen we bij mijn huis kwamen, was ik tot de conclusie gekomen dat ik daar best aan zou kunnen wennen. Het zou nog leuker zijn geweest als hij zulke dingen niet onder dwang van zijn betovering gezegd had, maar ik troostte me met de gedachte dat Owen daar voor een deel verantwoordelijk voor was. Ik kon me nog steeds niet voorstellen dat die in staat was zulke dingen te verzinnen, maar ik zou allang blij zijn als hij net zo over mij dacht als Jeff.

Ik hoopte dat ik eerder dan Gemma en Marcia thuis zou zijn en snel naar bed kon gaan, zonder me aan het rituele kruisverhoor van mijn huisgenoten te hoeven onderwerpen, maar zo veel geluk had ik niet, ze gingen net naar binnen, Gemma innig gearmd met Philip.

Ze straalden van verliefdheid, maar Marcia maakte een sombere indruk. Gemma had natuurlijk weer eens een date voor haar opgeduikeld zodat ze met z'n vieren uit konden gaan, en dat was waarschijnlijk weer op bekvechten uitgelopen. Ik maakte me los van Jeffs arm door hem een por te geven, want ik had geen zin om aan ze uit te leggen waarom ik met de ene man uitging en arm in arm met de andere terugkwam. Ik keek naar Jeff. Hij was het tegenovergestelde van het type man dat Gemma altijd voor Marcia uitzocht, maar misschien zou hij juist daarom wel heel goed bij haar passen. Hij was knap, goed gebouwd, en ik dacht niet dat hij haar veel reden tot ruziemaken zou geven.

En zo zou ik niet eens Owens hulp in hoeven te roepen om Jeffs betovering te verbreken. 'Kom, dan stel ik je voor aan mijn vrienden,' zei ik tegen Jeff. En tegen mijn huisgenoten: 'Hé, jongens, wacht even!' Ze bleven staan terwijl Jeff en ik haastig het laatste stukje naar mijn huis aflegden.

Gemma en Marcia keken verbaasd naar Jeff, die heel duidelijk niet Ethan was. Ik begon iedereen aan elkaar voor te stellen. 'Dit is Jeff, een vriend van me die ik onderweg tegenkwam. Jeff, dit zijn Gemma, Philip en Marcia.'

Gemma wierp Jeff een oogverblindende glimlach toe. Philip schudde hem de hand en zei: 'Prettig kennis te maken.' Toen fronste hij even zijn wenkbrauwen en vroeg: 'Zeg, ken ik jou niet ergens van? Je komt me zo bekend voor.' Marcia keek verlekkerd naar Jeff en wierp toen een schuldbewuste blik op mij. Ik gaf haar een toestemmend knikje.

'Hallo Jeff,' zei ze, met een lage, hese stem.

Jeff keek eens goed naar haar, knipperde met zijn ogen, en rilde. Toen verdween de maffe, smoorverliefde uitdrukking van zijn gezicht en maakte plaats voor een andere blik, die veel beter bij hem paste. 'Hallo,' zei hij, terwijl hij haar bleef aankijken. 'Zullen wij iets gaan drinken samen? Ik weet een heel leuk café, hier om de hoek.'

'En dan zeggen ze dat liefde op het eerste gezicht niet bestaat,' verzuchtte Gemma, terwijl ze met Philip naar boven liep. Ik had het gevoel dat de betovering voorgoed verbroken was zonder magische tussenkomst. Mijn beide huisgenoten hadden beiden een ex-kikker als vriendje. Wat een leven!

Ik hoefde voorlopig geen dateverslag uit te brengen omdat Marcia uit was en Philip het grootste deel van de avond bleef hangen. Toen we de volgende ochtend aan de ontbijttafel zaten, elk achter een katern van de *New York Times*, ging de aandacht vooral naar Marcia. Ze was erg giechelig, en dat gebeurde niet vaak, zodat het vermoeden rees dat er iets bijzonders aan de hand was.

'Je hebt nog helemaal niet verteld hoe het gisteren met Ethan ging, Katie,' zei Marcia. 'Is hij net zo saai als ik me hem herinner?'

'Het liep vast niet geweldig, anders zou je niet met iemand anders thuiskomen,' zei Gemma plagerig.

'Nee hoor, het was best leuk. Het is echt wel een leuke vent.' De avond was bijzonder vreemd verlopen, maar Ethan was inderdaad leuk.

'Kon hij nog over iets anders praten dan over zijn werk?'

Ik kon hem moeilijk kwalijk nemen dat we het vooral over zijn werk hadden gehad, daar had ik zelf op aangestuurd. 'Ik vind zijn werk heel boeiend, maar we hebben het inderdaad ook nog wel over andere dingen gehad.' Over mijn werk, bijvoorbeeld, en over de vraag of magie echt bestaat.

'Vind je hem leuk? Gaan jullie nog een keer afspreken?' vroeg Gemma.

'Ik denk het wel,' zei ik eerlijk. 'Ik hoop het in elk geval wel.' Hij was leuk, slim, en had wel gevoel voor humor. En hij was net zo doodgewoon als ik. Hij verborg zich niet achter illusies en hij kon de wereld niet in een handomdraai naar zijn hand zetten. Daarin verschilde hij van de meeste mannen die ik de laatste tijd ontmoette.

'Ja, ik vond hem ook wel leuk, alleen wel een beetje een sukkel,' zei Marcia peinzend. 'Zonder persoonlijkheid.'

'Wat een onzin, die heeft hij juist wel,' protesteerde ik. 'Jij vond het misschien niet leuk dat hij slimmer was dan jij?'

'Misschien heb je gelijk,' gaf Marcia ruiterlijk toe. 'Maar je mag hem hebben, hoor. Hij past beter bij jou dan bij mij. En Jeff past beter bij mij dan bij jou.'

'Misschien moeten we eens wat vaker aan partnerruil doen.'

Ik was inmiddels niet meer verbaasd dat Owen elke ochtend op me stond te wachten als ik naar mijn werk ging. Wat me wel verbaasde, was dat mijn huisgenoten er niets van merkten. Dat was typisch iets voor Owen die zichzelf heel goed onzichtbaar kon maken, al dan niet met behulp van magie.

'Wat een ontdekking van je, dit weekend,' zei hij, terwijl we naar het metrostation liepen. 'Had je echt geen idee dat hij een immuun was?'

'Nee, maar als ik iets beter had opgelet, had ik het wel kunnen weten. Wat een toeval, hè, hij is een immuun en nog advocaat ook. Ik hoop dat hij ons kan helpen, als hij tenminste niet eerst gek wordt.'

'Het moet vreemd zijn, als je al die vreemde dingen ziet en er niets van begrijpt.'

'Daar hebben jullie anders aardig aan meegewerkt. Wat zaten jullie er eigenlijk van te maken, een wedstrijdje toveren of zo?'

Owen begon hevig te blozen. 'Hoe denk je dat hij zal reageren? Denk je dat hij nog komt opdagen?'

'Ik hoop het wel. En wees in dat geval wel een beetje voorzichtig, volgens mij staat hij zo ongeveer op instorten. Hij heeft erg veel te verduren gehad en daardoor dacht hij ook dat hij gek aan het worden was.'

'Was het goed zoals we het jou vertelden?'

Ik probeerde me die dag te herinneren waarop mijn wereld op z'n kop was gezet. Dat leek zo lang geleden en ik kon me bijna niet meer voorstellen dat er een tijd was geweest dat ik niet van het bestaan van magie wist. 'Ik ben niet gek geworden en ik heb het overleefd, dus zo slecht hebben jullie dat niet gedaan,' zei ik.

Owen opende zijn mond alsof hij iets wilde gaan zeggen, sloot die weer en klemde zijn kaken op elkaar, alsof hij erg zijn best moest doen om niets meer te zeggen. We spraken nauwelijks meer. Owen leek in gedachten verzonken en daar wilde ik hem niet bij storen, zeker niet nu we zaten te springen om goede ideeën.

Ik vertelde de portier dat ik een bezoeker verwachtte en liep naar boven, naar Merlijn. 'Hij komt vandaag om tien uur langs,' zei ik. 'Komt dat wel uit?'

'Geweldig! Ik kan bijna niet geloven dat je zo snel zo'n waardevol contact hebt gelegd.'

'Laten we niet op de zaak vooruitlopen. Hij was behoorlijk geschrokken, dus we moeten afwachten of hij echt wil meewerken. Het zou misschien beter zijn geweest als we het hem rustig hadden kunnen vertellen.'

'O, dat komt vast wel goed. We zullen hem in mijn kantoor ontvangen.'

'Goed. Ik zal je laten weten als hij er is.'

Het was moeilijk om me op andere werkzaamheden te concentreren – ik moest een paar rapporten doornemen – want ik kon bijna niet wachten tot het tien uur was. Om tien over tien was Ethan er nog niet. Ik probeerde niet teleurgesteld te zijn.

Eindelijk, om kwart over tien, belde Hughes me om te zeggen dat mijn gast er was. Ik ging haastig naar beneden en daar stond Ethan, bleek en een beetje buiten adem. 'Sorry dat ik te laat ben,' zei hij. 'Ik was bijna niet gekomen; ik ben nog een paar keer een blokje om gegaan voordat ik de knoop doorhakte.'

'Hindert niet, dat begrijpen we best. Kom mee naar boven, dan kun je mijn baas ontmoeten, en nog een paar andere mensen die alles veel beter kunnen uitleggen dan ik.'

Hij keek om zich heen in de grote, kathedraalachtige hal. 'Wat een interessant gebouw. Ik kan bijna niet geloven dat het mij nooit eerder is opgevallen.'

'Nee, dat vond ik ook vreemd toen ik hier voor het eerst kwam.'

Hij schrok even terug voor de wentelroltrap, maar ik legde uit dat die mechanisch werkte, niet magisch. 'Niet alles hier is magisch en vreemd, je zult ook heel wat gewone dingen tegenkomen.'

Toen hij Trix achter haar bureau zag, keek hij nog eens goed. 'Is dat niet dat meisje dat...'

'Ja,' zei ik, 'je hebt haar vrijdagavond ook gezien. Trix, dit is Ethan, Ethan, dit is Trix.'

'Leuk om je weer te zien,' zei Trix. 'De baas verwacht je al, loop maar door.'

De dubbele deuren zwaaiden als vanzelf open en Ethan keek zijn ogen uit. 'O, mijn god!'

Ik gaf hem een schouderklopje. 'Niks aan de hand, hoor,' zei ik bemoedigend.

Rodney en Owen zaten aan Merlijns kleine conferentietafel. Ze gingen allebei staan en Merlijn kwam naar ons toe. 'Zo, dus dit is de nieuwe rekruut,' zei hij.

'Meneer Mervyn, dit is Ethan Wainwright. Ethan, mag ik je voorstellen aan Ambrose Mervyn, onze directeur?' Ik besloot het daarbij te laten, het was al heftig genoeg allemaal, dus het feit dat het bedrijf geleid werd door een legendarische tovenaar, leek me nu even iets te veel van het goede.

Ik stelde Ethan ook voor aan Rodney en Owen. Rodney deed lang niet zo vriendelijk tegen Ethan als hij tegen mij had gedaan, kennelijk reserveerde hij zijn charmes uitsluitend voor leden van het vrouwelijk geslacht. Owen was juist veel minder verlegen dan hij tegen mij was geweest. Hij gedroeg zich uiterst formeel en zakelijk, was nog steeds vrij bescheiden en gereserveerd, maar wel duidelijk en direct.

Toen we allemaal zaten, vroeg Rodney: 'Heb je trek in koffie?'

Ethan schraapte zijn keel. 'Ja, graag.' Er verscheen een beker koffie voor zijn neus en hij sprong bijna een meter de lucht in. 'O, wow! Ongelooflijk. En dat deden jullie niet met spiegels, of wel?'

'Het is alleen maar een kleine demonstratie,' zei Merlijn. 'Ik heb begrepen dat Katie je al enigszins op de hoogte heeft gebracht.'

Ethan staarde nog steeds vol ongeloof naar de beker koffie en zei: 'Ja. Dat magie echt bestaat, dat ik er niet gevoelig voor ben en dat jullie een advocaat nodig hebben.'

'Heel goed.' Merlijn stak de verhandeling af die ik tijdens mijn eerste sollicitatiegesprek had gehoord en waar ik toen helemaal van ondersteboven was. Nu vond ik het meeste vanzelfsprekend. Ethan zag er nog steeds een beetje verwilderd uit, maar nam alles in zich op en stelde goede vragen. Ik kreeg de indruk dat hij hier prima doorheen zou komen.

Toen Merlijn klaar was, schudde Ethan zijn hoofd. 'Ik vind het nog steeds heel moeilijk te geloven, maar een andere verklaring zal er wel niet zijn.'

'De simpelste verklaring is meestal de juiste,' zei Owen. Probeer je eens voor te stellen wat er allemaal voor nodig zou zijn om een practical joke met je uit te halen. En waarom zouden we je voor de gek willen houden?'

'Maar verklaart het ook niet een hele hoop?' vroeg Rodney. 'Vind je het niet ook wel heel prettig om te weten dat je je dus geen dingen in je hoofd haalde? Dat je niet gek wordt? Dat je niet overspannen bent? Jij ziet gewoon een realiteit die voor anderen onzichtbaar blijft.'

'Ik kan bijna niet geloven dat ik er toch nog zo lang over heb gedaan,' zei Ethan met een nerveuze lach. 'Dat zegt wel iets over mijn observatievermogen.' Hij haalde diep adem en greep de rand van de tafel vast tot zijn knokkels wit werden. 'Goed. Ik geloof jullie, tenzij het tegendeel bewezen wordt. Magie is realiteit, maar het heeft geen invloed op mij. Daardoor zie ik dingen die ik eigenlijk niet zou moeten zien. Katie had het over een of ander probleem op het gebied van intellectueel eigendom?'

Owen leunde naar voren. 'Een voormalige werknemer van ons bedrijf is voor zichzelf begonnen en voert nu een concurrentiestrijd. Dat is op zich niet zo erg, maar hij begint nogal gevaarlijk te worden. Wij zorgen er altijd voor dat onze bezweringen en formules niet kunnen worden gebruikt om mensen kwaad te doen. Maar als deze man slaagt in zijn opzet, zal dat allerlei duistere krachten losmaken, krachten die we juist al generaties lang proberen te onderdrukken.'

'En hij baseert zijn producten op iets wat hij bij jullie heeft ontwikkeld?'

Owen knikte. 'Hij zat in mijn team. Ik hou me bezig met theoretische magie. We bestuderen oude teksten, daarin zijn we op zoek naar bezweringen die we kunnen updaten. Hij heeft toen een paar formules gevonden die duisterder zijn dan de dingen waarmee we ons doorgaans bezighouden, en hij is daar praktische toepassingen voor gaan ontwikkelen, maar die wilden wij niet op de markt brengen, en we hebben hem verboden om zich daar nog verder mee bezig te houden. Toen we ontdekten dat hij toch zijn eigen gang ging, hebben we hem ontslagen.'

'Heeft hij zich onder werktijd met die projecten beziggehouden en daar bedrijfsmiddelen voor gebruikt?'

'Ja. Alles was gebaseerd op een boek dat wij in ons bezit hebben.'

'En dat is geen informatie die hij op enigerlei andere wijze heeft kunnen verkrijgen?'

Owen schudde zijn hoofd. 'Nee, wij hebben het enige exemplaar van dat boek in ons bezit.'

'Denk je dat we iets kunnen beginnen?' vroeg ik.

'Dat is moeilijk te zeggen op grond van alleen deze informatie,' antwoordde Ethan. 'Ik zou alles nog eens uitgebreider moeten bestuderen, maar ik denk niet dat de zaak heel duidelijk is. Het feit dat jullie bedrijf de werknemer heeft verboden om zijn werk op de markt te brengen, maakt het een beetje onduidelijk, maar van de andere kant maakte de werknemer wel weer gebruik van de bedrijfsmiddelen. Het kan zijn dat alleen de rechter de knoop kan doorhakken. Dat betekent niet dat wij geen actie kunnen ondernemen. Soms kun je ook al een heel aardig resultaat bereiken met een goed geformuleerde brief. Heel wat mensen deinzen al terug als ze ons briefpapier zien.'

'Zou jij zo'n brief voor ons willen schrijven?' vroeg Merlijn.

'Dat is mijn dagelijks werk.'

'Dus je neemt de zaak aan?'

Voor het eerst die dag zag ik Ethan lachen. 'Dat kan ik toch niet laten? Het is veel te fascinerend.'

'Krijg je dan geen moeilijkheden op je kantoor?' vroeg ik.

'Nee, ik heb een eigen kantoor, dus ik kan elke zaak aannemen die ik wil.'

Merlijn keek zeer tevreden. 'Heel goed, dan kunt u uw honorarium bespreken met meneer Gwaltney, en meneer Palmer kan u van verdere informatie voorzien. Bij hem kunt u ook het beste terecht met al uw vragen over magie.'

Ethan haalde een Palm Pilot uit zijn jasje. 'Eens kijken, ik heb morgenmiddag nog beschikbaar, zou dat uitkomen?'

'Ik pas me wel aan uw agenda aan,' zei Owen. Er floepte een visitekaartje in zijn hand, dat hij aan Ethan gaf.'

'Hé, wacht eens even, dat kaartje kwam gewoon uit je mouw, of niet?'

Owen grinnikte. 'Klopt. Goochelen is mijn hobby.'

Dat was nieuw voor me, maar ik wist sowieso weinig over Owen, behalve dan dat hij van honkbal en opera hield.

'Wat een rare hobby voor een tovenaar,' zei Ethan, en dat kon ik alleen maar met hem eens zijn.

'Ik vind het gewoon grappig,' zei Owen schouderophalend. 'Maar wat ik je morgen zal laten zien, heeft niets met goocheltrucs te maken.'

Rodney stroopte met veel misbaar zijn mouwen op en liet ook een visitekaartje in zijn hand floepen. 'Hier is mijn kaartje. Bel me maar om je honorarium te bespreken.'

Er werden handen geschud en ik liep met Ethan naar de voordeur. 'Gaat het?' vroeg ik bezorgd aan hem.

'Ja hoor, ik geloof het wel. Eerlijk gezegd heb ik me in tijden niet zo goed gevoeld.'

'Dat is goed om te horen. Gelukkig draai je niet door, we hebben je veel te hard nodig.'

'Dat gedoe waar jullie bedrijf last van heeft, is dat eigenlijk ernstig?'

'Ze zijn bang dat het de eerste fase is van een nieuwe magische oorlog. Het zet de deur op een kier voor mensen die hun magische krachten op een duistere manier willen gebruiken en dat kan natuurlijk gevaarlijk worden. Als we het in de kiem smoren, kunnen we een hoop ellende voorkomen.'

'Dan moet ik dus maar flink mijn best doen.' Ethan liep weg, maar draaide zich nog even om. 'Ik weet nu waarom je met mij uit eten wilde en ik weet ook dat onze eetafspraak niet bepaald memorabel was, althans niet in romantische zin, maar zou je het misschien nog eens willen proberen? Ik beloof dat ik deze keer geen zenuwinzinking krijg.'

Ik aarzelde. Ik vond hem heel aardig, hij was echt leuk en de normaalste man die ik kende. Maar met hem uitgaan? Misschien kon ik zaken en privé voorlopig beter gescheiden houden. 'Goed, maar laten we pas afspreken als deze crisis voorbij is, goed?'

'Prima. Des te meer reden om dit zo snel mogelijk op te lossen. Ik hoop dat ik je morgen weer zie, als ik terugkom?'

'Ja, ik kom in ieder geval even langs als je er bent.'

Toen Owen en ik de volgende ochtend naar het metrostation liepen, zei hij: 'Ik denk dat het een goed idee is als je er ook bij bent als Ethan vanmiddag komt.'

'Hoezo?'

'Dat zal hem meer op zijn gemak stellen. Hij krijgt misschien dingen te zien die hij niet voor mogelijk had gehouden en het zal heel prettig voor hem zijn als er iemand bij is die hij kent en vertrouwt.'

'Dat is goed, tenzij meneer Mervyn me nodig heeft.' Ik was eigenlijk heel benieuwd waar Idris aan had gewerkt voordat hij werd ontslagen en dit was een uitstekende manier om daarachter te komen.

Tegelijkertijd bewees dit overduidelijk dat Owen niet in mij geïnteresseerd was, anders zou hij vast niet willen dat ik het handje kwam vasthouden van een man met wie ik uit eten was geweest, al was die eetafspraak alleen uit zakelijke overwegingen gemaakt. Rodney had zelfs een beetje jaloers gedaan toen hij Ethan ontmoette, maar Owen was juist heel vriendelijk geweest.

Ik grinnikte. 'Ga je weer een goocheltruc doen?'

Hij lachte. 'Ja, met kaarten, en muntjes.'

'Ach, het is altijd leuk om een hobby te hebben.'

'Heb jij er ook een?' Dat was de meest persoonlijke vraag die Owen me ooit had gesteld.

'Ik hou van koken. Ik heb er niet veel tijd voor, en in ons keukentje kan ik ook niet veel beginnen, maar ik vind het toch leuk om te doen. Ik ben opgegroeid op een boerderij, daar gebruikte ik altijd allerlei verse producten. En ik hou ook erg van bakken.'

'Goh, wat leuk. Ik zou best eens iets willen proeven.'

'Ik zal eens wat zelfgebakken koekjes meenemen, of een zelfgebakken brood.'

'Lekker, daar verheug ik me op.'

Die middag liep ik vlak voor twee uur naar Owens kantoor. Zijn bureau lag vol boeken en stapels papieren. 'Gaat dat allemaal over Idris?' vroeg ik.

'Ja. Ik mis nog iets.' Hij zocht iets in een dossierkast. 'Kijk, hier heb ik het.' Hij legde nog een dossier op een stapel op zijn bureau. Op dat moment begon de kristallen bol op zijn bureau te gloeien en klonk de stem van Hughes: 'Meneer Wainwright is er voor u, meneer.'

'Dank je, Hughes, ik kom eraan.'

Ik liep met Owen mee, maar vlak voor de deur van Afdeling r&d, hield ik hem even tegen. Waarschijnlijk was hij de hele ochtend aan het zoeken geweest in kasten en archieven, want zijn haar zat in de war en zijn stropdas hing scheef. Ik trok zijn das recht en streek een lok haar van zijn voorhoofd. 'Zo, dat is beter,' zei ik.

Zijn oren werden knalrood. 'Bedankt.'

Toen we Ethan begroetten, was Owen weer uiterst professioneel en zakelijk. Hij gaf hem een rondleiding over de afdeling en nam hem mee naar zijn kantoor. Ethan nam alles wat hij zag gretig in zich op.

Terwijl Owen zijn verhaal hield, vergeleek ik de twee mannen met elkaar. Ethan was een halve kop groter dan Owen, ze waren allebei vrij slank, maar Owens schouders waren wel wat breder en hij zag er gespierder uit. Owen had allerlei contrasten – bijna zwart haar, een hele lichte huid, donkerblauwe ogen – terwijl Ethan een veel vagere indruk maakte. Hij had bruin haar, met een subtiele zilveren glans bij zijn slapen, en zijn huid was wat donkerder. Zijn ogen waren zilvergrijs, maar leken vrij kleurloos. Hij zou in een groep mensen niet opvallen, tenzij hij daar zijn best voor deed, en Owen trok altijd meteen de aandacht, tenzij hij zijn best deed om zich te verbergen.

Vreemd genoeg had ik toch het idee dat ze ongeveer dezelfde persoonlijkheid hadden. Ze konden het zo te zien ook heel goed met elkaar vinden, dus het was misschien niet eens nodig dat ik erbij bleef. Ethan vatte het magische vandaag een stuk gemakkelijker op dan de vorige dag.

Toen we weer in zijn kantoor waren, gebaarde Owen uitnodigend naar de stoelen en vroeg: 'Hebben jullie trek in koffie?'

'Zo'n beker die uit het niets te voorschijn floept?'

'Ik ben bang van wel,' zei Owen.

'Zet je maar schrap,' waarschuwde ik. 'Maar je went er wel aan.'

Er floepte een beker in Ethans hand. Hij knipperde alleen even met zijn ogen.

'Katie?' bood Owen aan.

'Nee, bedankt, ik hoef niet.'

Owen leunde tegen zijn bureau en keek ons aan. 'Goed, dan moeten we maar terzake komen. Heb je nog iets te vragen over wat je gisteren allemaal hebt gehoord?'

'Misschien kun je nog één keer iets laten zien, zodat ik zeker weet dat ik het niet allemaal heb gedroomd.'

'Oké.' Owen haalde een muntje uit zijn zak en legde het in zijn rechterhand. Hij streek met zijn linkerhand over zijn rechter en het kwartje verdween. Toen opende hij zijn linkerhand en daar lag het kwartje. 'Dat was vingervlugheid.' Hij stak zijn linkerhand met het kwartje erin naar voren, het kwartje ging omhoog, draaide om, en daalde weer op zijn hand neer. 'Dat was magie. Merk je het verschil?'

Ethan fronste zijn wenkbrauwen. 'Ik kan in beide gevallen niet zien hoe je het doet. Maar de tweede keer voelde ik iets raars, een soort spanning.'

Owen knikte. 'Dat klopt.'

'Maar ik was er toch immuun voor?'

'Ja, maar je kunt de energie wel voelen. Dat kan iedereen. De meeste mensen denken dat ze de rillingen over hun rug voelen lopen, of ze denken dat het statische elektriciteit is. Verbazingwekkend, hoe goed het menselijk brein dingen kan rationaliseren die het niet begrijpt.'

'Ja, zo heb ik heel lang gedacht dat de feeën die ik zag, mebededen aan een nieuwe modetrend en dat de elfen die ik in de metro tegenkwam, te vaak naar *In de ban van de ring* hadden gekeken,' zei ik.

'Goed, ik ben bereid je te geloven,' zei Ethan. 'Vertel me dus maar iets meer over de zaak.'

Owen reikte hem een map aan. 'Dit is het dossier van Phelan Idris. Ik heb alles gedocumenteerd: elke opdracht, elke reprimande, elk functioneringsgesprek.'

Ethan bladerde door de papieren. 'Het is inderdaad heel grondig gedaan. Had je vanaf het begin al het idee dat hij een herrieschopper was?'

'Ik had inderdaad een voorgevoel, maar natuurlijk geen bewijzen. Ik vermoedde alleen dat ik op een dag gegevens over hem nodig zou hebben.' Hij krabde zich achter zijn oor en keek een beetje gegeneerd, al bloosde hij niet. 'Ik heb soms een vooruitziende blik. Ik ben niet echt helderziend, maar ik kan soms in een flits even in de toekomst kijken. Deze keer bleek dat heel nuttig.'

'Mag ik dit meenemen?' vroeg Ethan.

'Ja, ga je gang, het zijn kopieën.'

Ethan stopte de map in zijn tas. Owen reikte hem een andere map aan. 'Dit zijn de projecten waar hij aan werkte toen hij hier in dienst was. Ik heb ook kopieën gemaakt van de bron die hij heeft gebruikt.'

'En jij hebt zelf het enige exemplaar van die bron?'

'Ja, het staat daar op de plank.'

Ethan stopte ook deze map in zijn tas en Owen kwam met een derde aanzetten. 'Dit is mijn analyse van de formules die hij op de markt brengt. Ik heb met een markeerstift aangegeven welke onderdelen hij volgens mij hier, toen hij nog voor ons werkte, heeft ontwikkeld. Dat gaat dus om punten die de kern van zijn formules vormen. Zonder die onderdelen zou hij nergens zijn.'

Ethan fronste zijn wenkbrauwen. 'Ik moet toegeven dat ik hier helemaal niets van begrijp. Ik moet maar vertrouwen op wat jij me vertelt. Het ziet er in elk geval heel complex uit. Maar goed, voorlopig is ons eerste doel zijn aandacht trekken, en ik denk dat ik hier wel mee vooruit kan.'

'Laat me maar weten als je vragen hebt of als ik nog iets moet uitleggen. Je hebt mijn kaartje.'

Ethan deed zijn koffertje dicht. 'Is er nog meer dat ik moet weten?'

'Ik dacht het niet, maar aarzel niet om te vragen.'

'Goed, dan zorg ik dat ik aan het eind van de week mijn brief af heb. Zal ik hem naar je toesturen?'

Owen knikte. 'Prima, dan zal ik er samen met meneer Mervyn naar kijken.'

Ik liep met Ethan naar de uitgang. 'Wat een aardige man, voor een tovenaar,' zei hij.

'Wat had je dan verwacht?'

'O, dat weet ik niet. Een mysterieus type. Intimiderend, machtig.'

'Je hebt hem nog niet echt aan het werk gezien.' Ik ging hem niet vertellen dat Owen achter dat gedoe in het restaurant zat.

'Ik weet eigenlijk niet of ik dat wel zou willen. Ik vind dat ik er zo wel genoeg bij betrokken ben. En jij?'

'Je went er sneller aan dan je denkt.'

Op donderdagmiddag klopte iemand op de deur van mijn kantoor. Het was Owen. 'Hallo,' zei ik. 'Kan ik je ergens mee helpen?'

'Ik heb net de brief van Ethan gekregen en ik vroeg me af of je daar even naar wilt kijken voordat ik hem aan meneer Mervyn laat zien.'

'Ik weet niets van juridische kwesties,' waarschuwde ik.

'Ik ook niet. Maar misschien komen we er samen uit.'

De brief stond vol juridisch jargon waar ik nog minder van snapte dan van de formule die Owen me had laten voorlezen. 'Ik heb geen idee wat hier staat, behalve dan dat Idris de verkoop van die producten moet staken en een vergoeding aan ons bedrijf moet betalen. Denk je dat meneer Mervyn het zal begrijpen?' Ik wist niet of een man die duizend jaar had geslapen in staat was het Amerikaanse rechtssysteem te doorgronden.

'Vast wel.'

We gingen samen naar het kantoor van Merlijn en gaven hem de brief. Hij las hem zorgvuldig door en zei een paar keer 'hm'. Kennelijk had Owen gelijk. Hij wist heel goed wat hij las. Het was ongelofelijk dat hij zich in zo'n korte tijd zo goed op de hoogte had gesteld van de moderne wereld. Of misschien had hij internet ontdekt.

'Uitstekend werk,' zei hij.

'Weet u iets van rechten?' vroeg ik.

'Vergeet niet dat de Romeinen in mijn tijd nog niet zo lang vertrokken waren. Jullie rechtssysteem lijkt in veel opzichten op dat van hen. Zeg maar tegen meneer Wainwright dat hij die brief naar Idris kan sturen. En dan moeten we maar afwachten wat er gebeurt.'

Het duurde niet lang voor we een reactie kregen. Nog geen twee uur later belde de portier op dat meneer Wainwright er was en meneer Mervyn wilde spreken. Ik wachtte hem boven aan de trap op. 'Wat is er?' Ethan zag er opgewonden uit en hij was een beetje buiten adem.

Merlijn kwam naast me staan. 'Heb je een reactie?'

'Hij wil ons spreken.'

18

'Trix, Owen, komen jullie ook?' vroeg Merlijn, voordat hij terugliep naar zijn kantoor. Ethan en ik kwamen achter hem aan. 'Dus,
hij wil hier komen?'

'Ja, meneer. Ik heb hem duidelijk gemaakt dat ik een dwang-
bevel kan aanvragen en een behoorlijk langdurig proces tegen
hem kan aanspannen en dat dat ten koste van zijn eventuele
winst zou kunnen gaan. Waarschijnlijk wil hij dat proberen te
voorkomen.'

'Denk je dat hij wil onderhandelen?' vroeg ik. 'Hij lijkt me niet
het type om zich iets van een rechter aan te trekken.'

'Iedereen trekt zich iets van een rechter aan als het betekent
dat je failliet gaat,' zei Ethan.

'Ik denk niet dat hij wil onderhandelen,' zei Merlijn. 'Maar ik
kan me voorstellen dat hij net zo moe is van deze spelletjes als
wij.'

Op dat moment kwam Owen binnen. Hij hijgde, kennelijk van
de sprint naar het kantoor van Merlijn. 'Wat is er?' vroeg hij.

Ethan legde het uit. 'Ik heb een reactie van Idris. Hij wil ons
spreken.'

'Nu al? Dan heb je met die brief meer bereikt dan ik dacht.'

'Ja, maar ik mag wel zeggen dat stakingsbrieven mijn specialiteit zijn.'

We gingen zitten. Ethan haalde zijn Palm Pilot te voorschijn en
zocht een document op. 'Het komt hierop neer. Hij wil dit buiten
het gangbare rechtssysteem houden, dus buiten de niet-magische wereld. Maar hij wil ook dat wij hem niet meer lastigvallen.
Daarom vraagt hij het in een bijeenkomst voor eens en voor altijd
op te lossen. Hij heeft het over 'de goede, oude manier' en dan

zouden jullie wel snappen wat hij bedoelde. Wij mogen zeggen waar.'

'Hij daagt ons uit tot een magisch duel,' zei Owen ernstig.

'Doen jullie dat nog steeds?' vroeg Merlijn.

'Nee, bijna nooit, in elk geval niet officieel. In de magische wereld wordt daar net zo over gedacht als in het gewone rechtswezen over duelleren met zwaard of pistool.'

'Daar hoef je mij nog niet op aan te kijken,' zei Ethan, 'ik ben alleen maar jullie tussenpersoon en van duelleren heb ik geen verstand. Ik moet binnen een uur met een locatie komen en het zal morgen bij zonsopgang moeten plaatsvinden. Er mogen per partij maar vier mensen komen, en alleen mensen, geen andere wezens.'

'Dan is het geen echt duel,' zei Owen. 'Een duel is altijd tussen twee mensen. Maar Idris heeft het nooit zo nauw genomen met details.'

'Gaan jullie echt duelleren?' vroeg ik. Ik wist bijna niet wat ik hoorde. 'Is dat niet een beetje ouderwets?'

'Ik ben meer dan duizend jaar oud,' zei Merlijn met een zuur lachje. 'Dan moet ik er dus maar aan meedoen. Doe jij ook mee, jongen?' vroeg hij aan Owen.

Owen werd bleek. 'Ik heb zoiets nog nooit eerder gedaan, tenminste niet serieus.'

'Jij bent onze sterkste man, Owen, ik weet niet wie er beter tegen die taak is opgewassen.'

'Wacht even, bent u meer dan duizend jaar oud?' vroeg Ethan.

Ik boog me naar hem toe en fluisterde: 'Hij is Merlijn, de echte. Ik leg het je nog wel uit.' Ethan staarde ongelovig naar Merlijn en daarna naar mij. Ik knikte bevestigend. Hij schudde geschokt zijn hoofd.

'Als wij de locatie mogen bepalen, kunnen we maar beter een plek kiezen die in ons voordeel is,' ging Merlijn verder. Hij negeerde Ethans vraag. Hij stak zijn hand op en er vloog een boek uit de boekenkast dat geopend voor Merlijn terechtkwam. Hij bestudeerde een bepaalde pagina, streek peinzend over zijn baard en wees een plek aan. 'Kijk, dat is de zwakste magische plek in deze regio.'

Ik liep naar de tafel en zag dat hij een plek aanwees aan de zuidelijke kust van New Jersey. Ethan kwam naast me staan. 'Hm, Wildwood. Daar ben ik in mijn jeugd een keer op vakantie geweest. Heel kitscherig. Wel een leuke boulevard, en een mooi pretpark.'

'Maar waarom juist een niet-magische plek? vroeg ik. 'Hebt u niets nodig om kracht uit te putten?' Ik dacht aan wat Rodney me had verteld over de noodzaak van een energiebron.

'Ja, maar daardoor raakt Idris veel sneller verzwakt dan wij,' zei Merlijn. 'Want wij hebben een geheim wapen.' Hij keek naar Owen, die niet erg op zijn gemak leek. Er kwamen een paar rode plekken op zijn wangen, die zich over de rest van zijn gezicht verspreidden.

'Ik kan het waarschijnlijk langer volhouden,' zei hij zacht. Waarschijnlijk was dit wat Rodney had bedoeld toen hij zei dat Owen bijzonder machtig was: hij had geen andere energiebron nodig voor zijn magische krachten, althans minder dan anderen. Ik moest me later maar eens precies laten uitleggen hoe dat precies in z'n werk ging.

Ineens kreeg Owen een ondeugende grijns op zijn gezicht. 'Misschien kunnen we in dat pretpark afspreken. Dan ziet niemand ons en hoeven we ons dus geen zorgen te maken over onze illusies.'

'Maar dan heeft hij natuurlijk wel een uitstekende schuilplaats,' bracht ik ertegenin. 'Of denk je echt dat hij zich aan de regels zal houden?'

'Daarom moeten jullie ook mee, allebei,' zei Merlijn. 'Het kan heel nuttig zijn om een paar immunen in de buurt te hebben. En ik betwijfel of Idris die heeft.'

'Ja, daar kunnen we nog een mooie truc mee uithalen.' Owen werd steeds enthousiaster, zo had ik hem nog nooit gezien. 'Hij neemt misschien extra mensen mee die hij verborgen houdt met een illusie, maar wij kunnen hem in de waan laten dat wij ook nog het een en ander achter de hand hebben.' Hij grinnikte en hij kreeg ondeugende lichtjes in zijn ogen. 'Illusie en vingervlugheid, dat is waar het om gaat.'

'Zal ik dan weer contact met hem opnemen?' vroeg Ethan. 'Zal ik zeggen dat we elkaar morgen bij zonsopgang treffen in het pretpark in Wildwood, bij de achtbaan? Is iedereen het daarmee eens?'

Merlijn knikte. 'Zeg maar dat we op zijn uitnodiging ingaan, onder zijn voorwaarden.'

'Kan ik ergens bellen?'

'In mijn kantoor,' zei ik.

Terwijl Ethan belde, dacht ik na over de logistiek. 'Het is ongeveer drie uur met de auto. Ik ben eens met mijn huisgenoten naar Atlantic City gereden en dit is nog verder. We moeten dus heel vroeg vertrekken, of eigenlijk vannacht al, anders komen we nooit op tijd. Dat betekent dat we een auto nodig hebben, of wil je met een andere vorm van transport?'

'Jawel, maar dat lijkt me niet verstandig,' zei Merlijn. 'We hebben al onze energie nodig voor het gevecht zelf.'

'Goed, dus een auto. Ik heb een rijbewijs, misschien kunnen we er een huren.' Ik verheugde me er al op om weer eens een lekker stuk te rijden. Dat miste ik erg in New York.

'Ik heb een auto,' zei Ethan toen hij terugkwam. 'We hoeven er dus niet een te huren. Als we vannacht om twee uur vertrekken, hebben we genoeg tijd om daar nog even rond te kijken en ons te installeren. O ja, hij ging akkoord met de locatie, dus we zitten eraan vast.'

Merlijn keek tevreden. 'Mooi zo.'

'Het is toch niet op leven of dood?' vroeg ik geschrokken.

Owen schudde zijn hoofd. 'Nee, tenzij hij zich niet overgeeft als hij heeft verloren.'

'Je klinkt wel erg zeker van jezelf.'

Owen haalde zijn schouders op. 'Dat ben ik ook, ik ken hem. Maar mocht hij ons toch verslaan, dan geven we ons over, zodat hij ons niet hoeft te doden.'

'En dan?'

'Afhankelijk van de uitkomst komen we tot een overeenstemming over de formules,' zei Merlijn. 'Als wij winnen, stopt hij, als we verliezen, mag hij zijn gang gaan.'

'Misschien moeten wij dat duelleren ook maar weer instellen,' zei Ethan peinzend. 'Dan zou de rechtbank het heel wat minder druk krijgen en kon het leger advocaten ook eens flink worden uitgedund.'

'We hebben allemaal onze slaap hard nodig, dus laten we naar huis gaan om ons voor te bereiden,' zei Merlijn.

'Ik kom iedereen wel afhalen met de auto,' zei Ethan. 'Ik woon in Battery Park City.'

We spraken af wanneer we elkaar waar zouden treffen. Ik liep samen met Owen naar de metro. Hij zag er gespannen en opgewonden uit. 'Zie je het wel zitten?' vroeg ik.

'Ja, ik denk het wel. Ik weet in theorie wat ik moet doen, maar ik heb nog nooit de kans gehad om dat in de praktijk te brengen.'

'En ben jij echt...' ik zocht een woord dat ik in het openbaar kon gebruiken '...capabeler dan hij?'

'Dat schijnt zo. Iedereen heeft weer andere capaciteiten en ik kan dit toevallig goed. Misschien is het wel genetisch bepaald.'

'Waren jouw ouders ook... goed in zulke dingen?'

'Dat weet ik niet. Ik heb ze nooit gekend. Ze zijn gestorven toen ik nog maar een baby was. Dat denk ik tenminste, maar ik weet niet eens wie mijn ouders waren.'

Zoals gewoonlijk kwam er een trein aan toen het net interessant begon te worden en een overvolle metro was geen geschikte plek om dit gesprek voort te zetten. Als Owen wees, verklaarde dat misschien zijn sociale onhandigheid.

Hij bracht me vanaf het station naar huis, want hij wilde, zoals hij zei, geen enkel risico nemen. Ik ging naar boven en zocht warme, comfortabele kleren uit die toch een zakelijke uitstraling hadden: een zwart, wollen pak met een grijze sweater en lage, korte laarsjes.

Ik wist dat ik beter op tijd naar bed kon gaan, maar ik was veel te opgewonden om te kunnen slapen. Daarom besloot ik kaneelbroodjes te bakken, daar werd ik altijd heel rustig van en bovendien konden we de volgende ochtend wel iets zoets gebruiken. De broodjes stonden te rijzen toen mijn huisgenoten thuiskwamen. 'Wat ben jij nou aan het doen?' vroeg Marcia toen ze ons met bloem bestoven keukentje zag.

'Ik moet morgen heel vroeg op, we gaan eropuit met het werk.'

'Aha, stroopsmeren met die heerlijke broodjes?' vroeg Gemma plagerig.

'Nee hoor, ik vind bakken gewoon ontspannend.' Maar ze had wel een beetje gelijk. 'Marcia, misschien kunnen we vannacht van bed ruilen, dan word je niet wakker als ik opsta. Ik moet echt ontzettend vroeg weg.'

'Wat voor zakenreis is het eigenlijk?' vroeg Marcia.

'Een vergadering waar mijn baas naartoe moet.'

'En hij wil geen geld uitgeven aan een overnachting? Staat hij morgen zelf ook zo vroeg op, of zit hij wel in een luxe hotelkamer?'

'Nee hoor, hij rijdt gewoon met ons mee. Die vergadering is heel plotseling gepland, dus we konden geen hotelkamer meer krijgen.'

Marcia's wekker ging om één uur. Terwijl ik me aankleedde, zette ik een paar thermoskannen koffie. Ik had het gevoel dat we vandaag flink wat cafeïne nodig zouden hebben om op de been te blijven. Ik stond nog maar net op de stoep toen er een zilvergrijze Mercedes aan kwam. Het raampje aan de passagierskant zoefde naar beneden en Merlijns gezicht kwam te voorschijn. 'Goedemorgen Katie,' zei hij. Hij zag er behoorlijk fit uit op dit onzalige uur, zeker voor iemand van meer dan duizend jaar oud.

Ik ging achterin zitten en Ethan reed weg. Owen stond in zijn straat al op de stoep te wachten in een zwarte overjas met daaronder een donker pak, wat een beetje raar afstak bij het kussen dat hij bij zich droeg. Hij leek wel een kind dat uit logeren ging. Ik schoof een stukje op om ruimte te maken.

We reden weg. 'Ik heb koffie bij me,' zei ik. 'Wie wil er?'

'O, fantastisch, je bent een engel. Zwart graag,' zei Ethan. Ik schonk een beker in en reikte hem die aan. Hij keek naar Merlijn en zei: 'Ik begrijp wel waarom je haar hebt aangenomen.'

'Verder nog iemand?'

'Nee, dank je,' zei Merlijn. 'Ik moet zeggen dat ik niet goed kan wennen aan die koffie van jullie.

Owen lag al te slapen, zijn hoofd op het kussen dat hij tegen het portier had gelegd. Hij moest straks op zijn best zijn.

Na een uur wilde ik dat ik zelf ook een kussen had meegenomen. Niet omdat ik zin had om te slapen, maar ik had niets te doen. Voorin zaten Ethan en Merlijn zachtjes met elkaar te praten. Merlijn gaf Ethan een stoomcursus magie en daarna begon Ethan allerlei dingen te vragen. Ik had best willen meeluisteren, maar ik kon het net niet verstaan en ik wilde Owen niet wekken door te vragen of ze wat harder wilden praten. Het was te donker in de auto om te lezen en te donker om buiten iets te zien.

Het was nog steeds donker toen we de auto vlak bij een pier parkeerden. 'We zijn mooi op tijd,' merkte Ethan op. 'Als we later waren vertrokken, hadden we vast vertraging gehad.'

'Ik heb kaneelbroodjes gebakken, als jullie willen ontbijten,' zei ik.

'Wat ben jij een engel, zeg,' zei Ethan. Ik gaf hem en Merlijn elk een broodje. Ethan nam een hap. 'Heb je deze echt zelf gemaakt? Dan mag Sara Lee wel uitkijken.'

'Heb je iets voor ons gebakken?' Owen wreef de slaap uit zijn ogen.

'Ja, wil je koffie en een kaneelbroodje?'

'Heerlijk. Dus we zijn er?'

'Ja, en we hebben tijd genoeg,' zei Ethan.

'Als we ons hebben opgefrist, kunnen we het terrein in ogenschouw nemen,' zei Merlijn.

Ik nam ook een broodje en een beker koffie. De vrijwel slapeloze nacht begon me nu al op te breken en ik voelde me erg slaperig worden, ondanks de zenuwen. 'Wat heerlijk, Katie,' zei Owen. Zijn stem klonk in het donker heel dichtbij. 'Je kunt goed bakken.'

'Ach, het is mijn hobby,' zei ik. Ik was blij dat hij me niet kon zien blozen.

Na het ontbijt liepen we naar de promenade. In het oosten begon het licht te worden en een vage nevel gaf de verlaten promenade iets spookachtigs. Merlijn opende de openbare toiletten, zodat we ons konden opfrissen. Ik ging naar het toilet, waste mijn handen en deed nog snel wat lippenstift op voordat ik me weer bij de mannen voegde. Je kunt als meisje natuurlijk geen magisch gevecht voeren zonder lippenstift.

We liepen naar het pretpark. Als het een film was geweest, was dit een slowmotion powershot geworden waarin we met wapperende jaspanden door de mist op ons doel af gingen. Omdat het nogal kil was, liepen we dichter bij elkaar dan we normaal gesproken zouden doen. Het viel me op dat de mannen me hadden ingesloten en daar had ik geen enkel bezwaar tegen. Als zij me wilden beschermen tegen de slechteriken, was ik het daar van harte mee eens. Al verkeerde ik waarschijnlijk in minder groot gevaar dan Owen en Merlijn.

Het pretpark was afgesloten met een groot hek, dat geluidloos openzwaaide toen Owen er even zijn hand op legde. In het vale ochtendlicht en de mist zag alles er spookachtig en unheimisch uit. Ik verwachtte elk moment een duivelse bewaker met een rubberen zombiemasker te zien opdoemen. Boven de mist uit zag ik alleen stukken van de gigantische achtbaan, die in het niets leken te verdwijnen.

'Zou hij er al zijn?' vroeg Owen fluisterend.

'Ik voel niets,' fluisterde Merlijn terug. 'Jullie twee,' zei hij tegen Ethan en mij. 'Hou je ogen open voor ongewone dingen, dingen die je hier niet zou verwachten.'

Mijn hart bonsde in mijn keel. Ik keek goed om me heen. Ineens zag ik een donkere schaduw tussen de palen die de achtbaan ondersteunden. 'Ik zie iemand bij de achtbaan,' zei ik.

'Ja, ik ook,' zei Ethan.

'Ik zie niks,' zei Owen fronsend. 'Maar dat is dus meteen een antwoord op mijn vraag: hij is er al.'

'Wat versta je eigenlijk precies onder zonsopgang?' vroeg ik. 'Het wordt al licht, maar de zon is nog niet op.'

'In dit geval als de zon echt boven de horizon staat,' zei Merlijn. Ik keek naar het oosten en zag door de mist heen dat alleen het bovenste partje van de zon nog maar te zien was. We hadden dus nog even de tijd. 'Maar als ze aanvallen, vechten we natuurlijk terug, hoe laat het ook is.'

Ik zag iets bewegen vanuit mijn ooghoek. 'Kijk uit voor die vent bij de achtbaan,' waarschuwde ik.

Owen tilde zijn hand een beetje op en de duistere figuur vloog terug tegen de ijzeren palen, waar hij met onzichtbare touwen aan vast leek te zitten. 'Ik denk niet dat hij een probleem is,' zei Owen onbewogen. 'Zie je nog wat?'

'Hoe wist je waar hij was?'

'Als er iets is, kan ik dat voelen, ook als ik niets kan zien. Als je eenmaal weet dat er iets is, helpt onzichtbaarheid dus niet meer.'

Dat verklaarde ook hoe Owen die indringer op kantoor te pakken had gekregen. 'Ik zie verder niets meer,' zei ik, terwijl ik ingespannen om me heen tuurde. Het werd snel lichter. De zon stond al half boven de horizon.

'Er beweegt iets op negen uur,' zei Ethan rustig. Hij kreeg echt de smaak te pakken. Ik dwong mezelf om heel kalm mijn hoofd te draaien en zag een man hoog op de achtbaan.

'Oké,' zei Owen. 'Ik heb hem. Zeg het als hij weer beweegt.'

'We moeten onze posities innemen,' zei Merlijn. 'Katie, let goed op wat er achter onze rug gebeurt.'

Ik wilde hen liever niet de rug toekeren, maar het was wel veiliger. Ging de zon nu maar versneld op, dan waren we hier ook sneller weer van af.

Mijn wens ging in vervulling, want het volgende ogenblik doemden vier mannen op uit de mist. 'Ze zijn er,' zei ik zacht. De anderen draaiden zich om. Owen en Merlijn liepen hun kant uit en Ethan en ik bleven staan.

Onze tegenstanders leken zo uit een griezelige film te komen, met hun wapperende zwarte jassen. Ik kon de muziek al bijna horen, met zo'n zware bas waar je bioscoopstoel van gaat trillen. De mannen kwamen langzaam en meedogenloos onze kant op. De mistflarden weken uiteen, alsof ze wilden vluchten voor het naderende onheil, en dat leek mij eerlijk gezegd ook wel een aantrekkelijk idee. Ik merkte dat het basgeluid in mijn oren mijn eigen hartslag was. Ik was ook maar een eenvoudig meisje uit Texas, wat deed ik hier in godsnaam?

De volgende scène leek iets uit een sciencefictionfilm. Ik zou in lachen zijn uitgebarsten als ik niet zo bang was geweest dat de concentratie van Owen en Merlijn daaronder te lijden had gehad. Die kerels droegen misschien de beschikking over de juiste kleren, maar ze moesten nog wel hard aan hun intimiderende vermogens werken. Maar het ging hier natuurlijk niet om uiterlijke schijn, Owen was ook niet bepaald iemand achter wie je een machtig tovenaar zou zoeken als je hem op straat zou tegenkomen.

Niet dat ik ook maar enig idee had hoe zo iemand eruit moest zien, maar in ieder geval niet als deze kerels, die leken meer op de oprichters van een of ander softwarebedrijfje. In zekere zin waren ze dat natuurlijk ook.

Ik nam aan dat de bonestaak vooraan Idris was. Hij leek even oud als Owen, maar was veel langer, langer zelfs dan Ethan, en had beslist niet de soepele lichaamsbouw om zijn lengte op het basketbalveld te kunnen benutten. De mouwen van zijn regenjas kwamen tot boven zijn polsen en hoewel hij met zijn rug naar de zon stond, droeg hij een donkere zonnebril.

Zijn drie metgezellen waren nog minder indrukwekkend. De een droeg militaire dumpkleding die hem veel te groot was. Een andere was klein en had een dikke buik die onder zijn zwarte t-shirt uit kwam. De vierde zag er fysiek vrij intimiderend uit, maar had een nogal domme gezichtsuitdrukking.

Omdat wij allemaal keurig in het pak waren en zij jeans en shirts droegen, leek het op een soort Robin Hood-gevecht tegen het establishment, maar de rollen waren hier omgedraaid: voor de verandering stonden de mannen met pakken aan de goede kant.

De lange jongen deed een stap naar voren. 'Zo Owen, zien wij elkaar nog eens.'

'Hallo Phelan,' zei Owen vriendelijk, alsof de ontmoeting toevallig was.

'Moest je vanwege mij die oude opa opgraven? Wat een mop. Ik dacht dat jij zo super was.'

'Ik zou zeggen, probeer het gerust uit.' Owens stem klonk hard en ijzig.

'Ik ben alleen teruggekomen om te adviseren over de strategie,' zei Merlijn. 'Mijn advies was om jou onschadelijk te maken.'

'Hoezo? Kunnen jullie niet tegen een beetje concurrentie?'

'Concurrentie is prima, machtsmisbruik is heel iets anders,' antwoordde Merlijn. 'Wij gebruiken onze krachten niet om er zelf beter van te worden, zeker niet ten koste van iemand anders. Dat hoort nu eenmaal bij onze gedragscode.'

'Ik heb die code nooit getekend.'

'Nee, dat is wel duidelijk,' zei Owen droogjes. 'De zon is trouwens op. En ik heb vanmiddag nog een afspraak, dus kunnen we dit even afhandelen?'

Idris wilde antwoord geven, maar hij vloog al naar achteren tegen een lantaarnpaal. Zijn kornuiten kregen dezelfde behandeling. Ik had het gevoel dat mijn haar rechtovereind stond door de spanning die in de lucht hing. Ethan en ik stapten allebei achteruit, al waren wij immuun voor alle bezweringen die in het rond vlogen.

De strijd was lang niet zo spectaculair als je op grond van de films over dit onderwerp zou verwachten. Er zouden niet veel special effects nodig zijn om het na te spelen. Eigenlijk was het meer een zwijgende machtsstrijd. Ik hoopte op een brullende draak, of een slang, maar zo werkte het blijkbaar niet. Ze gebruikten niet eens van die toverstokjes waar de vonken vanaf vlogen. Toen Idris en zijn makkers eenmaal op gang waren, vuurden ze toverspreuken af die door Merlijn en Owen werden afgeweerd; kennelijk wilden zij hun tegenstanders eerst zoveel mogelijk laten uitrazen.

Ik voelde een vreemde tinteling en zag in mijn ooghoeken iets bewegen. Een van de mannen die zich bij de achtbaan had verstopt, kwam in beweging. 'Owen, kijk uit!' riep ik. Owen draaide zich bliksemsnel om, net op tijd om de energiestroom te ontwijken die de man op hem had afgevuurd. Owen maakte de man onschadelijk door hem te laten verstijven.

'Zit je de boel te belazeren, Phelan? Heb je zo weinig zelfvertrouwen?' vroeg Owen aan zijn tegenstander.

'Of zo weinig fatsoen.' Idris was buiten adem en draaide zich ineens om, alsof hij een plotselinge aanval wilde afweren. Daardoor keerde hij zijn rug naar Merlijn toe, die hem vervolgens tijdelijk verlamde. Dit was waarschijnlijk een van die vingervlugge trucs van Owen: Idris had extra mensen meegenomen die hij met behulp van magie verborgen hield, maar Owen toverde imaginaire aanvallers te voorschijn om Idris in verwarring te brengen.

De handlangers van Idris gingen over op de conventionele manier van vechten. Alles wat niet vast zat en enkele voorwerpen die wel vast hadden gezeten, vlogen door de lucht recht op Owen en Merlijn af. Ik dook weg achter een bankje, maar probeerde goed op te blijven letten of ik meer verraad zag. Er vloog een vuilnisbak naar Merlijn, maar Ethan trok de oude tovenaar nog net op tijd weg. Owen werd er wel door geraakt, maar hij stuurde de bak met één handgebaar terug naar Idris.

Owen zag er wel een beetje aangedaan uit, maar was gelukkig niet gewond. Merlijn keek alsof hij een middagwandelingetje maakte. De anderen hadden rode koppen, hapten naar adem en transpireerden hevig.

Merlijn wees in de richting van een van de handlangers en de man bleef als aan de grond genageld staan. Hij spande zich tot het uiterste in, maar had kennelijk niet meer de kracht om zich te bevrijden. Die was onschadelijk gemaakt. Owen deed hetzelfde bij de andere handlanger. Nu zou het gevecht eerlijker verlopen tussen de vier officiële deelnemers, hoewel de slechteriken misschien nog een paar trucs in petto hadden. En Ethan en ik waren er natuurlijk ook nog. Als het eropaan kwam, kon ik best een paar tikken uitdelen. Ik had oudere broers dus ik kon me in een flink handgemeen best een tijdje staande houden.

Maar voorlopig leken Merlijn en Owen de situatie goed in de hand te hebben. De lucht kraakte en zoemde van de spanning, ik kreeg er kippenvel van. Het leek wel alsof ik in een onweer zat. Een zichtbaar vermoeide Merlijn schakelde de laatste handlanger uit en Idris en Owen stonden nu recht tegenover elkaar. Idris had zijn armen uitgestrekt naar Owen en Owen hield zijn armen langs zijn zij. De spanning tussen hen gloeide zichtbaar op. Owen begon nu ook tekenen van uitputting te vertonen, maar hij zag er beter uit dan Idris. Idris leek op zo'n marathonloper die meteen na de finish instort.

Nu ging het er alleen nog om wie dit het langst kon volhouden. Degene die het langst op z'n benen bleef staan, zou het gevecht winnen. Ik zette in op Owen. Ik had nog nooit gezien wat hij kom, maar ik zag wel dat hij heel wat in zijn mars had.

Het kon nu niet lang meer duren. Idris deinsde achteruit, maar had een grijns op zijn gezicht die ik niet bij de situatie vond passen. Ik keek nerveus om me heen, misschien had ik iets over het hoofd gezien? Ik zag niets.

Toen zag ik aan de horizon iets opdoemden; er vloog iets donkers door de lucht, met zo'n enorme snelheid dat ik het met de seconde beter kon onderscheiden. Eerst dacht ik aan een waterspuwer, Sam misschien, maar het was een ander soort gevleugeld wezen. Ik moest maar eens op zoek naar goede boeken over mythologie, als ik dit werk wilde blijven doen.

'Owen, kijk uit!' schreeuwde ik.

19

Het wezen was een kruising tussen een pterosauriër en een ongelooflijk lelijke vrouw, een soort monsterlijke kenau. Ik had niet veel tijd om na te denken, want het beestmens zat al boven op Owen. Hij had niet meer de kans gekregen om te reageren. Merlijn en hij leken het wezen geen van beiden te kunnen zien. Owen werd bij zijn schouders gegrepen, waardoor Idris de kans kreeg op adem te komen. Merlijn zag het en hield Idris in bedwang, maar Owen kon zich niet losrukken, en Merlijn wist niet wat er aan de hand was en kon verder weinig beginnen. Hij zwaaide wat in Owens richting, maar het wezen dook steeds weg voor hetgeen Merlijn op hem afvuurde. Bovendien moest Merlijn zijn aandacht bij Idris houden om te voorkomen dat die een magische aanval op Owen inzette. Owen deed wat hij kon. De monsterlijke vogel dook opnieuw weg alsof hij ergens door geraakt werd, maar liet nog steeds niet los. Als het zo doorging, werd Owen nog levend verslonden.

Het zag ernaar uit dat ik de enige was die nog iets kon doen. Ik had geen magische krachten, geen MBA, en niet eens een vriendje, maar ik kon wel zien wat er gebeurde, waardoor ik in het voordeel was. Bovendien kon ik behoorlijk goed mikken. Ik raapte een stukje beton op van de grond dat tijdens het gevecht ergens vanaf gebroken was. Het was ongeveer zo groot als een honkbal. Ik gooide het zo hard ik kon naar het monster, zeer dankbaar dat een van mijn broers me zo goed had leren mikken. Hij kon trots op me zijn, want ik raakte het monster precies tussen zijn ogen.

De greep van het beest verslapte, waardoor Owen op de grond viel. Hij greep zijn verwonde schouder vast en het bloed stroomde tussen zijn vingers door. Merlijn maakte het monster onschadelijk door het te laten verstijven: kennelijk was de onzichtbaarheidsillusie tijdens het gevecht beschadigd. Owen stond moeizaam op, liet zijn schouder los en richtte een bebloede hand op Idris. Nu was hij pas echt kwaad, en ik begreep meteen waarom hij zo gerespecteerd werd. Owen was een alleraardigste man, maar je moest hem niet tegen je krijgen. De lucht rond Idris begon te gloeien en hield hem gevangen in een magisch veld. Hij verzette zich nog even, maar stortte toen in. Het magische veld verdween. Idris hief zijn hand op alsof hij nog iets op Owen wilde afsturen, maar ik voelde dat er geen kracht meer van hem uitging.

Toen rende hij weg over de pier. Owen maakte aanstalten om achter hem aan te gaan, maar hij had de kracht niet meer. Ethan zag dat, spurtte weg en tackelde Idris alsof hij al jaren op football zat.

Nu leek het gevecht echt voorbij.

Merlijn, Owen en ik liepen naar Ethan die Idris tegen de grond gedrukt hield. Merlijn zag er uitgeput uit, maar hij wist een duivelse grijns op zijn gezicht te toveren. 'Meneer Idris, ik zie dat u hebt kennisgemaakt met onze advocaat, de heer Wainwright. Meneer Wainwright, als u naar believen op meneer Idris hebt gezeten, wilt u misschien de benodigde juridische documenten te voorschijn halen? En juffrouw Chandler, wellicht wilt u meneer Palmer begeleiden?'

We liepen in een vreemde optocht terug naar de Mercedes. Ethan had Idris' armen op zijn rug gedraaid en duwde hem voor zich uit, gevolgd door een zeer zelfvoldaan uitziende Merlijn. Daarachter liepen Owen en ik. Owen zag heel bleek en zijn linkermouw was doorweekt van het bloed. Hij had zijn rechterarm over mijn schouder gelegd en ik ondersteunde hem zo goed als ik kon. Hij was echt aan het einde van zijn Latijn.

Ethan spreidde de documenten uit op de motorkap van de auto, terwijl ik Owen op de achterbank hielp. Ik luisterde naar de juridische termen die werden uitgewisseld en pelde de bebloede lagen van de gewonde schouder: de overjas, het jasje van Owens pak, zijn overhemd en het ondershirt. 'Wel een geluk dat je vandaag zoveel kleren hebt aangetrokken,' zei ik, 'anders was die wond nog veel erger geweest.' De klauwen hadden gelukkig geen ernstige schade aangericht, maar de wond bloedde flink.

'Dat was mijn lievelingspak,' zei Owen klagerig. Ik probeerde niet te letten op de mooie lichaamsbouw die onder de kleding schuilging.

Vanuit de auto hoorde ik Ethan praten op een typische advocatentoon. 'U gaat er dus mee akkoord dat u het op de markt brengen van producten die zijn gebaseerd op uw werk bij Betoveringen, Bezweringen en Illusies bv zult staken. Dat houdt tevens in dat u de producten die reeds op de markt zijn gebracht, terug zult halen. Als u akkoord gaat, wilt u hier dan uw handtekening zetten?'

Owens gezicht vertrok van de pijn toen ik de wond desinfecteerde met een middel uit de verbandtrommel die ik in de auto had gevonden. 'Sorry,' zei ik, 'maar je weet maar nooit wat dat monster nog meer met die klauwen heeft gedaan, en een infectie kun je vast niet gebruiken.'

'Nee, inderdaad. Doe maar wat het beste is.'

Hij klemde zijn kaken op elkaar terwijl ik de wond met het middel depte. Daarna legde ik een verband aan en sloeg zijn kleren weer om hem heen. Ik trok mijn eigen jas uit en wikkelde die om zijn benen. Hij zag er een beetje koud uit en ik wilde voorkomen dat hij bevangen zou raken door de kou.

'Als je klaar bent met je vernederingen, wil je dan mijn mensen bevrijden?' vroeg Idris aan Owen.

'Alles is al uitgewerkt,' antwoordde Owen.

'Als je maar niet denkt dat ik ben uitgewerkt, Palmer. Ik kan heus wel mijn eigen bezweringen en formules verzinnen.'

Owen hapte niet. 'Ga gerust je gang.'

'Je hebt gewoon geluk gehad dat je vriendinnetje zo goed kan mikken.'

Owen bloosde een beetje, hoe bleek hij ook was. 'En zulke goede ogen heeft.'

'Maar de volgende keer red je het daar niet mee. Ik ben bezig met dingen die jij niet eens voor mogelijk zou houden.' Idris boog en salueerde spottend. 'Tot een volgende keer.' Toen draaide hij zich om en liep weg.

'Wat een klootzak,' zei ik, voor ik er erg in had.

'Dat is nog zwak uitgedrukt,' viel Ethan me bij. 'Hij is nog erger dan sommige advocaten die ik ken, en dat zegt genoeg.'

'Denk je echt dat hij nog met iets anders voor de dag zal komen?' vroeg ik nerveus.

'Vast wel,' zei Merlijn. 'Zulke types geven niet snel op. En het ergste is dat hij dat volgens mij meer uit machtswellust doet dan uit hebzucht. Hij vond het geweldig om een magische strijd te ontketenen.'

'Dan moeten we dus een manier vinden om hem te stoppen.'

'Het zal wel een tijd duren voor hij zelf iets heeft bedacht,' zei Owen, 'zo origineel was hij niet. Dat geeft ons de tijd om ons voor te bereiden.'

'We moeten onze mensen weer mobiliseren, we zijn misschien wat gemakzuchtig geworden,' zei Merlijn. 'De laatste keer dat we zoiets hebben meegemaakt was een jaar of dertig geleden, heb ik in de archieven gelezen. Ik moet maar eens bestuderen hoe we dat destijds hebben opgelost.'

'Dus zulke dingen gebeuren wel vaker?' vroeg ik.

'Gemiddeld eens per generatie. Er is altijd wel iemand die moeilijkheden wil veroorzaken en dan moeten de goeden maar weer de moed opbrengen om dat te bestrijden.

'Zo gaat het in de echte wereld ook,' zei Ethan. 'Zullen we gaan?'

'Heb je misschien iets van een handdoek bij je?' vroeg ik. 'Anders ben ik bang dat de bekleding van jouw auto onder het bloed komt.'

Ethan had behalve een verbanddoos inderdaad ook een handdoek en een deken in de auto. Mijn moeder zou hem geweldig vinden: die ging ook nooit van huis zonder zich voor te bereiden op een expeditie van een week in de wildernis. We wikkelden de handdoek om Owens schouder en stopten hem onder de deken. 'We rijden meteen door naar de genezer op kantoor,' zei Merlijn. 'Jammer dat ik mijn eigen drankjes niet bij me heb, maar ik had niet op verwondingen gerekend.'

'Ik had wel een vermoeden dat hij vals zou spelen, maar ik wist niet dat hij zo ver zou gaan,' zei Owen met een flauwe glimlach.

Ik deelde nog eens koffie en kaneelbroodjes uit en toen gingen we op weg naar huis, weg uit deze spookstad. Het was hier 's zomers vast erg vrolijk, maar nu zag ik alleen maar lege hotels en eenzame plastic palmboomstammen, waarvan de neptakken voor de winter waren opgeborgen. We hadden de plek nog niet verlaten of Owen was al in slaap gevallen. Ik stopte hem nog eens lekker in en leunde achterover.

Ik geloof niet dat ik ooit zo blij ben geweest om de skyline van New York weer te zien. We reden de diepe Holland Tunnel in, even later door Canal Street, in het doodnormale en tegelijkertijd altijd weer verrassende Manhattan. Het was fijn om weer thuis te zijn, en ik bedacht me dat ik New York nu echt als mijn thuis beschouwde.

Ethan bracht ons rechtstreeks naar kantoor, zette ons af en ging de auto parkeren. Merlijn en ik brachten Owen naar Merlijns kantoor. Owen was bijgekomen van de ergste schok en hij begon nu echt de pijn te voelen. We legden hem op Merlijns bank en ik vroeg Trix of ze de bedrijfsgenezer wilde bellen. Intussen bereidde Merlijn een pijnstillend drankje voor Owen.

Terwijl de genezer zich over Owen boog, nam Merlijn me even apart. 'Je hebt vandaag uitstekend werk verricht, Katie.'

'Dankzij mijn broer Frank, die me zo goed heeft leren gooien.'

'Ja, maar je hebt ook het hoofd koel gehouden in een situatie waarin de meeste mensen alleen maar doodsbang zouden zijn.'

'Ik was ook wel bang,' gaf ik toe, 'maar ik had er toch vertrouwen in dat jullie het zouden redden. Jij bent tenslotte Merlijn! Daar kan toch niemand tegenop? En Owen is ook geen kleine jongen.'

'Owen is inderdaad een zeer opmerkelijke jongeman.' Merlijn

keek peinzend en ernstig in zijn richting. 'Heel opmerkelijk.' De rillingen liepen me over de rug door de toon waarop hij dat zei.

Ethan kwam binnen. 'Komt het goed met hem?' Hij keek bezorgd naar Owen.

'Ik geloof het wel,' zei Merlijn. 'Ik wil jullie trouwens graag even spreken, ik heb een voorstel.' We liepen naar de vergadertafel van Merlijn en namen plaats. 'Ik weet niet of wij de strijd altijd voor de rechtbank zullen kunnen voeren, maar ik heb inmiddels wel begrepen dat het juridische systeem heel machtig is in deze wereld en dat wij daar zeker gebruik van moeten maken. Verder hebben wij nog steeds een grote behoefte aan mensen die immuun zijn voor magie. Het is ongeloofelijk dat wij beide behoeften in een en dezelfde persoon aantreffen. Zou je bereid zijn om hier een positie van meer permanente aard te gaan bekleden, Ethan?'

Ethan knipperde met zijn ogen. 'Bedoel je dat je mij een baan wilt aanbieden?'

'Hoe zou je het vinden om onze vaste bedrijfsjurist te worden?'

'Dat lijkt me een grote eer. Ik moet dan wel wat dingen regelen op mijn kantoor, maar ik heb een partner die heel graag een grotere rol zou willen spelen. Ik weet niet of ik hier fulltime kan werken, maar we kunnen daarover vast wel tot overeenstemming komen.'

'Dat lijkt me wel, het gaat mij er vooral om dat wij gebruik kunnen maken van jouw juridische expertise.'

'Het lijkt mij ook erg boeiend, de gebruikelijke softwarezaken zijn natuurlijk maar saai in vergelijking met wat ik hier allemaal meemaak.'

De genezer was inmiddels klaar met Owen, die opstond en naar ons toe kwam. Zijn arm zat in een mitella en hij zag nog steeds een beetje bleek. Het bloed op zijn overhemd maakte dat laatste er niet veel beter op. 'Ik leef nog,' zei hij. 'Misschien moeten we ons nu maar eens buigen over wat ons te doen staat.'

'Ik heb meneer Wainwright gevraagd om onze vaste juridische adviseur te worden,' zei Merlijn.

Owen knikte. 'Goed idee.'

'En ik ga een taakgroep vormen om dit probleem te tackelen.' Het leek wel alsof de oude tovenaar een paar managementboeken had gelezen. Als hij straks ook nog over kwaliteitsbewaking zou beginnen, ging ik gillen. 'Ik zal proberen een coalitie te vormen in de magische gemeenschap; intussen zal meneer Wainwright ons juridisch bijstaan en kan mevrouw Chandler ons van dienst zijn met haar expertise op het gebied van marketing en reclame. Meneer Palmer houdt zich uiteraard met de magische kant van de zaak bezig.'

Zijn stem werd ernstig. 'Wij kunnen en mogen zulke heerschappen niet aan de fundering laten knagen van de wereld die ik meer dan duizend jaar geleden heb helpen opbouwen. Ik heb nog liever dat de wereld helemaal verdwijnt dan dat ik haar door zulke elementen laat verpesten. Ik hoop dat het niet zover hoeft te komen, daar moeten we samen naar streven.'

Ik voelde me geïnspireerd door deze peptalk, maar ook een beetje bang: er viel nog steeds iets te zeggen voor zalige onwetendheid. Maar zou ik echt gelukkiger zijn als ik geen flauw idee had van deze dreiging? Nu had ik in elk geval de kans om er iets aan te doen. Er waren niet zoveel problemen in de wereld waaraan ik een zinvolle bijdrage kon leveren.

'Maar daar gaan we maandagochtend wel mee aan de slag,' zei Merlijn. 'Nu moeten we eerst maar eens gaan uitrusten. Bedankt voor alles wat jullie vanochtend hebben gedaan.'

Ethan vertrok als eerste. Merlijn vroeg aan mij of ik Owen naar huis wilde brengen. Ik vond het geen geschikt moment om zuinig te doen, dus ik belde een taxi. Onderweg zeiden we geen van beiden iets. Owen zag er dodelijk vermoeid uit, maar de genezer had gezegd dat hij heel snel zou herstellen, hij had alleen rust nodig.

De taxi stopte in Owens straat, voor een fraai herenhuis. Owen probeerde me over te halen om in de taxi te blijven, die me dan rechtstreeks naar huis kon brengen, maar ik schudde mijn hoofd. 'Nee, ik ga het laatste stuk liever lopen, dat gaat trouwens ook sneller.'

We keken de taxi na en bleven nog even op de stoep staan. 'Wat een dag, hè?' zei Owen na een tijdje.

'Dat is nog zacht uitgedrukt. Je was echt fantastisch. Ik had geen idee dat jij dat allemaal kon. Ik weet trouwens nog steeds niet of ik begrijp wat magie nu precies inhoudt.'

Owen begon te blozen, wat ik in verband met zijn gezondheid een goed teken vond. 'Jij hebt jezelf anders ook aardig geweerd.'

'Gewoon een gelukstreffer,' zei ik schouderophalend, maar ik voelde dat mijn wangen ook kleurden.

Er viel een ongemakkelijke stilte. Ik vroeg me af of ik nu afscheid zou nemen, of dat er nog iets anders uitgesproken moest worden tussen ons. In boeken en films was dit altijd het moment waarop de gewonde held zijn ware gevoelens voor de heldin tot uiting brengt. Maar ik kon me heel goed voorstellen dat iemand die zo gewond en uitgeput was als Owen, alleen maar naar bed wilde. Alleen. Ik nam dus maar afscheid: 'Tot maandag dan. En doe je het een beetje rustig aan?' Ik draaide me om.

Maar ik had nauwelijks twee stappen gezet of Owen zei: 'Katie?'

Met bonzend hart draaide ik me om.

Hij keek me recht in mijn ogen, iets wat hij zelden deed. 'Bedankt. Je hebt mijn leven gered.'

Ik vroeg me af of ik hem nu kon vragen of ik een wens mocht doen. Bij wijze van grapje, maar hij keek heel serieus. Bovendien had hij flink wat pijnstillers gekregen, dus waarschijnlijk had hij dat niet begrepen. 'Graag gedaan,' zei ik alleen maar.

Owen glimlachte. 'Ik ben heel blij dat je bij ons bent komen werken.'

'Ik ook.' Terwijl ik het zei, realiseerde ik me dat ik dat echt meende. Het was nooit eerder tot me doorgedrongen hoe blij ik was met deze baan. Ik kon me geen leven meer voorstellen zonder Owen, Merlijn, Rodney, en al die anderen; ik kon me niet meer voorstellen dat ik niet begreep wat al die vreemde dingen die ik zag, te betekenen hadden. Mijn leven was veel gecompliceerder geworden en ik vond het heel jammer dat ik niet aan mijn vrienden kon vertellen wat ik precies deed, maar dat was een kleine prijs die ik moest betalen om deel uit te kunnen maken van zoiets geweldigs.

'Een goed weekend,' zei hij zacht. Hij keek me nog steeds aan en bloosde helemaal niet.

'Jij ook!' zei ik, maar ik kon mijn tong wel afbijten, want voor hem zou het weekend vast niet zo leuk worden. 'Rust maar goed uit,' voegde ik er nog eens aan toe, voor ik me omdraaide en naar huis liep.

Dat was dus dat. Ik moest nu voor eens en voor altijd beseffen dat Owen niet in mij geïnteresseerd was, behalve als collega en goede vriendin. En zo erg was dat helemaal niet. Na deze ochtend vroeg ik me trouwens af of ik wel zo graag een relatie met hem wilde. Hij was knap, aardig, lief, briljant en nog veel meer, maar ik zag hem in nog geen miljoen jaar met Thanksgiving bij mijn ouders aan tafel. En zijn wonderbaarlijke macht was eigenlijk ook een beetje angstaanjagend. Ik moest er niet aan denken wat hij zou kunnen doen als mijn broers hem zaten te pesten, wat ze ongetwijfeld zouden proberen.

Toen ik thuiskwam, rinkelde de telefoon. Het was Ethan. 'Ik wilde alleen maar even weten of je veilig bent thuisgekomen. En Owen ook, natuurlijk.'

'Die heb ik net thuis afgezet. Hij heeft me in alle toonaarden bezworen dat het prima met hem gaat.'

'Dat was me het ochtendje wel, hè?'

'Ja, dat was het zeker. Sorry dat ik je zo in het diepe heb gegooid, ik had in elk geval nog de kans om langzaam te wennen.'

'Ach, ik weet nu in elk geval dat ik niet gek ben. Toch?'

'Dat moet je mij niet vragen. Als jij gek bent, ben ik net zo gek.'

Ethan begon te lachen. 'Dan ben ik het in elk geval niet in mijn eentje. Ik wilde je trouwens ook vragen of je nog eens met me uit wilt. En dan beloof ik je dat ik me niet zo zal aanstellen als de vorige keer. Het zou trouwens wel sterk zijn als er dan weer van die rare dingen gebeurden.'

'Sinds ik bij dit bedrijf betrokken ben geraakt, wordt het alleen maar steeds vreemder, dat schijnt er nu eenmaal bij te horen. Maar het scheelt wel als je voorbereid bent op wat je te wachten staat.' Ik dacht aan zijn aanbod om een keer uit te gaan. Ethan was geen Owen, maar ik had al besloten dat Owen voor mij onbereikbaar was. En Ethan was zo slecht nog niet: hij was leuk, aardig, geestig en slim, en had heel veel met mij gemeen. Het zou bovendien prettig zijn om met iemand te zijn die dezelfde dingen zag als ik, en geen neiging had om in een handomdraai dingen te voorschijn te toveren. En hem kon ik wel aan mijn ouders voorstellen, die zijn werk een stuk begrijpelijker zouden vinden dan de tovenarij van Owen. 'Het lijkt me heel leuk om een keer uit eten te gaan,' zei ik. 'Zullen we volgend weekend afspreken? Op dit moment sta ik zo ongeveer op instorten.'

'Wat dacht je van volgende week zaterdag?'

'Prima.'

'Oké, fantastisch. Ik zie je nog wel op kantoor, dan spreken we wel verder af.'

Ik nam een lange, warme douche. Het was prettig om me eens niet te hoeven haasten omdat er nog twee huisgenoten op de badkamer moesten zijn. Ik föhnde mijn haar en kleedde me aan. Er was die dag wel vreselijk veel gebeurd, maar het was nog maar halverwege de middag, en ik voelde me veel te opgewonden om even te gaan slapen. Ik trok mijn spijkerbroek weer uit, deed nette kleren aan en ging naar kantoor. Als ik thuisbleef, zou ik toch alleen maar zitten piekeren. Op mijn werk kon ik vast nog wat dingen voorbereiden zodat ik maandag snel van start kon gaan.

Midden op de dag was het lang niet zo druk op het metrostation als in de spits, maar het was zeker niet verlaten. Ik zag wat toeristen, een paar studenten die kleren droegen waarin ze er nog veel vreemder uitzagen dan de raarste wezens bij BBI, en een straatartiest. Ik zag een fee die ik vaag van het werk kende; ik knikte even naar haar en richtte mijn aandacht weer op de studenten, die mode en schoonheid graag opofferden aan hun jeugdige rebelsheid.

Eindelijk kwam er een trein en we stapten in. Ik had gelukkig een zitplaats, dus ik haalde mijn boek te voorschijn en begon te lezen. Toen we een tijdje richting centrum hadden gezoefd, hoorde ik een kip kakelen. Ik keek op. Dezelfde kippenman van een tijdje geleden liep door de trein en probeerde zijn folders aan de man te brengen. Maar deze keer trok ik een dat-kan-alleen-in-New-York-gezicht naar de fee die tegenover me zat, en las verder.

Wat een vreemde stad is dit toch. En de meeste New Yorkers weten nog niet half hoe vreemd...

Dankwoord

Rosa dank ik voor haar hulp, voor haar vertrouwen en – uitermate belangrijk – voor de chocola. Ik kan je geen Owen geven, dus hier zul je het mee moeten doen.

Mama dank ik voor haar 'heilige zeuren', dat een cruciale rol heeft gespeeld bij de voltooiing van dit boek. Ik dank mijn agent, Kristin Nelson, en mijn redacteur, Allison Dickens, voor hun geloof in mijn maffe verhaaltje. Ik dank Tracee Larson voor Punk 101 en voor haar gezelschap bij het scoren van schoenen. Ik dank Barbara Daly voor haar hulp bij de studie naar New Yorkse decors; en ik dank the Dead Liners and Browncoats voor hun steun bij de moeilijke stappen en de blijdschap op de heuglijke stappen op de weg naar publicatie.